ET Biblioteca

Dello stesso autore nel catalogo Einaudi

La strada che va in città e altri racconti
È stato cosí
Tutti i nostri ieri
Valentino
Le voci della sera
Le piccole virtú
Lessico famigliare
Cinque romanzi brevi
Ti ho sposato per allegria
Sagittario
Famiglia
La famiglia Manzoni
La città e la casa
Mai devi domandarmi
L'intervista. Commedia in tre atti
Serena Cruz o la vera giustizia
Teatro
Cinque romanzi brevi e altri racconti
Caro Michele
È difficile parlare di sé
Non possiamo saperlo. Saggi 1973-1990
Tutto il teatro

Natalia Ginzburg

Un'assenza

Racconti, memorie, cronache
1933-1988

A cura di Domenico Scarpa

Einaudi

www.einaudi.it

ISBN 978-88-06-23114-9

Nota del curatore

Un'assenza è diviso in due parti. La prima parte, *Racconti*, riunisce per la prima volta tutti i racconti brevi di Natalia Ginzburg; brevi cioè sotto le venti pagine. La seconda parte, *Memorie e cronache*, documenta due altri generi di scrittura, anch'essa breve. L'arco di tempo copre piú di mezzo secolo. Si comincia con *Un'assenza*, il primo racconto che la giovane Natalia Levi (era questo il suo nome di nascita) abbia giudicato pubblicabile: il primo racconto «per adulti», come diceva a sé stessa per distinguerlo dai suoi scritti puerili – poesie, racconti, fiabe e romanzi. Scritto nel 1933 all'età di diciassette anni, *Un'assenza* ha dato il titolo al libro.

I racconti della prima sezione sono quindici, ben undici dei quali non erano mai stati radunati prima d'ora in volume; uno di essi (*Tradimento*, 1934) è del tutto inedito. Il primo criterio in base al quale sono stati inclusi o esclusi, la lunghezza, potrà parere approssimativo e rozzo. In realtà chi sceglie davvero è l'orecchio (del lettore o dello scrittore, non c'è grande differenza in questo caso), che è un organo fino e che al di là di una certa misura avverte un passo diverso, una diversa dimensione della realtà. Ad esempio, già il racconto *Valentino* – qui escluso: 38 pagine a stampa nell'ultima edizione Einaudi Tascabili – fa esistere, nella sua brevità, un mondo: e questo sprigionare un mondo completo di ogni cosa è ciò che distingue il romanzo, anche il piú corto dei romanzi, dal racconto, che si muove entro una zona delimitata di realtà.

Lo scopo di *Un'assenza* è rendere visibile il cammino di un autore che si sperimenta e procede nella scrittura breve, primo genere di composizione cui affidi il proprio talento e la propria capacità di condensare o di sciogliere una vicenda. Nel corso degli anni la scrittura breve sarà destinata via via ad altri scopi, modellata e intonata in maniere innovative sempre piú sottilmente diverse. Il libro che state per leggere desidera ricostruire la storia di una voce che racconta, storia che dovrebbe emergere dall'evidenza stessa dei testi – dal loro raggruppamento, dalla loro successione – e dalla grande quantità di documenti che nell'apparato di *Notizie sui testi* li accompagnano; nella maggioranza di essi, è ancora una volta l'autrice a testimoniare di sé.

In ciascuna delle due sezioni l'ordine dei testi è cronologico. La cronologia è stata fissata sulla base delle date di stesura e non di pubblicazione: già il racconto *Un'assenza*, scritto nell'estate 1933, fu stampato (dopo ritocchi e rifacimenti) solo nella primavera di quattro anni dopo; lo stesso vale per *Il maresciallo*, scritto nel marzo 1938 ma apparso dopo quasi dieci anni, e per altri testi ancora. Volendo ricostruire e rendere visibile la storia di una voce, questo criterio era indispensabile.

I *Racconti* della prima sezione sono storie inventate. Che siano di fantasia, e non reali o autobiografiche, lo sappiamo grazie a informazioni esterne ai testi. Anche in questo caso il criterio adottato per distinguere potrà apparire debole, o magari sleale nei confronti di quell'assoluto che, in letteratura, sono le parole e le strutture retoriche. Ma anche qui gli scrittori si mostrano piú spregiudicati. Non hanno remore a riunire o a separare i loro testi nel modo che piú gli torna utile, né tantomeno a raccontare come li hanno scritti, e perché, e con quale obiettivo. Benché sia consigliabile andare cauti nell'accogliere queste loro dichiarazioni, esse hanno grande importanza, e sciolgono nodi teorici tagliandoli di netto. Sappiamo, perciò, quali scritti di Natalia Ginzburg sono racconti d'invenzione e quali invece racconti di memoria o di cronaca: ma sempre di racconti si sta parlando.

Ciò che sappiamo della vita di Natalia Ginzburg, e dei fatti storici tra i quali si è svolta, ci mostra che *Passaggio di tedeschi a Erra*, pubblicato nella primavera 1945, è un racconto d'invenzione, sia pure con una notevole quantità di dettagli ricavati dalla realtà, mentre *Cronaca di un paese*, apparso nei primi giorni dello stesso anno, è un racconto di memoria. Sono due testi simili, nati da una stessa radice, e hanno in comune svariati particolari. Eppure sono cosí diversi da non apparire ripetitivi: ci fanno capire anzi qualcosa di essenziale sulla scrittura della Ginzburg, al punto che il disegno di questo libro ha preso forma grazie alle differenze percepite tra gli scritti che era destinato ad accogliere.

Memorie e cronache, seconda sezione di *Un'assenza*, riunisce ventidue testi, di cui dodici mai apparsi prima in volume, a cominciare da quello collocato in apertura: la poesia *Memoria*, datata 8 novembre 1944 e dedicata alla memoria di Leone Ginzburg, primo marito di Natalia, morto nella prigione di Regina Coeli in seguito alle torture dei carcerieri nazisti. *Memoria* è un testo che migliaia di lettori conoscono fin dalla scuola, essendo incluso in molte antologie. Per riserbo Natalia Ginzburg non lo aveva mai ripreso in nessuno dei suoi libri, nemmeno nei due volumi dei «Meridiani» nei quali lei stessa riuní e ordinò le sue *Opere* alla metà degli anni Ottanta. *Memoria*, dunque, entra oggi per la prima volta in un libro di Natalia Ginzburg, sia pure postumo.

Per il frangente in cui comparve, *Memoria* non è solo un titolo e nemmeno è solo un tema: è un modo della scrittura, un cardine per affrontare la vita dopo che questa si è spezzata. Poco dopo *Memoria*, la Ginzburg scrisse *Inverno in Abruzzo* che è il secondo testo della sezione. Anche questo, dove si ricordano, come fossero cose remote, i tre anni della permanenza dei coniugi Ginzburg nel paese di Pizzoli, è ben noto ai lettori. Proviene infatti da *Le piccole virtú*, un libro del 1962. E da quel libro, cosí come dal successivo *Mai devi domandarmi* (1970, con una nuova edizione aumentata nel 1989), sono stati ripresi otto fra i testi di questa seconda sezione. La storia che in questo caso si vuole ricostruire riguarda un'inflessione della voce di Natalia Ginzburg che si presenta meno definita rispetto al racconto di fantasia. La parola *Memorie* la circoscrive senza però fissarla, ragione per cui si dovrà partire da un altro punto, noto a ciascuno dei suoi lettori.

Il libro unico di Natalia Ginzburg – non per valore letterario ma per ruolo di necessità – è *Lessico famigliare*, dove nessun particolare è inventato ma tutto è sollevato in racconto perché tutto è risolto in forma narrativa, coinvolto dalla voce. In testi come *Inverno in Abruzzo* o *Le scarpe rotte*, e negli altri dello stesso genere, con una medesima acustica che progredisce nel tempo, si prepara – tra molto altro che accade in quelle brevi pagine – il *Lessico*. Ed è un altro percorso che questo libro desidera offrire a chi legge: come in Natalia Ginzburg si sviluppi il racconto di fatti veri, prima del *Lessico* e dopo, fino alle ultime prove degli anni Ottanta qui incluse: *Via Pallamaglio* e *Fiore gentile*, libere si direbbe da qualsiasi intonazione, da qualsiasi impostazione di voce.

Che cosa è entrato nella sezione *Memorie e cronache* e che cosa invece è rimasto fuori? Le sette cronache stanno a documentare un intervallo circoscritto del lavoro di Natalia Ginzburg, tra l'immediato dopoguerra e l'inizio degli anni Cinquanta: due testimonianze su Pizzoli, due articoli da Matera (dove ebbe Rocco Scotellaro come guida ai luoghi), tre sbigottite descrizioni di fabbriche uscite sulla terza pagina del quotidiano comunista «l'Unità», edizione di Torino: la stessa sede dove Calvino pubblicava articoli sullo stesso argomento, le fabbriche, ma con diversa voce e diverso sguardo. Questo insieme di articoli sarà per i lettori una novità assoluta, dove la coerenza della Ginzburg troverà conferma in modi sorprendenti.

Appaiono invece piú sfuggenti le memorie, dove l'elemento autobiografico, quello descrittivo e quello morale-riflessivo tendono a mescolarsi o a fondersi. Nessuno, nemmeno la stessa Ginzburg, ha saputo offrire una definizione di quelle scritture che le coprisse tutte e persuadesse in pieno. La piú vicina al vero è «saggi morali», titolo che fu pensato al principio degli anni Cinquanta per alcuni brevi scritti da pubblicare su una «Rivista bianca» (ideata da Toti Scialoja) che non vide mai la luce. Anche in questo caso, perciò, è necessario dare conto delle presenze e delle assenze con un approccio concreto, procedendo per eliminazioni.

Non è sembrato opportuno includere in *Un'assenza* scritti nati da un'occasione esterna, anche quando fossero scritti di memoria: come per esempio *Memoria contro memoria* (1988), che rievoca gli inizi e lo sviluppo di casa Einaudi, e il ruolo di Leone Ginzburg nella vita della casa editrice, ma che in Natalia fu suscitato dalla lettura dei

Frammenti di memoria di Giulio Einaudi. Suonava fuori registro anche l'includere ritratti di persone, sia che il loro nome venisse taciuto (come in quel *Ritratto d'un amico* che, nelle *Piccole virtú*, ci mette di fronte a Cesare Pavese), sia nel caso che venisse invece pronunciato (come nei ritratti di Niccolò Gallo o di Carlo Levi apparsi in successive raccolte).

Un criterio guida non diverso ha indotto a escludere anche i testi nei quali il passato e i ricordi si trovassero filtrati dal punto di vista – e dall'animo – di un tempo successivo, di un oggi differente: magari per intrecciare appunto considerazioni su quell'oggi, come avviene ad esempio in *Magico Natale* o in *Vita immaginaria*, due scritti inclusi nel volume del 1974 che prende il titolo dal secondo. E sono stati lasciati da parte i testi di riflessione dove gli episodi concreti dell'esperienza di vita sono tenuti sullo sfondo, mentre la trama principale è costituita da una corrente di pensiero meditativo: come in *I rapporti umani*, scritto tra i piú belli delle *Piccole virtú*, o come nel saggio medesimo che ha dato il titolo a quel libro. Infine (e ricavando ancora dalle *Piccole virtú* gli esempi) è stato escluso anche *Lui e io*, che è il ritratto di una coppia, un puro musicale duetto di caratteri, ma dove manca quell'andare da un punto a un altro punto che è l'essenza di ogni racconto – a differenza che in *La casa*, racconto dal vero i cui protagonisti sono quella stessa moglie e quello stesso marito, ma dove si copre un segmento definito.

Si può venire finalmente alla parte positiva. In *Un'assenza* è parso appropriato riunire testi narrativi rispondenti a una necessità della quale sia impossibile rintracciare il punto d'origine nel tempo o nello spazio. Esiste in Natalia Ginzburg una necessità intima di raccontare che non collima con nessuna cronologia. La Ginzburg prende a scrivere di sorpresa, per un impulso che coglie in contropiede lei per prima, comandandole la sveglia. È questa necessità che il libro *Un'assenza* sta a testimoniare. A volte essa prende la forma prevalente del racconto, altre volte del ricordo – di un improvviso di memoria –, altre volte ancora diventa cronaca di cose viste manifestandosi come pura descrizione scandita dalla voce.

Un'assenza documenta – in una continuata saldatura di episodi che costituirà una sorpresa aggiuntiva – i tagli della sua memoria autobiografica: *tagli* nel senso della carne e delle pietre preziose. Racconti come i due che, a una distanza di decenni, s'intitolano entrambi *Infanzia*, e sono il secondo la prosecuzione del primo, o *I baffi bianchi* e *Luna pallidassi*, che portano due tappe piú oltre la medesima storia, o ancora *La pigrizia*, *Estate* e *La mia psicanalisi*, racconti come questi sono ondate di rimemorazione che a intervalli irregolari la scrittrice fa inarcare come dal nulla, e che aveva attentamente escluso da *Lessico famigliare*, dove la sua voce è dappertutto ma dove in nessun luogo si coglie la sua attiva presenza. Frammentata in sparse tessere narrative, ermeticamente riservata quanto piú sembra lasciarsi andare alla confessione, quella consegnata al libro *Un'assenza* è l'autobiografia piú attendibile di Natalia Ginzburg.

Un unico testo fa eccezione alle regole che quasi per loro energia intrinseca hanno governato la composizione di *Memorie e cronache*. Si tratta del *Discorso sulle donne*, scritto nel 1948 e anch'esso incluso per la prima volta in volume. È uno scritto di riflessione che parte dai propri casi personali (senza che nessuno ne venga riferito) per riguardare ogni singola donna nel mondo: un saggio morale senza traccia di racconto; ci sono, piuttosto, elenchi: di gesti, di facce, di vestiti, di caratteri. Eppure, *Discorso sulle donne* è, insieme con i versi di *Memoria*, il secondo fuoco geometrico e affettivo di questo libro. Ed è forse l'unica confessione propriamente detta che la Ginzburg abbia mai messo per iscritto. Sono pagine firmate fino in fondo. Cosí rotto, cosí oscuro, cosí deliberatamente disarmonico, il *Discorso* illumina tutto il libro in cui è entrato infrangendone le regole.

Dato che la struttura di *Un'assenza* rispecchia un progetto editoriale molto caratterizzato, nelle *Notizie sui testi* il lettore troverà ogni informazione disponibile sulla genesi dei singoli scritti e sulle vicende che li hanno accompagnati. Per pochi autori come per Natalia Ginzburg la storia privata, e perfino la storia intima dello scrivere, si fonde con la storia pubblica. *Lessico famigliare* è il testimone principale di questa condizione, tutt'altro che rara in letteratura, ma che nel caso della Ginzburg è ancora poco esplorata nei suoi nessi e retroscena. Di qui la copiosità dei documenti, nella maggior parte dei casi inediti o poco noti: lettere private, lettere editoriali, carte di polizia, testimonianze biografiche, pareri di lettura, autocommenti: il tutto per ricomporre la storia di una voce dentro la Storia.

Le *Notizie sui testi* sono, di fatto, un ulteriore atipico racconto a puntate ospitato in questo libro: una vicenda a intreccio che accompagna nel tempo la scrittura di Natalia Levi, di Alessandra Tornimparte, di Natalia Ginzburg – le tre firme con cui si presentò ai lettori – recuperando la maggiore quantità possibile di fatti e di significato.

Per la prima volta, oltretutto, la costruzione di un'opera postuma di Natalia Ginzburg ha potuto contare sull'archivio della scrittrice, che gli eredi hanno messo a disposizione del curatore. Qualsiasi ringraziamento – per la fiducia cosí come per l'ospitalità – sarebbe inadeguato. Il vero ringraziamento consisterà nel fare in modo che l'attenzione e il senso di responsabilità nei confronti di questo patrimonio siano i meno inadeguati possibili.

La quantità dei documenti conservati è ingente. Tuttavia, l'Archivio Ginzburg ha subíto, durante i decenni, dispersioni gravi dovute innanzitutto alla guerra, poi ai molti traslochi, infine a quel disordine delle proprie carte che Natalia Ginzburg dichiarò in piú di un'occasione. In particolare, non si sono rintracciati testimoni manoscritti o dattiloscritti di molti testi degli anni Trenta, Quaranta e Cinquanta; ma sono irreperibili anche quelli di alcuni tra gli scritti pubblicati negli ultimi suoi anni di vita. Quanto rimane, tuttavia, proietta una luce potente sul lavoro della Ginzburg: sulla concretezza del suo gesto di scrivere, e sul suo metodo. L'ambizione filologica dell'apparato di *Notizie sui testi* si concentra su questi due aspetti in particolare, pur senza rinunciare al confronto tra manoscritti o dattiloscritti e le correlative versioni a stampa, cosí da rimediare a eventuali corruzioni del testo e comunque per restaurare la volontà d'autore documentata dalle ultime stesure, quando queste siano conservate. La fortuna ha voluto che i passi piú incerti dei testi a stampa, soprattutto di quelli usciti in giornali quotidiani, abbiano trovato soluzione grazie alla presenza degli originali.

Ciò detto, la parte filologica delle *Notizie sui testi* ha carattere in prevalenza descrittivo (rendere plasticamente visibile, per brevi squarci, la progressione del lavoro di Natalia Ginzburg intenta a scrivere) nonché di campionatura di quegli inediti che è parso piú urgente salvare offrendoli ai lettori.

Dopo le sezioni *Racconti* e *Memorie e cronache*, un'*Appendice* dà risalto ad alcuni documenti di particolare mole e importanza. Il primo, la stesura iniziale della novella *Settembre*, il cui manoscritto è datato «Settembre 1933», è lo scritto narrativo piú antico che, tra quelli approvati, ci rimanga dell'autrice. *Settembre* fu pubblicato due anni piú tardi, in due diverse sedi e in due redazioni leggermente difformi tra loro ma entrambe assai diverse da quella del 1933: piú brevi, e con numerosi ritocchi di stile. Una delle due versioni 1935, che corrisponde all'ultima volontà documentata dell'autrice, è stata messa doverosamente a testo. Ma la prima redazione 1933 di *Settembre* andava presentata anch'essa al lettore, benché in disparte. Ugualmente inedito è il testo intitolato *Nel pomeriggio del 9 settembre*. L'anno di cui si racconta è il 1943, i fatti avvennero nella realtà un giorno piú tardi, il 10, ma la testimonianza consegnata a quei tre fogli ritrovati nell'Archivio Ginzburg non ha riscontro altrove, ed era bene farla conoscere.

Gli altri documenti dell'*Appendice* sono versi e appunti, parzialmente inediti, di Scotellaro, legati alle due cronache del viaggio in Lucania di Natalia Ginzburg, e infine la lettera con cui Alba de Céspedes, direttrice della rivista romana «Mercurio», rispose al *Discorso sulle donne* che aveva ospitato nello stesso fascicolo della rivista.

Il titolo del saggio *Vicende di una voce* indica ciò che *Un'assenza* vorrebbe offrire al lettore.

D. S.

Un'assenza

Racconti

Un'assenza

Tornato a casa dalla stazione, si sentí solo nella sua casa troppo grande. Mai come allora gli parvero privi di senso i lunghi tendaggi scuri, le mensole polverose, il cameriere che serviva a tavola coi guanti di filo bianco. Senza Anna, tutto questo prendeva l'aspetto di una farsa. E la sera il letto matrimoniale, con la trapunta di raso celeste, prima lo fece ridere e poi gli mise malinconia. Anna amava le cose fastose, maestose, all'antica, e se avesse potuto si sarebbe fatto un vestito con dei drappeggi e dei veli, e un largo cappello a piume come si usava una volta.

Quella prima sera di solitudine, Maurizio andò a letto presto e dormí tutto un sonno, e la mattina lo svegliarono gli strilli del suo bambino che non voleva lavarsi. Gli venne fatto di cercare con gli occhi l'accappatoio bianco di Anna, appeso accanto al letto. Non lo vide e si ricordò. «Anna è a San Remo». Pensò che sarebbe toccato a lui di andare a sgridare il bambino, e fargli un bel discorso come Anna, dirgli per esempio che tutti i buoni bambini si lavano, e che sarebbe diventato come quel Pierino Porcospino, e minacciarlo di portargli via la sua palla nuova. Ma si accorse di non averne voglia e non si mosse. Dopo un poco gli strilli cessarono ed egli sentí il passo pesante della bambinaia, la grossa voce sussurrare: – Su, caro, va' a dire buongiorno al papà –. E alla porta si affacciò il bambino, la bionda testa arruffata, la faccina rossa. – Villi caro, vieni –. Lo aiutò a salire sul letto, carezzò con le mani sudate le manine fredde. – Chi era che faceva i capricci, un momento fa? No, i bambini cattivi non mi piacciono –. Poi giocarono a palla in pigiama, e si divertirono molto. La mattina era chiara, soleggiata e calma. – Ora vatti a vestire, caro Villi –. Stette un'ora nel bagno, stropicciandosi tutto con la spugna. Poi si fece portare una tazza di cacao. Anna beveva sempre il tè, e faceva portare il tè anche a lui, perché, diceva, non bisogna dar troppo da fare alla servitú. – Questa non è un'osteria.

Si vestí e andò nello studio, e si stese sul divano senza togliersi le scarpe, chiedendone perdono ad Anna in cuor suo. «Cosa diavolo potrei fare? di uscire non ne ho voglia». Allungò una mano allo scaffale, scelse un volume di poesie francesi moderne, che ad Anna piacevano, ne lesse una e si annoiò. Lui preferiva le poesie con le rime e col ritmo, e l'aveva detto un giorno ad Anna, che aveva fatto una smorfia.

Cercò d'immaginare Anna a San Remo, e la vide passeggiare per un viale, nel suo largo mantello bianco. O anche la immaginò, di sera, col suo vestito nero molto scollato nella schiena. Solo di bianco e di nero si vestiva Anna: sempre di bianco e di nero come un pianoforte. – Cosí è distinto, – diceva. Odiava quello che non era distinto. Certi amici di suo marito... – Buona gente, – diceva. Quando diceva cosí, buona gente, si poteva esser certi che li disprezzava.

Egli stesso non era ben certo che Anna non lo disprezzasse, qualche volta: e qualche volta il pensiero d'averla sposata lo riempiva di meraviglia. Prima di fidanzarsi con lui, ella era andata a passeggio per un mese con uno studente ebreo, uno con una corta barba rossa, che sputava quando parlava. Del resto sapeva undici lingue e aveva molti pregi, e se Anna non l'aveva sposato, era perché mai avrebbe sposato un uomo brutto e povero. E quando i genitori di Anna e il padre di Maurizio avevano combinato il matrimonio, Anna non aveva detto di no, e Maurizio s'era chiesto piú volte come mai. E la mattina in cui si svegliò nel grande letto matrimoniale, con la trapunta di raso celeste, e Anna accanto, si domandò se proprio era vero, e come poteva esser vero. Lui sapeva d'esser molto ricco, ma anche Anna era molto ricca, e Anna non era innamorata di lui, né lui lo era di Anna. Tutti e due sapevano queste cose, eppure non erano stati infelici, anche se in principio c'era stato qualche leggero conflitto, perché Anna voleva dei mobili antichi e a Maurizio piaceva lo stile novecento, e per via del tè e del cacao, e cose simili.

Maurizio s'era domandato piú volte se Anna lo tradiva, e quel giorno ne ebbe la certezza, gli parve di sapere che era andata a San Remo per un amante, e che dal viaggio non sarebbe piú ritornata. Immaginò una lettera di lei: «Maurizio, sento di non poter piú tacere, il nostro matrimonio è stato un errore... Dobbiamo separarci». Vide la sua larga calligrafia chiara, la carta da lettere lilla. Immaginò l'amante di Anna, alto alto e magro, con lunghi capelli ricciuti, un francese o forse un russo. Ma no, Anna sarebbe tornata, perché era una persona di buon senso. – Amico mio, tu non mi puoi capire... il mio bambino... Tu non sai che cos'è una madre –. A volte le piaceva parlare come l'eroina di un romanzo: – Serberò il ricordo di te finché vivrò, di te, di questi bei giorni...

E poi tornava, tornava, i capelli schiariti dall'acqua di mare, la bella bocca rossa nella faccia bruna. – Anna, cara Anna! – Sedeva davanti a lui, con le gambe accavallate; tre rughe orizzontali sulla fronte. – Maurizio, devo parlarti di cose serie. – Che c'è? – Si alzava, gli metteva le mani sulle spalle, le sue mani forti, gialle di nicotina. – Hai cercato? – Io? cosa? – Un posto. – Ah... no, Anna, me ne sono scordato –. E poi si metteva a protestare: – Ma, mi pare, non è una cosa urgente. Noi abbiamo molti denari. – È lo stesso. È indecoroso per te questo non far niente. E questo trovarci piacere –. La prima volta che Anna gli aveva parlato di cercare un posto, lui s'era messo a ridere tutto stupito: – Ma un posto di cosa? – Oh, santo Dio... Non hai una laurea in legge? – Una laurea in legge? ah già.

Anche della laurea in legge si stupiva, come di essere sposato con Anna. Aveva messo insieme una cortissima tesi, aveva avuto tutti voti bassi, e gli avevano fatto dei regali. Ma Anna parlava volentieri di quella sua laurea, nei salotti, infilandola in un discorso qualunque con molta abilità. – Sí, quando Maurizio si è laureato... mio suocero diede un gran pranzo e invitò molti amici... Anch'io vi partecipai. Non eravamo ancora fidanzati.

Anna amava i ricordi. Un giorno aveva detto a Maurizio: – Parlami un poco della tua infanzia –. E Maurizio le era stato immensamente grato di quelle parole, perché anche lui amava i ricordi. S'era messo a raccontare, raccontare. La sua infanzia! cosí viva, cosí vicina. Ma Anna s'era annoiata, non le erano piaciuti quei ricordi. Intanto, Maurizio bambino se l'era immaginato diverso. S'era immaginato un ragazzino svelto, capriccioso, audace, che saliva sugli alberi e scappava di casa. Invece... – Quando ero piccolo avevo sempre l'otite, una fascia intorno alle orecchie. Non mi piaceva giocare con gli altri ragazzi... Avevo paura delle mucche –. E ancora: – Sai Anna? io ho portato il grembiale fino a quindici anni. – Che dici? Fino a quindici anni? – Ma sí, Anna, un largo grembiale turchino, con due grandi tasche –. Anna s'era messa a ridere, ma si vedeva che non era contenta. Quel particolare del grembiale non le andava giú. – Proprio, proprio fino a quindici anni? – Ma sí, Anna...

E poi, i suoi giocattoli. Quanto a lungo avrebbe voluto parlare, lui, dei suoi giocattoli. Ma Anna non sapeva ascoltare a lungo. Egli aveva amato non i giochi meccanici, ma i bei balocchi variopinti, le grosse bestie di panno o di felpa, i teatrini di marionette. E ai libri di Verne o di Salgari preferiva le fiabe illustrate, le care fiabe tedesche, e la storia di Peter Pan. Ebbene, tutto questo non piaceva ad Anna. E Anna regalava al bambino tutti giochi seri, difficili, mentre Maurizio gli riempiva l'armadio di bei balocchi all'antica, semplici e ricchi, ed era capace di portare a casa tre palloncini rossi in una volta, perché anche quella era una sua vecchia passione.

Tutto quel giorno – quel primo giorno dopo la partenza di Anna – passò lento e liscio e vuoto. Venne la sera e a cena Maurizio e Villi giocarono a molti giochi, agli indovinelli, ai ritratti e ai colori, e macchiarono di conserva il tappeto, con silenziosa disapprovazione del cameriere, che si chiamava Giovanni. E poi Maurizio capí che per Villi era tardi, e perché andasse a letto senza piangere gli promise di condurlo al cinematografo un'altra sera, chiedendone perdono ad Anna in cuor suo. Il bambino gli diede la buonanotte, ed egli si chinò a baciarlo sul nasetto lentigginoso, e gli disse di sognare la mamma. Cosí si trovò solo davanti alla tavola, e scoprí per la prima volta che una tavola dopo che si è mangiato ha qualcosa di triste, con tutto quel disordine di briciole e di bucce, i bicchieri mezzi vuoti, i tovaglioli spiegazzati. Decise di uscire.

Si trovò in strada col soprabito sbottonato, e gli soffiò sul viso un vento fresco e una leggera contentezza di sé. «Dove ho da andare? Al cinematografo?» Prese a camminare sul ponte: sotto di lui scorreva il fiume, buio, torbido, picchiettato di luci rosse. «Dove ho da andare?» Si fermò appoggiandosi al parapetto. «Anna... Ora starà ballando, e poi berrà dello champagne, e poi... col suo amante... Mio Dio, perché non sono geloso di Anna?» Guardò il cielo, la piccola luna, le poche nuvole sporche. Non aveva mai creduto in Dio. «Mio Dio, se ci sei, fammi essere geloso di Anna... fammi, per un momento solo, essere orribilmente geloso di Anna...» Provò a ricordarsi di lei, la fresca bocca, i piccoli seni, le dolci mani carezzevoli. «Anna, Anna!» Niente. Niente si mosse in lui, non un fremito lo riscosse. In cielo, la piccola luna si coprí con una nuvola, quasi maliziosamente. Egli si sentí stanco, sfiduciato e solo. Ricordò una frase di Anna, un giorno che, un po' per scherzo, un po' sul serio, leticavano: – Acqua, non sangue hai tu nelle vene –. Acqua, certamente, non sangue: acqua fresca, limpida. Gli sembrava di non aver mai sofferto, di nulla, per nessuno. Non ricordava d'essersi mai innamorato. Non ricordava d'aver mai desiderato, follemente, una donna. Non ricordava altri sogni che le sue pazze fantasticherie di bambino, confuse con assurde fiabe e vecchie leggende. E a un tratto gli parve d'aver capito quello che veramente egli era. «Mio Dio, perché non hai voluto che anch'io fossi un uomo, un uomo come gli altri? perché non mi dai la forza di proteggere il mio bambino, di difendere Anna?» Si rivolgeva a Dio cosí, per il bisogno di prendersela con qualcuno. «Un bambino sono, e nient'altro, un bambino come il mio bambino». Si accorse d'essere in uno di quei momenti di sincerità, cosí rari nella sua vita. «Neanche a Villi voglio bene davvero. Mi diverto con lui e coi suoi giocattoli. Se domani diventassimo poveri, non avrei la forza di mettermi a lavorare per lui. E allora a chi sono utile io, chi soffrirebbe se io... se venissi a mancare...» La gente va e viene intorno a lui, egli ormai non sa piú che di se stesso e del fiume. «Se mi gettassi... Anna riceverebbe un telegramma: "Accaduta disgrazia parti subito". Come si spaventerebbe! penserebbe a Villi. Poi, sul giornale: "Rapito da morte immatura, ne danno il doloroso annunzio..." Ma non mi getterei nel fiume, cosí scuro e sporco. Tutta la spazzatura della città. Anna dice che sono schifiltoso. – Non posso fare l'avvocato, Anna, i poveri mi fanno schifo. – Ma non hai mica da metterti i loro vestiti, che diamine! I tuoi clienti... Parli con loro della causa. – Lo so Anna, ma l'odore d'aglio e cipolla mi dà fastidio». Qualche volta esagerava, per indispettire Anna.

Lentamente, lentamente si staccò dal parapetto. Riprese a camminare. La luna riapparve: sul suo cuore dilagò una luce chiara, fredda. Lentamente, lentamente sentí di ritornare se stesso. «E perché stanotte non andrei... Quella bella ragazzetta bionda... Mimí, Lilí o qualcosa di simile». Camminò piú diritto, piú veloce. E si sentí vagamente orgoglioso di quel mezzo pensiero di suicidio, un momento prima, sul ponte. «Cicí, Lilí o come diavolo si chiama? una bella ragazzetta bionda, col collo tutto a fossette, come Villi». Chi sa come sarebbe stato Villi da grande? come lui, o come Anna? Anna era stata una bimba pettegola e precoce, ed era entrata presto in società, dove aveva imparato a civettare, ma con grazia e distinzione, come faceva tutte le cose. E fin da piccola aveva viaggiato molto, e sapeva fare con la gente. Lui no. Lui a quindici anni era un ragazzo magro, con un largo grembiale turchino, e non desiderava le donne... Infilò un vicoletto buio, rischiarato da un fanale a gas. «Ora poi siamo a posto, cara Anna. Tu a San Remo col tuo amante e io qui con la mia ragazza, una bella Tití e Cicí o come si chiama. Eccomi arrivato».

Sale le poche scale, suona senza impazienza il campanello, struscia scrupolosamente le scarpe sulla stuoia, e quando gli vengono ad aprire entra, senza fretta, chiedendone perdono ad Anna in cuor suo.

Settembre

Si sveglia con una penosa angoscia nel cuore. Qualcosa è veramente finito. Accanto al letto vede la sua vestaglia di flanella rossa – l'altra, a fiori azzurri e verdi, l'hanno messa via coi vestiti da estate.

Essa ora sa che è finita l'estate, che domani le scuole ricominceranno. Mentre si lava, una mosca viene a posarsi sulla sua schiena nuda. La scaccia con rabbia. Sente di detestare la mosca, di detestare se stessa, e il reggipetto di tulle rosa allungato sulla sedia. Fuori piove a dirotto sul giardino cheto, sugli alti pini, e la ghiaia minuta del piazzale sembra diventata scura. Anita scende a far colazione: i suoi capelli spazzolati male le dànno un'aria irsuta e torva. In sala da pranzo non c'è ancora nessuno, solo la piccola Paola appollaiata sulla sua seggiola alta. Ha un coniglio ricamato sul tovagliolino. Anita la bacia, bacia le sue mani grasse. – Anita, possibile che ancora tu non abbia imparato a pettinarti? – È sua madre. Porta un largo accappatoio viola: i suoi folti capelli grigi odorano di lavanda.

– Maria ti ho detto cosa devi fare per pranzo? e di frutta hai capito, noci e uva, ma guarda che sia ben matura.

Anita china il capo sulla tazza. Da un mese lo aspettava e lo temeva, questo giorno, ma non voleva pensarci. «Finito, finito», e le si riempirono gli occhi di lagrime. Domani dovrà correre a scuola con la sua grossa cartella di libri. Non avrà piú tempo di guardarsi intorno, di confrontare le cose a se stessa. Una ansia, un affanno continuo: le giornate brevi, la sera che sopraggiunge come una minaccia, quando ci sono ancora i compiti da fare. Le mani macchiate d'inchiostro, negli orecchi un brusío di versi latini, e la geografia, quell'orribile geografia!

Gira da una stanza all'altra, in cerca d'un cantuccio dove stare sola e tranquilla. Ma dappertutto scope, cenci per la polvere, seggiole rovesciate e finestre aperte: e le donne cantano e fanno un gran chiasso.

«Finito, finito» si ripete, piano. Dove nascondere la sua tristezza?

Finalmente si chiude nel salotto: libri e tappeti, e grandi poltrone di cuoio: sul tavolino basso, in stile cinese, una scatola di fiammiferi colorati. – Ti dispiace che sian finite le vacanze? – Filippo, il suo fratello maggiore, è entrato silenziosamente: fuma una piccola pipa, in piedi accanto alla scrivania. Anita gli si avvicina, gli posa le due mani sulle spalle: gode a carezzargli il mento liscio, rotondo, e quelle piccole rughe agli angoli della bocca. Si stringe a lui con inconscio piacere. Quando ha leticato con tutti e corre a piangere nella sua camera, egli la insegue, e la consola canzonandola un poco. Ed essa pensa agli altri con piú ira, soffocando i singhiozzi sulla sua spalla. «Tu sí, sei buono», vorrebbe dirgli, ma non osa: nei loro rapporti non c'è che una tenerezza timida, mascherata di scherzosa, bonaria ironia. – Ti dispiace che sian finite le vacanze? – Filippo le domanda ora, arruffandole i capelli sulla nuca. Siedono nella stessa poltrona: nel vetro della libreria, vedono riflessi i loro visi simili. Anita sa che Filippo deve partire, che stasera prenderà il treno, che le sue valige sono già pronte: passerà l'anno all'estero, in Germania.

Ora le raccomanda di studiare. – Bada, che sul principio incontrerai delle difficoltà, gli esami sono pericolosi –. Anita non lo ascolta. Pensa all'inverno, quel lungo inverno senza di lui... Gli prende una mano, una grossa mano dalle unghie quadrate, opache: una grossa mano da uomo. – E ricordati di me, – dice ancora Filippo; ma subito cambia discorso, forse è commosso: e Anita lascia cadere la mano. Oggi, stasera egli partirà: forse non le darà neppure un bacio: nella sua stanza chiuderanno gli scuri, e copriranno i mobili di un cencio bianco.

– Grazia, preferisci latte o limone? – Piove a dirotto sul giardino desolato. Nell'ombra, la pendola suona le cinque. Anita prende il tè con la sua amica Grazia. – Capisci Anita, sarebbe stato bello per me innamorarmi di lui, ma non potevo, sai, non potevo –. Anita si scotta la lingua col tè bollente. Stacca i petali ai crisantemi avvizziti, nel vaso di vetro in mezzo alla tavola. – Come è triste questo settembre... Grazia, li hai fatti tutti i compiti delle vacanze?

– Compiti delle vacanze? non li ho fatti, che cosa me ne importa? La vecchia sarà furibonda, ma cosa me ne importa?

Grazia è cosí: non gliene importa niente della vecchia. Neanche se questa vecchia – la professoressa d'italiano – farà una crocetta azzurra, di biasimo, sotto il suo nome. – Ho altro da pensare io! Dunque ti dicevo, quella sera sulla terrazza... – Anita ascolta con un senso di fastidio. Grazia, la sua amica Grazia, qualche volta è lontana da lei come un'estranea. Quei tre mesi d'estate hanno rotto l'armonia della loro amicizia. Grazia... un uomo innamorato di Grazia... di lei, Anita, nessuno è stato innamorato mai. Si strappa da questo pensiero, violentemente. Balza in piedi, cosí improvvisa che Grazia ne trasalisce. – Vieni a vedere la mia sorellina?

Nella stanza da gioco, la balia siede a cucire nel vano della finestra, e la piccola Paola, sullo sgabellino ai suoi piedi, la guarda con occhi sgranati. – E allora il Reuccio spezzò la terza noce e ne sbucarono fuori carrozza e cavalli... – Anita e Grazia si sdraiano sul tappeto, fra i giochi sparsi. Nel silenzio, la voce rauca della balia, che racconta la fiaba ha un tono grave e solenne. La piccola dall'emozione trattiene il respiro. – Cosí cominciò a correre verso il castello dell'orco... – La stanza ha un aspetto lindo e comodo, le tendine stirate alle finestre, le pareti bianche; e alle pareti quelle stampe inglesi, tutte simili, con bimbi biondi e paffuti e cani pelosi, dal grosso muso benevolo. Nel vano della finestra, la balia nel suo grembiule a grandi quadri, e il profilo assorto della bambina. E Anita si trova a un tratto serena e semplice: può darsi che fuori sia diverso il mondo, può darsi che ci sia la sofferenza e la sporcizia, ma tutto questo è lontano, lontano: lontano è il castello dell'orco.

Non piove piú. Anita e Grazia escono in terrazza, si affacciano sul giardino umido: sale a loro un odore vivo e pesante di foglie fradice, di terra, di frutta bagnata. Anche Paola corre fuori: la fiaba è finita: il Reuccio si è sposato la sua bella Reginotta e tutto è andato per il meglio. Anita corre incontro alla sua sorellina, la prende in collo e la bacia: com'è piccola e calda, come sono fresche le sue mani, peccato che strilli e rida e si divincoli da lei per fuggire.

– Mi piacerebbe avere una bambina, – dice Grazia sottovoce. – Ti ricordi quando, qui, si parlava di quelle cose? come ci facevano paura! Ma invece tutto è naturale e semplice –. Sorridono, senza guardarsi. Sono davvero diventate grandi: possono parlare cosí del loro passato, con disprezzo e rammarico, proprio come i grandi. E una stessa malinconia, calda e vaporosa, le avvolge: non sanno se parlare o tacere: un fiotto di pensieri confusi, soffocati, nasce nel loro cuore e si scioglie. Anita guarda, in fondo al giardino, il campo di tennis, deserto e silenzioso, il terreno scurito dalla pioggia, e le sembra di vedere Filippo, i suoi calzoni di flanella bianca, la racchetta: le sembra di sentire la sua voce allegra, nelle mattinate di sole. – Com'è triste questo settembre... – Ma Anita sa che qualcosa di grave è finito, con le vacanze e con l'estate: e qualcosa di grave ricomincia, l'indomani, con le scuole. E forse Grazia potrebbe capirlo... ma essa non lo sa dire. Tacciono, con le teste vicine. E certo è molto triste che anche questo debba aver fine, questo momento di confidenza, di concorde silenzio. Tutte e due sanno che finirà e non tornerà piú, e non vogliono distaccarsene ancora. Davanti a loro si stende un solo pensiero sicuro: la scuola, l'inverno. Tutto il resto è palpitante, impalpabile, incerto. Quante cose succedono in un anno! E non si può non aver paura a trovarsene uno davanti, sapendo di doverlo percorrere in lungo. Ma Grazia dice: – Devo andare a casa, – e Anita l'accompagna alla porta, la guarda allontanarsi dalla soglia: – Addio dunque, a domani.

Dopo cena, Filippo chiama Anita e la prende a braccetto: – Andiamo a fare una corsa in giardino, prima che io parta – ... Nel giardino, gli alberi immobili sembrano custodire la notte. L'aria della notte umida e pura è buona a respirarsi. Anita pensa: «Questa è l'ultima volta che cammino cosí, con lui». Egli la tiene stretta a sé, le parla ed essa cerca di ascoltare. – Cara, devi studiare ed essere buona con la mamma. Scrivimi qualche volta. E dimmi... dimmi tutto, sempre –. La sua voce, la sua voce. Come sarà triste l'inverno, la casa senza la voce di Filippo, calma, tenera. E solo le sue mani sanno carezzare cosí. – Filippo, Filippo –. Essa a un tratto sente che ha voglia di piangere, nel cuore ha qualche pensiero stupito, affannoso. – Non partire, non partire, – dice, e si aggrappa a lui. Eppure sa che non serve, che è assurdo, che le valige sono già nell'andito chiuse. Filippo si china a baciarla, stringendole la testa fra le mani. La casa, illuminata e rumorosa è lontana. Essi sono soli nel giardino buio. Si baciano. Oh, è terribile che ci sia questo fra loro. Due fratelli. Anita a un tratto ha paura di sé, di lui: di lui che la bacia, come un amante. Essa dice: – È bello che ci si voglia tanto bene, – ma pure sa che non è bello, che è troppo, che non bisogna volersi bene cosí. La loro infanzia chiara, lontana. – Ora dobbiamo ritornare, – dice a un tratto, soffocando un'ultima parola sconsolata, staccandosi da lui e camminando verso il piazzale, dove la luce è accesa. Oltrepassati gli alberi, nella luce, Anita si volta a guardare il fratello: gli vede un viso serio, sereno, come se niente fosse accaduto fra loro. Forse davvero non è accaduto niente. Entrano in casa.

Anita si spoglia nella sua camera, dove è accesa una sola piccola lampada rosea, sul comodino accanto al letto. Sul letto è distesa la camicia bianca. Nello scaffale i libri, vecchi romanzi dove le ragazze sono diverse da lei. I vestiti le cadono ai piedi, ed essa li lascia ammucchiati sul pavimento. (Domani mattina sua madre li raccoglierà con aria severa). S'infila nel letto: rabbrividisce al primo contatto delle lenzuola, ancora fredde, estranee. Spegne la luce. Nel buio, i soliti pensieri d'ogni sera, non piú lieti, non piú tristi. Un uomo, un uomo che somiglia a Filippo, sorge dal buio e si china sul suo viso. Oh, nessuno l'ha mai baciata cosí. Ma Filippo è partito. Ed essa chiude gli occhi e si prepara al sonno, con un corto sospiro.

I bambini

Avevano sempre avuto paura di lei. Tutto quello che le apparteneva, le sue babbucce dal tacco di legno, l'ombrello con la testa di scimmia sul manico, il cartoccio rosa dei mentini che si teneva sul comodino da notte, tutto assumeva per loro un significato misterioso e malefico. C'era in salotto un album di vecchie fotografie, che spesso si divertivano a guardare. In queste fotografie la mamma li teneva sulle ginocchia, sedeva accanto a loro sul tappeto, scherzosa e sorridente. Ma quando era stato quando? non riuscivano a ricordarsi. Scrutavano il loro corto passato, e non trovavano che rimproveri e castighi. Sgridandoli la mamma diceva, lamentosamente: – Mi farete ammalare, sono stanca di voi, – e le sue mani erano asciutte e forti, e facevano molto male.

Si domandavano qualche volta se ci fossero al mondo altri bambini che non volessero bene alla loro mamma. Cercavano fra gli amici, fra i personaggi dei libri e concludevano d'essere i soli. Provarono a inventare una mamma nuova, e la vollero grassa e bionda come la mamma dei loro amici i piccoli Oppenheim. Grassa, vestita di colori chiari, che sapesse fare i dolci e raccontar novelle, e cantare la canzone della Cornacchia del Canadà: e venisse la sera a rincalzarli nel loro lettino. Sarebbero stati contenti di una mamma cosí. La loro vita era la vita frettolosa e difficile dei bambini che vanno a scuola, e che è tanto simile alla vita dei grandi. Si alzavano presto al mattino e si lavavano con l'acqua fredda, e bevevano una tazza di cacao liquido e amaro. Emilia, che aveva le trecce e non sapeva pettinarsi da sola, doveva andare in camera della mamma a farsi strappare i capelli da un pettine fitto. La scuola era lontana, ma non avevano il permesso di prendere il tram. Se portavano a casa un dieci sul diario, la mamma dava loro in dono cinquanta centesimi, che dovevano mettere nel salvadanaio, ma poi servivano per comperare i pennini e i quaderni. – Non voglio che fin da piccoli si abituino a buttare via soldi in dolciumi, ho ragione? – diceva la mamma. E il babbo le dava ragione.

Del babbo i bambini si accorgevano poco: era sempre in viaggio per affari, e da una volta all'altra dimenticava che classe facessero. Li accarezzava sbadigliando, e cosí seppero che aveva quattro denti d'oro. Sarebbero stati contenti di uscire con lui, andare a mangiar le meringhe o al cinematografo, ma a lui non piaceva uscire: girava per la casa nelle sue pantofole felpate, si fermava in cucina a discorrere con la cuoca, scopriva tutte le pentole e dava consigli. Ben presto si accorsero che anche lui aveva paura della mamma: lui cosí grosso, con quelle mani pelose, lui che quando tossiva pareva ruggisse, pure aveva paura della mamma.

Cenarono in accappatoio perché era sabato, e tutti i sabato sera alle sette prendevano il bagno. Il babbo era a Londra, quel giorno stesso aveva mandato una cartolina con tre gatti in un cestello. Cenavano in silenzio: la loro zuppa verde era troppo salata, e Giorgio stava per dirlo, ma Emilia lo urtò nel gomito perché stesse zitto. La mamma si sarebbe messa a strillare con la cuoca, e poi anche con loro, sofistici, mentre lei, da bambina....

Quella sera la mamma portava un curioso vestito rosso vino, che ancora non le conoscevano, e si era dipinte le labbra. E dopo cena venne lo zio Bindi a prendere il caffè.

Questo zio Bindi era un fratello giovane del babbo: non aveva moglie, ma solo una piccola automobile rossa, e diceva che quella era sua moglie. Piú di tutto gli piacevano le cose buffe, e il cinematografo e i cani. Era alto e magro, vestito di flanella grigia, e neanche d'inverno portava il gilè. – Signora, vi bacio la mano, – disse inchinandosi davanti alla mamma. – Signorina, vi bacio la manina, – disse inchinandosi davanti a Emilia. Sedette a tavola e finí i carciofi che Giorgio aveva lasciato nel piatto: e staccava i gambi alle ciliege della fruttiera, per mostrare come sapeva annodarli con la lingua. La mamma rideva, rideva. Nessuno la faceva ridere come lo zio Bindi. – Ah cara, il colore di questo tuo abito mi ricorda una cravatta che ho avuto.... una cravatta.... Ho piantato la mia piccola amica, per venirti a trovare. Sicuro, la mia piccola amica, una bella donnina, ma niente valeva una sera con te. Sei stata un angelo a telefonarmi. E adesso andiamo in terrazza, spero che mi farai assaggiare il vostro cherry-brandy. Giorgio, ometto mio, anche a te un sorsettino di liquore? – Andate subito a letto, bambini, – disse la mamma, – e badate di non addormentarvi con la luce accesa.

Dormivano insieme, in una stanza in fondo al corridoio: il lavabo era nascosto dietro un paravento. Sul paravento, in un cielo di un pallido verde, rondinelle e cicogne s'inseguivano. – Emilia, mi aiuti a slacciarmi le scarpe? – pregò Giorgio. Emilia sbucò fuori dal paravento in sottanina, e gli sedette accanto. – Ma fai sempre i nodi e poi non ti riesce di scioglierli! Oh, ecco. E ora tu sbottonami il bottone in fondo alla schiena, che non ci arrivo.

La finestra era aperta sul giardino, ed essi vi si affacciarono. Giú, nel giardino rischiarato dalla luna, l'erba era costellata di margherite, l'albero delle magnolie portava due grossi fiori bianchi. Il bambino nudo sulla fonte offriva al cielo il suo culetto di pietra. – Là, fra quei due platani, sarebbe bello mettere un'altalena, – disse Emilia, – gli Oppenheim ne hanno una, ti ricordi? Vorrei che venissero un giorno a giocare nel nostro giardino. – Dobbiamo invitarli, Emilia, dobbiamo invitarli, e poi giocare a metterci l'edera in testa come quella volta da loro, ti ricordi? dobbiamo dire alla mamma che telefoni per invitarli. – Ma non vorrà telefonare, lo sai, oppure darà a merenda solo caffè e latte e pane e burro, e a loro non piace il caffè e latte –. Si spogliarono e spensero la luce: si sdraiarono nei loro lettini lontani – dopo la prima comunione di Emilia li avevano separati – e giunsero le mani per la loro breve preghiera.

– Emilia, non ho sonno, non posso dormire, ci ha mandati a letto piú presto del solito. – E lo zio Bindi si annoierà solo con lei, e forse gli piacerebbe che noi fossimo alzati. – Emilia Emilia, se andassimo in terrazza a salutarlo? riderebbe e sarebbe contento, e la mamma non penserebbe a sgridarci. – Sei matto! chiudi gli occhi e dormi.

– Emilia, un momento solo, vorrei salutare lo zio Bindi e dirgli una cosa, mi sono dimenticato. Devo dirgli che stamattina a scuola ho preso la medaglia, devo dirglielo assolutamente. – La mamma ci sgriderà.

– No, non ci sgriderà, è cosí allegra quando c'è lo zio, ti ricordi quel giorno, il giorno di Natale, che tu hai fatto cadere un bicchiere e non ti ha detto niente. Come riderà lo zio quando ci vedrà arrivare in camicia da notte –. A piedi scalzi, inciampando, traversarono il corridoio buio: anche in cucina la luce era spenta, le donne erano già salite al piano di sopra. Scossi da un riso convulso, i bambini si fermarono davanti alla portiera di velluto che separava il corridoio dall'anticamera. In anticamera la luce era accesa. – Davvero vuoi già andartene, Bindi? – disse la voce della mamma. – Sí, me ne devo andare, addio bellezza –. I bambini scostarono un poco la tenda, guardarono senza esser visti. «Ora sbuco fuori e faccio *bau*», pensò Giorgio rapidamente.

Lo zio Bindi s'infilava l'impermeabile, si annodava al collo una sciarpa a quadri. – Sbuco fuori e faccio *bau*.... Emilia, sbuco fuori e faccio *bau*, – susurrò Giorgio, ma l'altra lo trattenne: – Aspetta. – Addio bellezza, – ripeté lo zio Bindi. La mamma gli era di fronte. A un tratto egli la prese per i polsi e l'attirò a sé, ridendo. Essi videro che la baciava, che le accarezzava le braccia: le sue mani, sulle braccia sottili della mamma, parevano mostruosamente grandi e rosse. – Un bacino.... Un altro bacino, via, cosa c'è di male? – La mamma, gli si era abbandonata sul petto, pallida, e la sentivano ansare. – No, Bindi, no – pregava – adesso vattene, vattene –. Lo zio si staccò da lei e aperse la porta: – Bene, arrivederci, – sorrise agitando il cappello. Lo sentirono correre giú per le scale, sentirono i suoi passi affrettati sulla ghiaia del giardino. La mamma chiuse la porta: si passò una mano sulla fronte. Era pallida e aveva il vestito sgualcito. – Mamma, – chiamò Giorgio, piano. La mamma sussultò, si scosse. – Mamma –. Due fantasmi bianchi balzarono verso di lei. – Oh, mio dio, bambini, bambini! – La bocca le si contrasse. – A letto, a letto subito, – disse con voce soffocata. Li spinse per il corridoio: si chiuse con loro nella loro camera. – Subito a letto, avete capito? – Raccolse i vestiti che spogliandosi avevano lasciato cadere per terra: li piegò e li distese su una sedia. – No, non ne posso piú di voi. Questo è troppo e in casa non vi voglio piú. In collegio, in collegio, quando si è cosí non c'è che il collegio, lo dirò al babbo appena tornerà. Sono stata troppo buona, ma adesso basta, mi avete stancata, non ne voglio piú sapere di voi –. Essi la guardavano smarriti, non l'avevano mai vista cosí: parlando inciampava nelle parole, le tremavano le labbra, si picchiava i pugni sul petto. – È troppo, è troppo. Mi avete stancata. Un castigo....

Spense la luce e si avvicinò alla finestra: i bambini si rannicchiarono sotto le coperte, in silenzio. Guardavano in quel quadrato di finestra, il cielo buio frastagliato di piante. E tutto parve loro nuovo, nella stanza rischiarata dalla luna: le rondini e le cicogne sul paravento, e i vestiti piegati sulla sedia. Il silenzio fu rotto da un singhiozzo rauco: la mamma piangeva, curva sul davanzale. Allora la chiamarono sottovoce: – Mamma. – Mio dio, bambini, bambini –. Si lasciò cadere sul letto di Giorgio, e nascose il volto nel guanciale. – Siete piccoli e non potete capire.... Siete piccoli e non potete capire. Io.... è stato uno scherzo. Emilia, bambini, vi dico che è stato uno scherzo. Ma non dovete dirlo a nessuno. Né al babbo, né alla nonna, né ai vostri amici a scuola. E nemmeno dovete parlarne con lo zio.... con lo zio Bindi. Non parlate a nessuno, di stasera. Posso fidarmi di voi? Siete grandi e sapete mantenere un segreto. Datemi la vostra parola d'onore. Lo zio Bindi, quel buffone, lo conoscete anche voi! Ha fatto per scherzo, e io lo sapevo. – Cercò di sorridere, ma il sorriso le svaní in una smorfia. – Venite qui tutti e due, miei cari bambini. Venite qui, vicino a me, tutti e due. Non ho che voi, non ho al mondo nient'altro. Non andrete in collegio, vi voglio tenere vicino a me. Domani.... avete vacanza domani, staremo insieme, vedrete. Sarà bello.... Ma voi non dite niente a nessuno –. Li tiene stretti a sé, scaldando fra le mani i loro piedi nudi. – Mamma, mamma – e non sanno dire altro.

Emilia le carezza la guancia con un dito, timidamente. – Emilia, la mia bella bambina! – Ora possono baciarla, baciarla fino a esserne stanchi. E coprono di baci la sua faccia scottante, salata di lagrime e il collo tiepidino che ha sapore di cipria. Le toccano il vestito, i capelli, lo spillo con lo scarabeo che tanto li incuriosiva e mai avevano osato toccare. – Mamma, – e non sanno dire altro.

– I miei bambini, i miei cari bambini! Ma adesso andate a letto e cercate di dormire, dev'essere cosí tardi –. Sulla porta si rivolge ancora: – È stato uno scherzo!

Rimasero soli. – Emilia, il Signor Bonaventura somiglia allo zio Bindi, non ti sembra? – Non era certo che fosse vero, ma aveva voglia di parlare dello zio. – Non so, non mi ricordo com'è il Signor Bonaventura, lasciami in pace, ho sonno.

Chiusero gli occhi. Domani.... Il buon Dio stava preparando per loro un domani bellissimo, pieno di cose nuove, deliziose. Al mattino sarebbe venuta la mamma a svegliarli, e li avrebbe aiutati a lavarsi, li avrebbe insaponati con la sua saponetta odorosa, come quando avevano avuto il morbillo. Forse avrebbe permesso loro di mettere la marinaia bianca. Nel pomeriggio sarebbero usciti tutti e tre insieme, a braccetto e sarebbero andati, chi sa dove? Forse al cinematografo? Ora la mamma non era piú come prima, li baciava e diceva: «Miei cari bambini», e anche loro potevano baciarla, e sedere sulle sue ginocchia. E forse avrebbe perfino permesso, un giorno, d'invitare gli Oppenheim. Avrebbe ordinato dal pasticcere una torta di panna, dei frutti canditi, e una quantità di altre cose: avrebbe fatto apparecchiare la tavola grande in giardino, e quel giorno sarebbe stato bel tempo.

Come si sarebbero divertiti! Poi, un giorno, la mamma li avrebbe chiamati e avrebbe detto: – Siete stati molto bravi a mantenere la promessa, vedo che siete due buoni bambini, e voglio ricompensarvi. Ho comprato a te, Giorgio, questa bicicletta, e per Emilia l'orologino d'oro. Ecco, vedete.... – Si addormentavano col cuore peso di felicità.

Giulietta

Gli era toccato aspettare un bel pezzo, nel portico della stazione. Due facchini dalla giubba azzurra mangiavano delle mele vicino a lui: un torsolo gli cadde proprio ai piedi, ed egli lo vide diventare scuro, e vide un passero volare a beccarlo. «Dio Signore – gemeva dentro di sé – quel ragazzo, come farò a spiegargli... spiegargli di Giulietta. Subito, prima d'arrivare a casa, Ferruccio, gli dirò, ti parlo da uomo a uomo. Capisci, era triste per me vivere, solo... Sposarmi? no no, non si tratta di questo...» Da un anno se l'era presa in casa, Giulietta, ma non ne aveva mai parlato a nessuno dei suoi, nelle sue lettere, nelle sue corte visite al paese. Come scorse il fratello da lontano, tra la gente in arrivo, «È ancora in lutto» pensò, guardando con rimorso le proprie scarpe gialle.

«Ferruccio caro, stai bene?» gli disse, e lo baciò sulla guancia. Ferruccio si era appeso al suo braccio, allegro. In tram, nel lungo tragitto – Aldo abitava un quartiere di periferia – non chiuse la bocca un istante. «Che gioia, son felice di poter fare il liceo! La mamma non si lasciava convincere. Tu solo in città, diceva, se ci fossero i licei qui da noi. Ma in città c'è Aldo, le ho detto, Aldo ha studiato e perché non devo studiare e fare il medico anch'io? Guadagni molto, no? Sei cosí ben vestito! Anch'io volevo smettere il lutto, ma la mamma non me l'ha permesso. Piange ancora, sai, quando parla del povero babbo. Mi son comprato delle pasticche di gomma, tieni, ne vuoi?» – Trasse di tasca un cartoccio. «Le azzurre sono discrete, ma a te piace la menta, no? Ah, che bellezza essere finalmente in liceo! Bisognerà studiare un pochino, in principio, tanto per piazzarsi. Quest'anno faremo l'Inferno, è vero?» – «Sicuro, Dante, l'Inferno – ripeteva Aldo distratto – l'Inferno... Dio Signore, un bambino, come posso spiegargli... Non lo vedevo da tanto tempo, credevo che fosse cresciuto. Ferruccio, ti parlo da uomo a uomo... Ridicolo, se non mi arriva neanche alla spalla. – Le pasticche gli avevano lasciato uno sgradevole saporino dolciastro. – Poi si dice, i vincoli famigliari. Cos'abbiamo di comune, io e questo ragazzetto con le calze nere? Fandonie!»

Mentre salivano le scale di casa, «Ferruccio, – disse Aldo, – la mia casa, sai, non immaginarti che sia molto bella. Quattro stanze, un quartierino ammobiliato. Guadagno poco. Ci siamo, non suonare, ho la chiave». Lo spinse in anticamera, gli fece posare la valigia. «Ora vieni, ti mostro la tua stanza. Ecco: non è grande, ma è comoda, e dalla finestra si vedono le montagne». Ferruccio s'affacciò alla finestra: sotto si stendeva un prato, di poca erba secca e arida: tanti bambini giocavano intorno a un mucchio di pietre, le donne, sedute a terra in gruppo, cucivano, qualcuna s'era tolta le scarpe: piú lontano una casa in costruzione, i balconi verniciati di rosso, e un campo di bocce. «La domenica potrò giocare alle bocce, – disse Ferruccio tutto contento, – mi piace molto giocare alle bocce». Si sentiva, nella stanza vicina, il rumore di una macchina da cucire. «In quella stanza chi c'è? la serva?» domandò Ferruccio. E allora Aldo si mise a chiamare «Giulietta, Giulietta» con voce forte e disinvolta. La macchina s'arrestò, e Giulietta comparve sull'uscio: portava un vestito a larghi fiori verdi e gialli, di quella stoffa che serve a coprire le poltrone. «Buon giorno, – disse a Ferruccio, scotendosi via dei fili bianchi dalla gonna. – Spero che abbia fatto buon viaggio. Aldo, cos'aspetti a presentarmi? Suo fratello è sempre nelle nuvole».

Aldo era in piedi in mezzo alla stanza: le mani gli scottavano e gli pesavano, non sapeva che farne. «Scusate, dimenticavo... La signorina Giulietta Fanti... mio fratello

Ferruccio». «Piacere, piacere, – Ferruccio pareva un po' meravigliato. – Signorina, permette, non so se posso... Queste pasticche di gomma? le azzurre mi sembrano le migliori». «Grazie, com'è gentile, ma non so se... Una di queste qui azzurre? e poi anche una all'arancio? grazie, com'è gentile. L'aiuto a disfare la valigia?» Giulietta andava saltellando da un mobile all'altro; le ballava il sederino, e i seni, e i riccioli dietro la nuca. La sua faccia sudata era rossa dall'entusiasmo. «Allora, studente di liceo! Anche a me sarebbe piaciuto studiare, ma le circostanze... Sa, quando non si è ricchi! Del resto sarei riuscita molto bene, in quarta elementare ho preso anche il premio». Aldo andò in anticamera, staccò il cappello dall'attaccapanni: «Scendo un momento a comprar sigarette» disse nell'uscire. «In fin dei conti sono un uomo libero, – pensava senza convinzione, dirigendosi verso il tabaccaio, – e in casa mia faccio come mi piace. Ferruccio può pensare quel che vuole, scrivere quel che vuole alla mamma: Aldo vive con una... E la mamma se lo venga a riprendere, se crede, e vadano al diavolo».

Gli venne la tentazione di non tornare a casa, gettarsi alla cieca nella città buia, seguire una donna qualsiasi per una strada qualsiasi: svignarsela e piantarli soli, Ferruccio e Giulietta, che se la sbrigassero. Al suo ritorno li trovò seduti a tavola per la cena, nella piccola sala da pranzo. «Sai – gli gridò Giulietta, – tuo fratello e io andiamo proprio d'accordo, abbiamo gli stessi gusti, anche a lui gli piace la salsa piccante».

La serva, una ragazza intontita, andava e veniva dalla cucina. Durante la cena Aldo non disse una parola: divorò tutto il pane che trovava, mentre Giulietta lo guardava con rimprovero. «Io – raccontava Ferruccio – una sera al paese ho preso la sbornia. Dicevo: amici, sono il re della terra, sono il re della terra! Che baccano! ma era divertente». Nella sua valigia avevano trovato delle noci, e qualche vasetto di conserva e di miele. Giulietta chiese il permesso di aprirne subito uno: «Grazie, grazie, dev'essere una delizia. Se ci fosse la mia mammina, non è vero

Aldo? sarebbe contenta. Ha settantadue anni, e un dente solo, non è vero Aldo? ma che golosaccia!»

«Le noci sono del nostro albero, – spiegò Ferruccio, – ti ricordi, Aldo, quello che cresce davanti alla casa. Vedesse, signorina Giulietta, quanta frutta nel nostro frutteto! albicocche e prugne grosse come la mia testa. E le pere? non parliamo poi delle pere!»

«Chi sa quanto è bella la campagna, – sospirò Giulietta, – io non ci sono mai stata». «Non c'è mai stata, davvero? – Ferruccio era tutto vibrante di simpatia. – Ma allora una domenica dobbiamo condurla con noi al paese, non è vero Aldo? La mamma sarà felice di far la sua conoscenza». «Oh com'è gentile, grazie. Mi piacerebbe tanto, davvero, conoscere la sua signora mamma». Aldo si alzò di tavola bruscamente, sbattendo il tovagliolo in terra; uscí sul balcone. «Situazione insostenibile – mormorava tra sé – insostenibile». Si sentiva soffocare di tristezza e di cattiveria. «E il bello è che sono io l'intruso, loro parlano come vecchi amici. E vanno molto d'accordo nei gusti, a tutti e due piace la salsa piccante».

Rientrò per bere il caffè, e Giulietta venne a sedersi sulle sue ginocchia. «Aldo, brutto cattivo, – disse vezzosa, arruffandogli il ciuffo sulla fronte, – sai che ho le gambe piene di lividi? la notte mi tiri sempre calci».

Ferruccio era già a letto e stava per addormentarsi, quando Aldo entrò nella sua camera. «Volevo darti la buonanotte, caro Ferruccio. Volevo dirti che son contento d'averti qui, in casa mia». Sedeva sulla sponda del letto, gli accarezzava i capelli. «Poi volevo anche pregarti... Se scrivi alla mamma, è inutile che tu le parli di... della signorina Giulietta. Cerca di capirmi, caro. È una brava ragazza, e mi tiene in ordine la casa, la biancheria. Mi vuol bene. È sola al mondo: non ha che la mamma, una vecchia megera che è all'ospizio: tutti i sabati la va a trovare. Mi ha tenuto compagnia quando ero solo... E come ti dico è una brava ragazza».

«Capisco. E senti – Ferruccio strizzò gli occhi con aria furba – dorme con te? Sei fortunato, è bella. Bravo, bravo, t'invidio. Anch'io, sai? una sera un mio amico mi voleva condurre da una donna... lui la conosceva già. Ma poi s'è messo a piovere e siamo rimasti a casa, a giocare alle carte».

«Mi piace tuo fratello» diceva Giulietta spogliandosi. Aldo la osservava con ostilità. Come gli si fu distesa accanto, «Sei pregata di non far piú certi discorsi sciocchi – le disse – per esempio quella storia dei calci. Già non è vero, quando mai ti ho tirato dei calci? Stupida! E poi davanti a Ferruccio...» «Ma insomma il tuo Ferruccio non è piú un bambino, e certe cose è ora che le sappia». «Sí, sí, ma tu non te ne devi occupare. Lo porterò io... c'è tempo. Tu non te ne devi occupare». Tacquero: Aldo giaceva immobile, contemplando il soffitto. «In fin dei conti anche questo Ferruccio farà comodo, da casa manderanno piú denari». Si ricordò di avere un orribile pigiama a righe rosse e viola, che gli aveva scelto Giulietta sul mercato. Si volse a guardarla, Giulietta, e le trovò sulla faccia una curiosa rassomiglianza con la mammina, la megera dell'ospizio. «Ce l'hai con me?» disse una voce insonnolita, ed egli spense la luce.

Tradimento

Erano le quattro del pomeriggio e c'era un gran sole. Dalla finestra aperta vedeva il giardino, la via sassosa solcata dai carri, le ville bianche sul pendio. Sua madre traversò il giardino, aprí il cancello, lo salutò agitando il parasole. Poi si allontanò fra gli alberi, col suo parasole lilla e la borsa di paglia, dove teneva il lavoro. E poi passò Gisella, in bicicletta, al collo un fazzoletto rosso. Lo chiamò, gli fece una smorfia, rise e corse via.

«Gisella! Gisella!» Si era affacciato al balcone, stropicciandosi gli occhi assonnati. Ma per la via non c'era piú nessuno. Curiosa ragazza, Gisella, difficile un poco a capirsi. Rientrò, chiuse le imposte e si buttò sul letto, e forse si sarebbe addormentato, quando venne Diego a chiamarlo.

– C'è una signorina che cerca di lei; l'ho fatta accomodare nello studio –. E poi, abbassando la voce: – Si tratta della sorella minore… la sorella minore, lei sa.

– Che sorella minore? io non so niente!

Nello studio lo aspettava la Carlottina, seduta sul canapè con le mani in grembo.

– Tu? non capisco… Sei pazza! Siete impazzita! Per caso mammà non c'è, ma come diavolo…

– Non mi lasci parlare! Pensavo di chiamar Diego e farti avvertire da lui. Ma per la strada ho visto la tua mammà, una signora col parasole lilla. L'ho riconosciuta, mi ricordavo d'averla vista con te. E ho pensato che potevo salire. Non è successo niente. Solo che Angela è cosí inquieta… Son dieci giorni che non vieni da noi. Va da Enzo, mi dice, va da Enzo e fallo venir qui subito. Gli devo parlare di una cosa importante. Ha gli occhi e le labbra gonfie, dal gran piangere, sai. Tutto il giorno piange e non mi lascia studiare. Devo dar l'esame di francese in ottobre, sai.

Sospirò. Era una bimba di quattordici anni, grassa, dalle solide gambe nude. I suoi capelli lisci, pettinati all'indietro, lasciavano scoperte due piccole, grasse orecchie. Portava una giacca di panno rosso e una sottana bianca tutta sgualcita.

– Ma vedi, ora sono qui in villa, e la città non è tanto vicina.

– Oh, anche l'anno scorso eri qui, eppure trovavi modo di venire ogni giorno da Angela. In automobile ci vuol cosí poco! Avanti, mettiti la giacca e vieni.

– Come bambina mia, io... Neanche per sogno.

– Devi venire, devi venire, invece. Se mi vede sola, mia sorella se la piglia con me. E non vorrai che torni sola, al buio. Ho fatto la strada a piedi, un tratto in tram e poi a piedi, e un vecchio mi veniva dietro, mi chiamava e rideva, e avevo paura. Finalmente ho visto Diego da lontano, la sua giacchetta a righe, e l'ho raggiunto. Scrivi un biglietto alla tua mamma, mettilo su quello scrittoio. Di' che hai un affare in città, un affare urgente, importante. L'hai fatto tante volte! Ecco la penna, sbrigati.

Enzo prese la penna con due dita svogliate «Cara mamma, ho un affare in città, un affare urgente, importante» scrisse a caso su un foglio. Sciocchezze! La cosa era chiara, e mammà non avrebbe creduto. Ma glie ne importava poco.

L'automobile correva per la campagna deserta, fra i castagni dalle foglie polverose. Enzo era al volante, la bimba gli sedeva vicino.

– Senti, sei molto seccato?

Si volse con un sorriso: – Non avevo nessuna voglia oggi di venire in città, veramente. Sono di malumore. Sai? ho paura che mi bisticcerò con Angela.

– Non la far piangere, ha già pianto tanto. Se devi bisticciarti con lei piuttosto ritorna indietro.

– Ma no, scherzavo, scherzavo! – Staccò una mano dal volante, le accarezzò la testa. – Sei una buona bambina.

– Mi fa piacere che tu sia venuto. Hanno messo la tappezzeria nuova nella camera di Angela, vedrai. Un pappagallo e una coroncina di fiori, un pappagallo e una coroncina di fiori. Poi abbiamo attaccato le tende. Angela è salita lei sulla scala. Fermati un momento, che ho sete: c'è una fontana laggiú.

Scesero a bere, si sciacquarono le mani e il viso. – Riposiamoci un po' su quel prato – disse Enzo – che mi stanco a guidare. Non è tardi, fra poco saremo in città.

Si gettarono lunghi distesi sull'erba. La bimba si tolse la giacca, ne fece un fagottino ed Enzo vi posò il capo. Gli uccelli s'inseguivano per il cielo, stridendo.

– Su Carlottina, non mi dici niente? Raccontami qualcosa di bello.

– Non so... Cosa ti devo raccontare di bello? Come sono belli i tuoi capelli ricciuti. Mi piacerebbe avere i capelli ricciuti. Invece, guarda qui! Non so mai come pettinarmi. Sei contento? Una mia amica mi ha detto: «Ha un bell'innamorato tua sorella». Non è proprio una mia amica, viene a scuola con me, là dalle monache. Dice che sua sorella non ce l'ha, l'innamorato. Sfido, è brutta, vedessi!

– E tu ce l'hai l'innamorato, Carlottina?

– Io? Va' mi prendi in giro? Però quando sarà piú grande.

– Certo. E chi sceglierai? Sentiamo i tuoi gusti, sentiamo i gusti della Carlottina.

– Oh... non so. Una volta mi sarebbe piaciuto... – rise facendosi rossa. – Una volta volevo bene a te.

– Davvero? ti eri innamorata di me?

– Sí –. Teneva stretto nel pugno un fazzoletto umido di sudore, schiudeva le dita e lo guardava. – Sí.

– Oh guarda, e io che non me n'ero accorto: ne sono molto contento! – Questa bimba mi piace, mi diverte, pensava. Curioso, saran due anni che me la vedo intorno, e non me n'ero accorto... mi piace. – Su Carlottina, raccontami un po' com'è stato. Sarà passato molto tempo. Era bello?

– Non molto... non è passato moltissimo tempo. Qualche volta era bello, sai, non sempre. Quando Angela mi diceva: «Sta a casa a fare il compito», e andava a passeggio con te, allora non era bello. Io portavo la seggiola a dondolo sul balcone, e sai, mi mettevo a pensare... Quanti discorsi! Adesso andiamo.

– Carlottina, mi passa il malumore a star con te. Sono contento. Grazie –. Le prese la faccia fra le mani, si specchiò nei suoi occhi, ridendo. L'aiutò ad alzarsi, le scrollò la sottana macchiata di verde. Salirono in automobile, ed egli riprese a guidare.

– Questa bambina – pensava – qualcosa di puro, di fresco... Vederla crescere, farne una donna o insegnarle a esser bella, a far l'amore. Forse, quando sarà un po' piú grande... Quando tutto sarà finito con Angela...

In pochi minuti raggiunsero la città.

Le due sorelle abitavano una casa nuova, di un bianco gesso, con un largo cortile rettangolare: sulle scale si vedevano ancora macchie di vernice, nell'angolo le sputacchiere erano piene di bella segatura asciutta. Angela li aveva visti venire dal balcone, li aspettava sul pianerottolo. Era senza calze: aveva un vecchio vestito nero di velo, con una rosa bianca sulla spalla.

– Va subito a cambiarti e mettiti a studiare – disse alla Carlottina. – Tu, giusto, Enzo, volevo parlarti, vieni in camera mia. Ti ho mandato a chiamare – cominciò quando furono soli, sedendosi sul letto – per dirti che se non ne vuoi piú sapere di me, ti lascio libero. Vattene pure, vattene. Ti sei divertito con me fino a quando ti è parso comodo. Andavi a venivi in casa mia da padrone. Quando ti fermavi a dormire, era mia sorella, al mattino, che ti puliva le scarpe. E io? non mi sono sciupata la salute per te, io? Guarda in che stato son ridotta. E forse non ti voglio bene ancora, come il primo giorno? Sono cotta di te come una stupida.

Si buttò giú sul letto, singhiozzando.

– Via Angela, non far cosí, sta buona. Su, non piangere piú. Sono venuto, vedi!

Le si fece vicino, accarezzandola. Ella gli cercò la mano.

– Cattivo... caro... cattivo – disse in un soffio. – Vai

con le altre, fai la corte alle signorine, là in villa, ma poi lo so che torni dalla tua Angela... caro...

Enzo si tolse la giacca, si strappò le scarpe dai piedi senza slacciarle: si stese sul letto, con un lungo sospiro.

Le ore passavano. Egli seguí fino al soffitto il disegno dalla tappezzeria: un pappagallo e una coroncina di fiori, un pappagallo e una coroncina di fiori. Sul tavolo era posato un ritratto: la madre di Angela, morta da quattro anni. Un viso grasso, rugoso. – La nostra mamma, sai Enzo, era diversa dalla tua mammà – diceva la Carlottina. – Figurati che non era mai stata al cinematografo. Ma diceva che son tutte sciocchezze. D'inverno le venivano i geloni e io prendevo un pennello e le tingevo i piedi e le mani di iodio. Era sempre allegra, le piaceva cantare. Era lei che dava la galera. Le piaceva molto dare la galera.

Enzo e Angela quella sera non andarono a tavola. La Carlottina cenò sola, dopo averli aspettati inutilmente: ma portò la tavola vicino alla finestra, per guardar fuori, e versò la conserva sulla frittata, scambiando cenni amichevoli coi ragazzini del balcone di faccia.

Enzo si sveglia prima di mezzanotte. Scivola giú dal letto: traversa l'andito buio, cerca a tentoni la porta della cucina.

– Digiuno mi ha fatto stare, digiuno – sbadigliava rovistando nella credenza. – Si è dimenticata dell'ora di cena, ma io non me ne son dimenticato, io.

Radunò in un piatto un po' di carne fredda, un uovo sodo e qualche ciliegia. Mentre mangiava, gli occhi gli caddero su un calendario appeso a un chiodo della parete. Sulla vignetta una ragazza dalle spalle nude, dai denti sgranati.

Se avessi una donna cosí... non mi annoierei con una donna cosí. Allora sí mi scorderei di mangiare.

«Venticinque giugno» dice il foglietto. Venticinque giugno? Qualcosa doveva succedere il venticinque giugno... ma che cosa, che cosa? Si picchia sulla fronte: il ballo. Sicuro, il ballo dalla signora Giordano, quell'amica di mammà che ha la villa vicino alla loro. Anche Gisella aveva promesso di andarci. Gisella, da quanto tempo non stavano un po' insieme! Ah, essersi dimenticato del ballo!

– Non mi posso sottrarre a questo impegno, mammà sarebbe furiosa. Ma Angela... devo andar via senza svegliare Angela. Il male è che le chiavi del portone...

Non le aveva, le chiavi del portone: le aveva perse qualche mese prima: «Non fa nulla – aveva detto ad Angela – non ti verrò a trovare nel bel mezzo della notte». Idiota! Come si fa, quando si ha un'amante, a star senza le chiavi di casa sua? E in che modo procurarsele adesso? Svegliare Angela no, non poteva, col rischio di un'altra scenata.

Entrò nella camera della Carlottina, accese la luce.

– Carlottina! le chiavi del portone. Le chiavi.

Ella si alzò a sedere sul letto, stropicciandosi gli occhi.

– Cosa vuoi?

– Carlottina, svegliati, devo spiegarti. Ho visto il calendario, venticinque giugno, figurati, mi ero dimenticato. Il ballo! Un ballo dalla Signora Giordano, l'amica di mammà. Chi se ne ricordava? Un ballo elegante, figurati, un ballo all'aperto, in giardino. Hanno un giardino grande trenta volte questa stanza. Eh, capirai, per un ballo all'aperto! Non posso mancare, Carlottina mia, proprio non posso. E non ho le chiavi del portone: le ho perse, sai bene, e non voglio svegliare Angela. Cercale tu queste chiavi, tesoro. Tu certo sai dove sono. Ma per carità senza svegliare Angela...

– Te ne vuoi andare?

– Devo, Carlottina mia, devo. Guarda, farò il possibile per tornare qui domani, prima di mezzogiorno. Carlottina Carlottina, sai cosa? al ballo ti ci porto anche te. Ti metti un vestito da sera, ce l'hai un vestitino carino da sera? e andiamo al ballo della signora Giordano. Ti faccio passare per... la sorella di un mio amico. Ti appiccico un cognome qualsiasi... Sarà un gioco, una commedia. Ci divertiremo. E ti riporto a casa domattina presto, prima ancora che Angela si svegli. Carlottina, un ballo all'aperto, non sei mai stata a un ballo all'aperto. Lampioncini colorati appesi agli alberi. E rinfreschi. Su, queste chiavi, cerca queste chiavi.

– Oh, Enzo, io... sí, so dove sono nascoste.

Scese dal letto, in una camicia da notte scollata, corta e larga. Si strinse nella vestaglia, infilò un paio di scarpe di tela che le servivano da ciabatte.

– Lampioncini colorati? Oh, mi piacciono tanto i lampioncini colorati. La sera della Consolata, sai, ne abbiamo appesi quattro alla finestra: due gialli, uno rosso e uno azzurro, quello azzurro s'è bruciato, purtroppo.

– Sí cara, ma va, va in cerca di queste chiavi.

Ella corse via. Tornò pochi minuti dopo col mazzo delle chiavi, strette in pugno perché non tintinnassero.

– Ecco. Erano nella sua borsetta marrone. Oh Enzo, ha mosso un braccio, avevo tanta paura che si svegliasse! Ecco, prendi le chiavi. Mi vesto? Ho un vestito celeste dell'anno passato, non mi sarà diventato corto, no?

– Non so... sí, forse sarà diventato un po' corto.

– Oh, ma non sono quasi piú cresciuta, sai. Come sarà bello. Ballerò con te, ci saranno tante signore... Anche la tua mammà? chi sa cosa dirà la tua mammà? Mi vien da ridere... Allora va in anticamera e aspettami. Faccio presto a vestirmi –. E lo spinse fuori.

Egli sedette in anticamera, si allacciò le scarpe, si abbottonò la giacca.

– Che pazzia – disse fra sé – cosa me ne faccio della bambina? Al ballo me la devo portare, col vestito celeste dell'anno passato? A un ballo dove ci sarà mammà? Che idiota sono stato a proporglielo. Le chiavi me le avrebbe date lo stesso.

– Enzo – bisbigliò la Carlottina attraverso la porta – fra due minuti sono pronta, mi sono infilata già le calze, sai.

– Cosa me ne faccio – seguitava – che idiota sono stato, che idiota.

Si tastò le chiavi nella tasca dei pantaloni. Furtivo, senza accendere la luce, socchiuse la porta che dava sul pianerottolo; scivolò fuori. Scese a precipizio le scale, aprí il portone e lo rinchiuse, adagio, salí in automobile e via. Prese la corsa verso la campagna.

– Vigliacco. Eccomi qui che prendo la fuga come se

avessi il diavolo dietro. Impantanarsi nei pasticci apposta, si può essere piú sciocchi di cosí. Povera Carlottina, l'ho ingannata, non me lo saprò mai perdonare. Piange, sí, s'è di certo messa a piangere. Innamorata di me... Quando mi fermo a dormire da loro, è sempre lei che mi pulisce le scarpe. Portarla al ballo, ballare con lei tutta la sera, farle vivere un'ora felice. Una buona azione. Sarebbe stata una buona azione. Ma si vede che io non le so fare. Adesso però torno indietro, torno a prendere la Carlottina.

Procede per la strada buia, deserta.

– Torno indietro? no, qui la strada è stretta per voltare... piú avanti.

Procede nella notte, sotto il cielo stellato. E vede la sua villa, col fanale di fianco, in lontananza.

– La consolerò, le dirò che si faceva tardi, che non ho potuto. Le farò un regalino. Un pupazzo di maiolica, un gingillo, sciocchezze da ragazzina. Mammà sa un negozio dove vendono a prezzi economici cose graziose... Passo a casa, metto lo smoking e vado. Gisella avrà piacere di vedermi? Passava sotto le mie finestre, non s'è fermata. Forse aveva una gran fretta. Mi ha chiamato per salutarmi. Se le fossi del tutto antipatico...

Ritorno

Sandra, bambina di nove anni, vestita di un paltò alla marinara strettissimo e corto, coi bottoni che pendono e stanno per staccarsi, siede in uno scompartimento di seconda classe, le mani tra le ginocchia, presso il finestrino. È intimidita e contenta di viaggiar sola. Vede prati e prati, meli carichi, case con accanto il pagliaio e pannocchie di granoturco appese ai balconi, fiumi lisci di color grigio che il treno attraversa su ponti di ferro, montagne brune con macchie di boschi e paeselli appollaiati sul dorso. Ella dice addio a tutto questo.

Ha trascorso l'estate in montagna con una zia, perché quell'anno c'erano pochi denari e gli altri son dovuti restare in città. La zia ha un bambino come lei, Nuccio, e si son divertiti moltissimo insieme. La casa era dipinta d'azzurro, né la pioggia la poteva scolorire. Dentro era tutta di legno e c'erano buffi quadri di cavalli e di pecore. I letti erano alti e larghi, nel materasso si sentiva la paglia. C'erano vasi da notte piccoli piccoli, screziati di verde. Andavano nel bosco e vi trovavano pigne, mirtilli, formicai, famiglie intere di funghetti grigi cosí velenosi che non si dovevano neppure toccare. Ogni mattina andavano al paese con la zia per comperare e mettevano tutto nella sporta, che poi portavano a turno. Conoscevano i contadini, sapevano il nome di tutti e tra loro si burlavano dell'uno e dell'altro. Nella bottega del calzolaio c'era uno scoiattolo in gabbia, saltava su e giú sui bastoncelli e rosicchiava una pera, tenendola fra le zampe… Le batte il cuore al pensiero di rivedere sua madre, i fratelli e di sedere con loro a cena, poi a turno la prendono sulle ginocchia ed ella racconta. «Dalla zia c'è una cuoca col gozzo, molto scema, non capisce niente. Una volta ha fatto un dolce di crema e prugne cotte... La zia ha voluto vedere tutti i miei vestiti». «Bellina questa stoffa», dice, e se l'avvicina al naso come per annusarla. La mattina fa il bagno di sole distesa sul ballatoio, con la schiena e le gambe nude, se qualcuno passa dice: «Oh mio Dio», e si copre in fretta con un asciugamano. Lo zio è venuto una volta sola, e ci ha condotti a fare una passeggiata me e Nuccio, poi la sera s'è leticato con la zia. «Va a farti friggere allora» ho sentito che le diceva...» Cosí racconta e tutti l'ascoltano, e ridono, ridono ripetendo le sue parole. Poi la mamma e la sorella la spogliano, togliendole una una calza, una l'altra... Ella si trattiene a stento dal ridere per la contentezza.

La città non è lontana e già se ne vedono i tetti e i comignoli... Ecco, ora il treno è entrato in città ed ecco le strade polverose, i carrozzoni verdi dei tram e le tende color tabacco alle botteghe. Alla stazione è venuto ad aspettarla Dario, il piú giovane dei suoi fratelli, un ragazzo di quindici anni biondo e magro, dalle rosse ginocchia nude. È con un amico che Sandra non ha mai visto. Dario la accompagna fino al portone di casa, le dà la valigia e dice «Be', addio». Sale i pochi scalini, reggendo con due mani la valigia: suona il campanello. Riconosce attraverso il vetro le palme dell'anticamera. La mamma viene ad aprire e dice: «Ah, è la bambina!» Le toglie il berretto e la bacia sui capelli e sul viso. Suo padre nello studio domanda: «Chi è?» e si affaccia alla porta con aria sospettosa. «È la bambina».

In camera, la mamma le versa l'acqua nella catinella e la pettina, poi toglie gli abiti dalla valigia. «La zia ti saluta – dice Sandra lavandosi le mani – forse ti verrà a trovare fra due o tre mesi. La casa era dipinta d'azzurro... Non c'erano scodelle e la minestra si doveva mangiare nelle tazze... La zia qualche volta metteva gli zoccoli. Glieli ha venduti una contadina che stava vicino. Simpatica, si chiama Concetta. Ha dieci bambini...» «Sí?», dice la mamma con indifferenza, facendole infilare il grembiale. «Su, presto». Monta su una seggiola e prende, sull'armadio, la scatola nera dei colori. In giardino, seduta nella vasca asciutta, si guarda intorno e le sembra di non esser mai partita. Riconosce uno per uno tutti gli alberi, il mandorlo, il ciliegio e i noccioli, e la ghiaia, la facciata della casa, le persiane polverose della veranda, e si meraviglia d'aver potuto dimenticare che sul piazzale c'è un tappetino di ferro, che un rosaio s'arrampica fino alle finestre della camera di papà e mamma, che la portinaia ha un gatto grigio ed esso salta sempre sul muro e dal muro in giardino. Nel suo ricordo, il giardino era a volte grande grande, a volte cosí piccolo che non ci si poteva muovere... Sputa sul pennello e raschia nei tubetti dei colori, secchi e rotti, fa dei pallidi segni su un foglio, ed ecco, dice, questa è una bambina col cerchio, e due bambine sorelle gemelle... D'un tratto sente un grido, poi, una porta sbatte. Può darsi che non sia niente, può darsi che sia in un'altra casa. Ma le par di riconoscere la voce del padre. Non ha piú alcuna voglia di dipingere. Si fa buio, comincia a far freddo e nessuno la viene a chiamare, passerà la notte in giardino, seduta nella vasca.

La porta della veranda si apre con un lungo guaito. È suo fratello Ruggero. «Su, vieni», le dice, la prende per il colletto e la spinge verso casa.

«Ti sei divertita?», le domanda nel corridoio, ed ella dice: «Sí». «Hai le mani pulite?» le domanda. Il suo viso è triste, la voce bassa e lontana. In sala da pranzo, Dario è già seduto al suo posto e legge il giornale mangiando del pane. Nella stanza vicina si sentono delle voci, ed un pianto... È sua sorella Silvia che piange. «Ma mi prendi per un imbecille», dice il papà. «Non è vero... non è vero...» «Se la mamma vi ha visto. È inutile che tu seguiti a negare. Vi ha visto. Non sei altro che una bugiarda. Ma la farò finire questa storia».

La serva posa sulla tavola la zuppiera ed aspetta, lo sguardo fisso sul pavimento. Silvia piange, singhiozza...

Si sente il papà camminare su e giú per la stanza. Poi ad un tratto un grido: «Io sono libera... libera!»

«Libera! Ma io gli rompo la faccia con un pugno a quel tuo maledetto. Non lo vedrai piú».

Il papà e la mamma vengono a sedersi a tavola, sciolgono i tovaglioli, versano la minestra nelle scodelle. Nella stanza vicina, Silvia singhiozza e d'improvviso la sentono picchiare nel muro e gridare «Vigliacchi, vigliacchi». Il papà si china verso la mamma e dice sottovoce: «È pazza». Ruggero allora si alza, pallido, e la sua bocca si contrae come se stesse per piangere. «Sei tu che l'hai fatta impazzire... Sei tu» sbatacchia per terra la seggiola ed esce dalla stanza. «Bravo, l'ha fracassata – dice il papà – fracassata. Questo son capaci di fare. Cani! cani ringhiosi, ecco che cosa sono!» La mamma prende un grappolo d'uva, sputa le bucce nel piatto. In ogni suo gesto c'è tristezza e timore. Porta una camicetta di velo e si vede il suo collo bianco e magro, le lentiggini sulla scollatura. Sandra si accorge allora che tutti sono magri e pallidi, certo perché han passato l'estate in città. L'acqua che beve è tiepida, il pane bianco e moscio e diverso da quello che c'era in montagna. Bicchieri e posate scintillano e la stanza, col tappeto, le tende e il paralume di seta dalla lunga frangia, le appare bella e ricca come una reggia. Nel mangiare la frutta le viene in mente quella sera dalla zia, che c'era un dolce di prugne e di crema. Non ne potevano piú dal ridere perché era un pasticcio tutt'altro che buono. Ma ora le sembra sciocco d'aver riso tanto. Rivede le faccie contente di Nuccio e della zia, ed essi le sembrano stupidi e ingenui, le sembrano stupidi gli scherzi che faceva con loro e ne prova vergogna. Dopo cena, la mamma la conduce a letto e l'aiuta a spogliarsi. «Su, presto» dice, slacciandole il corpettino. Piega i vestiti, scuote via la terra dai sandali. «Buona notte carina» dice, e Sandra la bacia sulla gota ardente. Spegne la luce e Sandra resta sola. Tra poco verrà la serva, che dorme con lei. Sente la sorella piangere nella stanza vicina. E nello studio il papà cammina su e giú e dice: «Belle consolazioni ci danno! Cani! questo sono, e nient'altro. È inutile che tu li difenda...»

La sua camera dà sul cortile ed ella sente scalpitare un cavallo, poi qualcuno rovescia un secchio d'acqua, poi una finestra si chiude. Tutto si fa silenzio, ma la serva ancora non viene. Chi sa perché comincia a pensare al cortile, le viene in mente che il cavallo potrebbe imbizzire o i carrettieri prendersi a pugni tra loro... E pensa a un mendicante che vede sempre sulla porta della chiesa. È un vecchio con dei lunghi baffi sudici, mormora certe parole che non si capiscono mai. La paura l'assale e pensa a cose terribili, ai ladri e si sforza d'immaginare due o tre guardie che passeggiano giú nella strada. Si sforza di pensare a domani, al giardino soleggiato. Sporge la testa fuori della ringhiera del letto e cerca con lo sguardo i suoi giocattoli, ammucchiati nell'ombra: una bambola, un cerchio, dei libri sfogliati, una pompa da bicicletta. Ma di nuovo vede davanti a sé il mendicante.

La serva entra ed accende la luce, Sandra finge di dormire e respira profondamente. Un attimo apre gli occhi e vede la serva in piedi, che si slaccia il corpetto, vede le sue gambe e le mutande gonfie come palloni.

Al buio, prova una felicità intensa per non aver piú paura. Nasconde la testa sotto le coperte e racconta, non sa con certezza a chi: «Mio cugino Nuccio ed io facevamo delle barche di scorza d'albero... Ho imparato benissimo a farle... Nel prato dietro la casa c'era un pantano con rane e girini... Abbiamo fatto una passeggiata lunga, Nuccio mi ha prestato i suoi calzettoni... La casa era azzurra...»

Chiude gli occhi e vede la casa, il ballatoio, le montagne. Tutto, Nuccio, il bosco e il pantano, lo scoiattolo nella bottega del calzolaio, e perfino la cuoca col gozzo, tutto risveglia nel suo cuore l'affetto e la nostalgia.

Casa al mare

Da molti anni non vedevo il mio amico Walter. Qualche volta lui mi scriveva, ma le sue lettere puerili e sgrammaticate non dicevano niente. Alla notizia che si era sposato mi meravigliai. Quando lo frequentavo, egli non mostrava interesse per nessuna delle donne che allora ci accadeva d'avvicinare. La sua singolare bellezza suscitava l'amore in molte donne, ma egli disprezzava e scherniva crudelmente le ragazze che si erano innamorate di lui. Gli altri giovani nostri coetanei gli mostravano poca simpatia, ed io ero il suo solo amico.

Cinque anni circa dopo il suo matrimonio ricevetti una lettera di lui che mi chiedeva di venirlo a raggiungere in una città balneare, dove egli ora si trovava con la moglie e il bambino. Accennava in forma vaga a una difficoltà per cui gli era necessario il mio consiglio.

Io vivevo allora con mia madre. Avevo un piccolo impiego che mi fruttava poco guadagno e per partire chiesi del denaro a mia madre. Ella mi accusò di sperpero e di poco riguardo per lei e ci fu un leggero litigio. Ebbi in prestito il denaro da uno zio e partii. Era una giornata calda sul principio d'estate. In viaggio pensavo all'amico Walter e nella mia gioia di rivederlo c'era un turbamento vago, come un po' di paura e d'angustia, che avevo sempre provato in quegli anni nel ricordarlo. Era forse timore che egli potesse in qualche modo sconvolgere e spezzare la vita che m'ero venuto formando, infiammandola di desideri e di nostalgie. Pensavo anche a sua moglie con curiosità. Non sapevo immaginare come potesse essere, né quali fossero i loro rapporti.

Giunsi a mezzogiorno e scesi in una stazione calda, riverniciata di fresco e deserta. Walter mi aspettava addossato al muro, con le mani in tasca. Non era per nulla mutato. Portava un paio di pantaloni di tela e una canottiera bianca, con le maniche corte ed aperta sul collo. Sul suo viso grande, dorato dal sole, apparve un sorriso, ed egli mi venne incontro indolente e mi porse la mano. Io sapevo che mi avrebbe accolto cosí, che non avrebbe avuto esclamazioni di sorpresa e che non ci saremmo abbracciati: tuttavia ne ebbi un senso di freddo. Per strada, mentre mi portava la valigia facendosela dondolare lungo il fianco, presi a interrogarlo sulla natura della difficoltà in cui si trovava, ed egli mi disse, senza guardarmi e con la sua voce breve, che erano preoccupazioni d'indole famigliare e che era stata Vilma, sua moglie, a volere che mi facesse venire.

Incontrammo Vilma che tornava dal bagno col bambino. Vidi una donna alta, un po' grossa, coi capelli neri ancor umidi e delle tracce di sabbia sul viso. Portava un abito da sole a quadretti che le lasciava le ginocchia scoperte, e aveva in mano un cappello di paglia intrecciata e una borsa di telacerata rossa. Il bambino mi parve piccolissimo, ma dissero che aveva quattro anni. Era un bimbetto magrolino, pallido, bello, con folti riccioli biondi che gli arrivavano alle spalle.

Abitavano un villino a due piani, davanti alla spiaggia. Mi era stata preparata una stanza al piano superiore, che dava non sul mare, ma sulla campagna. In tutta la casa c'era penombra e un buon odore fresco di legno e di pesche gialle. Si pranzava nella veranda: le tende di grossa tela color ruggine, mosse dal vento, si scostavano e lasciavano vedere il mare d'un azzurro splendente, il cielo e la spiaggia coi capanni dipinti a colori vivaci. Durante il pranzo, il bambino non voleva mangiare e la madre lo incitava con voce stanca, imboccandolo. Walter taceva e spezzettava del pane, guardando fisso davanti a sé. Poi a un tratto s'arrabbiava e diceva che il cibo era malcotto e cattivo e che se fosse stato migliore, certo anche il bambino avrebbe mangiato. Vilma non rispondeva, ma sospirava ed abbassava il capo. Il bambino volgeva dall'uno all'altra gli occhi spaventati.

– Scenette famigliari, – mi disse Walter quando fummo soli, – se non c'è piú l'accordo, basta qualunque pretesto. Adesso poi ci sono cose piú gravi. Pare che lei si sia innamorata –. Domandai di chi, ed egli mi rispose vagamente che era un artista. – Un musico, – disse con uno sgradevole sorriso beffardo.

Subito il primo giorno del mio arrivo, Vilma mi volle parlare. Fu la sera, un momento che Walter era uscito. Mi sedette davanti, e con uno sforzo di risoluta franchezza che mi fece un'impressione penosa, prese a dire di sé e di Walter. Aveva molto sofferto in quegli anni: conoscevo Walter e questo non mi doveva stupire. Quando si era sposata, disse, era ancora molto giovane ed inesperta. Guardandola io cercavo di stabilire quanti anni avesse, ma non mi pareva che potesse essere molto giovane e l'avrei detta anzi piú vecchia di Walter. Aveva i capelli neri arruffati e gli occhi stretti, di un colore azzurro-scuro e profondi. Nonostante il suo naso lungo e la carnagione sciupata, mi sembrava assai bella. – E ora ho ritrovato qui un vecchio amico... Vrasti. È un'anima elevata e nobile, e il suo primo impulso è stato di aiutarmi e di farmi del bene. Ma i miei sentimenti per lui sono puri, e in nulla possono offendere il mio bambino e Walter –. Ella mi parlava con abbandono e fiducia, ma questo, invece di piacermi e d'ispirarmi la stessa fiducia, m'imbarazzava e mi riusciva penoso. La situazione era complicata, ella disse, da insufficienza di mezzi e dalla salute gracile del bambino, al quale sarebbe stato necessario un clima famigliare molto tranquillo.

Conobbi poi anche Vrasti. Seppi che aveva abitudine di venire ogni giorno, ma era di una timidezza quasi morbosa, e saputo che c'ero io, sul principio non osava. Era un uomo sulla cinquantina, con lunghi e molli capelli striati di grigio ed occhi chiari in un volto rugoso e scarno. Parlava poco: sedeva accanto a Vilma e la guardava cucire, trastullandosi con le frange della sua sciarpa. Cercava di attirare a sé il bambino che gli sfuggiva, lo tratteneva per il polso e gli accarezzava il capo con la mano grossa, dalle unghie rotte e sciupate.

– Un artista, un vero artista, – mi disse Vilma in disparte, quando Vrasti venne la prima volta. – Ma è difficile indurlo a suonare.

Pregai Vrasti di suonare ed egli disse no, no, ma si vedeva che ne aveva un gran desiderio. Finalmente sedette al pianoforte e suonò, a lungo e in un modo scolaresco e noioso, Mozart e Schumann.

Spesso Vilma lo invitava a fermarsi a cena ed egli rispondeva di no, che non era possibile, ma era chiaro che aveva una gran voglia di accettare e temeva che ella non insistesse piú e dover andar via. A tavola maneggiava le posate senza destrezza e beveva moltissimo, di continuo si versava del vino. Dopo aver bevuto balbettava frasi sconnesse ed era preso da un tremito. Walter distoglieva il viso da lui con un'espressione di disgusto. Accanto alla moglie, a Vrasti e al bambino, egli mi appariva stranamente giovane e sano. La sua alta statura, le larghe spalle e le solide braccia nude, l'indolente serenità del suo corpo, riempivano tutta la stanza. Vrasti gli stava accanto con timidezza e con un sorriso colpevole, osando appena parlargli direttamente. A me invece dimostrò subito familiarità e simpatia.

Io ero là da diversi giorni, mi sentivo molto a mio agio e la mia salute ne godeva. Il pensiero di dovermene andare mi rattristava. Scrissi a mio zio per avere altro denaro e ricevetti una somma, un po' minore di quella che avevo chiesto, e accompagnata da una lettera d'ammonimento. Mia madre pure mi scriveva lagnandosi della mia assenza, della solitudine in cui la lasciavo e del mio lavoro interrotto. Il ricordo del lavoro, della città, di mia madre, mi riusciva spiacevole e lo evitavo. Mi sembrava d'esser là da un tempo indeterminato, lunghissimo. Gli altri non accennavano mai alla mia partenza e neppure parevano rammentare che mi avevano chiamato per un consiglio. Non davo alcun consiglio e nessuno me ne chiedeva.

Avevo compreso che l'amore di Vilma per Vrasti non era sincero, ma una semplice opera della sua fantasia. Ella si aggrappava al solo essere che le pareva potesse salvarla, ma forse sentiva dentro di sé come questo era artificioso e non vero, e soffriva di piú.

Quando ricevetti il denaro dello zio, ne offersi una gran parte a Walter ed egli accettò. Vilma quando lo seppe mi ringraziò con le lagrime agli occhi. Disse che mi ero mostrato un vero amico per loro. – Non lo dimenticherò mai, – disse.

Mi alzavo molto presto alla mattina e mi affacciavo alla finestra: vedevo l'orto con la verde insalata rugiadosa e i fiori rossi e gialli, la vasta distesa dei campi e i monti lontani velati d'un leggero vapore. Scendevo. La spiaggia era ancora quasi deserta e la rena, non ancora toccata dal sole, era umida e fredda. Vedevo Walter – egli si alzava ancor prima di me – uscire dall'acqua e venirmi incontro camminando col suo passo molle e leggero. Per costume non aveva che un paio di strette mutandine di maglia e da lontano sembrava nudo. Si sdraiava accanto a me col forte corpo bagnato e si passava la mano sui capelli biondi. Un'americana di grande famiglia che aveva il capanno poco lontano dal nostro s'era innamorata di lui, e se lo vedeva solo s'avvicinava e gli voleva parlare. Egli le rispondeva in modo poco gentile e se ne andava. L'aveva soprannominata «il pappagallo». Dava soprannomi a tutti, e Vrasti era per lui ora «il vecchio pulcinella» ora «il dottor Tartaglia». Diceva quei soprannomi al bambino e lo faceva ridere.

Vilma e il bambino venivano sulla spiaggia molto tardi. Walter prendeva il bambino in collo e lo portava nell'acqua, facendolo ridere e gridare di paura. Il piccolo aveva per lui un amore frenetico e vedevo che Vilma ne era gelosa.

Ben presto m'accorsi che accadeva a Vilma qualcosa di strano. Ella ora invitava meno spesso il musico a cena, e, in genere, mi parve che vederlo o non vederlo le fosse divenuto indifferente. Anche Vrasti finí per rendersene conto, e sentivo che si tormentava e soffriva. Ella non lo pregava piú di suonare e non lo tratteneva dal bere. Una volta che in presenza di lei Walter parlando di Vrasti disse: «Il dottor Tartaglia», ella rise.

Il suo desiderio di piacermi lo sentivo in ogni suo gesto, in ogni parola. Se camminava per la casa riordinando gli oggetti o rincorreva il bambino sulla spiaggia o si sdraiava, io sentivo che faceva questo non per Vrasti, ma per me.

Avrei dovuto partire subito. Ma non ne fui capace. Sul principio mi dissi che non c'era nulla di vero. Finsi con me stesso di credere d'aver dato importanza a cose che non ne avevano alcuna. Nondimeno evitavo di rimaner solo con lei. Passavo la maggior parte del giorno a vagabondare per la campagna con Walter.

Nelle nostre interminabili passeggiate egli stava quasi sempre in silenzio. Guardavamo il tramonto sdraiati su una roccia che scendeva a picco sul mare, in una vegetazione selvaggia di fichidindia e di palme. Che cosa fossero stati per Walter quegli anni in cui eravamo stati lontani, che cosa avesse fatto, creduto, sperato, io lo ignoravo, ma sapevo che ogni domanda sarebbe stata inutile. Lui stesso non mi rivolgeva alcuna domanda, e sapevo che non avrebbe preso alcun interesse a quello che di me gli avrei potuto dire. Tale mancanza d'interesse che in un altro m'avrebbe avvilito, in lui mi appariva del tutto naturale, ovvia, e non mi faceva soffrire. Capivo, meglio di quanto non avessi fatto in passato, che egli era diverso ed avulso dagli altri esseri umani, e per questo ogni suo rapporto con gli altri prendeva una forma strana, inesplicabile ed offensiva per tutti ma non per me. Era come una grande pianta isolata. Il vento che soffia nelle sue fronde e la terra che nutre le sue radici fanno parte della sua vita, non altro. Cosí io sentivo che le gioie e i dolori di Walter non gli venivano dai suoi simili, ma da cause incomprensibili e sconosciute a noi, come la terra o il vento.

A volte mi parlava del suo bambino e mi parve che gli volesse bene. Diceva che Vilma non era fatta per tirar su un bambino. Ella lo alzava tardi, non gli permetteva di stare troppo a lungo nell'acqua né di giocare al sole con la testa scoperta. – E poi, come lo veste e come gli fa crescere i riccioli. Sembra il figlio di un'attrice.

Finalmente decisi di partire e lo dissi. Walter non espresse né meraviglia né rammarico. Ma Vilma mi guardò con un viso cosí disperato, che ne ebbi una scossa dentro. Di rado m'era accaduto di essere oggetto dell'amore di una donna. E sentii che questo mi dava un certo oscuro piacere. Ma subito ebbi vergogna di me stesso. Ero venuto là per chiarire le cose e rendermi utile in qualche modo, non avevo chiarito nulla e anzi avevo complicato e forse rovinato irreparabilmente la situazione. Salii nella mia camera e cominciai a fare la valigia. Era notte: sarei partito la mattina dopo. Walter era già andato a dormire.

Di lí a poco sentii bussare leggermente alla porta e Vilma entrò. Disse che era venuta a vedere se avevo bisogno che m'aiutasse. Avevo già finito, non era che una piccola valigia, le risposi. Sedette sul letto, e mi stava a guardare mentre riponevo i pochi oggetti e i libri. D'un tratto si mise quieta quieta a piangere. Mi avvicinai e le presi le mani. – No, perché? Vilma, perché? – le dicevo. Ella posò la testa sulla mia spalla, si strinse a me e mi baciò. Anch'io la baciai. Non potevo reagire. Mi pareva di amare quella donna come lei mi amava, e coprivo di baci appassionati il suo corpo.

L'indomani mattina svegliandomi ero cosí fiacco che durai fatica ad alzarmi. Sentivo pena e disgusto. Macchinalmente mi vestii e scesi ad incontrare Walter sulla spiaggia. Non potevo partire senza dirgli quello che era avvenuto. Non mi chiedevo se parlare fosse bene o male, sapevo soltanto che non potevo partire senza aver parlato. Lo vidi sdraiato sulla rena con le braccia incrociate sotto la nuca. Nella notte c'era stato un gran vento e il mare era agitato, con grandi onde schiumose che s'accavallavano a riva.

Quando mi vide s'alzò. – Sei pallido, – mi disse. Prendemmo a camminare lungo la spiaggia. Il dolore e la vergogna m'impedivano di parlare. – Perché stai zitto? Be', lo so, hai passato la notte con lei, – egli disse. Mi fermai e ci guardammo in viso. – Sí, me l'ha detto. È di quelli che hanno la smania della sincerità. Non può vivere senza la sincerità. Ma non devi pensar male di lei. È una disgraziata e nient'altro. Non sa piú neanche lei quello che vuole. E cosí adesso hai visto anche tu come siamo –. La sua voce era spenta ed amara. Gli posi la mano sul braccio. – Ma non soffro per questo, – egli mi disse, – tu potessi capire come tutto mi è lontano! Neppur io so quello che voglio –. Ebbe un gesto come d'impotenza. – Io... io non so, – disse.

Era venuto anche Vrasti per salutarmi, e tutti insieme – avevano alzato anche il bambino – mi accompagnarono alla stazione. Vilma non pronunciò una sola parola. Il suo viso era pallido e attonito.

Salito in treno mi affacciai a dire addio: vidi un'ultima volta i riccioli del bambino scompigliati dal vento, Vilma, Vrasti che agitava verso di me il suo cappello floscio: poi Walter volse le spalle e s'incamminò per andarsene, con le mani in tasca, e gli altri lo seguirono.

Per tutto il viaggio non potei pensare che a loro. Per molto tempo, tornato in città, non pensavo che a loro e non sentivo alcun legame con le persone che mi erano intorno. Scrissi molte lettere a Walter, ma non ebbi risposta. Piú tardi seppi da estranei che il bambino era morto, essi si erano separati e Vilma era andata a stare col musico.

Il maresciallo

Quel giorno c'erano degl'invitati, e si mangiava il gelato nei bei piattini a forma di foglie di fragola. Lo zio Giovanni raccontava qualcosa: era una storia lunga, che durava dal principio del pranzo, ma i bambini non erano stati a sentire.

«E cosí m'han chiamato dal maresciallo per questo» disse alla fine.

Doveva essere una storia buffa, perché tutti ridevano e la nonna quasi soffocava, buttata indietro sulla sua poltrona. I bambini le chiesero il permesso di prender la frutta e andar fuori, e lei fece segno di sí senza ascoltarli, seguitando a ridere e a tossire. I bambini si presero ciascuno una manciata di ciliege e corsero via. Mentre attraversavano di corsa il giardino, li raggiunse Memi, il figlio della portinaia, un ragazzetto magro, con la testa rasa, e tutti andarono «nel solito posto». Quel posto era la cantina; ci si entrava dal giardino, scalando una finestra. C'era un vecchio divano con le molle rotte, e gli arnesi del giardiniere in un angolo.

Silvio montò in piedi sul divano, eccitato, e cominciò a fare gran salti gridando: «Il maresciallo!» perché quella parola gli piaceva molto. Sua sorella Nennella, che lo imitava in tutto, anche lei si mise a saltare e a gridare, e di lí a poco tutti e quattro i bambini ballavano sul divano ripetendo: «Maresciallo, maresciallo!» «Maresciallo, vieni fuori!» strillò Paolo esausto, lasciandosi cader giú sulla pancia. E allora accadde una cosa straordinaria. Un maresciallo scavalcò la finestra e sedette su un baule in fondo alla cantina.

Era alto, magro e curvo, con una testa calva e rossa, e delle lunghe fedine di un bianco biondastro. Quello che era splendido in lui, era il suo abito, di un bellissimo colore azzurro vivo, con due file di bottoni scintillanti.

«La prossima volta che verrò porterò il mio orso impagliato» disse asciugandosi col fazzoletto il sudore su tutta la testa. «L'avrei portato anche oggi, ma non sapevo se l'avreste accolto bene. Potevate anche pigliarvi paura».

«Come può far paura un orso impagliato?» domandò Silvio, che era il meno timido.

«E cosa, un orso impagliato e forse peggio d'un altro?» disse il maresciallo. «Vi accerto, e credo che mi possiate credere sulla parola, che il mio amico è una bestia di ottima razza. Il suo pelo è qualcosa di straordinario... Come seta» soggiunse confidenzialmente.

«Come seta» ripeterono i bambini con gli occhi sgranati. «È nero o bianco?»

«Nero!» disse il maresciallo, e prese un'aria scandalizzata. «Nero, nero. Cosí nero che di notte non lo vedete. Ma i suoi occhi scintillano».

«Credevo che solo i gatti avessero gli occhi fosforescenti» disse Nennella, una bambina che a scuola studiava molto.

«Anche gli orsi» asserí il maresciallo «anche gli orsi. Ma ora basta parlare di questo... Non avete argomenti piú interessanti?»

«Argomenti? No» mormorarono i bambini spauriti.

«Be', non importa. Cos'avete lí? Ciliege? Mi piacciono. Perché non me le avete offerte? Siete ragazzi molto maleducati». Di colpo mise in bocca e inghiottí un'intera manciata di ciliege.

«Pessime» disse poi sputando, «davvero una porcheria. Gli alberi del mio frutteto avrebbero vergogna di metter fuori ciliege simili. Sono alberi esemplari. Li ho seminati tutti di mia mano, uno dopo l'altro, li ho visti crescere e sono come miei figli. E quando torno a casa stormiscono dolcemente, come per salutarmi. Io passo e loro stormiscono, stormiscono dolcemente. Invece per la mia domestica non hanno la piú piccola simpatia. È una donna un po' burbera, ma non cattiva. Certo non sarebbe contenta di sapere che sono qui».

«E perché?» domandarono i bambini.

«Cosí, non può soffrire i bambini. È il suo carattere. Brontola sempre, ma mi è affezionata, e sa cucinare delle buone minestre. Certe minestre... mm!...» il maresciallo fece schioccare la lingua. «E poi è molto brava a rigovernarmi la nave. Tutte le mattine la pulisce e la rigoverna».

«Hai una nave?» domandò Silvio con molto interesse.

«Una nave! E perché non dovrei avere una nave?» disse il maresciallo indignato. «Certo che ce l'ho. Ed è la piú bella nave che si sia mai vista. Una nave stupenda».

«Va sul mare?»

Il maresciallo ebbe un lungo sospiro, e la sua faccia divenne assai triste.

«Com'era bello allora», disse. «Io me ne andavo per il mare con la mia nave, ed erano con me tutti i miei uomini, che io comandavo. Non c'era in mare una nave che andasse veloce come la nostra, e quando mettevamo la vela, pareva che volasse quando mettevamo la vela».

«E gli uomini? Dove sono adesso?»

«Morti» disse il maresciallo con un tremito nella voce, «morti. Mangiati dai pesci. Ah, quelli erano uomini! quella era vita! I miei nemici m'hanno rovinato. M'hanno tolto tutto. È finita ogni cosa, gli uomini sono morti e la nave è diventata inservibile, la tengo nello stagno sotto casa mia».

Tacque, se ne stette un po' a testa china, e i bambini s'accorsero che piangeva. Era triste vedere il maresciallo piangere, e i bambini non sapevano che fare, e gli stavano intorno silenziosi.

«Ma non importa, io mi vendicherò» disse a un tratto il maresciallo. «Mi vendicherò di quelli che mi hanno fatto del male. E voi mi aiuterete? Non è vero, mi aiuterete?»

«Ti aiuteremo! ti aiuteremo, ci vendicheremo! Vendetta, vendetta!» gridarono in coro i bambini, con grandi salti entusiastici sul divano.

Il maresciallo tornò molto spesso, prese anzi l'abitudine di venire ogni giorno, e questo riempiva di gioia tutti i bambini. Essi erano pieni d'ammirazione e d'affetto per lui, godevano alla vista dei bottoni e delle belle, lunghe fedine, e gli davano volentieri la loro merenda, che lui divorava in un baleno. Poi diceva: «Cattivo, una porcheria». Ma anche questo faceva loro piacere. Ai grandi non piaceva che stessero sempre in quella cantina piena di polvere, mentre fuori il sole splendeva, e dicevano: «Chi sa cosa combinate là dentro». Ma loro, appena liberi, correvano presto in cantina, e il maresciallo non tardava a venire. Che belle ore passavano là tutti insieme. Lui si sedeva, s'asciugava il sudore sulla fronte e diceva: «È un peccato, non ho portato il mio orso».

«Già, perché non l'hai portato?» diceva Memi con un'aria insolente, che lo rendeva poco simpatico.

«Il mio povero amico era molto dispiacente di non venire» sospirava il maresciallo «si annoia tanto solo senza di me. Ma come fare? Un viaggio cosí lungo potrebbe stancarlo».

«È mai stato malato?» domandavano i bambini.

«Senza dubbio, il mio caro qualche volta è malato» diceva il maresciallo. «Devo perfino dargli la medicina. Coi suoi occhi mi guarda come per supplicarmi, ma devo pure dargli la medicina che lo fa guarire».

«E cosa mangia?»

«Di tutto. Di tutto. Vado a caccia nel bosco e gli porto una lepre, un tordo, qualcosa, glielo porto e lui se lo mangia».

«Ma è impagliato!» faceva Memi.

Il maresciallo lo guardava con aria compassionevole.

«Ai ragazzi come te si dovrebbe tagliare la lingua» diceva.

«Una mattina ti sveglierai e vorrai chiedere il caffelatte, ma non potrai, che avrai la lingua tagliata».

«Il mio papà va a caccia qualche volta» diceva Paolo. «Anche a te piace andare a caccia?»

«È la mia occupazione favorita. Vado nel bosco. Voi dovreste vedere il mio bosco; non se ne può pensare uno piú grande, e gli alberi sono altissimi e verdi, molto piú verdi e piú alti degli alberi che ci sono qui. Quelli sono alberi!»

«Ci sono le fragole?»

«Nel mio bosco ci sono molte fragole» diceva il maresciallo. «Come si può pensare che non ci siano le fragole? Son fragole squisite, meravigliosamente dolci. Le assaggerete se verrete laggiú».

«Ma ci devi condurre una volta» dicevano i bambini.

«Senza dubbio, ma non posso soffrire i ragazzi impazienti. Senza dubbio verrete. Semplicemente vi addormentate e vi trovate là. Oppure anche ci si può andare in un altro modo».

«E come?»

«Volando» disse il maresciallo misteriosamente. «Vi attaccate alle falde del mio soprabito, e si vola».

«Dev'esser bello! Andiamo presto, subito!» gridarono i bambini.

«Ma c'è pericolo» disse il maresciallo col viso serio «c'è molto pericolo. Può sorprenderci l'uragano. Cosa succede allora? Si è sbattuti di qua e di là: la testa gira, non si capisce piú niente. E si sente un rombo spaventoso. Qualche volta poi ti viene in bocca una nuvola. Certe nuvole hanno un buon sapore, ma altre sono orribilmente salate».

«Forse quelle che vengono dal mare» disse Nennella.

«Appunto. Ma poi è bello quando si arriva. Non potete immaginare quanto è bello. Non come qui. Prima di tutto qui si sente puzzo».

«Ma il resto della casa non è come questa cantina» si affrettarono ad affermare i bambini.

«Non sarà tutta cosí, ma piú o meno» disse il maresciallo con sicurezza. «Ad ogni modo è mille volte meglio laggiú. Voi ci verrete. La mia vecchia domestica vi cuocerà qualcosa di buono».

«Ma non è vero!» egli urlò a un tratto, e si prese la testa fra le mani. «Niente di quello che vi ho detto è vero! Ho mentito! Io non ho né casa, né domestica, né bosco, né nave! I miei nemici hanno tutto, tutto distrutto!»

«Ci vendicheremo!» gridarono i bambini con furore. «Vendetta, vendetta!»

Cosí essi erano pieni di tenerezza, per il loro caro, vecchio maresciallo. Tutti i giochi li lasciavano indifferenti. Non avrebbero voluto che stare a discorrere col vecchio amico. Ma tutto questo era troppo bello, non poteva durare a lungo. Un giorno erano andati da Nina, la cameriera, per chiederle la merenda. Quella Nina era loro molto simpatica. Era bella e bruna, col viso rosso, portava dei graziosi grembiulini ricamati, e voleva loro molto bene. Andarono da lei e chiesero la merenda. Nina scelse delle albicocche nella fruttiera.

«Che siano molto belle, perché le mangerà il maresciallo» disse Nennella.

«Il maresciallo?» fece Nina stupita.

«Ma sí, il maresciallo» dissero i bambini, strizzandosi gli occhi e ridendo. Da un po' di tempo avevano voglia di parlarne a qualcuno, e quella Nina era cosí simpatica.

«Il maresciallo, cosa c'è di strano? Il maresciallo!» dissero tutti insieme, ridendo eccitati.

«Ah, quante storie avete per la testa!» disse Nina riponendo la fruttiera nella dispensa. In quel momento entrò la nonna.

«Cosa dite?» volle sapere.

«Loro hanno il maresciallo» disse Nina.

«Cos'è il maresciallo?»

«Quanto sono buffi con le loro storie» disse Nina. «Il maresciallo adesso! Che bambini».

I bambini uscirono in giardino, tenendo nelle mani le grosse albicocche venate di rosa. Non ridevano piú e un senso di malinconia li opprimeva. Scesero in cantina e sedettero zitti sul divano. Aspettarono. Si fece sera. Memi prese un'albicocca e l'annusò.

«Potremmo anche mangiarle» disse.

«Non verrà piú» disse Silvio «non verrà mai piú. Che stupida Nennella a dirlo. Non giocherai piú con noi».

«Ma Memi ha detto che si poteva dire». Nennella aveva una gran voglia di piangere.

«Lui è uno sciocco. A lui non bisogna credere. La mamma dice che non bisogna giocare con lui, perché forse ha i pidocchi».

«Siete voi che li avete i pidocchi» disse Memi. «A me non me ne importa di giocare con voi. Andrò in piazza coi ragazzi piú grandi. Giocano alle biglie, a denari. Mi diverto».

«E cosí non vedrai piú il maresciallo» disse Nennella.

«Me ne importa a me del maresciallo». Fece un riso dispettoso. «Il maresciallo non c'è».

«Non c'è? Chi non c'è?» disse Silvio prendendolo per la maglia.

«Non c'è. Non esiste» disse Memi.

Silvio e Paolo gli saltarono addosso, lo buttarono in terra. Riuscí a liberarsi e scappò fuori in giardino.

«Non c'è, non c'è!» gridava, correndo verso il cancello. «Non esiste! È inventato!»

Gli altri lo inseguivano disperatamente. A un tratto lui si volta e getta una pietra. Gli altri prendono due, tre pietre e gliele gettano contro.

«Ma cosí vi fate male! ragazzi!» gridò la cameriera Nina, che stava a stender panni sul prato. Accorsero tutti, e i bambini furono sgridati e puniti. La cantina venne chiusa perché non ci potessero piú andare.

Mio marito

> Uxori vir debitum reddat:
> Similiter autem et uxor viro.
>
> SAN PAOLO, I *Cor.* 7.3.

Quando io mi sposai avevo venticinque anni. Avevo lungamente desiderato di sposarmi e avevo spesso pensato, con un senso di avvilita malinconia, che non ne avevo molte probabilità. Orfana di padre e di madre, abitavo con una zia anziana e con mia sorella in provincia. La nostra esistenza era monotona e all'infuori del tener pulita la casa e del ricamare certe grandi tovaglie, di cui non sapevamo poi cosa fare, non avevamo occupazioni precise. Ci venivano anche a far visita delle signore, con le quali parlavamo a lungo di quelle tovaglie.

L'uomo che mi volle sposare venne da noi per caso. Era sua intenzione comprare un podere che mia zia possedeva. Non so come aveva saputo di questo podere. Era medico condotto di un piccolo paese, in campagna. Ma era abbastanza ricco del suo. Arrivò in automobile, e siccome pioveva, mia zia gli disse di fermarsi a pranzo. Venne alcune altre volte, e alla fine mi domandò in moglie. Gli fu fatto osservare che io non ero ricca. Ma disse che questo non aveva importanza per lui.

Mio marito aveva trentasette anni. Era alto, abbastanza elegante, coi capelli un poco brizzolati e gli occhiali d'oro. Aveva un fare serio, contenuto e rapido, nel quale si riconosceva l'uomo avvezzo a ordinare delle cure ai pazienti. Era straordinariamente sicuro di sé. Gli piaceva piantarsi in una stanza in piedi, con la mano sotto il bavero della giacca, e scrutare in silenzio.

Quando lo sposai non avevo scambiato con lui che ben poche parole. Egli non mi aveva baciata, né mi aveva portato dei fiori, né aveva fatto nulla di quello che un fidanzato usa fare. Io sapevo soltanto che abitava in campagna, in una casa grande e molto vecchia, circondata da un ampio giardino, con un servo giovane e rozzo e una serva attempata di nome Felicetta. Se qualcosa l'avesse interessato o colpito nella mia persona, se fosse stato colto da un amore subitaneo per me, o se avesse voluto semplicemente sposarsi, non sapevo. Dopo che ci fummo congedati dalla zia, egli mi fece salire nella sua macchina, chiazzata di fango, e si mise a guidare. La strada uguale, costeggiata di alberi, ci avrebbe portati a casa. Allora lo guardai. Lo guardai a lungo e curiosamente, forse con una certa insolenza, con gli occhi ben aperti sotto il mio cappello di feltro. Si volse verso di me e mi sorrise, e strinse la mia mano nuda e fredda. – Occorrerà conoscersi un poco, – egli disse.

Passammo la nostra prima notte coniugale in un albergo di un paese non molto lontano dal nostro. Avremmo proseguito l'indomani mattina. Salii in camera mentre mio marito provvedeva per la benzina. Mi tolsi il cappello e mi osservai nel grande specchio che mi rifletteva tutta. Sapevo di non essere bella, ma avevo un viso acceso e animato, e il mio corpo era alto e piacevole, nel nuovo abito grigio di taglio maschile. Mi sentivo pronta ad amare quell'uomo, se egli mi avesse aiutato. Doveva aiutarmi. Dovevo costringerlo a questo.

L'indomani quando ripartimmo non c'era ancora mutamento alcuno. Non avevamo scambiato che poche parole, e nessuna luce era sorta fra noi. Avevo sempre pensato, nella mia adolescenza, che un atto come quello che avevamo compiuto dovesse trasformare due persone, allontanarle o avvincerle per sempre l'una all'altra. Sapevo ora che poteva anche non esser cosí. Mi strinsi infreddolita nel soprabito. Non ero un'altra persona.

Arrivammo a casa a mezzogiorno, e Felicetta ci aspettava al cancello. Era una donnettina gobba e canuta, con modi furbi e servili. La casa, il giardino e Felicetta erano come avevo immaginato. Ma nella casa non c'era niente di tetro, come c'è spesso nelle case vecchie. Era spaziosa e chiara, con tende bianche e poltrone di paglia. Sui muri e lungo la cancellata si arrampicava l'edera e delle piante di rose.

Quando Felicetta mi ebbe consegnato le chiavi, sgattaiolando dietro a me per le stanze e mostrando ogni cosa, mi sentii lieta e pronta a dar prova a mio marito e a tutti della mia competenza. Non ero una donna istruita, non ero forse molto intelligente, ma sapevo dirigere bene una casa, con ordine e con metodo. La zia m'aveva insegnato. Mi sarei messa d'impegno al mio compito, e mio marito avrebbe veduto quello che sapevo fare.

Cosí ebbe inizio la mia nuova esistenza. Mio marito era fuori tutto il giorno. Io mi affaccendavo per la casa, sorvegliavo il pranzo, facevo i dolci e preparavo le marmellate, e mi piaceva anche lavorare nell'orto in compagnia del servo. Bisticciavo con Felicetta, ma col servo andavo d'accordo. Quando ammiccava gettando il ciuffo all'indietro, c'era qualcosa nella sua sana faccia che mi dava allegria. Passeggiavo a lungo per il paese e discorrevo coi contadini. Li interrogavo, e loro m'interrogavano. Ma quando rientravo la sera, e sedevo accanto alla stufa di maiolica, mi sentivo sola, provavo nostalgia della zia e di mia sorella, e avrei voluto essere di nuovo con loro. Ripensavo al tempo in cui mi spogliavo con mia sorella nella nostra camera, ai nostri letti di ferro, al balcone che dava sulla strada ed al quale stavamo tranquillamente affacciate nei giorni di domenica. Una sera mi venne da piangere. All'improvviso mio marito entrò. Era pallido e molto stanco. Vide i miei capelli scomposti, le mie guance bagnate di lagrime. – Che c'è? – mi disse. Tacqui, chinando il capo. Sedette accanto a me carezzandomi un poco. – Triste? – mi chiese. Feci segno di sí. Allora egli mi strinse contro la sua spalla. Poi a un tratto si alzò e andò a chiudere a chiave la porta. – Da molto tempo volevo parlarti, – disse. – Mi riesce difficile, e perciò non l'ho fatto finora. Ogni giorno pensavo «sarà oggi», e ogni giorno rimandavo, mi pareva di non poter trovare le parole, avevo paura di te. Una donna che si sposa ha paura dell'uomo, ma non sa che l'uomo ha paura a sua volta, non sa fino a che punto anche l'uomo ha paura. Ci sono molte cose di cui ti voglio parlare. Se sarà possibile parlarsi, e conoscersi a poco a poco, allora forse ci vorremo bene, e la malinconia passerà. Quando ti ho veduta per la prima volta, ho pensato: «Questa donna mi piace, voglio amarla, voglio che mi ami e mi aiuti, e voglio essere felice con lei». Forse ti sembra strano che io abbia bisogno d'aiuto, ma pure è cosí –. Sgualciva con le dita le pieghe della mia sottana. – C'è qui nel paese una donna che ho amato molto. È sciocco dire una donna, non si tratta di una donna ma di una bambina, di una sudicia bestiolina. È la figlia di un contadino di qui. Due anni fa la curai d'una pleurite grave. Aveva allora quindici anni. I suoi sono poveri, ma piú ancora che poveri, avari, hanno una dozzina di figli e non volevano saperne di comprarle le medicine. Provvidi per le medicine, e quando fu guarita, la cercavo nei boschi dove andava a far legna e le davo un po' di denaro, perché si comperasse da mangiare. A casa sua non aveva che del pane e delle patate col sale; del resto non ci vedeva niente di strano: cosí si nutrivano i suoi fratelli e cosí si nutrivano il padre e la madre, e gran parte dei loro vicini. Se avessi dato del denaro alla madre, si sarebbe affrettata a nasconderlo nel materasso e non avrebbe comprato nulla. Ma vidi poi che la ragazza si vergognava di entrare a comprare, temendo che la cosa fosse risaputa dalla madre, e che anche lei aveva la tentazione di cucire il denaro nel materasso come sempre aveva visto fare a sua madre, sebbene io le dicessi che se non si nutriva, poteva ammalarsi di nuovo e morire. Allora le portai ogni giorno del cibo. Sul principio aveva vergogna di mangiare davanti a me, ma poi s'era avvezzata e mangiava mangiava, e quando era sazia si stendeva al sole, e passavamo delle ore cosí, lei e io. Mi piaceva straordinariamente vederla mangiare, era quello il momento migliore della mia giornata, e quando mi trovavo solo, pensavo a quello che aveva mangiato e a quello che le avrei portato l'indomani. E cosí presi a far l'amore con lei. Ogni volta che mi era possibile salivo nei boschi, l'aspettavo e veniva, e io non sapevo neppure perché veniva, se per sfamarsi o per fare all'amore, o per timore che io m'inquietassi con lei. Ma io come l'aspettavo! Quando a un sentimento si unisce la pietà e il rimorso, ti rende schiavo, non ti dà piú pace. Mi svegliavo la notte e pensavo a quello che sarebbe avvenuto se l'avessi resa incinta e avessi dovuto sposarla, e l'idea di dividere l'esistenza con lei mi riempiva d'orrore, ma nello stesso tempo soffrivo a immaginarla sposata ad un altro, nella casa di un altro, e l'amore che provavo per lei mi era insopportabile, mi toglieva ogni forza. Nel vederti ho pensato che unendomi a te mi sarei liberato di lei, l'avrei forse dimenticata, perché non volevo lei, non volevo Mariuccia, era una donna come te che io volevo, una donna simile a me, adulta e cosciente. C'era qualcosa in te che mi diceva che mi avresti forse perdonato, che avresti acconsentito ad aiutarmi, e cosí mi pareva che se agivo male con te, non aveva importanza, perché avremmo imparato ad amarci, e tutto questo sarebbe scomparso –. Dissi: – Ma potrà scomparire? – Non so, – egli disse, – non so. Da quando ti ho sposato non penso piú a lei come prima, e se la incontro la saluto calmo, e lei ride e si fa tutta rossa, e io mi dico allora che fra alcuni anni la vedrò sposata a qualche contadino, carica di figli e disfatta dalla fatica. Pure qualcosa si sconvolge in me se la incontro, e vorrei seguirla nei boschi e sentirla ridere e parlare in dialetto, e guardarla mentre raccoglie le frasche per il fuoco. – Vorrei conoscerla, – dissi, – me la devi mostrare. Domani usciremo a passeggio e me la mostrerai quando passa –. Era il mio primo atto di volontà, e mi diede un senso di piacere. – Non mi serbi rancore? – egli mi chiese. Scossi il capo. Non provavo rancore: non sapevo io stessa quello che provavo, mi sentivo triste e contenta nel medesimo tempo. S'era fatto tardi, e quando andammo a cena, trovammo tutto freddo: ma non avevamo voglia di mangiare. Scendemmo in giardino, e passeggiammo a lungo per il prato buio. Egli mi teneva il braccio e mi diceva: – Sapevo che avresti capito –. Si svegliò piú volte nella notte, e ripeteva stringendomi a sé: – Come hai capito tutto!

Quando vidi Mariuccia per la prima volta, tornava dalla fontana, reggendo la conca dell'acqua. Portava un abito azzurro sbiadito e delle calze nere, e trascinava ai piedi un paio di grosse scarpe da uomo. Il rossore si sparse sul suo viso bruno, al vedermi, e rovesciò un po' d'acqua sulle scale di casa, mentre si voltava a guardare. Questo incontro mi diede un'emozione cosí forte, che chiesi a mio marito di fermarci, e sedemmo sulla panca di pietra davanti alla chiesa. Ma in quel momento vennero a chiamarlo e io rimasi sola. E mi prese un profondo sconforto, al pensiero che forse ogni giorno avrei veduto Mariuccia, che mai piú avrei potuto camminare spensieratamente per quelle strade. Avevo creduto che il paese dove ero venuta a vivere mi sarebbe divenuto caro, che mi sarebbe appartenuto in ogni sua parte, ma ora questo mi era negato per sempre. E difatti ogni volta che uscivo m'incontravo con lei, la vedevo risciacquare i panni alla fontana o reggere le conche o portare in braccio uno dei suoi fratellini sporchi, e un giorno sua madre, una contadina grassa, m'invitò a entrare nella loro cucina, mentre Mariuccia stava là sulla porta con le mani sotto il grembiule, gettandomi ogni tanto uno sguardo curioso e malizioso, e alfine scappò via. Rientrando io dicevo a mio marito: – Oggi ho visto Mariuccia, – ma egli non rispondeva e distoglieva gli occhi, finché un giorno mi disse irritato: – Che importa se l'hai vista? È una storia passata, non occorre parlarne piú.

Finii col non allontanarmi piú dal giardino. Ero incinta, e mi ero fatta grossa e pesante. Sedevo nel giardino a cucire, tutto intorno a me era tranquillo, le piante frusciavano e diffondevano ombra, il servo zappava nell'orto e Felicetta andava e veniva per la cucina lucidando il rame. Pensavo qualche volta al bambino che doveva nascere, con meraviglia. Egli apparteneva a due persone che non avevano nulla di comune fra loro, che non avevano nulla da dirsi, che sedevano a lungo l'una accanto all'altra in silenzio. Dopo quella sera in cui mio marito mi aveva parlato di Mariuccia, non aveva piú cercato di avvicinarsi a me, si era richiuso nel silenzio, e a volte quando io gli parlavo levava su di me uno sguardo vuoto, offeso, come se io l'avessi distolto da qualche riflessione grave con le mie incaute parole. E allora io mi dicevo che occorreva che i nostri rapporti mutassero prima della venuta del bambino. Perché cosa avrebbe pensato il bambino di noi? Ma poi mi veniva quasi da ridere: come se un bambino piccolo avesse potuto pensare.

Il bambino nacque d'agosto. Arrivarono mia sorella e la zia, venne organizzata una festa per il battesimo, e vi fu un grande andirivieni in casa. Il bambino dormiva nella sua culla accanto al mio letto. Giaceva rosso, coi pugni chiusi, con un ciuffo scuro di capelli che spuntava sotto la cuffia. Mio marito veniva continuamente a vederlo, era allegro e rideva, e parlava a tutti di lui. Un pomeriggio ci trovammo soli. Io m'ero abbandonata sul cuscino, fiacca e indebolita dal caldo. Egli guardava il bambino, sorrideva toccandogli i capelli e i nastri. – Non sapevo che ti piacessero i bambini, – dissi ad un tratto. Sussultò e si rivolse. – Non mi piacciono i bambini, – rispose, – mi piace solo questo, perché è nostro. – Nostro? – gli dissi – ha importanza per te che sia *nostro*, cioè mio e tuo? Rappresento qualcosa io per te? – Sí, – egli disse come soprapensiero, e si venne a sedere sul mio letto. – Quando ritorno a casa, e penso che ti troverò, ne ho un senso di piacere e di calore. – E poi? – domandai quietamente, fissandolo. – Poi, quando sono davanti a te, e vorrei raccontarti quello che ho fatto nella giornata, quello che ho pensato, mi riesce impossibile, non so perché. O forse so il perché. È perché c'è qualcosa nella mia giornata, nei miei pensieri, che io ti devo nascondere, e cosí non posso piú dirti nulla. – Che cosa? – Questo, – egli disse, – che di nuovo m'incontro con Mariuccia nel bosco. – Lo sapevo, – io gli dissi, – lo sentivo da molto tempo –. Si chinò su di me baciando le mie braccia nude. – Aiutami, te ne prego, – diceva, – come faccio se tu non mi aiuti? – Ma che cosa posso fare per aiutarti? – gridai, respingendolo e scoppiando a piangere. Allora mio marito andò a prendere Giorgio, lo baciò e me lo porse, e mi disse: – Vedrai che ora tutto ci sarà piú facile.

Poiché io non avevo latte, venne fatta arrivare una balia da un paese vicino. E la nostra esistenza riprese il suo corso, mia sorella e la zia ripartirono, io mi alzai e scesi in giardino, ritrovando a poco a poco le mie abitudini. Ma la casa era trasformata dalla presenza del bambino, in giardino e sulle terrazze erano appesi i pannolini bianchi, la gonna di velluto della balia frusciava nei corridoi, e le stanze risuonavano delle sue canzoni. Era una donna non piú molto giovane, grassa e vanitosa, che amava molto parlare delle case nobili dov'era stata. Occorreva comprarle ogni mese qualche nuovo grembiule ricamato, qualche spillone per il fazzoletto. Quando mio marito rientrava, io gli andavo incontro al cancello, salivamo insieme nella camera di Giorgio e lo guardavamo dormire, poi andavamo a cena e io gli raccontavo come la balia s'era bisticciata con Felicetta, parlavamo a lungo del bambino, dell'inverno che si avvicinava, delle provviste di legna, e io gli dicevo di un romanzo che avevo letto e gli esponevo le mie impressioni. Egli mi circondava col braccio la vita, mi accarezzava, io appoggiavo il viso contro la sua spalla. Veramente la nascita del bambino aveva mutato i nostri rapporti. Eppure ancora a volte io sentivo che c'era qualcosa di forzato nei nostri discorsi, nella sua bontà e tenerezza, non avrei saputo dire perché. Il bambino cresceva, sgambettava e si faceva grasso, e mi piaceva guardarlo, ma a volte mi domandavo se lo amavo davvero. A volte non avevo voglia di salire le scale per andare da lui. Mi pareva che appartenesse ad altri, a Felicetta o alla balia, ma non a me.

Un giorno seppi che il padre di Mariuccia era morto. Mio marito non me ne aveva detto nulla. Presi il cappotto e uscii. Nevicava. Il morto era stato portato via dal mattino. Nella cucina buia, Mariuccia e la madre, circondate dalle vicine, si tenevano il capo fra le mani dondolandosi ritmicamente e gettando acute grida, come usa fare in campagna se è morto qualcuno di casa, mentre i fratelli, vestiti dei loro abiti migliori, si scaldavano al fuoco le mani violette dal freddo. Quando entrai, Mariuccia mi fissò per un attimo col suo sguardo stupito, acceso di una subitanea allegria. Ma non tardò a riprendersi e ricominciò a lamentarsi.

Ella ora camminava nel paese avvolta in uno scialle nero. E sempre mi turbavo all'incontrarla. Rientravo triste: vedevo ancora davanti a me quei suoi occhi neri, quei denti grossi e bianchi che sporgevano sulle labbra. Ma di rado pensavo a lei se non la incontravo.

Nell'anno seguente diedi alla luce un altro bambino. Era di nuovo un maschio, e lo chiamammo Luigi. Mia sorella s'era sposata ed era andata a vivere in una città lontana, la zia non si mosse, e nessuno m'assistette nel parto all'infuori di mio marito. La balia che aveva allattato il primo bambino partí e venne una nuova balia, una ragazza alta e timida, che si affezionò a noi e rimase anche dopo che Luigi fu svezzato. Mio marito era molto contento di avere i bambini. Quando tornava a casa domandava subito di loro, correva a vederli, li trastullava finché non andavano a letto. Li amava, e senza dubbio pensava che io pure li amassi. E io li amavo, ma non come un tempo credevo si dovessero amare i propri figli. Qualcosa dentro di me taceva, mentre li tenevo in grembo. Essi mi tiravano i capelli, si aggrappavano al filo della mia collana, volevano frugare dentro il mio cestello da lavoro, e io ne ero infastidita e chiamavo la balia. Qualche volta pensavo che forse ero troppo triste per stare coi bambini. «Ma perché sono triste? – mi chiedevo. – Che c'è? Non ho ragione d'essere cosí triste».

In un pomeriggio soleggiato d'autunno, mio marito ed io sedevamo sul divano di cuoio dello studio. – Siamo sposati già da tre anni, – io gli dissi. – È vero, – egli disse, – e vedi che è stato come io pensavo, vedi che abbiamo imparato a vivere insieme –. Tacevo, e accarezzavo la sua mano abbandonata. Poi egli mi baciò e mi lasciò. Dopo alcune ore io pure uscii, attraversai le strade del paese e presi il sentiero lungo il fiume. Volevo passeggiare un poco, in compagnia dell'acqua. Appoggiata al parapetto di legno del ponte, guardai l'acqua scorrere tranquilla ed oscura, fra l'erba e le pietre, con la mente un poco addormentata da quell'uguale rumore. Mi venne freddo e stavo per andarmene, quando ad un tratto vidi mio marito salire rapidamente per il dorso erboso del pendio, in direzione del bosco. M'accorsi che lui pure mi aveva veduta. Si fermò per un attimo, incerto, e riprese a salire, afferrandosi ai rami dei cespugli, finché scomparve fra gli alberi. Io tornai a casa, ed entrai nello studio. Sedetti sul divano dove poco prima egli mi aveva detto che avevamo imparato a vivere insieme. Capivo adesso quello che intendeva dire. Egli aveva imparato a mentirmi, non ne soffriva piú. La mia presenza nella sua casa l'aveva reso peggiore. E anch'io ero divenuta peggiore stando con lui. M'ero inaridita, spenta. Non soffrivo, non provavo alcun dolore. Anch'io gli mentivo: vivevo accanto a lui come se l'avessi amato, mentre non lo amavo, non sentivo nulla per lui.

A un tratto risonò per le scale il suo passo pesante. Entrò nello studio, senza guardarmi si tolse la giacca infilando la vecchia giubba di fustagno che portava in casa. Dissi: – Vorrei che lasciassimo questo paese. – Farò richiesta pe r un'altra condotta, se tu lo desideri, – mi rispose. – Ma sei tu che devi desiderarlo, – gridai. E mi accorsi allora che non era vero che non soffrivo, soffrivo invece in modo intollerabile, e tremavo per tutto il corpo. – Una volta dicevi che dovevo aiutarti, che è per questo che mi hai sposata. Ah, perché mi hai sposata? – dissi con un gemito. – Ah, davvero, perché? Che errore è stato! – disse, e sedette, e si coprí la faccia con le mani. – Non voglio piú che tu vada da lei. Non voglio piú che tu la veda, – dissi, e mi chinai su di lui. Ma egli mi respinse con un gesto. – Che m'importa di te? – disse. – Tu non rappresenti nulla di nuovo per me, non hai nulla che possa interessarmi. Rassomigli a mia madre e alla madre di mia madre, e a tutte le donne che hanno abitato in questa casa. Te, non ti hanno picchiata quando eri piccola. Non ti hanno fatto soffrire la fame. Non ti hanno costretta a lavorare nei campi dal mattino alla sera, sotto il sole che spacca la schiena. La tua presenza, sí, mi dà riposo e pace, ma nient'altro. Non so che farci, ma non posso amarti –. Prese la pipa e la riempí accuratamente e l'accese, con una subitanea calma. – Del resto questi sono tutti discorsi inutili, chiacchiere senza importanza. Mariuccia è incinta, – egli disse.

Alcuni giorni dopo io partii coi bambini e la balia per il mare. Da lungo tempo avevamo deciso questo viaggio, perché i bambini erano stati malati e avevano bisogno entrambi di aria marina: mio marito sarebbe venuto ad accompagnarci e si sarebbe trattenuto là con noi per un mese. Ma senza che ci dicessimo piú nulla, era inteso ora che non sarebbe venuto. Ci fermammo al mare tutto l'inverno. Scrivevo a mio marito una volta alla settimana, ricevendo la sua puntuale risposta. Le nostre lettere non contenevano che poche frasi, brevi e assai fredde.

All'inizio della primavera tornammo. Mio marito ci aspettava alla stazione. Mentre percorrevamo in automobile il paese, vidi passare Mariuccia col ventre deformato. Camminava leggera, nonostante il peso del suo ventre, e la gravidanza non aveva mutato il suo aspetto infantile. Ma il suo viso aveva ora un'espressione nuova, di sottomissione e di vergogna, ed ella arrossí nel vedermi, ma non piú come arrossiva una volta, con quella lieta insolenza. E io pensavo che presto l'avrei veduta reggere fra le braccia un bambino sporco, con la veste lunga che hanno tutti i bambini dei contadini, e che quel bambino sarebbe stato il figlio di mio marito, il fratello di Luigi e di Giorgio. Pensavo che non avrei sopportato la vista di quel bambino con la veste lunga. Non avrei potuto allora continuare l'esistenza con mio marito, restare ad abitare nel paese. Sarei andata via.

Mio marito era estremamente abbattuto. Passavano giorni e giorni senza che pronunciasse una parola. Neppure coi bambini si divertiva piú. Lo vedevo invecchiato, trasandato negli abiti: le sue mascelle erano ricoperte di un'ispida barba. Rientrava molto tardi la sera e a volte si coricava senza cenare. A volte non si coricava affatto e passava l'intera notte nello studio.

Trovai la casa nel piú grande disordine dopo la nostra assenza. Felicetta s'era fatta vecchia, si scordava di tutto, litigava col servo e lo accusava di bere troppo. Si scambiavano violenti insulti e spesso io dovevo intervenire a placarli.

Per alcuni giorni ebbi molto da fare. C'era da ordinare la casa, prepararla per l'estate vicina. Occorreva riporre negli armadi le coperte di lana, i mantelli, ricoprire le poltrone con le usse di tela bianca, metter le tende in terrazza e seminare nell'orto, potare i rosai nel giardino. Ricordavo con quanta animazione ed orgoglio m'ero data a tutte queste cose, nei primi tempi che ero sposata. Immaginavo che ogni mio semplice atto dovesse avere la piú grande importanza. Non erano passati da allora neppur quattro anni, ma come mi vedevo cambiata! Anche il mio aspetto oggi era quello d'una donna matura. Mi pettinavo senza scriminatura, con la crocchia bassa sul collo. A volte specchiandomi pensavo che cosí pettinata non stavo bene e apparivo piú vecchia. Ma non desideravo piú d'esser bella. Non desideravo niente.

Una sera sedevo in sala da pranzo con la balia che mi stava insegnando un punto a maglia. I bambini dormivano e mio marito era partito per un paese lontano alcuni chilometri, dove c'era un ammalato grave. All'improvviso suonò il campanello e il servo andò scalzo ad aprire. Anch'io scesi: era un ragazzo sui quattordici anni, e riconobbi uno dei fratelli di Mariuccia. – M'hanno mandato a chiamare il dottore, che mia sorella sta male, – disse. – Ma il dottore non c'è –. Si strinse nelle spalle e andò via. Ricomparve di lí a poco. – Non è tornato il dottore? – chiese. – No, – gli dissi, – ma lo farò avvertire –. Il servo s'era già coricato: gli dissi di vestirsi e di andare a chiamare il dottore in bicicletta. Salii nella mia camera e feci per spogliarmi: ma ero troppo inquieta, eccitata, sentivo che anch'io dovevo fare qualcosa. Mi copersi il capo con uno scialle ed uscii. Camminai nel paese buio, deserto. In cucina, i fratelli di Mariuccia sonnecchiavano col capo sulla tavola. Le vicine parlavano tra loro aggruppate davanti alla porta. Nella camera accanto, Mariuccia camminava nello stretto spazio tra il letto e la porta, camminava e gridava, sostenendosi alla parete. Mi fissò senza riconoscermi, seguitando a camminare e a gridare. Ma la madre mi gettò uno sguardo astioso, cattivo. Sedetti sul letto. – Non tarderà il dottore, signora? – mi chiese la levatrice. – Sono diverse ore che la ragazza ha i dolori. Ha perso già molto sangue. È un parto che non si presenta bene. – L'ho mandato a chiamare. Dovrebbe essere qui tra poco, – risposi.

Poi Mariuccia cadde svenuta e la portammo sul letto. Occorreva qualcosa in farmacia e mi offersi di andarvi io stessa. Al mio ritorno s'era riavuta ed aveva ricominciato a gridare. Aveva le guance accese, sussultava buttando via le coperte. Si aggrappava alla spalliera del letto e gridava. La levatrice andava e veniva con le bottiglie dell'acqua. – È una brutta storia, – mi disse ad alta voce, tranquillamente. – Ma bisogna fare qualcosa, – le dissi. – Se mio marito tarda, bisogna avvertire un altro medico. – I medici sanno dire molte belle parole, e nient'altro, – disse la madre, e di nuovo mi gettò il suo sguardo amaro, riponendosi in seno la corona. – Gridan tutte quando si sgravano, – disse una donna.

Mariuccia si dibatteva sul letto coi capelli in disordine. A un tratto s'aggrappò a me, mi strinse con le scarne braccia brune. – Madonna, Madonna, – diceva. Le lenzuola erano macchiate di sangue, c'era del sangue perfino in terra. La levatrice non s'allontanava piú da lei. – Coraggio, – le diceva di quando in quando. Ora ella aveva come dei singhiozzi rauchi. Aveva un cerchio sotto gli occhi, la faccia scura e sudata. – Va male, va male, – ripeteva la levatrice. Ricevette nelle sue mani il bambino, lo sollevò, lo scosse. – È morto, – e lo buttò in un angolo del letto. Vidi una faccia vizza di piccolo cinese. Le donne lo portarono via, ravvolto in uno straccio di lana.

Ora Mariuccia non gridava piú, giaceva pallida pallida, e il sangue non cessava di scorrere dal suo corpo. Vidi che c'era una chiazza di sangue sulla mia camicetta. – Va via con un po' d'acqua, – mi disse la levatrice. – Non fa nulla, – risposi. – Mi è stata molto d'aiuto stanotte, – ella disse, – è una signora molto coraggiosa. Proprio la moglie di un dottore.

Una delle vicine volle ad ogni costo farmi prendere un po' di caffè. La dovetti seguire in cucina, bere del caffè chiaro e tiepido dentro un bicchiere. Quando tornai, Mariuccia era morta. Mi dissero che era morta cosí, senza piú riaversi dal suo sopore.

Le pettinarono le trecce, le ricomposero le coltri intorno. Alfine mio marito entrò. Teneva in mano la sua valigetta di cuoio: era pallido e trafelato, col soprabito aperto. Sedevo accanto al letto, ma egli non mi guardò. Si fermò nel mezzo della camera. La madre gli venne davanti, gli strappò dalle mani la valigetta buttandola a terra. – Non sei neppure venuto a vederla morire, – gli disse.

Allora io raccolsi la valigetta e presi mio marito per la mano. – Andiamo via, – gli dissi. Egli si lasciò condurre da me attraverso la cucina, fra le donne che mormoravano, e mi seguí fuori. A un tratto io mi fermai: mi sembrava che avrei dovuto mostrargli il piccolo cinese. Ma dov'era? Chissà dove l'avevano portato.

Camminando mi stringevo a lui, ma egli non rispondeva in alcun modo alla mia stretta, e il suo braccio pendeva immobile lungo il mio corpo. Capivo che non poteva accorgersi di me, capivo che non dovevo parlargli, che dovevo usare la piú grande prudenza. Venne con me fino alla porta della nostra camera, mi lasciò e ridiscese nello studio, come spesso faceva negli ultimi tempi.

Era già quasi giorno, sentivo gli uccelli cantare forte sugli alberi. Mi coricai. E ad un tratto mi accorsi che ero in preda a una felicità immensa. Ignoravo che si potesse essere cosí felici della morte di una persona. Ma non ne provavo alcun rimorso. Da molto tempo non ero felice, e questa era ormai una cosa tutta nuova per me, che mi stupiva e mi trasformava. Ed ero piena di uno sciocco orgoglio, per il mio contegno di quella notte. Comprendevo che mio marito non poteva pensarci ora, ma piú tardi, quando si fosse ripreso un poco, ci avrebbe ripensato e si sarebbe forse reso conto che avevo agito bene.

All'improvviso un colpo risuonò nel silenzio della casa. Mi alzai dal letto gridando, gridando uscii per le scale, mi gettai nello studio e scossi quel suo grande corpo immobile nella poltrona, le braccia abbandonate e riverse. Un po' di sangue bagnava le sue guance e le sue labbra, quel volto che io conoscevo cosí bene.

Poi la casa si riempí di gente. Dovetti parlare, rispondere ad ogni domanda. I bambini furono portati via. Due giorni dopo, accompagnai mio marito al cimitero. Quando ritornai a casa, mi aggirai assorta per le stanze. Quella casa mi era divenuta cara, ma mi pareva di non avere il diritto di abitarvi, perché non mi apparteneva, perché l'avevo divisa con un uomo che era morto senza una parola per me. Eppure non avrei saputo dove andare. Non c'era un luogo al mondo in cui desiderassi andare.

Passaggio di tedeschi a Erra

A Erra il giorno 10 di settembre sulla piazza davanti al comune si fermò un'automobile. Era una macchina piccolina, scoperta, di colore giallo, con un lungo ramo d'olivo polveroso che pendeva giú da una parte. Dalla macchina scesero tre uomini con l'uniforme gialla, tiraron fuori un librettino rosso e tutti e tre si misero a sfogliarlo.

Era il 10 di settembre, le quattro del dopopranzo. Due giorni prima era arrivata ad un tratto la notizia dell'armistizio. Sul principio non ci credeva nessuno. Per l'appunto quel giorno c'era la fiera e la gente era tutta sulla strada, l'unica grande strada del paese polverosa e senz'alberi, che scendeva giú alla città. Dalle due parti della strada e in piazza c'erano i canestri dei fichi, le galline e i maiali, e i banchi dei cinciari con le lunghe camiciole rosa e le calze che svolazzavano. Fra le grida dei maiali e il suono degli zufoletti, tutt'a un tratto corse la notizia ch'era finita la guerra. Ed era vero, l'aveva detto la radio. La gente allora non smetteva piú d'abbracciarsi, e poi andarono all'osteria e cantarono per tutta la notte. Spondò, lo scarparo di Borgo San Giacomo, che era un rosso e per questo se n'era prese un sacco da giovane, e aveva fatto anche il confino alle Isole, dalla gioia pareva impazzito. Andava avanti e indietro in bicicletta lungo il paese, e fermava tutti e diceva: «Spondò ha vinto la guerra».

Il giorno 9 non si seppe piú nulla. A Erra mancò la corrente e la radio rimase silenziosa. Il 10 arrivò l'automobile gialla e i tre uomini dall'uniforme. Era la stessa piazza dove c'era stata la fiera e la gente aveva cantato e ballato alla notizia dell'armistizio. Era la stessa piazza dove, la sera del 26 luglio, avevano portato tutti gli incartamenti del fascio e ci avevano pisciato sopra per sfregio.

Quando arrivarono gli uomini dall'uniforme gialla, subito corse la notizia in paese che c'erano dei soldati forestieri, che parlavano fra loro in un linguaggio che non si capiva. La gente credette che fossero inglesi e uscí subito fuori a vedere. Ma Secondina disse: «Son tedeschi!» Secondina era la moglie di Bissecolo. Bissecolo era stato cinque anni in Germania da giovane, e adesso parlava tedesco coi nuovi soldati. «Scappate, son tedeschi!» disse Secondina.

Allora tutti si misero a correre. Non sapevano dove scappare, correvan giú per il viottolo che porta nei campi, e le donne avevano i bambini in collo, e piangevano come fontane. «Ora che ci faranno? – dicevano. – Ci ammazzeranno subito con le creature?» Quelle che i bambini li avevano all'asilo dalle monache, si attaccavano alla campana del convento per pigliarsi ciascuna i suoi bambini e portarseli giú nel viottolo che scende nei campi. Dopo un poco il paese era tutto silenzioso e vuoto, solo ogni tanto si sentiva squillare la campana del convento.

Gli uomini dall'uniforme non sembravano molto stupiti. Non dissero niente. Sulla piazza era rimasto solo Bissecolo, lui che parlava tedesco, e dei tedeschi non aveva paura. Se ne stava lí davanti a loro nel suo vestito di fustagno verde, e raccontava che era stato in Germania, da giovane, per cinque anni. Gli uomini gli domandarono a un tratto dov'era il brigadiere dei Carabinieri.

Ma il brigadiere era già stato avvertito, uscí dalla caserma e andò incontro ai soldati sulla piazza. Era un giovanotto alto, col viso olivastro, coi capelli neri impomatati e le gambe un po' storte. Uno dei tre soldati si mosse per venirgli a parlare: gli altri rimasero con Bissecolo davanti alla macchina.

Il tedesco disse «Per Ascoli Piceno?» Era giovane, col viso rosso, coi capelli castani ricciolini. Le sue cosce grasse e robuste si disegnavano nella stoffa leggera dei pantaloni. Alla vita aveva un cinturone di cuoio, e ci aveva infilata una pistola. Il brigadiere era verde in viso. Si sentiva la fronte sudata ma non osava asciugarsi.

«Vogliamo andare ad Ascoli Piceno, – disse il tedesco, – potete dirci se è questa la strada?» Aveva una voce tranquilla, persuasiva e gentile. Il brigadiere inghiottí la saliva. Finalmente cavò il fazzoletto di tasca – un fazzoletto listato di nero, perché da poco gli era morta la madre – e si asciugò adagio adagio la fronte, le mascelle e le mani.

Il tedesco disse: «Ci hanno detto che si può passare anche di qui. Non avete una carta topografica?» Parlava in italiano molto bene. Aveva gli occhi verdi, le ciglia scure molto lunghe e folte. Il suo alito sapeva di vino. Il brigadiere disse: «Venite in caserma».

Dopo mezz'ora i tedeschi risalivano nella macchina e filavano in su, dalla parte di Montereale. S'eran portati via la carta topografica del brigadiere. Bissecolo aveva dato loro due bottiglie di birra. Disse poi che l'avevano minacciato con la pistola, ma certo non era vero perché lui era sempre stato un bugiardo.

Quando i tedeschi se ne furono andati tornò la gente dai campi, tornarono le donne coi bambini in collo e si misero tutti a ragionare sulla piazza e in bottega da Secondina. Bissecolo se n'era andato in città col carretto, e dicevano tutti che c'era andato per la paura di pigliarsene un sacco, lui che aveva parlato in tedesco e aveva regalato le bottiglie. Secondina non ce n'aveva colpa del marito che aveva, perché lei era la prima a patire con quella faccia da tisica, che il marito le negava anche il pane, ma al nemico regalava la birra. Le chiedevano tutti che cosa gli avevan detto a Bissecolo quei tre soldati, e lei diceva che gli avevano detto che scappavano tutti in Alta Italia per la paura degli americani. Questo non lo credeva nessuno che l'avessero detto, ma Secondina insisteva a giurare che avevano detto proprio cosí. Giuliano della Torretta diceva che bisognava farli prigionieri, e invece quel mammalucco del brigadiere li aveva lasciati andar via, e anzi gli aveva dato perfino la carta topografica perché trovassero meglio la strada.

L'indomani mattina passò una nuova macchina tedesca, ma questa volta era un camion, e dentro c'eran sei o sette uomini col suo bravo fucile. Sulla piazza c'erano Giuliano della Torretta, il fratello del prete e Loretuccio il fornaio. Passò di corsa e fece un gran polverone, e quando fu sparito dietro la svolta, quelli si guardarono in faccia come tanti cretini, e Loretuccio si tolse il berretto e lo sbatté per terra. Giuliano della Torretta disse: «Non bisognava lasciarli passare! Fessi che siamo stati!» Andarono a prendere un trave davanti alla casa di Loretuccio, e con quello sbarrarono la strada.

Dopo un poco arrivò un altro camion, e davanti al trave sterzò. Tedeschi sopra ce n'erano cinque. Loretuccio e Giuliano della Torretta se ne stavano appoggiati al muro, ma il fratello del prete se ne andò, con la scusa che gli doleva il ventre. I tedeschi gridarono qualcosa nella lingua loro, ma Loretuccio e Giuliano della Torretta se ne stettero fermi, fumando e guardando fisso per terra. Un dei soldati allora spianò la pistola, dicendo in fretta le parole di prima, e a parlare gli si gonfiò tutto il collo. Loretuccio e Giuliano della Torretta levaron via il trave dalla strada, e il camion sparí via dietro la svolta.

Loretuccio e Giuliano della Torretta ritornarono a casa. Giuliano della Torretta non aveva nessuno, ma Loretuccio aveva sette figli, sette come i peccati mortali, che la minestra non bastava mai. La faccia del tedesco con la pistola gli stava sempre ferma nella memoria, che lui per un miracolo era vivo, e l'aveva assistito la Madonna.

Da allora le macchine passarono senza che piú si potesse contarle, passavano in un gran polverone, e sparivano via dietro la svolta. Ce n'eran certe col ramo d'olivo e la bandiera della Croce Rossa sul tetto, e altre lunghe e lucide come dei pesci, altre piccine screziate di verde, e filavano via come saette. A Erra non se n'erano mai viste tante, e Boschetto il cane di Attilio rimase ucciso, che lui ci pianse tutta una giornata. Alcune erano macchine italiane con dietro scritto Genova o Torino, ma dentro c'erano soldati tedeschi, in uniforme e col fucile spianato.

La gente adesso non scappava piú, per i campi, ma stavano a guardare a bocca aperta sull'uscio di casa.

Il 15 di settembre arrivò la notizia che i tedeschi avevano occupato la vicina città. Avevan requisito i due alberghi e i depositi di benzina. Passeggiavano come a casa propria nella bella città, e si sedevano a mangiare il gelato e bevevano il vino.

Il brigadiere si levò la divisa, che non pareva piú lo stesso uomo, e anche i due carabinieri si levarono la divisa e il fucile. Arielle, il carabiniere piú giovane, aveva una gran toppa nei calzoni e non faceva piú paura a nessuno, e le ragazze non gli davan piú retta, che lui se ne struggeva dal dispiacere. Un giorno arrivarono anche i fascisti repubblicani, ma non facevano paura a nessuno perché tanto li conoscevano: uno era Vargas che era stato podestà di Erra, l'altro era il figlio del farmacista di Montereale. Andarono dal veterinario e gli portarono via gli stivali, e gli sfasciarono tutta quanta la radio, perché sentiva le notizie di Londra. Di radio a Erra non ce n'erano altre, e cosí non si seppe piú nulla della guerra e del resto.

Il 5 ottobre capitarono a Erra due prigionieri inglesi. Uno era un negro. Venivano giú dalla montagna e avevano la camicia strappata, ma le scarpe le avevan belle e solide, che si capiva che eran fatte a Londra. Arrivarono giú dalla montagna e capitarono in piazza e tutti subito gli corsero intorno a festeggiarli come una salvezza. Loretuccio badava a domandare quando arrivavano i compagni loro, e ognuno si sentiva piú contento, con quei due prigionieri nel paese. Ma intanto le automobili tedesche seguitavano a correr via come frecce, che era un tormento che stringeva il ventre, e il suono delle trombe lacerava l'aria, perdendosi lontano dietro la svolta.

Quei prigionieri li portarono dal brigadiere, e il brigadiere inghiottí la saliva e mandò a chiamare Giuliano della Torretta. Giuliano della Torretta arrivò, col berretto calato sugli occhi e la pipa fra i denti; e il brigadiere gli chiese dove diavolo si poteva nasconderli. Giuliano della Torretta restò un poco a pensare, e poi gli venne in mente Nazarena che abitava lontano dal paese, sulla riva del fiume. Allora il brigadiere e lui andaron là con i prigionieri. Nazarena era una vecchia senza marito, con la faccia bruciata e un occhio cieco, perché da piccola era caduta nel fuoco. Nazarena quello bianco lo voleva, ma quello nero non lo voleva. Ci volle un pezzo a convincerla.

Il 7 ottobre, due giorni dopo ch'erano arrivati i prigionieri, all'osteria della Cagnaccetta ci venne un tedesco. Era un sergente: si chiamava Otto Keller. Cosí disse e parlava un po' d'italiano, e subito ancor prima d'essersi seduto, raccontò che non aveva nessuno perché tutta la sua famiglia era morta in un bombardamento a Colonia. Abbracciava la Cagnaccetta e la chiamava «Mutti». Era ubriaco ancor prima di bere, si vede ch'era arrivato già gonfio di vino, e la Cagnaccetta che aveva una figlia di quattordici anni, la spinse di nascosto nel cesso e chiuse a chiave la porta, dalla paura che le facesse uno sfregio. Il tedesco era giovane e grasso, con la faccia tonda e bianca come la luna, e abbracciava la Cagnaccetta e ballava in tondo con lei, tanto vino aveva bevuto. La Cagnaccetta crepava dalla paura, ma lo stesso faceva finta di ridere e gli batteva sulla spalla al tedesco, sempre con gli occhi alla porta del cesso, col fazzoletto storno sui capelli. Quella sera all'osteria non c'era nessuno, ma ad un tratto capitò Antonino Trabanda, che il diavolo ce l'aveva portato. Entrò e vide il tedesco che ballava con la Cagnaccetta, ballava intorno al tavolo e cantava nella lingua sua. La Cagnaccetta quando vide Antonino gli strizzò gli occhi per dire di filarsela via. Antonino ridiscese svelto le scale e andò a prendere il suo fucile da caccia, che l'aveva sotterrato nell'orto per vedere se un giorno gli serviva. Da tanto tempo lui ne aveva voglia di ammazzare un tedesco, e ci pensava dal mattino alla sera, con una mania che non dava riposo. Ritornò col fucile e mirò dritto al tedesco, e quello cascò giú sul pavimento, rovesciando la bottiglia col vino. La Cagnaccetta si mise a gridare, e la ragazza chiusa dentro il cesso gridava anche lei, e batteva coi pugni nella porta. Arrivarono il brigadiere e Bissecolo, il fratello del prete e Loretuccio, e tutti stavano a guardare il tedesco e non sapevano che cosa fare. La Cagnaccetta urlava come il diavolo, e Antonino Trabanda se ne stava fermo tenendo stretto il fucile, e ad un tratto lo pigliò come un tremito, e gli cadde il fucile dalle mani.

Tre ore dopo arrivava l'automobile della polizia, grigia e lucida come una trota, e due motociclisti con tanto di fucile mitragliatore. Dal paese erano scappati via tutti e s'erano sparsi nei campi, ma Giuliano della Torretta non s'era mosso, che a lui non gli piaceva di scappare, e della morte non aveva paura. Cosí restò ad aspettare la morte sulla soglia di casa sua, col berretto calato sugli occhi e la pipa tra i denti, ma quando venne l'ufficiale tedesco e lo pigliò per la giacca, tirò fuori ad un tratto la pistola e si mise a sparare. Per disgrazia non ne colse nessuno, e lo ammazzarono lí sulla soglia.

Antonino Trabanda lo trovarono nella vigna del prete, perché gli era mancato il tempo di andarsene piú lontano, con quel gran tremito che aveva addosso. Il brigadiere lo trovarono invece sulla strada di Borgo San Giacomo insieme con la sorella, che era scappata portandosi dietro la trapunta del letto, e cosí si pigliarono anche lei e la portarono in piazza.

Sulla piazza li ammazzarono tutti uno dopo l'altro, Antonino Trabanda e Spondò, il brigadiere e la sorella del brigadiere, Loretuccio e il fratello del prete, e per sbaglio ammazzarono anche Bissecolo, lui che parlava tanto bene in tedesco. Gli altri nei campi sentivano il rumore degli spari, e sussultavano col viso nell'erba, con la voglia di non tornare piú a casa.

Le ragazze

La sorte delle ragazze al paese è tutt'altro che allegra. Non c'è un ballo pubblico, non c'è un cinema, non c'è proprio niente. Altri paesi piú piccoli invece hanno il cinema, Neja, Favilli, Ognano, ma qui non c'è niente. Chi sa perché. Dal paese ci passa tanta gente, ma non si ferma nessuno. Vento e sole in ogni stagione, che il viso si fa ruvido e rosso: e le case cresciute sulla strada, con le piccole porte aperte sulle cucine nere. Una strada lunga e polverosa, immutabile, percorsa dal postale tre volte al giorno, due volte al giorno dalla motocicletta del prete.

Al paese c'è tante ragazze. La Savoiarda è la piú bella di tutte. È tonta, ma è molto bella. È alta e grassa, con dei grandi occhi verdi, e quando ritorna a casa la sera col forcone del fieno, fa stupore vedere quanto è bella. È tonta e per questo va con gli uomini, è andata col molinaro, con Angelantonio, col figlio dell'esattore, con tutti. Ci va come una tonta, senza capire. Hanno una gran miseria dentro casa. Lei è robusta e lavora nei campi, la vogliono tutti come opera, perché ha due braccia robuste da uomo. Una volta la madre l'ha mandata per serva in città, da un dottore, ma i padroni le hanno trovato in testa i pidocchi, e cosí è ritornata subito a casa.

Il sogno delle ragazze è di andare alla scuola di taglio in città, e diventare sarte come la Centonze. A servizio non ci vogliono andare perché dicono che è vergogna. Dicono che una ragazza non trova marito, una volta che è stata a servizio. E anche un pezzo di pane fa piacere mangiarselo in casa propria. La Savoiarda che è stata a servizio soltanto una settimana, quando è tornata non pareva piú quella, tanto s'era sciupata. Le facevano lavare certe tazzine, ciascuna con un fiorellino d'oro, e lei tremava dalla paura di romperle a vedere com'erano graziose. Ne ruppe una e dei cocci fece un pacchetto e lo gettò nel cortile, e cosí la padrona non se ne accorse, ma a lei presero i dolori al ventre, e ancora lo racconta della tazzina. Non è il lavoro. Il lavoro a servizio non è fatica. È piú fatica il lavoro dei campi, ma è fatica sincera, senza nessuno che ti metta spavento.

Nel pomeriggio della domenica le ragazze vanno al cimitero, a gruppi, tornano poi al tramonto. Il cimitero è fuori del paese, sulla strada che discende in città. Le ragazze mettono allora i vestiti piú belli, d'inverno qualcuna ha il cappotto, che se lo tiene in serbo per la domenica. Negli altri giorni vanno con lo scialle, tante volte anche con le braccia nude, di solito non hanno che un vestito cosí per tutti i giorni, è lo stesso d'inverno e d'estate, ma per la domenica ne hanno tutte uno bello, e la collana di coralli anche, e il velo nero in testa. Le ragazze col cappotto sono contente, il cappotto l'ha fatto la Centonze e quella è una che lavora bene davvero. Se ti avvicini senti ancora l'odore della Centonze, l'odore del suo letto e della sua stanza dove non aprono mai le finestre. Nella sua stanza c'è il ritratto della regina. Una volta aveva anche quello del duce, e le spighe della battaglia del grano. La Centonze, col suo viso pallido e cattivo, con i capelli neri spartiti in mezzo alla fronte, cuce a macchina battendo forte il pedale col piede scalzo. Tossisce sempre e dicono che è tisica, e non tutti le vogliono dare il lavoro per il pericolo del contagio. Allora vanno invece da Concettina, ma è vecchia e rovina la stoffa. La Centonze, battendo forte il pedale e tossendo nel fazzoletto, maledice tutto quanto il paese perché mettono fuori tante menzogne, e giura che è una tosse di cuore e per questo non c'è contagio. Quando le danno a fare un vestito da sposa, la Centonze non mangia e non si corica per qualche giorno, e si fa ancor piú magra per la passione, con due cerchi neri sotto gli occhi.

Finalmente quando il vestito è finito, lo distende sul letto con tutto il velo, e le ragazze vengono ad una ad una a guardarlo, e ne parlano poi per tanto tempo.

Le ragazze cominciano presto a pensare a sposarsi, sono ancora bambine, vanno a scuola con lo scaldino sotto lo scialletto e già ne parlano fra loro in segreto. Appena hanno finito la scuola, se la famiglia ha un po' di soldi da parte le mettono subito a lavorare al corredo. Quando una ragazza ha il suo corredo, padre e madre ci stanno ben attenti che non si mettano con uno qualunque, e non si facciano una fama cattiva. Cosí a loro diventa difficile far l'amore in pace. E tante volte inaridiscono sole, con il corredo chiuso dentro l'armadio, sessanta lenzuola, sessanta asciugamani, quaranta tovaglie ricamate a punto ombra, quindici fazzoletti per il marito che poi ci metteranno le iniziali, otto maglie di lana. Passano gli anni e loro aggiungono ogni tanto un lenzuolo, un tovagliolo, un coprivassoio, con ricami sempre piú ricchi, sempre piú pesanti. E intanto inaridiscono sole, appassiscono a poco a poco, diventano delle vecchie zitelle di paese, ma aspettano sempre. Non è possibile che non succeda mai niente, con quel corredo... Le ragazze di famiglia distinta, le figlie del veterinario, del segretario, dell'esattore, non si sposano presto. Uno zappaterra non lo vogliono. Aspettano qualche arrivo da fuori, uno sconosciuto che passi dal paese per caso e s'innamori a vederle affacciate al balcone. Vien sera e la finestra della Centonze s'illumina, le ragazze scendono alla fontana a lavar la cicoria. Hanno quindici anni, diciotto anni, vent'anni. Al paese c'è tante ragazze. Ce n'è di ogni specie. Alcune hanno il grembiale e gli zoccoli, altre invece hanno gli abiti corti, la permanente e le scarpe ortopediche. Alcune vanno a lavorare nei campi, hanno i pidocchi e puzzano di concio, altre invece si lavano un poco, hanno la permanente e lo smalto rosso alle unghie dei piedi. Al paese non si può mai capire, cosí soltanto a guardare le case o i vestiti, che denaro ha la gente. Le ragazze che puzzano di concio tante volte hanno un corredo di cento lenzuola, o invece quelle con le scarpe ortopediche non hanno nulla, e la cena sarà pane e cicoria, ma sono andate con un uomo e cosí si son comprate le scarpe, o la madre ha venduto del lardo, perché al paese chi ha poco denaro ci prova meno gusto a risparmiarlo, e vive cosí alla giornata.

Alle ragazze che non hanno il corredo la vita è leggera. Girano avanti e indietro lungo la strada sulla bicicletta del fratello, senza paura di parer poco serie. Lavorano poco nei campi, qualche volta le mandano per opere, o se ne vanno a rubar legna nella pineta, pronte a scappar giú come lepri se passa il milite forestale. Elena, la figlia di Artemisia, in questo modo s'è rotta una gamba e resterà zoppa per sempre. Aveva fatto un bel fascio di legna e scendeva lungo il sentiero, quando si vede davanti il milite forestale. Butta via la fascina e si mette a correre, ma scivola e si rompe una gamba, che le aveva cosí lunghe e secche. Il milite forestale la portò in collo fino al paese, pallido come un morto, e il giorno dopo mandò la moglie in casa di Artemisia con cinque uova fresche. Elena stette all'ospedale parecchi mesi, ma poi dissero che non guariva e la rimandarono a casa, e per un pezzo allora si sentirono gli urli di Artemisia, che ha quella figlia sola e le resterà zoppa per sempre. Il milite forestale ci ha avuto dispiacere anche lui. Ma in paese non gli vogliono bene al milite forestale, perché dicono che se incontra la Savoiarda a rubar legna fa finta di non vedere, dato che poi ci va a dormire insieme.

Giorni avventurosi

Quel figlio di cagna mi dice: «Una volta o l'altra ci voglio andare, a teatro». «Anche a me piacerebbe» gli dico. «E tu vienici». «Ma i soldi?» Cosí ci mettiamo a pensare finché gli viene quell'idea bislacca, che io prenda le scarpe di mio padre e vada a venderle. Comincio a dire di no, che non voglio, e discutiamo un bel pezzo.

Le scarpe mio padre le tiene sotto il letto. C'è sopra un dito di polvere ma a fregarle diventano lustre e sono quasi nuove, e si potranno benissimo vendere. Le involgo in un giornale e corro via per la strada, ma tutt'a un tratto mi trovo davanti mio padre che ritorna a casa, e dice: «Dove corri con quel fagotto?» Me lo strappa e non finiva piú di picchiarmi, a vedere che gli avevo preso le sue scarpe della domenica. Mi colava il sangue dal naso e non capivo piú niente, tanto m'aveva picchiato, finché arriva la mamma. «Cosí è troppo» dice, e mi porta alla fontana a lavarmi, ma anche lei strilla e mi scuote per la giacchetta, mentre vengono tutti a guardare.

Vado al greto del fiume dove so di trovarlo. «Figlio di cagna, – gli dico, – figlio di cagna». È seduto su un sasso e scorteccia un ramo di salice. «Uh, come t'ha conciato! e le scarpe?» Gli butto addosso una bella manciata di terra. Ci picchiamo secco per un po'. Mi piacerebbe fargli sanguinare il naso, ma scappa, e alla fine s'arrampica su un albero. Mi arrampico su un albero vicino. Si sta bene sugli alberi. È riposo.

D'estate si vedono le bambine che vanno nude nel fiume. Sono secche e non c'è un gran gusto a guardarle, perché sono bambine. Ma si può fare i fischi e spaventarle, o gettare qualcosa. «Sai Giovanni, – gli dico, – non ci torno a casa a dormire». «Bene, – lui dice, – andremo nella casa incendiata».

Nella casa incendiata non c'è il tetto, ce n'è soltanto un pezzo ma i muri sono ancora in piedi e dentro cresce una bella erba alta. Mi distendo nell'erba e mi metto delle foglie fresche sui lividi. Giovanni torna con una coperta e del pane. A casa sua va e viene come vuole, perché ha soltanto la nonna che è vecchia, e un fratello piú grande, e non gli dicono niente. Lui quando non fa freddo dorme sempre fuori. Ci buttiamo addosso la coperta e mangiamo. Abbiamo anche due o tre castagne crude. Vien su la luna. «Come sarebbe bello se si fosse a teatro, – comincia a dire –. La prima attrice giovane, l'hai vista? una bionda carina. E viene fuori al terzo atto vestita di rosso, con delle rose rosse, mio fratello me l'ha raccontato. So già tutta la storia. Fa piangere. Se avessimo del denaro, per le sigarette e per tutto». «Si potrebbe chiederlo alle bambine. Di certo loro ne hanno. Vincenza ha un salvadanaio. Ma lo tiene sua madre chiuso a chiave. Dice che poi comprerà un vestito».

«Tu ci hai fatto all'amore, con Vincenza?» «Sí. Ma non c'è gusto finché sono bambine. Con l'attrice là del teatro, la giovane, ci si potesse far l'amore una volta». «Lo so».

L'acqua del fiume è ghiaccia, la mattina. Scorre chiara e si vedono i ciottoli. «Si potesse pescare una trota» mi dice. «Ma come vuoi che ci siano le trote. Non è acqua da trote». «Lo so». È viola dal freddo. Salta nudo sui sassi, per scaldarsi. «Ti vedessero le bambine».

C'infiliamo i calzoni e andiamo ad aspettare le bambine, sul sentiero. Vengono avanti parlando fra loro, a braccetto, e fanno finta di niente. Strappo il nastro dai capelli a Vincenza e scappo, mi rincorre gridando come una tacchina. Nei cestini hanno certo molta roba, ma non vogliono darne. Stiamo un pezzo a leticare e discutere, finché tirano fuori un pugno di castagne. «Le castagne ce le avevo anch'io, le castagne, – Giovanni dice. – Spilorce».

La campana della scuola suona e ci piantano. Io non ci sono stato piú da un pezzo, a scuola. C'era sempre da scrivere o da contare, o da imparare storielle, e quando poi veniva Pasqua o Natale, ti mandavano in veleno anche le feste, tanto te ne parlavano. La maestra in principio faceva la gentile, con sorrisi e discorsi, ma poi ha visto che non ne aveva un bel niente. E Giovanni una volta ha bestemmiato. S'è versato l'inchiostro sui calzoni, tutta quanta la bottiglietta. «Porco Dio» dice. Quasi quasi piangeva, la maestra.

Gli ricordo come ha bestemmiato quel giorno, ma lui non è contento di pensarci. «Un paio di calzoni nuovi, – dice. – Non è roba per noi di andare a scuola. È roba da bambine».

L'erba è tutta bagnata di rugiada e gelida, rotolarcisi dentro è freddo piú che nell'acqua. Ma dove arriva il sole è già tiepida. Il sole viene avanti a poco a poco lungo il greto del fiume e le pietre si fanno asciutte e calde, solo nel bosco c'è umido e buio. Vado intorno a beccare qualche fragola. Cerco le nostre lenze nascoste fra i pali, nel tetto della casa incendiata. Che magnifico fuoco dev'essere stato, per bruciare cosí tutta la casa. Adesso non è piú neanche una casa, con quei quattro muri rotti, e quei pali. Ma c'è rimasta ancora la porta. In un canto c'è un mucchio di barattoli vuoti, e c'è odore di piscio di cane.

Non ci son piú le nostre lenze da pesca. Ce le avranno rubate le bambine, cosí per dispetto. «Bisognerà suonargliele per bene, sai Lorenzo» mi dice. «Come no». Sputa e bestemmia scortecciando un lungo ramo di salice. «Mai visto simili carogne. Far perdere il tempo per niente». Ci sediamo zitti a pescare, coi piedi nell'acqua.

Tutt'a un tratto mi dice: «Perché non vai a chiederli alla signorina della villa, i denari?» «Come i denari?» «Per andare una volta a teatro. Tu che la conosci». «Ma io non la conosco poi tanto». «Ci sei ben stato a portarle le uova». «Una volta o due, con la mamma». «Dev'esser bello laggiú».

«Sí, c'è tappeti e quadri, come in chiesa». «La camera

da bagno, l'hai vista? Io l'ho vista. Mi sono arrampicato dal giardino. È bello. E lei era dentro la vasca». «L'hai vista dentro la vasca?» gli dico. «Sí». «Non è vero». «Non crederci». «E com'era?» «Bella» dice, e si gratta. «Tutta bianca» dice. Ma non può essere vero.

«Se fossi furbo, sai cosa faresti, – mi dice –. Andresti là e le faresti cento discorsi, e questo e quello, e le daresti dei fiori, e lei allora capisce e ti porta nel letto. Poi te ne dà quanti ne vuoi di denari». «Sei ben matto» gli dico. «Matto te. Non sai che voglia ne hanno. Tante volte si trovano senza nessuno. E certe vanno proprio a cercare i ragazzi, e li pagano. Pagano caro, sai».

«Perché non ci vai tu» gli dico, e dice: «Tu sei piú alto e piú vecchio. E sei anche piú bello». Giovanni non è tanto bello. Ha un ciuffo di capelli rossi e il naso storto, per un pugno che si è preso da piccolo. Sono contento d'essere il piú bello. «Se ti facessi furbo, – mi dice. – È un'altra cosa con un po' di denari».

La signorina è nella veranda e fa un quadro. Nel quadro c'è le montagne, le nuvole, il sole che tramonta e ogni cosa. La signorina ha un fazzoletto in testa e un grembiale larghissimo, tutto sudicio di colori. Sulla finestra c'è un uccello bianco in una gabbia. Ha un becco rosso adunco e una gran coda. «Son venuto a portarle questi fiori, – dico –, perché è la sua festa». «Ma non è la mia festa» dice, e ride. «Me l'hanno detto, – dico –. Qualcuno. Son freddoline. Hanno profumo, anche». «Li hai colti tu? gentile. Ti farò portare la torta».

Vien la serva con una gran torta in un piatto. C'è scritto qualcosa con lo zucchero. C'è l'uva passa dentro, e le mandorle. «Guarda lí, sembra un anno che non mangia». «È un pezzo proprio che non mangio, – dico –, perché non voglio piú tornare a casa. A casa io mi son seccato di starci. Dormo fuori, nei boschi». «Ma bene. Anche a scuola non torni?» «A scuola mi ci annoio, – dico –, non si fa che sentire storielle. È roba per le bambine». «Ma bravo». «Ne ho abbastanza, – le dico, – un giorno o l'altro pianto tutto e scappo. Voglio andare a lavorare in città».

Dipinge con un lungo pennello, muovendo piano piano le mani. Ha le mani e le braccia di un colore scuro, ma non come di chi è stato al sole. Certo saranno scure anche le sue mammelle, con le due macchie grandi e molto scure. Non può esser vero quello che ha detto Giovanni, che lui l'ha vista dentro la vasca da bagno. Perché avrebbe saputo com'è bruna e scura. I capelli sono neri e ricci, cortissimi, è magra e alta e ha il naso molto grande. Se ride mostra i denti con un'aria cattiva.

«Se vieni una mattina, – mi dice –, ti faccio il ritratto». «Mi dipinge? – le dico. – Piuttosto io vorrei dipingere lei, tanto è bella». Ride e mi guarda con un'aria cattiva. «Se sarà ancora qui in primavera, – dico, – le porterò le primule». «In primavera non sarò piú qui». «Che peccato. No, non deve andar via. Perché va via? non voglio che lei vada via. Rimanga qui» le dico. E con la mano tocco il suo ginocchio. Come ride! Si butta indietro sul divano e ride, e tocco il suo ginocchio caldo, magro. «Voglio che resti sempre qui» le dico.

E poi a un tratto m'ha dato uno schiaffo. Le sto davanti con la mano sul viso. Era uno schiaffo tale che m'ha fatto girare la testa. «Sfacciato, sudicio, – dice, – odioso, odioso». Le tremano le mani e le spalle, e la sua faccia è brutta come quella di un diavolo.

«Vattene, – dice, – vattene. Sfacciato, sporco».

Piglio il mio berretto e me ne vado. La guancia dello schiaffo mi brucia e non capisco piú niente. Apro il cancello e salto via di corsa fino al fiume.

Tutto il tempo ha continuato a pescare, seduto sul suo sasso. Arrivo, e dice: «Dove sono i denari?» «Che denari?» gli dico. «Dove sono?» «Io non li ho». Butta via la lenza nell'acqua. Lo guardo, e lui mi guarda. Strappo l'erba a manciate tutt'intorno. «Prima rideva, – dico, – e di colpo salta su come un diavolo. Mi son preso uno schiaffo. Chi ne capisce qualche cosa, di loro». «Non hai saputo, – dice, – figlio di cagna. Era meglio se ci andavo io». «Ma cosa vuoi che se ne faccia di noi. Certo avrà un uomo».

C'è un rospo morto, gonfio, nel fondo del fiume. Tuffo

un braccio e lo pesco. Servirà da gettare alle bambine. Lo appendo a un ramo d'albero con uno spago. Cerco rospi e li ammazzo per legarli al ramo. Se potessi trovare qualche topo, sarebbe ancora piú bello.

«Senti, – gli dico, – è bella quella vita che fanno». «Chi» mi dice. «La gente che ha denari». «Se lo so». «Vorrei buttarle tutti questi rospi addosso, a quel diavolo. Deve averne, lei, di denari». Mi vien vicino, e dice: «Cosa credi? non c'è gusto nemmeno a farsi uomini, per spaccarsi la schiena a lavorare come fa tuo padre. Val la pena soltanto se si è ricchi, e si vive in città».

Viaggi sul carro

Ogni lunedí, Sandrino aiutava la nonna a caricare i sacchi del bucato, e tutti e due salivano sul carro. Era lunga la strada, prima di arrivare in città. Sandrino stava buttato con la testa fra i sacchi, e sentiva il rumore del carro sotto la sua pancia. Davanti alla casa del dottore c'erano i figli del dottore, una bambina grassa col nastro, e un bambino tutto rapato: smettevano di giocare e lo guardavano passare cosí sopra il carro. Una volta avevano messo i piedi nel rigagnolo lungo la strada, e sguazzavano strillando là dentro, con l'aria di fare qualcosa di straordinario.

Sandrino si divertiva quando andava sul carro in città, e anche la città gli piaceva, ma solo era noioso stare ad aspettare, mentre la nonna andava nelle case a portare il bucato. Non si poteva sempre dormire. Gli sarebbe piaciuto passeggiare un po' per le strade adagio, adagio, a piedi, e guardare i negozi, e magari andare una volta al cinema. Anche alla nonna le sarebbe piaciuto andare al cinema, ma non c'era tempo e ci volevano i soldi. Tornavano la sera tardi, col lume che dondolava alla stanga.

Quando il sole era molto forte, la nonna si metteva un cappello di paglia. Era molto grassa, ma robusta e tutta nera dal sole, e saltava come una capra sul carro. Aveva un vestito largo d'un colore turchino, con dei cerchi bianchi, e nelle sue tasche profonde c'era sempre il pane e il salame. Ogni tanto fermava il carro e si attaccava al fiasco del vino, e Sandrino glielo strappava per averne anche lui un poco. E come bestemmiava col mulo! Quando ritornavano a casa e Sandrino raccontava che parole aveva detto la nonna, la mamma si arrabbiava e si metteva a leticare con la nonna e strillavano come due diavoli, che venivano tutti a vedere. La mamma era diversa dalla nonna e dal babbo, perché voleva tenersi pulita, e non faceva che raccontare di casa sua, e com'erano ricchi, e come avevano le scarpe e ogni cosa. Ma adesso aveva la tosse ed era sempre spettinata e rabbiosa, e i pidocchi eran venuti anche a lei.

Sandrino voleva molto bene alla mamma ed era contento quando tornava la sera del lunedí a rivederla, anche se lei era tanto rabbiosa. Quando diceva una cosa gli sembrava subito vera, e anche lui pensava che la nonna era proprio ignorante, come diceva la mamma. Però con la nonna c'era da divertirsi, a sentire le storie che inventava, e come succhiava il vino dal fiasco e scendeva sotto il carro a pisciare se ne aveva voglia. Una volta l'aveva fatto in una strada in città, s'era messa giú sotto il carro e s'era alzata il vestito, ed era passata una signora tutta vestita bene, e prima forse credeva che fosse il cavallo, ma quando aveva visto la nonna s'era molto arrabbiata. Dopo avevano riso da star male, lui e la nonna.

Sandrino e la nonna facevano insieme tutti i lavori, d'estate e d'inverno, se c'era da munger le mucche o da falciare il fieno o da zappare nell'orto, e un giorno ch'erano andati a cercar legna nel bosco fra le piante avevan visto due che facevano all'amore insieme. Tutto il tempo erano stati nascosti dietro le piante a guardare, e la nonna soffocava dal ridere, ma Sandrino un momento s'era spaventato, perché la ragazza si lamentava e piangeva come se avesse avuto un gran male. Dai vestiti si vedeva che erano gente di città, e poi la nonna non li conosceva, lei che conosceva tutti anche nelle borgate vicine. Sandrino era piccolo allora e a casa l'aveva raccontato alla mamma, e la mamma aveva sgridato come faceva sempre, e con la nonna s'erano perfino picchiate, perché son cose che non si deve guardare. Adesso che era piú grande sapeva anche star zitto Sandrino, perché è noioso veder sempre leticare e picchiarsi. Ma certe cose che faceva la nonna non andavano bene, e una volta aveva preso tutto un pezzo di cioccolata in una casa dov'era andata a riportare i panni, e il maestro a lui gliel'aveva detto che questo non si deve fare. Però la cioccolata era molto buona e gli sarebbe piaciuto averne sempre tanta, e gli sarebbe piaciuto da grande guadagnare i soldi per comprare tutto quello che gli piaceva; e l'aveva detto alla nonna e la nonna gli aveva detto che bisognava sognare i numeri del lotto una volta. Ma a Sandrino sarebbe piaciuto nascere proprio coi soldi come i figli del dottore, che vedeva passando sul carro quando andava in città. Lui avrebbe voluto fermarsi un pezzo davanti alla casa, quando loro erano fuori in giardino, e guardare a cosa giocavano. Sempre quand'era in città Sandrino guardava bene tutta la gente, per vedere se c'era sua sorella Concetta che una volta era con loro a casa, ma poi era scappata con uno che vendeva i bottoni. Facevano il giro delle colline e venivano qualche volta in città. Aveva solo quattordici anni, ma adesso aveva anche un bambino e un giorno lui l'aveva incontrata sulla strada grande, e si erano fermati a parlare e lei gli aveva mostrato il bambino, e gli aveva raccontato che era stata tanti giorni all'ospedale, dove c'erano le suore e facevano bere il brodo, e gli aveva fatto sentire come nei capelli aveva ancora l'odore dell'ospedale. Poi s'era seduta sull'erba ad allattare il bambino. Che mammelle aveva. E il bambino s'attaccava e succhiava, come la nonna col fiasco.

Gli sarebbe piaciuto incontrarla di nuovo. Certo non era una signora, ma qualche soldo per bere una bibita forse gliel'avrebbe anche dato. Sandrino avrebbe voluto far cosí anche lui da grande, girare a vendere i bottoni nei paesi e per la città.

Una sera mentre tornavano a casa col bucato sul carro, la nonna disse che stava male e allora scesero tutti e due, e la nonna si buttò giú sulla strada. Gli disse di farle vento col berretto perché aveva caldo, e poi si mise a battere i denti e a tremare e non diceva piú niente. Sandrino allora si prese paura e cominciò a chiamare: «Nonna, nonna!» tirandola per il vestito. Fece una corsa fino alla casa del dottore che era ancora lontana, e lí si mise a picchiare da disperato alla porta. Venne fuori il dottore tutto tranquillo, con la giacchetta bianca e gli occhiali, e insieme andarono dov'era la nonna. Il dottore la prese su e la portò in casa sua, ed era tutto sudato e soffiava, e diceva che era un peso del diavolo. La misero su un letto in una stanza, ma il dottore disse che non c'era niente da fare e si poteva lasciarla com'era, che ormai era morta.

Sandrino passò quella notte in casa del dottore, in un letto con la zanzariera, e la mattina quando si fu alzato prese il caffelatte con gli altri nella sala da pranzo. C'era la moglie del dottore con una vestaglia di flanella rossa, e i capelli grigi arricciati, e il dottore e i bambini, e poi anche una serva zoppa, che rideva continuamente. I bambini gli fecero vedere i giocattoli. Erano proprio belli, specialmente un aeroplano che volava da solo. L'aeroplano gli restò tanto in testa che volle tornare un altro giorno a vederlo, e si rifece a piedi tutta la strada, fino alla casa del dottore. Ma questa volta non glielo fecero vedere, e dopo un po' i bambini presero a leticarsi fra loro, e la moglie del dottore gli faceva tante domande, e quando si lavava e cosa mangiavano, e lui s'era seccato.

A portare il bucato al lunedí ci andava quasi sempre il babbo solo, adesso che la nonna era morta. Era buffo veder partire il carro, e lui restare a casa. Se faceva caldo e s'addormentava sulla panca in cortile, gli capitava spesso di sognarsi la nonna, e sperava che gli dicesse i numeri del lotto una volta. C'era da divertirsi con la nonna, quando andavano insieme in città.

La madre

La madre era piccola e magra, con le spalle un po' curve; portava sempre una sottana blu e una blusa di lana rossa. Aveva i capelli neri crespi e corti, li ungeva sempre con dell'olio perché non stessero tanto gonfi; ogni giorno si strappava le sopracciglia, ne faceva due pesciolini neri che guizzavano verso le tempie; s'incipriava il viso di una cipria gialla. Era molto giovane; quanti anni avesse loro non sapevano ma pareva tanto piú giovane delle madri dei loro compagni di scuola; i ragazzi si stupivano sempre a vedere le madri dei loro compagni, com'erano grasse e vecchie. Fumava molto e aveva le dita macchiate dal fumo; fumava anche la sera a letto, prima d'addormentarsi. Dormivano tutti e tre insieme, nel grande letto matrimoniale con la trapunta gialla; la madre stava dal lato della porta, sul comodino aveva una lampada col paralume fasciato d'un cencio rosso, perché la notte leggeva e fumava; certe volte rientrava molto tardi, i ragazzi si svegliavano allora e le chiedevano dov'era stata: lei quasi sempre rispondeva: – Al cinema –, oppure: – Da una mia amica –; chi fosse quest'amica non sapevano perché nessuna amica era mai venuta a casa a trovare la madre. Lei diceva loro che dovevano voltarsi dall'altra mentre si spogliava, sentivano il fruscío veloce degli abiti, sui muri ballavano ombre; s'infilava nel letto accanto a loro, magro corpo nella fredda camicia di seta, si mettevano discosti da lei perché sempre si lamentava che le stavano addosso e le davano calci nel sonno; qualche volta spegneva la luce perché loro s'addormentassero e fumava zitta nell'ombra.

La madre non era importante. Era importante la nonna, il nonno, la zia Clementina che abitava in campagna e arrivava ogni tanto con castagne e farina gialla; era importante Diomira, la serva, era importante Giovanni, il portinaio tisico che faceva delle sedie di paglia; tutte queste persone erano molto importanti per i due ragazzi perché erano gente forte di cui ci si poteva fidare, gente forte nel permettere e nel proibire, molto bravi in tutte le cose che facevano e pieni sempre di saggezza e di forza; gente che poteva difendere dai temporali e dai ladri. Ma se erano soli in casa con la madre i ragazzi avevano paura proprio come se fossero stati soli; quanto al permettere e al proibire lei non permetteva né proibiva mai nulla, al massimo si lamentava con una voce stanca: – Non fate tanto chiasso perché io ho mal di testa, – e se le domandavano il permesso di fare una cosa o l'altra lei subito rispondeva: – Chiedete alla nonna, – oppure diceva prima no e poi sí e poi no ed era tutta una confusione. Quando uscivano soli con la madre si sentivano incerti e malsicuri perché lei sempre sbagliava le strade e bisognava domandare al vigile e aveva poi un modo cosí buffo e timido di entrare nei negozi a chiedere le cose da comprare, e nei negozi dimenticava sempre qualcosa, i guanti o la borsetta o la sciarpa, e bisognava ritornare indietro a cercare e i ragazzi avevano vergogna.

La madre teneva i cassetti in disordine e lasciava tutte le cose in giro e Diomira al mattino quando rifaceva la stanza brontolava contro di lei. Chiamava anche la nonna a vedere e insieme raccoglievano calze e abiti e scopavano via la cenere che era sparsa un po' dappertutto. La madre al mattino andava a fare la spesa: tornava e sbatteva la rete sul tavolo di marmo in cucina e pigliava la sua bicicletta e correva all'ufficio dov'era impiegata. Diomira guardava tutto quello che c'era nella rete, toccava gli aranci a uno a uno e la carne, e brontolava e chiamava la nonna a vedere com'era brutta la carne. La madre ritornava a casa alle due quando loro tutti avevano già mangiato e mangiava in fretta col giornale appoggiato al bicchiere e poi filava via in bicicletta di nuovo all'ufficio e la rivedevano un momento a cena, ma dopo cena quasi sempre filava via.

I ragazzi facevano i compiti nella stanza da letto. C'era il ritratto del padre, grande, a capo del letto, con la quadrata barba nera e la testa calva e gli occhiali cerchiati di tartaruga, e poi un altro suo ritrattino sul tavolo, con in collo il minore dei ragazzi. Il padre era morto quando loro erano molto piccoli, non ricordavano nulla di lui: o meglio c'era nella memoria del ragazzo piú grande l'ombra d'un pomeriggio lontanissimo, in campagna dalla zia Clementina: il padre lo spingeva sul prato in una carriola verde; aveva trovato poi qualche pezzo di quella carriola, un manico e la ruota, in soffitta dalla zia Clementina; nuova era una bellissima carriola e lui era felice di averla; il padre lo spingeva correndo e la sua lunga barba svolazzava. Non sapevano niente del padre ma pensavano che doveva essere del tipo di quelli che son forti e saggi nel permettere e nel proibire; la nonna quando il nonno o Diomira si arrabbiavano contro la madre diceva che bisognava aver pietà di lei perché era stata molto disgraziata e diceva che se ci fosse stato Eugenio, il padre dei ragazzi, sarebbe stata tutt'un'altra donna, ma invece aveva avuto quella disgrazia di perdere il marito quando era ancora tanto giovane. C'era stata per un certo tempo anche la nonna paterna, non l'avevano mai veduta perché abitava in Francia ma scriveva e mandava dei regalini a Natale: poi aveva finito col morire perché era molto vecchia.

A merenda mangiavano castagne, o pane con l'olio e l'aceto, e poi se avevano finito il compito potevano scendere a giocare in piazzetta o fra le rovine dei bagni pubblici, saltati in aria in un bombardamento. In piazzetta c'erano molti piccioni e loro gli portavano del pane o si facevan dare da Diomira un cartoccio di riso avanzato. Là s'incontravano con tutti i ragazzi del quartiere, compagni di scuola e altri che ritrovavano poi al ricreatorio la domenica, quando facevano le partite al pallone con don Vigliani che si tirava su la sottana nera e tirava calci. Anche in piazzetta a volte giocavano al pallone o giocavano a ladri e carabinieri. La nonna di tanto in tanto si affacciava al balcone e gridava di non farsi male: era bello vedere dalla piazza buia le finestre illuminate della casa, là al terzo piano, e sapere che si poteva ritornare là, scaldarsi alla stufa e difendersi dalla notte. La nonna sedeva in cucina con Diomira e rammendavano le lenzuola; il nonno stava nella stanza da pranzo e fumava la pipa col berretto in testa. La nonna era molto grassa, vestita di nero, e portava sul petto un medaglione col ritratto dello zio Oreste che era morto in guerra: era molto brava a cucinare le pizze e altre cose. La nonna li prendeva qualche volta sulle ginocchia, anche adesso che erano abbastanza grandi; era grassa, aveva un grande petto tutto molle; si vedeva da sotto lo scollo dell'abito nero la grossa maglia di lana bianca col bordo a festoni che si era fatta da sé. Li prendeva sulle ginocchia e diceva nel suo dialetto delle parole tenere e come un poco pietose; e poi si tirava fuori dalla crocchia una lunga forcina di ferro e gli puliva le orecchie, e loro strillavano e volevano scappare e veniva sulla porta il nonno con la sua pipa.

Il nonno era prima professore di greco e di latino al liceo. Adesso era in pensione e scriveva una grammatica greca: molti dei suoi antichi studenti venivano ogni tanto a trovarlo, Diomira allora doveva fare il caffè; c'erano al cesso fogli di quaderno con versioni dal latino e dal greco, con le sue correzioni in rosso e blu. Il nonno aveva una barbetta bianca, un po' come quella d'una capra, e non bisognava far chiasso perché lui aveva i nervi stanchi da tanti anni che aveva fatto la scuola; era sempre un po' spaventato perché i prezzi crescevano e la nonna doveva sempre un po' litigare con lui al mattino, perché si stupiva sempre del denaro che ci voleva; diceva che forse Diomira rubava lo zucchero e si faceva il caffè di nascosto e Diomira allora sentiva e correva da lui a gridare, il caffè era per gli studenti che venivano sempre; ma questi erano piccoli incidenti che si quetavano subito e i ragazzi non si spaventavano, invece si spaventavano quando c'era una lite fra il nonno e la madre; succedeva certe volte se la madre rientrava molto tardi la notte, lui allora veniva fuori dalla sua stanza col cappotto sopra il pigiama e a piedi scalzi, e gridavano lui e la madre: lui diceva: – Lo so dove sei stata, lo so dove sei stata, lo so chi sei, – e la madre diceva: – Cosa me ne importa, – e diceva: – Ecco, guarda che m'hai svegliato i bambini, – e lui diceva: – Per quello che te ne importa dei tuoi bambini. Non parlare perché lo so chi sei. Una cagna sei. Te ne corri in giro la notte da quella cagna pazza che sei –. E allora venivano fuori la nonna e Diomira in camicia e lo spingevano nella sua stanza e facevano: «Sss, sss» e la madre s'infilava nel letto e singhiozzava sotto le lenzuola, i suoi alti singhiozzi risuonavano nella stanza buia: i ragazzi pensavano che il nonno certo aveva ragione, pensavano che la madre faceva male a andare al cinema e dalle sue amiche la notte. Si sentivano molto infelici, spaventati e infelici, se ne stavano rannicchiati vicini nel caldo letto morbido e profondo, e il ragazzo piú grande che era al centro si stringeva da parte per non toccare il corpo della madre: gli pareva che ci fosse qualcosa di schifoso nel pianto della madre, nel guanciale bagnato: pensava: «Un ragazzo ha schifo di sua madre quando lei piange». Di queste liti della madre col nonno non parlavano mai fra loro, evitavano accuratamente di parlarne: ma si volevano molto bene tra loro e stavano abbracciati stretti la notte quando la madre piangeva: al mattino si vergognavano un po' uno dell'altro, perché si erano abbracciati cosí stretti come per difendersi e perché c'era quella cosa di cui non volevano parlare; d'altronde si dimenticavano presto d'essere stati infelici, il giorno cominciava e sarebbero andati a scuola, e per la strada avrebbero trovato i compagni e giocato un momento sulla porta di scuola.

Nella luce grigia del mattino, la madre si alzava: col sottabito arrotolato alla vita, s'insaponava il collo e le braccia stando curva sulla catinella: cercava sempre di non farsi vedere da loro ma scorgevano nello specchio le sue spalle brune e scarne e le piccole mammelle nude: nel freddo i capezzoli si facevano scuri e sporgenti, sollevava le braccia e s'incipriava le ascelle: alle ascelle aveva dei peli ricciuti e folti. Quando era tutta vestita cominciava a strapparsi le sopracciglia, fissandosi nello specchio da vicino e stringendo forte le labbra: poi si spalmava il viso d'una crema e scuoteva forte il piumino di cigno color rosa acceso e s'incipriava: il suo viso diventava allora tutto giallo. Certe volte era abbastanza allegra al mattino e voleva parlare coi ragazzi, chiedeva della scuola e dei compagni e raccontava qualcosa del tempo che lei era a scuola: aveva una maestra che si chiamava «signorina Dirce» ed era una vecchia zitella che voleva fare la giovane. Poi s'infilava il cappotto e pigliava la rete della spesa, si chinava a baciare i ragazzi e correva via con la sciarpa avvolta intorno al capo e col suo viso tutto profumato e incipriato di cipria gialla.

I ragazzi trovavano strano d'esser nati da lei. Sarebbe stato molto meno strano nascere dalla nonna o da Diomira, con quei loro grandi corpi caldi che proteggevano dalla paura, che difendevano dai temporali e dai ladri. Era molto strano pensare che la loro madre era quella, che lei li aveva contenuti un tempo nel suo piccolo ventre. Da quando avevano saputo che i bambini stanno nella pancia della madre prima di nascere, si erano sentiti molto stupiti e anche un po' vergognosi che quel ventre li avesse contenuti un tempo. E anche gli aveva dato il latte con le sue mammelle: e questo era ancora piú inverosimile. Ma adesso non aveva piú figli piccoli da allattare e cullare, e ogni giorno la vedevano filare via in bicicletta dopo la spesa, con uno scatto libero e felice del corpo. Lei non apparteneva certo a loro: non potevano contare su di lei. Non potevano chiederle nulla: c'erano altre madri, le madri dei loro compagni, a cui era chiaro che si poteva chiedere un mondo di cose; i compagni correvano dalle madri dopo ch'era finita la scuola e chiedevano un mondo di cose, si facevano soffiare il naso e abbottonare il cappotto, mostravano i compiti e i giornaletti: queste madri erano abbastanza vecchie, con dei cappelli o con delle velette o con baveri di pelliccia e venivano quasi ogni giorno a parlare con il maestro: erano gente come la nonna o come Diomira, grandi corpi mansueti e imperiosi di gente che non sbagliava: gente che non perdeva le cose, che non lasciava i cassetti in disordine, che non rientrava tardi la notte. Ma la loro madre filava via libera dopo la spesa, del resto faceva male la spesa, si faceva imbrogliare dal macellaio, molte volte anche le davano il resto sbagliato: filava via e non era possibile raggiungerla lí dov'era, loro in fondo l'ammiravano molto quando filava via: chi sa com'era quel suo ufficio, non ne parlava spesso: doveva battere a macchina e scriver lettere in francese e in inglese: chi sa, forse in questo era abbastanza brava.

Un giorno ch'erano andati a fare una passeggiata con don Vigliani e con altri ragazzi del ricreatorio, al ritorno videro la madre in un caffè di periferia. Stava seduta dentro il caffè, la videro dai vetri, e un uomo era seduto con lei. La madre aveva posato sul tavolo la sua sciarpa scozzese e la vecchia borsetta di coccodrillo che conoscevano bene: l'uomo aveva un largo paltò chiaro e dei baffi castani e parlava con lei sorridendo: la madre aveva un viso felice, disteso e felice, come non aveva mai a casa. Guardava l'uomo e si tenevano le mani, e lei non vide i ragazzi: i ragazzi continuarono a camminare accanto a don Vigliani che diceva a tutti di far presto perché bisognava prendere il tram: quando furono in tram il ragazzo piú piccolo si avvicinò al fratello e gli disse: – Hai visto la mamma, – e il fratello disse: – No, non l'ho vista –. Il piú piccolo rise piano e disse: – Ma sí che l'hai vista, era proprio la mamma e c'era un signore con lei –. Il ragazzo piú grande volse via la testa: era grande, aveva quasi tredici anni: il fratello minore lo irritava perché gli faceva pena, non capiva perché ma gli faceva pena, aveva pena anche di sé e non voleva pensare a quella cosa che aveva visto, voleva fare come se non avesse visto nulla.

Non dissero niente alla nonna. Al mattino mentre la madre si vestiva il ragazzo piccolo disse: – Ieri quando siamo andati a fare la passeggiata con don Vigliani ti abbiamo vista e c'era anche quel signore con te –. La madre si volse di scatto, aveva un viso cattivo: i pesciolini neri sulla sua fronte guizzarono e si congiunsero insieme. Disse: – Ma non ero io. Figúrati. Devo stare in ufficio fino a tardi la sera, lo sai. Si vede che vi siete sbagliati –. Il ragazzo grande disse allora, con una voce stanca e tranquilla: – No, non eri tu. Era una che ti somigliava –. E tutti e due i ragazzi capirono che quel ricordo doveva sparire da loro: e tutti e due respirarono forte per soffiarlo via.

Ma l'uomo dal paltò chiaro venne una volta a casa. Non aveva il paltò perché era estate, aveva degli occhiali azzurri e un vestito di tela chiara, chiese il permesso di levarsi la giacca mentre pranzavano. Il nonno e la nonna erano andati a Milano a incontrarsi con certi parenti e Diomira era andata al suo paese, loro dunque erano soli con la madre. Venne allora quell'uomo. C'era un pranzo abbastanza buono: la madre aveva comprato quasi tutto alla rosticceria: c'era il pollo con le patate fritte e questo veniva dalla rosticceria: la madre aveva fatto la pastasciutta, era buona, solo la salsa s'era un po' bruciata. C'era anche del vino. La madre era nervosa e allegra, voleva dire tante cose insieme: voleva parlare dei ragazzi all'uomo e dell'uomo ai ragazzi. L'uomo si chiamava Max ed era stato in Africa, aveva molte fotografie dell'Africa e le mostrava: c'era la fotografia d'una sua scimmia, i ragazzi gli chiesero molto di questa scimmia; era cosí intelligente e gli voleva bene e aveva un fare cosí buffo e carino quando voleva avere una caramella. Ma l'aveva lasciata in Africa perché era malata e aveva paura che morisse nel piroscafo. I ragazzi fecero amicizia con questo Max. Lui promise di portarli al cinema una volta. Gli mostrarono i loro libri, non ne avevano molti: lui chiese se avevano letto *Saturnino Farandola* e loro dissero di no e disse che gliel'avrebbe regalato, e poi anche *Robinson delle praterie* perché era molto bello. Dopo pranzo la madre disse loro di andare al ricreatorio a giocare. Avrebbero voluto rimanere ancora con Max. Protestarono un poco ma la madre e anche Max dissero che dovevano andare; e la sera quando ritornarono a casa non c'era piú Max. La madre preparò in fretta la cena, caffelatte e insalata di patate: loro erano contenti, volevano parlare dell'Africa e della scimmia, erano straordinariamente contenti e non capivano bene perché: e anche la madre pareva contenta e raccontava delle cose, una scimmia che aveva visto ballare sull'organetto una volta. Poi disse loro di coricarsi e disse che sarebbe uscita per un momentino, non dovevano aver paura, non c'era motivo; si chinò a baciarli e disse che era inutile raccontare di Max al nonno e alla nonna perché loro non avevano mai piacere che s'invitasse la gente.

Dunque rimasero soli con la madre per alcuni giorni: mangiavano delle cose insolite perché la madre non aveva voglia di cucinare, prosciutto e marmellata e caffelatte e cose fritte della rosticceria. Poi lavavano i piatti tutti insieme. Ma quando il nonno e la nonna tornarono i ragazzi si sentirono sollevati: c'era di nuovo la tovaglia sulla tavola a pranzo e i bicchieri e tutto quello che ci voleva: c'era di nuovo la nonna seduta nella poltrona a dondolo col suo corpo mansueto e col suo odore: la nonna non poteva scappar via, era troppo vecchia e troppo grassa, era bello avere qualcuno che stava in casa e non poteva mai scappar via.

I ragazzi alla nonna non dissero nulla di Max. Aspettavano il libro di *Saturnino Farandola* e aspettavano che Max li portasse al cinema e mostrasse altre fotografie della scimmia. Una volta o due chiesero alla madre quando sarebbero andati al cinema col signor Max. Ma la madre rispose dura che il signor Max adesso era partito. Il ragazzo piú piccolo chiese se non era forse andato in Africa. La madre non rispose nulla. Ma lui pensava che certo era andato in Africa a ripigliarsi la scimmia. S'immaginava che un giorno o l'altro venisse a prenderli a scuola, con un servo negro e con la scimmia in collo. Ricominciarono le scuole e venne la zia Clementina a stare un po' da loro: aveva portato un sacco di pere e di mele che si mettevano a cuocere in forno col marsala e lo zucchero. La madre era molto di cattivo umore e litigava di continuo col nonno. Rientrava tardi la notte e stava sveglia a fumare. Era molto dimagrita e non mangiava nulla. Il suo viso si faceva sempre piú piccolo, giallo; adesso anche si dava il nero alle ciglia, sputava dentro una scatoletta e con uno spazzolino tirava su il nero lí dove aveva sputato; metteva moltissima cipria, la nonna voleva levargliela col fazzoletto e lei scostava via il viso. Non parlava quasi mai e quando parlava pareva che facesse fatica, la sua voce veniva su debole. Un giorno tornò a casa nel pomeriggio verso le sei: era strano, di solito rientrava molto piú tardi; si chiuse a chiave nella stanza da letto. Il ragazzo piú piccolo venne a bussare perché aveva bisogno d'un quaderno: la madre rispose da dentro con una voce arrabbiata, che voleva dormire e la lasciassero in pace: il ragazzo spiegò timidamente che gli serviva il quaderno; allora venne ad aprire e aveva la faccia tutta gonfia e bagnata: il ragazzo capí che stava piangendo, tornò dalla nonna e disse: – La mamma piange, – e la nonna e la zia Clementina parlarono a lungo sottovoce tra loro, parlavano della madre ma non si capiva cosa dicevano.

Una notte la madre non ritornò a casa. Il nonno venne molte volte a vedere, scalzo, col cappotto sul pigiama; venne anche la nonna e i ragazzi dormirono male, sentivano la nonna e il nonno che camminavano per la casa, aprivano e chiudevano le finestre. I ragazzi avevano molta paura. Poi al mattino telefonarono dalla questura: la madre l'avevano trovata morta in un albergo, aveva preso il veleno, aveva lasciato una lettera: andarono il nonno e la zia Clementina, la nonna urlava, i ragazzi furono mandati al piano di sotto da una vecchia signora che diceva continuamente: – Senza cuore, lasciare due creature cosí –. La madre la riportarono a casa. I ragazzi andarono a vederla quando l'ebbero distesa sul letto: Diomira le aveva messo le scarpe di vernice e l'aveva vestita col vestito di seta rossa di quando s'era sposata: era piccola, una piccola bambola morta.

Riusciva strano vedere fiori e candele nella solita stanza. Diomira e la zia Clementina e la nonna stavano inginocchiate a pregare: avevan detto che s'era preso il veleno per sbaglio, perché se no il prete non veniva a benedirla, se sapeva che l'aveva fatto apposta. Diomira disse ai ragazzi che la dovevano baciare: si vergognavano terribilmente e la baciarono uno dopo l'altro sulla gota fredda. Poi ci fu il funerale, durò molto, traversarono tutta la città e si sentivano molto stanchi: c'era anche don Vigliani, poi c'erano tanti ragazzi della scuola e del ricreatorio. Faceva freddo, al cimitero tirava un gran vento. Quando tornarono a casa, la nonna si mise a piangere e a gridare davanti alla bicicletta nell'andito: perché pareva proprio di vederla quando filava via, col suo corpo libero e la sciarpa che svolazzava nel vento: don Vigliani diceva che adesso era in Paradiso, perché lui forse non sapeva che l'aveva fatto apposta, o lo sapeva e faceva finta di niente: ma i ragazzi non sapevano bene se il Paradiso c'era davvero, perché il nonno diceva di no, e la nonna diceva di sí, e la madre una volta aveva detto che non c'è il Paradiso, con gli angioletti e con la bella musica, ma da morti si va in un posto dove non si sta né bene né male, e dove non si desidera nulla, e siccome non si desidera nulla ci si riposa e si sta molto in pace.

I ragazzi andarono in campagna per qualche tempo dalla zia Clementina. Tutti erano molto buoni con loro, e li baciavano e li accarezzavano, e loro avevano molta vergogna. Non parlarono mai della madre fra loro, e neppure del signor Max; nella soffitta della zia Clementina trovarono il libro di *Saturnino Farandola* e lo lessero e trovarono che era bello. Ma il ragazzo piú grande pensava tante volte alla madre, come l'aveva vista quel giorno al caffè, con Max che le teneva le mani e con un viso cosí disteso e felice; pensava allora che forse la madre aveva preso il veleno perché Max era forse tornato in Africa per sempre. I ragazzi giocavano col cane della zia Clementina, un bel cane che si chiamava Bubi, e impararono ad arrampicarsi sugli alberi, perché prima non erano capaci. Andavano anche a fare il bagno nel fiume, ed era bello tornare la sera dalla zia Clementina e fare i cruciverba tutti insieme. I ragazzi erano molto contenti di stare dalla zia Clementina. Poi tornarono a casa dalla nonna e furono molto contenti. La nonna sedeva nella poltrona a dondolo, e voleva pulir loro le orecchie con le sue forcine. La domenica andavano al cimitero, veniva anche Diomira, compravano dei fiori e al ritorno si fermavano al bar a prendere il ponce caldo. Quando erano al cimitero, davanti alla tomba, la nonna pregava e piangeva, ma era molto difficile pensare che le tombe e le croci e il cimitero c'entrassero per qualche cosa con la madre, quella che si faceva imbrogliare dal macellaio e filava via in bicicletta, e fumava e sbagliava le strade e singhiozzava la notte. Il letto era ora molto grande per loro, e avevano un guanciale per uno. Non pensavano spesso alla madre perché faceva un po' male e vergogna pensarci. Si provavano a volte a ricordare com'era, in silenzio ciascuno per conto suo: e si trovavano a mettere insieme sempre piú faticosamente i capelli corti e ricciuti e i pesciolini neri sulla sua fronte e le labbra: metteva molta cipria gialla, questo lo ricordavano bene; a poco a poco ci fu un punto giallo, impossibile riavere la forma delle gote e del viso. Del resto adesso capivano che non l'avevano amata molto, forse anche lei non li amava molto, se li avesse amati non avrebbe preso il veleno, cosí avevano sentito che diceva Diomira e il portinaio e la signora del piano di sotto e tanta altra gente. Gli anni passavano e i ragazzi crescevano e succedevano tante cose e quel viso che non avevano molto amato svaniva per sempre.

Domenica

Suona il telefono e una voce gli dice che c'è stato un incidente in macchina, una delle figlie di sua moglie s'è fatta male, la seconda, Donatella, ha forse una leggera commozione cerebrale. Poteva andarle peggio, ha sbattuto la testa contro un sasso. Quei maledetti olandesi. Ospedale San Camillo, settimo padiglione, ultimo piano. La voce è rugginosa, soffocata, strozzata, non si capisce se di uomo o di donna. Gli dà del tu. Lo chiama ingegnere. Sbrigati, ingegnere, vieni. Porta dei soldi. Liquidi. Meglio liquidi. Servono per pagare il deposito. Lui dice che non è ingegnere. Non lo è mai stato. Insegna il disegno in una scuola tecnica. La voce è già scomparsa. Lui resta là in piedi, nell'ingresso, col ricevitore in mano. È ancora mezzo addormentato. Sono le cinque della mattina. Piove forte.

È un uomo piccolo di statura, con ricciuti e ispidi capelli neri, barba nera e ricciuta, denti candidi. Ha i piedi nudi, uno sgualcito pigiama azzurro. È diviso dalla moglie da diciotto anni. Sono vissuti insieme solo un anno. Lo inquieta e lo affatica tutto quello che riguarda sua moglie.

Suona di nuovo il telefono e questa volta è l'uomo di sua moglie, il padre delle ultime due bambine, un regista della televisione, che si chiama Ludovico Aliotta. Chiede se lui sa qualcosa, che cos'è questo incidente di macchina, è successo qualcosa a Loredana, a Donatella, gli ha telefonato una voce cosí strana, cosí rauca. Servono soldi, ha detto la voce. Non sta piú con Loredana da cinque mesi, perché era una vita impossibile, però questo non c'entra, meglio liquidi ha detto la voce, ma né liquidi né solidi non ne ha. Sul momento non ne ha. Non saprebbe nemmeno come procurarseli, è domenica, si trova in campagna, in una casa che gli hanno imprestato, una casa molto strana, costruita come un bunker, in piena campagna. Deve finire un lavoro. Da ore sta alla macchina da scrivere. La casa è in una specie di forra, c'è un bosco e c'è un fiume, e non un'anima viva intorno. Sente cinguettare gli uccelli.

Lui bussa alla porta della stanza dove dormono sua sorella e sua madre. Esce fuori sua sorella Cristina, in pigiama, un pigiama di flanellina rosa come quelli dei bambini. Esce fuori sua madre, nella sua vestaglia color prugna, puntandosi sul capo la sottile treccia bianca. Dio mio. Un incidente di macchina. Ma chi guidava, era Loredana che guidava. Non si sa. La commozione cerebrale tante volte non è niente, spaventa la parola. Vai subito. Cosa aspetti. Lui dice a Cristina di accompagnarlo con la sua macchina. Le dice di tirare fuori tutti i soldi che ci sono in casa. Hanno in casa centomila lire. Cristina non gliele dà, perché dice che lui le perde, e se le caccia nel reggiseno.

Lui si veste. Non si lava, ma si versa parecchi bicchieri d'acqua sui capelli, perché quando ha i capelli bagnati si sente lavato. La madre gli porta il caffè. Donatella s'è fatta male, dice la madre, ma qual è Donatella. Ah sí, è quella coi capelli rossi. Quella con l'occhio storto. Cristina l'anno scorso le insegnava il latino. Che strano, dice la madre, quando stava con te, Loredana non voleva figli, guai a dirle di un figlio. Poi ne ha fatte sei, tutte femmine, una in fila all'altra. Ha cominciato subito, appena ti ha piantato. Con tanti uomini diversi. La prima è di Cicagna. Poi due sono di Maurizio Masei. Masei è ricchissimo, e non le dà una lira. I soldi, Loredana li viene sempre a chiedere qua. Poi la quarta non si sa di chi sia, è un mistero. Ma due sono di Aliotta.

Cristina è pronta. Ha una giacca a maglia verde erba, con un cappuccio a punta e una grande margherita ricamata sulla tasca. Cristina si veste sempre come se avesse sei anni. Camminano, lui e Cristina, sotto l'ombrello di Cristina piccolo e rotondo, marrone con fiori arancione.

Diluvia. La macchina di Cristina è posteggiata a Ponte Milvio. «È Donatella, è quella che io le davo ripetizione l'altr'anno – dice Cristina. – Dio mio. Speriamo che non sia niente. Una bambina cosí graziosa. Affettuosa. Loredana con me non è affettuosa, ma la figlia sí. Le fosse venuto in mente, a Loredana, di mandarmi un ringraziamento, dopo tutte quelle lezioni gratuite, macché. Niente. Avesse mandato due righe, due rose. Si fa sempre. Ma è snob, Loredana è snob. È snob all'incontrario. Ama gli straccioni. Io le sembro una borghese. Una borghese matura. Invece sono piú giovane di lei. Cos'è quella casa. Hanno la cucina sempre piena di gente. Studenti, braccianti, ragazze madri, lattanti che urlano, sconosciuti». Al San Camillo gli fanno difficoltà per entrare, non è orario di visite, finalmente entrano. Cristina si ricorda che conosce un medico al secondo padiglione, va a cercarlo perché può essere sempre utile, lui aspetta nel giardino ed ecco vede Loredana venire avanti, zoppicante nella pioggia, con una gonna nera lunga fino alle caviglie, una camicetta bianca scollata, i folti capelli color fiamma sparsi sulle spalle rotonde. Si baciano, e per qualche minuto lui accoglie nelle sue braccia il corpo grande, pesante, i seni caldi e pesanti, i capelli caldi e aridi, per qualche breve minuto lui ricorda quando si amavano.

Dietro a Loredana c'è la figlia Donatella, una dodicenne alta, grassa, vestita di una tuta a bretelle, l'occhio storto, i capelli una nuvola di fuoco. Non ha niente, e la rimandano a casa. Non ha la commozione cerebrale. Ha un piccolo cerotto in mezzo ai capelli, le hanno dato tre punti, la parola «commozione cerebrale» l'ha detta un'infermiera a vanvera gettando sua madre nel panico. Ha fame. Vorrebbe una cioccolata calda e un cornetto. Dietro a Donatella c'è una vecchia signora bassa e larga, vestita di un completo pantaloni viola, e gli viene presentata come la signora Pasubio, un'amica. Con voce strozzata la signora dice «ti saluto ingegnere». Lui dice che non è ingegnere. Fa niente, l'importante è che sei qua. Arriva Cristina che ha parlato col medico suo amico, si è fatta dare un biglietto di raccomandazione per i medici del settimo padiglione, ma non ce n'è piú bisogno, non serve piú.

Escono dall'ospedale e vanno in un caffè. Si siedono e Loredana dice che i soldi le occorrono lo stesso, perché fra una cosa e l'altra, autoambulanza eccetera, è rimasta senza niente. Le centomila lire passano dal reggiseno di Cristina al reggiseno di Loredana. Parlano dell'incidente tutt'e due insieme, Loredana e la signora Pasubio, alla voce piena e sonora di Loredana si unisce la voce strozzata. Donatella invece sta zitta, e inzuppa il cornetto nella cioccolata. Maledetti olandesi. Erano andate a Rieti, Loredana e Donatella e la signora Pasubio, per il festival della canzone. Dovevano riprendere il treno, ieri sera, per Roma, e invece hanno conosciuto in una pizzeria tre ragazzi olandesi, i quali gli hanno offerto di riportarle a Roma in Land Rover. Pioveva e a un tratto la Land Rover è slittata, ha fatto testa e coda e si è rovesciata in un campo. È venuta gente, le ha prese su un signore gentile con una settecentocinquanta. Donatella aveva sangue sulla faccia. Poi la signora Pasubio si è accorta che le mancava dalla borsa il portafoglio con sessantamila lire e le chiavi. Ha l'idea che gli olandesi quando le hanno raccolto la borsa le hanno preso il portafoglio. Loredana ha un enorme livido su un ginocchio e per questo zoppica. Ma poi è stato brutto, la notte, la pioggia, gli incidenti anche piccoli danno angoscia. E cos'è successo degli olandesi, chiede Cristina. Niente, stavano bene, erano là intorno alla Land Rover sfasciata, con la polizia stradale, sotto la pioggia scrosciante.

Cristina osserva che non bisogna mai salire nelle macchine degli sconosciuti. Non si sa come guidano gli sconosciuti. La signora Pasubio le risponde che però oggi una metà del mondo viaggia in autostop. Il peggio è che lei non ha piú le chiavi di casa sua, e ora per entrare in casa dovrà rompere un vetro, passando per una terrazza di un vicino, e a casa ha un cucciolo, che le dispiace di lasciare troppo tempo solo. Si chiama Amore. Salgono tutti nella macchina di Cristina, e la signora Pasubio osserva che forse non dovrebbe salire, essendo Cristina per lei una sconosciuta. Cristina le risponde che è padrona di scendere. Ma la signora Pasubio non desidera scendere e vuole essere portata subito dal suo cucciolo Amore.

La casa della signora Pasubio è in via dell'Anima. Quando l'hanno aiutata a entrare in casa avendo rotto un vetro e forzato una persiana lui vorrebbe andarsene, ma nel soggiorno della signora ci sono molti vestiti appesi, sono vestiti usati, che lei vende, e Cristina se ne incuriosisce. La signora Pasubio ha un piccolo negozio di vestiti usati, là vicino in via della Stelletta, e comincia a venirci molta gente, ma lei vende a poco, perché non ama la speculazione. Mentre parla, sminuzza in una ciotola di latte delle fette biscottate, per il cucciolo, un piccolo lupo ansimante e urlante, e intanto fuma, e intanto si spazzola i capelli che sono grigi, riccioluti e corti. Donatella si è rannicchiata sul divano e si è addormentata. Loredana si guarda il ginocchio, il grosso livido, la calza strappata. Cristina dice che lei i vestiti usati non li metterebbe mai, perché per quanto siano disinfettati le sembra sempre che abbiano vecchi odori, e la signora Pasubio le dice che sbaglia, perché oggi una metà del mondo si veste con vestiti usati. Suggerisce a Cristina di misurarsi qualcosa. Davanti a quei vestiti usati Cristina è schifata e attratta. Infine segue la signora Pasubio nella stanza da letto dove c'è uno specchio, prende a misurarsi vestiti e ogni tanto riappare nel soggiorno per farsi vedere da Loredana.

Lui chiede a Loredana se non deve tornare ora dalle altre bambine. No, dice Loredana, non ci sono a casa le bambine piccole perché le ha mandate a Ostia da una loro amica di scuola e fino a domani non tornano, e la grande, Alfia, quella che ha sedici anni, dà una festa quel giorno e ha invitato trenta ragazzi, perciò a casa oggi c'è un casino e lei piú tardi ci ritorna meglio è. Sta pensando che quelle sessantamila lire dovrà restituirle alla signora Pasubio, perché è colpa di lei, Loredana, se sono salite su quella maledetta Land Rover, la signora Pasubio diffidava. La signora Pasubio è povera. Non guadagna niente con quei vestiti usati. Non glieli compra nessuno. Sono orribili. A un tratto si mette a piangere. Cosí, le è venuta tristezza. Si è spaventata. Ha visto la bambina con tanto sangue sulla faccia. Le hanno detto «commozione cerebrale». Ma poi è stanca, è stanca in generale, si sente tutta a pezzi, è stanca di lavorare in quell'ufficio di merda, battere sempre a macchina a rotta di collo, è un posto che le ha trovato Cicagna, Ernesto Cicagna, il padre di Alfia, ma non le piace. È stanca. Vorrebbe riposarsi. E poi Alfia è tanto cattiva. Identica a suo padre. Il carattere di Cicagna. Duro. Certi modi sprezzanti. La tratta cosí male. Ha un tono che fa venire i brividi. Piange, e lui le accarezza i capelli, quel cespuglio gonfio, ruvido.

La signora Pasubio torna con una bracciata di vestiti, di umore allegro perché Cristina ha detto che verrà al negozio. Vede Loredana in lagrime. Il vedere lagrime la rende brusca e imperiosa. Propone di fare un risotto. Subito. Non c'è tempo da perdere. Un risotto buono e caldo è un tale conforto.

Lui si mette seduto in cucina, fa compagnia a Loredana, che taglia le cipolle. Loredana continua a raccontargli di Alfia, ma adesso è serena, non si ha idea come è bella Alfia, come è intelligente, come suona bene la chitarra. Lui intanto la guarda, grande, solida, piantata davanti al tavolo, veloce nel tagliare le cipolle, nel rimescolarle nell'olio, con la gonna troppo stretta sul ventre cosí che si vede la forma dell'ombelico, profondo come una tazza. Il tempo in cui stavano insieme gli sembra strano e lontano, ne ricorda un senso di oppressione, e un simile senso di oppressione si rinnova in lui ogni volta che la vede, o quando lei gli telefona per chiedergli soldi, consigli, piangere, lamentarsi di Cicagna o degli altri uomini che ha avuto. Si sente legato a lei da legami occasionali e casuali, simili a fettucce o spaghi, legami disordinati e logori, fortissimi, indistruttibili.

Dopo il risotto, la signora Pasubio fa le carte a Cristina, essendo la signora Pasubio bravissima nell'indovinare il futuro. Secondo la signora Pasubio, entro l'anno Cristina incontrerà l'uomo della sua vita, un uomo con grandi responsabilità pubbliche, un magistrato, o forse un militare. Tornano a casa, lui e Cristina, alle sette di sera. Loredana rimane in via dell'Anima, con Donatella, dormiranno lí, cosí non vedono in casa loro gli strascichi della festa. A casa, chiuso nella sua stanza, lui si sdraia sul letto e respira. Piú tardi suona il telefono. Lui risponde, è Aliotta. Sa già tutto Aliotta, gli telefona per informarlo che sa già tutto. Loredana l'ha chiamato. Gli olandesi. La Land Rover. Testa e coda. Il risotto. Aliotta dice che ha passato una giornata felice, sepolto in quella campagna, con la macchina da scrivere, in una quiete perfetta. Non era preoccupato per Loredana, l'aveva capito che era una cosa da niente, Loredana è fortunata, non le succede mai niente, è sempre tutto una tempesta in un bicchiere. Che pace, in quella campagna, gli piacerebbe non tornare mai. Lavora cosí bene, lavorerà ancora, fino a mezzanotte. Ha mangiato un panino col formaggio, ha bevuto una birra e basta. Pioveva ma ora ha smesso di piovere e s'è alzata la luna, una luna grande, gialla, meravigliosa. Che suprema pace. Sente gracidare le rane.

Memorie e cronache

Memoria

Gli uomini vanno e vengono per le strade della città.
Comprano cibi e giornali, muovono a imprese diverse.
Hanno roseo il viso, le labbra vivide e piene.
Sollevasti il lenzuolo per guardare il suo viso,
Ti chinasti a baciarlo con un gesto consueto.
Ma era l'ultima volta. Era il viso consueto,
Solo un poco piú stanco. E il vestito era quello di sempre.
E le scarpe eran quelle di sempre. E le mani erano quelle
Che spezzavano il pane e versavano il vino.
Oggi ancora nel tempo che passa sollevi il lenzuolo
A guardare il suo viso per l'ultima volta.
Se cammini per strada nessuno ti è accanto.
Se hai paura nessuno ti prende la mano.
E non è tua la strada, non è tua la città.
Non è tua la città illuminata. La città illuminata è degli altri,
Degli uomini che vanno e vengono, comprando cibi e giornali.
Puoi affacciarti un poco alla quieta finestra
E guardare in silenzio il giardino nel buio.
Allora quando piangevi c'era la sua voce serena.
Allora quando ridevi c'era il suo riso sommesso.
Ma il cancello che a sera s'apriva resterà chiuso per sempre;
E deserta è la tua giovinezza, spento il fuoco, vuota la casa.

8 novembre.

Alla memoria di suo marito Leone Ginzburg, morto nelle carceri di Roma il 5 febbraio 1944, ucciso dalla ferocia della Gestapo, Natalia Ginzburg dedica questa poesia. Natalia Ginzburg, nota nel mondo letterario col nome di Alessandra Tornimparte, riprende il suo vero nome che dovette abbandonare, per ragioni razziali, nel periodo dell'oppressione fascista.

Inverno in Abruzzo

Deus nobis haec otia fecit.

In Abruzzo non c'è che due stagioni: l'estate e l'inverno. La primavera è nevosa e ventosa come l'inverno e l'autunno è caldo e limpido come l'estate. L'estate comincia in giugno e finisce in novembre. I lunghi giorni soleggiati sulle colline basse e riarse, la gialla polvere della strada e la dissenteria dei bambini, finiscono e comincia l'inverno. La gente allora cessa di vivere per le strade: i ragazzi scalzi scompaiono dalle scalinate della chiesa. Nel paese di cui parlo, quasi tutti gli uomini scomparivano dopo gli ultimi raccolti: andavano a lavorare a Terni, a Sulmona, a Roma. Quello era un paese di muratori: e alcune case erano costruite con grazia, avevano terrazze e colonnine come piccole ville, e stupiva di trovarci, all'entrare, grandi cucine buie coi prosciutti appesi e vaste camere squallide e vuote. Nelle cucine il fuoco era acceso e c'erano varie specie di fuochi, c'erano grandi fuochi con ceppi di quercia, fuochi di frasche e foglie, fuochi di sterpi raccattati ad uno ad uno per via. Era facile individuare i poveri e i ricchi, guardando il fuoco acceso, meglio di quel che si potesse fare guardando le case e la gente, i vestiti e le scarpe, che in tutti su per giú erano uguali.

Quando venni al paese di cui parlo, nei primi tempi tutti i volti mi parevano uguali, tutte le donne si rassomigliavano, ricche e povere, giovani e vecchie. Quasi tutte avevano la bocca sdentata: laggiú le donne perdono i denti a trent'anni, per le fatiche e il nutrimento cattivo, per gli strapazzi dei parti e degli allattamenti che si susseguono senza tregua. Ma poi a poco a poco cominciai a distinguere Vincenzina da Secondina, Annunziata da Addolorata, e cominciai a entrare in ogni casa e a scaldarmi a quei loro fuochi diversi.

Quando la prima neve cominciava a cadere, una lenta tristezza s'impadroniva di noi. Era un esilio il nostro: la nostra città era lontana e lontani erano i libri, gli amici, le vicende varie e mutevoli di una vera esistenza. Accendevamo la nostra stufa verde, col lungo tubo che attraversava il soffitto: ci si riuniva tutti nella stanza dove c'era la stufa, e lí si cucinava e si mangiava, mio marito scriveva al grande tavolo ovale, i bambini cospargevano di giocattoli il pavimento. Sul soffitto della stanza era dipinta un'aquila: e io guardavo l'aquila e pensavo che quello era l'esilio. L'esilio era l'aquila, era la stufa verde che ronzava, era la vasta e silenziosa campagna e l'immobile neve. Alle cinque suonavano le campane della chiesa di Santa Maria, e le donne andavano alla benedizione, coi loro scialli neri e il viso rosso. Tutte le sere mio marito ed io facevamo una passeggiata: tutte le sere camminavamo a braccetto, immergendo i piedi nella neve. Le case che costeggiavano la strada erano abitate da gente cognita e amica: e tutti uscivano sulla porta e ci dicevano: «Con una buona salute». Qualcuno a volte domandava: «Ma quando ci ritornate alle case vostre?» Mio marito diceva: «Quando sarà finita la guerra». «E quando finirà questa guerra? Te che sai tutto e sei un professore, quando finirà?» Mio marito lo chiamavano «il professore» non sapendo pronunciare il suo nome, e venivano da lontano a consultarlo sulle cose piú varie, sulla stagione migliore per togliersi i denti, sui sussidi che dava il municipio e sulle tasse e le imposte.

D'inverno qualche vecchio se ne andava con una polmonite, le campane di Santa Maria suonavano a morto, e Domenico Orecchia, il falegname, fabbricava la cassa. Una donna impazzí e la portarono al manicomio di Collemaggio, e il paese ne parlò per un pezzo. Era una donna giovane e pulita, la piú pulita di tutto il paese: dissero che le era successo per la gran pulizia. A Gigetto di Calcedonio nacquero due gemelle, con due gemelli maschi che aveva già in casa, e fece una chiassata in municipio perché non volevano dargli il sussidio, dato che aveva tante coppe di terra e un orto grande come sette città. A Rosa, la bidella della scuola, una vicina gli sputò dentro l'occhio, e lei girava con l'occhio bendato perché le pagassero l'indennità. «L'occhio è delicato, lo sputo è salato», spiegava. E anche di questo si parlò per un pezzo, finché non ci fu piú niente da dire.

La nostalgia cresceva in noi ogni giorno. Qualche volta era perfino piacevole, come una compagnia tenera e leggermente inebriante. Arrivavano lettere dalla nostra città, con notizie di nozze e di morti dalle quali eravamo esclusi. A volte la nostalgia si faceva acuta ed amara, e diventava odio: noi odiavamo allora Domenico Orecchia, Gigetto di Calcedonio, Annunziatina, le campane di Santa Maria. Ma era un odio che tenevamo celato, riconoscendolo ingiusto: e la nostra casa era sempre piena di gente, chi veniva a chieder favori e chi veniva a offrirne. A volte la sartoretta veniva a farci le sagnoccole. Si cingeva uno strofinaccio alla vita e sbatteva le uova, e mandava Crocetta in giro per il paese a cercare chi potesse prestarci un paiolo ben grande. Il suo viso rosso era assorto e i suoi occhi splendevano di una volontà imperiosa. Avrebbe messo a fuoco la casa perché le sue sagnoccole riuscissero bene. Il suo vestito e i capelli si facevano bianchi di farina, e sul tavolo ovale dove mio marito scriveva, venivano adagiate le sagnoccole.

Crocetta era la nostra donna di servizio. Veramente non era una donna perché aveva quattordici anni. Era stata la sartoretta a trovarcela. La sartoretta divideva il mondo in due squadre: quelli che si pettinano e quelli che non si pettinano. Da quelli che non si pettinano bisogna guardarsi, perché naturalmente hanno i pidocchi. Crocetta si pettinava: e perciò venne da noi a servizio, e raccontava ai bambini delle lunghe storie di morti e di cimiteri. C'era una volta un bambino che gli morí la madre. Suo padre si pigliò un'altra moglie e la matrigna non amava il bambino. Perciò lo uccise mentre il padre era ai campi e ci fece il bollito. Il padre torna a casa e mangia, ma dopo che ha mangiato le ossa rimaste nel piatto si mettono a cantare:

E la mia trista matrea
Mi ci ha cotto in caldarea
E lo mio padre ghiottò
Mi ci ha fatto 'nu bravo boccò.

Allora il padre uccide la moglie con la falce, e l'appende a un chiodo davanti alla porta. A volte mi sorprendo a mormorare le parole di questa canzone, e allora tutto il paese mi ritorna davanti, insieme al particolare sapore di quelle stagioni, insieme al soffio gelato del vento e al suono delle campane.

Ogni mattina uscivo con i miei bambini e la gente si stupiva e disapprovava che io li esponessi al freddo e alla neve. «Che peccato hanno fatto queste creature? – dicevano. – Non è tempo di passeggiare, signò. Torna a casa». Camminavamo a lungo per la campagna bianca e deserta, e le rare persone che incontravo guardavano i bambini con pietà. «Che peccato hanno fatto?» mi dicevano. Laggiú se nasce un bambino nell'inverno, non lo portano fuori dalla stanza fino a quando non sia venuta l'estate. A mezzogiorno mio marito mi raggiungeva con la posta, e tornavamo tutti insieme a casa.

Io parlavo ai bambini della nostra città. Erano molto piccoli quando l'avevamo lasciata, e non ne avevano nessun ricordo. Io dicevo loro che là le case avevano molti piani, c'erano tante case e tante strade, e tanti bei negozi. «Ma anche qui c'è Girò», dicevano i bambini.

La bottega di Girò era proprio davanti a casa nostra. Girò se ne stava sulla porta come un vecchio gufo, e i suoi occhi rotondi e indifferenti fissavano la strada. Vendeva un po' di tutto: generi alimentari e candele, cartoline, scarpe e aranci. Quando arrivava la roba e Girò scaricava le casse, i ragazzi correvano a mangiare gli aranci marci che buttava via. A Natale arrivava anche il torrone, i liquori, le caramelle. Ma lui non cedeva un soldo sul prezzo. «Quanto sei cattivo, Girò», gli dicevan le donne. Rispondeva: «Chi è buono se lo mangiano i cani». A Natale tornavano gli uomini da Terni, da Sulmona, da Roma, stavano alcuni giorni e ripartivano, dopo aver scannato i maiali. Per alcuni giorni non si mangiava che sfrizzoli, salsicce pazze e non si faceva che bere: poi le grida dei nuovi maialetti riempivano la strada.

In febbraio l'aria si faceva umida e molle. Nuvole grige e cariche vagavano per il cielo. Ci fu un anno che durante lo sgelo si ruppero le grondaie. Allora cominciò a piovere in casa e le stanze erano dei veri pantani. Ma fu cosí per tutto il paese: non una sola casa restò asciutta. Le donne vuotavano i secchi dalle finestre e scopavano via l'acqua dalla porta. C'era chi andava a letto con l'ombrello aperto. Domenico Orecchia diceva che era il castigo di qualche peccato. Questo durò piú d'una settimana: poi finalmente ogni traccia di neve scomparve dai tetti, e Aristide aggiustò le grondaie.

La fine dell'inverno svegliava in noi come un'irrequietudine. Forse qualcuno sarebbe venuto a trovarci: forse sarebbe finalmente accaduto qualcosa. Il nostro esilio doveva pur avere una fine. Le vie che ci dividevano dal mondo parevano piú brevi: la posta arrivava piú spesso. Tutti i nostri geloni guarivano lentamente.

C'è una certa monotona uniformità nei destini degli uomini. Le nostre esistenze si svolgono secondo leggi antiche ed immutabili, secondo una loro cadenza uniforme ed antica. I sogni non si avverano mai e non appena li vediamo spezzati, comprendiamo a un tratto che le gioie maggiori della nostra vita sono fuori della realtà. Non appena li vediamo spezzati, ci struggiamo di nostalgia per il tempo che fervevano in noi. La nostra sorte trascorre in questa vicenda di speranze e di nostalgie.

Mio marito morí a Roma nelle carceri di Regina Coeli, pochi mesi dopo che avevamo lasciato il paese. Davanti all'orrore della sua morte solitaria, davanti alle angosciose alternative che precedettero la sua morte, io mi chiedo se questo è accaduto a noi, a noi che compravamo gli aranci da Girò e andavamo a passeggio nella neve. Allora io avevo fede in un avvenire facile e lieto, ricco di desideri appagati, di esperienze e di comuni imprese. Ma era quello il tempo migliore della mia vita e solo adesso che m'è sfuggito per sempre, solo adesso lo so.

Cronaca di un paese

Ho vissuto per tre anni in un paese dell'Italia del Sud. Per tre anni ho veduto tramontare il sole sulle colline tondeggianti e spoglie, per tre anni ho veduto mietere il grano, per tre anni ho mangiato il pane bianco e insapore, impastato con le patate, che fanno laggiú.

Il paese era diviso in due dalla strada. Da un lato c'era la pineta e il castello, vigneti e campi, e piú in alto la linea sinuosa delle brulle colline. Dall'altro lato c'erano gli orti, i larghi pascoli e il fiume. Il fiume era povero d'acque, ma un uomo una volta riuscí ad affogarci. Non so come abbia fatto.

Il castello apparteneva a un marchese che era andato in America. Si diceva che avesse una ventina di stanze, quattro bagni e delle seggiole d'oro. Tutti si ricordavano il marchese con i suoi capelli neri dalla ciocca bianca; tutti ricordavano il tempo che andava a caccia con i cani. C'era un uomo in paese che gli aveva fatto da ruffiano. Adesso i cani li teneva lui. I cavalli del marchese invece li teneva il fornaio, e li portava a bere alla fontana due volte nella giornata. Erano bei cavalli muscolosi, di un color biondo, con la coda bianca.

Il paese era formato da due specie di persone: i borghesi e i contadini. Borghesi erano il brigadiere, il segretario comunale, il dottore e il veterinario. È difficile descrivere il tenore di vita, la forma mentale e morale d'una borghesia in un paese di tremila abitanti. E tuttavia mi sembra che la cosa meriterebbe studio e interesse. Questa gente aveva poco da fare e passava la maggior parte del tempo a scrivere lettere anonime alla questura del capoluogo, denunciandosi scambievolmente. Ho dimenticato di dire che della borghesia faceva parte anche il ruffiano del marchese, un uomo rosso in faccia, col ciuffo sulla fronte. Era il padrone di una autopubblica ed era l'autore piú attivo di lettere anonime.

Il dottore era un vecchio zoppo che puzzava di sigaro. D'inverno portava un pastrano bordato di castorino; d'estate una leggera giacchetta di cascame di seta e un cappello di paglia. I suoi occhi neri e pungenti parevano capocchie di spillo. Da giovane era stato una persona raffinata e colta: gli piacevano i libri e la musica e aveva scritto e pubblicato dei versi. «Ma a vivere in mezzo ai cafoni mi sono perso di coraggio – diceva – mi son perso di coraggio». Qualcuno diceva che da giovane era stato anche un medico bravo. Ma il fatto era questo, che i cafoni lui li detestava e non desiderava che guarissero quando erano malati. Se una donna gli portava a vedere un bambino malato, diceva: «Saranno i vermi, come dite voi», e spingeva in fretta la donna alla porta intascando dieci lire e tre uova. Quando andava in cucina la moglie gli chiedeva: «Hai fetato?» Lui metteva le uova sulla tavola e sedeva a pranzo in silenzio.

La moglie lui la detestava e non le rivolgeva mai la parola. Era una donna che aveva ormai sessant'anni, ma pareva molto piú giovane, e ogni mattina si radeva la barba che le cresceva sulle guance piene e bianche, e quando se ne andava ancheggiando per le vie del piccolo paese, col suo soprabito di seta nera, col viso incipriato e gli occhi verdi e splendenti, ognuno ricordava il tempo che era stata l'amante del marchese e si mangiava i tordi e le pernici che lui prendeva a caccia. Il dottore lo chiamavano «becco cornuto», anche adesso, dopo tanti anni.

Il dottore, quando venivano a chiamarlo di notte, s'arrabbiava e rifiutava d'alzarsi, ma se uno andava a lamentarsi del dottore in giro, la moglie subito lo denunciava per sentimenti antifascisti con una lettera anonima.

Ma la sola passione del dottore erano i parti, quando

venivano a chiamarlo per un parto difficile era tutto contento, e si alzava magari anche di notte. Cosí se invece di chiamar lui, chiamavano l'ostetrico della città, gli facevano un'offesa atroce, e la moglie scriveva subito una lettera anonima. Di donne che morivano di parto ce n'erano tante, ma il dottore diceva che era colpa loro per il gran sudiciume che avevano, che non volevano sentir ragione, e al dottore non gli davano retta.

Nelle belle sere d'estate, mentre il sole tramontava sulle colline e le pecore tornavano dal pascolo sollevando una nuvola di polvere, mentre il barbiere suonava la chitarra sulla porta della sua bottega con una frotta di ragazzi scalzi intorno, il dottore, il veterinario e il brigadiere passeggiavano lentamente lungo la strada. A vederli cosí parevano buoni amici, e nessuno avrebbe pensato che passavano il tempo ad accusarsi l'uno con l'altro in questura, di sentimenti antifascisti, di truffe annonarie, di sevizie, di ogni sorta di cose. Camminavano lentamente, parlando: parlavano del tempo che abitavano altrove, in città, parlavano della gioia di abitare in città e del disgusto che provavano a vivere in mezzo ai cafoni. Ma in realtà essi non avrebbero piú potuto avvezzarsi a vivere altrove, non avrebbero piú potuto rinunciare ai cafoni e all'ebrezza del potere. Il brigadiere, alto, pallido, col suo grande mantello svolazzante, il veterinario con i calzoni a sbuffo e i denti guasti, e il dottore appoggiato al suo bastone avevano nelle loro mani le sorti del paese e lo sapevano bene. Camminavano interminabilmente fino a buio lungo tutto il paese, assaporando la propria grande potenza e il timore che li circondava. Il brigadiere aiutava i contadini ricchi ad imboscarsi e riceveva in dono prosciutti e farina. Quintali di farina venivano scaricati di notte sulla porta della caserma, e il ruffiano del marchese stava affacciato alla sua finestra a guardare e scriveva lettere anonime.

Queste lettere anonime non avevano alcun risultato, probabilmente venivano cestinate senza essere lette, ma ognuno ne aveva un sacro terrore e l'incubo oscuro ne pesava su tutto il paese. Soltanto i poveri non avevano paura delle lettere anonime, e vivevano una vita loro, fuori d'ogni intrigo, badando ai quattro cavoli piantati davanti a casa e badando a rubare legna nella pineta senza esser visti dal milite forestale. Il giorno che li chiamavano in guerra ci andavano e crepavano lontano, e quelli che restavano a casa, il dottore non veniva a vederli quando erano malati, dato che non avevano galline. D'estate la dissenteria si portava via sempre sei o sette bambini, e un anno che al dottore gli portarono un bambino con la tosse convulsa, lui disse che non era tosse convulsa e lo mandassero pure a scuola, e tutti i bambini in paese si pigliarono la tosse convulsa.

Un tempo, molti anni prima, i poveri avevano un sussidio dal comune, ma adesso questo sussidio nessuno lo vedeva piú da un bel pezzo, e in realtà se lo mettevano in tasca il segretario comunale e il podestà. Il podestà non era un borghese, era soltanto un contadino ricco con vacche e maiali, ed era anche una persona per bene prima che lo facessero podestà. Il brigadiere e il veterinario l'avevano voluto apposta un podestà che poco sapeva scrivere e non dava disturbo, e in comune ci andava di rado e badava a zapparsi le patate.

Ma poi a fare il podestà ci aveva preso gusto, e anche lui aveva messo un po' d'importanza, e anche lui aveva imparato a truffare con la farina, a vedere come rubavano gli altri, che era una smania che prendeva ciascuno. Cosí s'era arricchito ancora peggio e i suoi maiali facevano invidia, e a vederli c'era chi diceva: «Tutta la crusca di assegnazione se la mangiano i porchi dello podestà».

Ma la moglie del veterinario una sera mandò la serva a rubare l'insalata nell'orto del podestà, e la moglie del podestà se ne accorse e fecero una chiassata, e allora il veterinario andò di persona alla Questura a dire che il podestà sapeva appena scrivere, e passava i suoi giorni a pascolar le vacche, che non era nemmeno dignitoso per chi lo vedeva; e il nuovo podestà fu allora il ruffiano del marchese, che almeno aveva un'autopubblica e si vestiva come un signore.

Ma i veri abitanti del paese erano i contadini, i *cafoni* come li chiamava il dottore, e a loro non importava davvero chi fosse il podestà, perché tanto tutti rubavano, e i podestà sono fatti per questo. A loro importava soltanto dei pochi stracci che avevano addosso, e di quei quattro cavoli nell'orto, e della pioggia e del sole: il dottore diceva sempre che erano ignoranti e sporchi, e che per questo morivano tanti bambini, ma loro invece pensavano che non era vero, e che i bambini morivano perché non c'era un dottore bravo. Ogni volta che si trovavano col dottore o col brigadiere, si mettevano subito a parlare della miseria che avevano a casa, ma era solo una vecchia abitudine e in verità non erano scontenti, perché non sospettavano neppure che si potesse vivere in un altro modo, e al freddo ci s'erano avvezzati, alla fame ci s'erano avvezzati, e amavano le loro case con le pareti annerite dal fumo e la padella involta in un giornale ingiallito, i loro quattro cavoli fuori nell'orto, i pochi soldi nascosti nel paglione del letto, la conca di rame; e anche loro sarebbero stati incapaci di vivere altrove, come il brigadiere e il segretario: senza rubare, senza litigare, senza lamentarsi.

Contadini

I contadini che ho veduto vivere sono contadini abruzzesi. Per tre anni li ho veduti vivere. Ho ascoltato quello che dicevano. Ho guardato come si vestivano, che cosa mangiavano, come allevavano i loro figli. Oggi avrei caro ritrarre alcune impressioni che mi son rimaste nella memoria.

Nel giugno del 1940, quando l'Italia entrò in guerra, mio marito venne confinato in un villaggio abruzzese della provincia di Aquila. Lo seguii. Vi restammo tre anni.

Abitare tre anni in un paese non è poco: soprattutto se esso ti è imposto e t'è negata ogni altra parte del mondo. Te lo trovi davanti tutte le mattine e ignorarlo è impossibile. Qualche volta ti è odioso e vorresti distruggerlo. Ma i legami che ti uniscono a lui si fanno sempre piú stretti. Allora impari a conoscerlo nella sua intima essenza.

Erano poche case disperse sulla falda di una collina. Sulla larga strada polverosa fra i prati rossi ed ispidi, i contadini avanzavano sobbalzando sull'asino, ed a tratti emettevano lo stridulo grido che fa marciare gli asini. D'estate i ragazzi sedevano sul ciglio della strada, pronti a gettarsi come uno sciame di mosche sopra ogni cosa insolita che sopraggiungesse nel paese a spezzare l'uniformità dei lunghi giorni assolati, – un arrotino, un merciaio ambulante, un'automobile venuta a fermarsi sulla piazza grande; – d'inverno la neve cadeva vestendo le case d'un silenzio molle ed inerte, ostruendo la strada e vietando ogni minimo contatto con la città non lontana.

L'inverno era nevoso, lungo e assai freddo, ma sempre sopraggiungeva come inaspettato per i contadini, svegliando in loro il piú alto stupore. Li coglieva tutti di sorpresa, e nel lungo suo corso le donne non cessavano di battere i denti stringendosi alla meglio uno scialletto sulle braccia nude, nelle piccole case maldifese dai muri deboli e dai vetri rotti.

Le case erano tutte uguali. Distinguere i contadini ricchi da quelli poveri non era facile: ci si riusciva soltanto dopo lunghe indagini, dopo aver ascoltato fra i diversi abitanti del paese le opinioni diverse e contrastanti. Nelle scarpe, negli abiti, nelle toppe non c'era alcuna differenza sensibile. Dalla persona stessa di cui t'interessava stabilire la situazione economica, era inutile voler apprendere la verità. Tutti si lamentavano. Tutti parlavano della miseria, delle fatiche, dell'aspra lotta che ogni giorno dovevano affrontare. Tutti dicevano di soffrire ed era vero. Ma lo dicevano con una particolare cantilena, come il motivo d'una canzone o una lezione imparata a memoria, senza apparirne intimamente convinti.

Non era quello un paese particolarmente povero. I poveri, quelli che davvero non avevano nulla, non erano molti. Ma gli altri, i ricchi, che avevano piú di cento lenzuola, vacche e pecore e tante coppe di terra, non vivevano molto diversamente dai poveri. Le case dai muri deboli e dai vetri rotti non li difendevano dal freddo dell'inverno e dalle polmoniti. E d'estate i loro bambini morivano di dissenteria, non meno che i figli dei poveri. L'esistenza dei contadini ricchi è anzi piú che mai dura e intensa di lavoro: mentre l'esistenza dei poveri trascorre quasi serena e distesa, in una sua pacata e rassegnata inerzia. I contadini ricchi hanno il vanitoso piacere che può dare la coscienza della propria ricchezza, il grato pensiero dei denari nascosti nel paglione del letto che li accompagna e li stimola nell'estenuante lavoro dei campi; ma da questa ricchezza essi non traggono benessere alcuno: mangiano poco e male, non hanno di che coprirsi, quando s'ammalano non chiamano il medico, e col denaro comprano dell'altra terra. E tutti, ricchi e poveri, hanno i pidocchi: su questo non esistono eccezioni.

I bambini la madre li allatta fino a due anni di età. Se un bambino nasce nell'inverno, per sei o sette mesi non lo portano fuori dalla stanza per timore dell'aria. Stretto da capo a piedi nelle pesanti fasce ricamate, nella piccola stanza soffocante le cui finestre s'aprono molto di rado, nutrito senza regola dalla madre che suole dargli il seno tutta la notte perché di giorno deve andare al lavoro, il bambino viene su stento e debole. «La creatura è sana – ti dice la madre. – Sembra cosí un po' stenterello, ma è sano. Non ha mai tenuto una febbre». Finalmente la madre lo libera dalle fasce e cerca d'insegnargli a camminare. Quando abbia imparato a camminare, vien lasciato a se stesso. Esce fuori in strada e comincia a rotolarsi nel rigagnolo davanti a casa, con altri piccoli compagni, fra i torsoli e le galline, mangiando tutto quel che trova. E il sole l'aiuta a fiorire. Il sole, il vento, l'aria viva di quelle campagne, aiutano il bambino a superare tutte le diarree, le infezioni, gli sfoghi che minacciano i primi anni della sua vita. La madre, fra le fatiche della casa e dei campi, fra l'alterna vicenda dei parti e dei lunghissimi allattamenti, perde i denti e appare vecchia a trent'anni.

C'erano poi nel paese i contadini poveri: c'erano quelli che anzi non potevano neppur chiamarsi contadini, perché non avevano terra, né orto, né nulla, e campavano rubacchiando patate, castagne, pomodori, tutto quel che potevano, nei campi altrui. Ricordo una donna chiamata Palmira: il marito, dicevano, le aveva mangiato ogni cosa perché lei una volta stava bene, e poi era scappato a Roma con un'altra e l'aveva lasciata con tre figli piccoli, di cui l'ultimo aveva appena un anno. I due piú grandi andavano a rubare per i campi e lo facevano con impegno, senz'alcuna espressione di maligno piacere, con una serietà dolorosa di uomini e vorrei dire quasi con onestà. Lo sapevano che era per vivere e che se no sarebbero morti, tutti, loro, la madre e il fratellino.

Si pigliavano ogni tanto qualche sassata, ma c'erano avvezzi, e del resto erano svelti a svignarsela. La madre non rubava. Passeggiava col figlio piccolo sulle spalle, e aspettava che tornassero gli altri con la roba rubata. Non aveva l'aria poi molto malcontenta del suo destino. Mi fermavo a parlare con lei e sempre mi chiedevo con insistenza: che cosa fare per questa donna? Che cosa era mai possibile fare? Se le avessi dato del denaro, non l'avrebbe speso: l'avrebbe nascosto. Se le avessi dato del cibo, l'avrebbe venduto ed avrebbe nascosto il denaro. Il cibo si poteva sempre rubarlo. Lei non era malcontenta del suo destino. Viveva. I suoi figli vivevano. Se le avessi detto che il bimbo che portava in collo era debole, stento, che aveva la pancia gonfia, che gli occorreva questa o quella cosa, non m'avrebbe capito. Perché? Il bambino era sano. Viveva. Non aveva mai tenuto una febbre.

Sovente mi domando che cosa sia avvenuto al paese, dopo la nostra partenza. Ma certo tutto sarà sempre uguale. Oggi vi saranno arrivati dei nuovi confinati politici, fascisti questa volta, e saranno stati accolti con la medesima simpatia con la quale eravamo stati accolti noi: col rispetto che provavan sempre quei contadini per chi era vestito meglio di loro, e insieme con l'affettuosa indulgenza che essi avevano verso tutti i poveri cristiani che il destino perseguita. Essi non hanno una coscienza politica. Non hanno neppure una coscienza morale. Non possono averla. Come si può parlare di coscienza morale, per chi ignora le piú elementari norme dell'esistenza? Parole come uguaglianza, giustizia sociale, diritto dell'uomo, suonerebbero stonate fra loro, ispirando noia e spavento. La civiltà, se cosí possiamo chiamarla, procede a pochi passi da loro, ma essi ne sono all'oscuro come sono all'oscuro d'ogni piú tenue forma di benessere. Ignorano il benessere e quindi non lo desiderano. Se di questo sia responsabile il fascismo io non so. Essi sono al di fuori di tutte le vicende politiche, al di fuori della società e dello stato. Le vicende politiche appaiono loro come bizzarri passatempi di gente che non ha un'occupazione piú seria e li fanno sorridere, nella loro natura buona e mite.

Le scarpe rotte

Io ho le scarpe rotte e l'amica con la quale vivo in questo momento ha le scarpe rotte anche lei. Stando insieme parliamo spesso di scarpe. Se le parlo del tempo in cui sarò una vecchia scrittrice famosa, lei subito mi chiede: «Che scarpe avrai?» Allora le dico che avrò delle scarpe di camoscio verde, con una gran fibbia d'oro da un lato.

Io appartengo a una famiglia dove tutti hanno scarpe solide e sane. Mia madre anzi ha dovuto far fare un armadietto apposta per tenerci le scarpe, tante paia ne aveva. Quando torno fra loro, levano alte grida di sdegno e di dolore alla vista delle mie scarpe. Ma io so che anche con le scarpe rotte si può vivere. Nel periodo tedesco ero sola qui a Roma, e non avevo che un solo paio di scarpe. Se le avessi date al calzolaio avrei dovuto stare due o tre giorni a letto, e questo non mi era possibile. Cosí continuai a portarle, e per giunta pioveva, le sentivo sfasciarsi lentamente, farsi molli ed informi, e sentivo il freddo del selciato sotto le piante dei piedi. È per questo che anche ora ho sempre le scarpe rotte, perché mi ricordo di quelle e non mi sembrano poi tanto rotte al confronto, e se ho del denaro preferisco spenderlo altrimenti, perché le scarpe non mi appaiono piú come qualcosa di molto essenziale. Ero stata viziata dalla vita prima, sempre circondata da un affetto tenero e vigile, ma quell'anno qui a Roma fui sola per la prima volta, e per questo Roma mi è cara, sebbene carica di storia per me, carica di ricordi angosciosi, poche ore dolci. Anche la mia amica ha le scarpe rotte, e per questo stiamo bene insieme. La mia amica non ha nessuno che la rimproveri per le scarpe che porta, ha soltanto un fratello che vive in campagna e gira con degli stivali da cacciatore. Lei e io sappiamo quello che succede quando piove, e le gambe sono nude e bagnate e nelle scarpe entra l'acqua, e allora c'è quel piccolo rumore a ogni passo, quella specie di sciacquettio.

La mia amica ha un viso pallido e maschio, e fuma in un bocchino nero. Quando la vidi per la prima volta, seduta a un tavolo, con gli occhiali cerchiati di tartaruga e il suo viso misterioso e sdegnoso, col bocchino nero fra i denti, pensai che pareva un generale cinese. Allora non lo sapevo che aveva le scarpe rotte. Lo seppi piú tardi.

Noi ci conosciamo soltanto da pochi mesi, ma è come se fossero tanti anni. La mia amica non ha figli, io invece ho dei figli e per lei questo è strano. Non li ha mai veduti se non in fotografia, perché stanno in provincia con mia madre, e anche questo fra noi è stranissimo, che lei non abbia mai veduto i miei figli. In un certo senso lei non ha problemi, può cedere alla tentazione di buttar la vita ai cani, io invece non posso. I miei figli dunque vivono con mia madre, e non hanno le scarpe rotte finora. Ma come saranno da uomini? Voglio dire: che scarpe avranno da uomini? Quale via sceglieranno per i loro passi? Decideranno di escludere dai loro desideri tutto quel che è piacevole ma non necessario, o affermeranno che ogni cosa è necessaria e che l'uomo ha il diritto di avere ai piedi delle scarpe solide e sane?

Con la mia amica discorriamo a lungo di questo, e di come sarà il mondo allora, quando io sarò una vecchia scrittrice famosa, e lei girerà per il mondo con uno zaino in spalla, come un vecchio generale cinese, e i miei figli andranno per la loro strada, con le scarpe sane e solide ai piedi e il passo fermo di chi non rinunzia, o con le scarpe rotte e il passo largo e indolente di chi sa quello che non è necessario.

Qualche volta noi combiniamo dei matrimoni fra i miei figli e i figli di suo fratello, quello che gira per la campagna con gli stivali da cacciatore. Discorriamo cosí fino a notte alta, e beviamo del tè nero e amaro. Abbiamo un materasso e un letto, e ogni sera facciamo a pari e dispari chi di noi due deve dormire nel letto. Al mattino quando ci alziamo, le nostre scarpe rotte ci aspettano sul tappeto.

La mia amica qualche volta dice che è stufa di lavorare, e vorrebbe buttar la vita ai cani. Vorrebbe chiudersi in una bettola a bere tutti i suoi risparmi, oppure mettersi a letto e non pensare piú a niente, e lasciare che vengano a levarle il gas e la luce, lasciare che tutto vada alla deriva pian piano. Dice che lo farà quando io sarò partita. Perché la nostra vita comune durerà poco, presto io partirò e tornerò da mia madre e dai miei figli, in una casa dove non mi sarà permesso di portare le scarpe rotte. Mia madre si prenderà cura di me, m'impedirà di usare degli spilli invece che dei bottoni, e di scrivere fino a notte alta. E io a mia volta mi prenderò cura dei miei figli, vincendo la tentazione di buttar la vita ai cani. Tornerò ad essere grave e materna, come sempre mi avviene quando sono con loro, una persona diversa da ora, una persona che la mia amica non conosce affatto.

Guarderò l'orologio e terrò conto del tempo, vigile ed attenta ad ogni cosa, e baderò che i miei figli abbiano i piedi sempre asciutti e caldi, perché so che cosí dev'essere se appena è possibile, almeno nell'infanzia. Forse anzi per imparare poi a camminare con le scarpe rotte, è bene avere i piedi asciutti e caldi quando si è bambini.

Estate

Rimasi lontana dai miei figli per un certo tempo. Erano al mare con mia sorella e mia madre, io ero in città, mia madre era arrabbiata con me perché non mi facevo vedere e scrivevo di rado. Adducevo impegni di lavoro, in verità inesistenti. Abitavo in una pensione dove c'era una portinaia che puzzava, l'odore del suo corpo e del suo vestito s'erano alzati con grande violenza nelle giornate calde. Andavo ogni giorno in ufficio ma lavoravo poco, piú che altro andavo in ufficio per fingere d'essere un uomo, ero stanca d'essere una donna. Ciascuno si diverte a sostenere una parte non sua per un certo tempo, io giocavo ad essere un uomo, sedevo al grande tavolo lucido dell'ufficio e mangiavo in un'osteria, oziavo per le strade e nei caffè con amici ed amiche, rientravo tardi la sera. Mi stupivo a pensare com'era stata diversa la mia vita una volta, quando cullavo i miei bambini e cucinavo e lavavo, pensavo come c'è sempre tanti modi di vivere, e ognuno può fare di se stesso esseri sempre nuovi, magari anche nemici l'uno all'altro. Ma poi anche quella parte che recitavo finí con l'annoiarmi, seguitavo a fare la stessa vita senza piú provarci alcun piacere. Ma al mare da mia madre non volevo andare, volevo star lontana dai bambini e star sola: mi pareva che non potevo mostrarmi ai bambini cosí com'ero adesso, con quella ripugnanza nel cuore, mi pareva che avrei avuto ripugnanza anche di loro se li avessi veduti. Tante volte pensavo che ero come gli elefanti che si nascondono per morire. Si nascondono per morire, cercano lungamente nella giungla un luogo riparato e folto d'alberi, per nascondervi la vergogna del loro grande corpo stanco che muore. Era estate, l'estate era calda, avvampante nella grande città, e quando percorrevo in bicicletta il viale asfaltato sotto gli alberi, un senso di repulsione e d'amore insieme mi contraeva il cuore per ogni strada, per ogni casa di quella città, e nascevano ricordi di varia natura, scottanti come il sole, mentre fuggivo scampanellando. Giovanna mi aspettava in un caffè la sera quando uscivo dall'ufficio, e io sedevo al tavolo al suo fianco, le mostravo le lettere di mia madre. Lei lo sapeva che volevo morire, e per questo non avevamo piú molte cose da dirci, ma stavamo sedute una davanti all'altra a fumare, soffiando via il fumo dalle labbra chiuse. Io volevo morire per un uomo, ma poi anche per tante altre cose, perché dovevo del denaro a mia madre, e perché la portinaia della pensione puzzava, e perché l'estate era calda, avvampante, nella città piena di ricordi e di strade, e perché pensavo che cosí com'ero non potevo giovare a nessuno.

I miei figli cosí come un giorno avevano perduto il padre, avrebbero perduto anche la madre ma non aveva una grande importanza, perché la ripugnanza e la vergogna ci assalgono a un certo istante della nostra vita, e nessuno ha il potere di aiutarci allora. Fu nel pomeriggio di una domenica, avevo comperato del sonnifero in una farmacia. Camminai tutto il giorno nella città vuota, pensando a me e ai miei figli. A poco a poco andavo perdendo coscienza della loro età infantile, il timbro delle loro voci puerili s'era spento dentro di me; dissi loro ogni cosa, del sonnifero e degli elefanti, della portinaia della pensione e di quello che dovevan fare da uomini, come dovevan fare per difendersi da quello che avviene. Ma ad un tratto li rividi come li avevo visti l'ultima volta, seduti in terra a giocare ai birilli. E l'eco dei pensieri e delle parole mi risuonò nel silenzio, restai stupita a guardare com'ero sola, sola e libera nella città vuota, col potere di fare a me stessa tutto il male che avessi voluto. Rientrai e presi il sonnifero, sciolsi tutte le pastiglie del tubetto in un bicchiere d'acqua, non capivo bene se volevo dormire molto a lungo o morire. Al mattino venne la portinaia della pensione, mi trovò che dormivo e dopo un poco andò a chiamare un medico. Rimasi a letto una settimana, e Giovanna veniva ogni giorno e mi portava degli aranci e del ghiaccio. Io le dicevo che non deve vivere chi gli è nata una ripugnanza nel cuore, e lei fumava zitta e mi guardava, soffiando via il fumo dalle labbra chiuse. Venivano anche altri amici, e ognuno mi diceva il suo pensiero, ognuno mi voleva insegnare cosa dovevo fare adesso. Ma io dicevo che non deve vivere chi gli è nata una ripugnanza nel cuore. Giovanna mi disse di andarmene da quella pensione e di andare a stare da lei. Viveva sola con una ragazza danese che girava scalza per le stanze. Adesso non avevo piú voglia di morire, ma non avevo voglia neppure di vivere, e oziavo in ufficio o per le strade, con amici ed amiche, persone che volevano insegnarmi in che modo mi dovevo salvare. Giovanna s'infilava al mattino un accappatoio color prugna, si scostava i capelli dalla fronte e mi gettava uno sdegnoso saluto. Al mattino la ragazza danese entrava in camera scalza, e si metteva a scrivere a macchina tutti i sogni che aveva fatto. Una notte sognò che prendeva una scure e ammazzava suo padre e sua madre. Eppure lei voleva molto bene a suo padre e a sua madre. L'aspettavano a Copenaghen ma lei non voleva tornare, perché diceva che dobbiamo vivere lontani dalle nostre radici. Ci leggeva ad alta voce le lettere di sua madre. Giovanna sua madre era morta e lei era arrivata troppo tardi per vederla morire, quando viveva s'erano provate inutilmente a discorrere insieme. Io dicevo che la madre serve soltanto ai bambini quando sono piccoli, per allattarli e cullarli, ma dopo non serve piú a niente e ci si prova invano a parlare. Non si possono dire nemmeno le cose piú semplici, e allora come può venire in aiuto? è anzi un peso quel silenzio che nasce quando si prova a discorrere insieme. Dicevo che io ai miei figli non gli servivo piú a niente, perché ormai non avevano piú bisogno d'essere allattati e cullati, ragazzetti con le ginocchia sudice e le toppe ai calzoni, e neppure erano abbastanza grandi perché si potesse provare a discorrere insieme. Ma Giovanna diceva che c'è un solo modo bello di vivere, ed è salire in treno e partire per qualche paese lontano, magari di notte. Aveva in casa tutto quello che occorre per andare in viaggio, aveva tanti thermos e tante valige di tutte le sorte, e perfino un sacchetto per vomitare quando si va in aeroplano. La ragazza danese mi diceva che dovevo scrivere i sogni, perché i sogni ci dicono quello che dobbiamo fare, e mi diceva che dovevo ripensare alla mia infanzia e parlarne, perché nella nostra infanzia è nascosto il segreto di quello che noi siamo. Ma la mia infanzia mi sembrava ormai cosí remota e lontana, e remoto il volto di mia madre, ed ero stanca di pensare tanto a me stessa, avevo voglia di guardare gli altri e capire com'ero. Cosí ripresi a guardare la gente mentre oziavo nei caffè e per le strade, uomini e donne con i loro figli, forse qualcuno aveva avuto una volta quella ripugnanza nel cuore, poi era passato il tempo e l'aveva dimenticato. Forse qualcuno aveva aspettato inutilmente una volta sull'angolo d'una strada, o qualcuno aveva camminato per tutto un giorno in silenzio nella città polverosa, o qualcuno guardava il volto di un morto e gli chiedeva perdono. Un giorno ricevetti una lettera di mia madre, che mi diceva che i bambini avevano la scarlattina. Allora l'antica angoscia materna mi paralizzò il cuore. Presi il treno e partii. Giovanna venne con me alla stazione, e fiutava con desiderio l'odore dei treni, scostandosi i capelli dalla fronte col suo sorriso sdegnoso.

Con la fronte appoggiata al vetro io guardavo la città allontanarsi, priva d'ogni malefico potere ormai, fredda ed innocua come la brace spenta. L'antica nota angoscia materna tumultuava dentro di me col fragore del treno, travolgendo come un turbine la ragazza danese, Giovanna, la portinaia della pensione, il sonnifero e gli elefanti, mentre mi domandavo con meraviglia come avessi potuto interessarmi di cose tanto futili per tutta un'estate.

Volano i corvi su Matera

Uno che arriva a Matera gli pare una città qualunque, c'è una piazzetta con un monumento ai caduti e delle palme tutte avviluppate nella paglia ora che è inverno, c'è dei bambini con l'impermeabile di cellophane e delle ragazze con la permanente e dei piccoli caffè vecchi e tristi con donne e veli e ghirlande dipinti sulle pareti, e piccoli caffè nuovi e tristi con tavolini cromati e specchi; in tutti questi caffè si possono mangiare delle grandi paste meridionali molto dolci, e dappertutto c'è la tristezza normale delle città piccole. Ma uno va avanti e la prima cosa strana che vede è una chiesa con teschi e scheletri scolpiti, sopra c'è scritto *miseremini mei, miseremini mei*, e il senso della vera città di Matera è già in questa chiesa, perché la vera città di Matera è un mucchio di ossa bianche calcinate al sole, e se procedi ancora un po' giú per la strada normale fra gl'impermeabili di cellophane e i negozietti nuovi e vecchi, nella tristezza normale d'una città di provincia del sud, ti affacci e vedi il Sasso: è la parte della città dove vivono i contadini, proprio un mucchio di ossa, e quando ci sono stata io nevicava e tirava un vento abbastanza freddo, ma pure l'impressione che avevo era di un'estate arsa e torrida; è sempre uno sconfinato pomeriggio d'estate su questa città. Le case del Sasso sono costruite nel tufo, strani gironi di grotte giú fino al fiume, che scorre con la sua acqua fangosa in un greto di paglia marcia e immondizie. I corvi volano in cerchio per il cielo e davanti alle case sventolano lenzuola rappezzate e lunghe mutande di cotone su corde, bambini lividi e scalzi giocano tra le immondizie e la paglia marcia, donne con scialli neri si affrettano sobbalzando sul mulo verso la lontana campagna. Nell'interno delle case c'è un orribile odore di umidità rappresa e vecchia di secoli, qualche casa ha una piccola finestra e altre non hanno nulla e si tiene aperta la porta; c'è in un angolo il mulo e la culla del bambino e il letto e il fornello per cucinare, qualche volta il porco e due o tre galline cosí tutto insieme; le case dove c'è il mulo e il porco son quelle della gente che sta bene, vi sono altre case dove non c'è neppure il mulo, né galline, e soltanto una digiuna miseria. In una casa dove io sono entrata c'erano due o tre persone sedute in cerchio intorno a un braciere, uno era un cretino e rideva, teneva i piedi nudi e gialli appoggiati al braciere e sussultava dal ridere. S'è alzata una ragazza, era la sorella del cretino, mi ha detto che non avevano il mulo, erano tutti giornalieri, cioè braccianti che ogni giorno dovevano andare in giro a cercarsi chi li prendeva per lavorare. La ragazza era bionda e carina, parlava quietamente, non si capiva come uno stesso ventre avesse generato lei e il cretino; aveva un cognato pompiere che la portava qualche volta al cinema, per lui era gratis, le altre ragazze al cinema non ci vanno perché costa soldi. La domenica salgono su nella città normale, là dove ci sono i negozietti e gl'impermeabili di cellophane, e il grande ufficio postale con il fascio scolpito; gli uomini si chiudono a giocare a morra nelle cantine davanti a gran bicchieri di vino rosso. Una grotta del Sasso costa in affitto dalle quattrocento alle seicento lire all'anno; a noi sembra poco, ma dobbiamo pensare che per questa gente il denaro è qualcosa di molto diverso da ciò che è per noi; per loro anche dieci lire sono qualcosa d'insolito e di prezioso da custodire e da difendere; è cosí da secoli, e non c'è inflazione che possa rovesciare questo concetto del denaro. È cosí da secoli, e se il valore del denaro è mutato, non è mutata la grande fatica che un uomo deve durare per ottenerne anche un poco. Ci sono anche qui dei contadini che si sono arricchiti con la borsa nera: ma la ricchezza non ha mutato per nulla il loro tenore di vita, né l'interno delle loro case, né il loro concetto del denaro come qualcosa di estremamente difficile da raggiungere e che va difeso col sangue; la ricchezza è forse soltanto un poco di sporcizia e fatica di piú.

Ho visto molte case del Sasso e sono tutte simili, grotte nel tufo costruite una sull'altra, alcune col mulo e col porco e altre con niente, soltanto un gran letto e le immagini sante e un catino di fave. Davanti a una porta c'era seduta una vecchia coi capelli grigi sparsi sulle spalle e una bambina la pettinava, sulla porta c'era scritto «si vende», la grotta era da vendere; su una piccola finestra storta c'era un gran vaso da notte con un geranio. Sulle stradette che corrono intorno alle case sono allineati i carri. Stanno bene quelli che hanno il mulo e il carro. Si alzano a mezzanotte per rigovernare il mulo, l'hanno lí a due passi dal letto, poi tornano a dormire e si alzano di nuovo alle tre del mattino e vanno a lavorare un campo lontano sette o otto o nove chilometri. Le donne si portan dietro i bambini e un po' di pane e fave da mangiare; la sera quando tornano a casa sono troppo stanche per cucinare e non cucinano, nel periodo dei grandi lavori non cucinano mai; d'inverno cucinano al mattino, un po' di pasta ammassata e lavorata a forma di gusci di mandorle, la sera non cucinano, mangiano pane o fave. Per la massima parte sono affittuari e il canone che devono pagare in grano è assai forte, sovente superiore al raccolto, allora fanno dei debiti; una sottile striscia del campo preso in affitto la coltivano a fave e mangiano quelle. Non c'è nessuno che non abbia i pidocchi. I bambini non li mandano a scuola perché hanno vergogna di mostrarli cosí scalzi e stracciati.

Nei campi c'è la malaria, come è noto; di malarici ce ne son molti, ma di tubercolosi piú ancora. I materani fanno molti figli, ed è il luogo dove la mortalità infantile è piú alta in Lucania. Donne avvolte in grandi scialli neri, uomini avvolti in grandi mantelli neri e torme di bambini scalzi e selvaggi sulle stradette d'immondizia e di fango che corrono intorno alle grotte; lenzuola e mutande rappezzate stese ad asciugare, trecce di pomodori e di peperoni davanti alle porte; occhi neri e visi gialli, qualcuno è rassegnato, anzi quasi insensibile ormai al destino d'una miseria che dura da secoli, qualcuno è stato a Vercelli o a Casale a fare il soldato o a trovare un cugino e ci ripensa come a una terra promessa. E intanto su nella città normale continua una vita tutta diversa, su tutt'un altro ritmo, e c'è chi prende il treno e va a Napoli, a Torino, a Roma, c'è chi magari ha un rasoio elettrico, c'è chi si annoia ed accende la radio, ci sono giovani studenti con la faccia pustolosa che leggono Hemingway e Sartre e si tengono convulsamente al corrente di tutto.

Donne laggiú

Sono stata da poco nel Mezzogiorno ed oggi, 8 marzo, non so distaccare il mio pensiero dalle donne che ho veduto là.

Mi si potrà dire che questo è un giorno di festa, che bisogna pensare a cose liete e non a cose tristi, che bisogna evocare ragioni di gloria e non, invece, motivi di sconforto. Ma io non riesco ad allontanare il pensiero dalle donne di Matera e dai loro bambini malarici, dalle donne di Tricarico e dai loro stracci, dalle loro misere case.

Le donne della Lucania spesso non mandano a scuola i loro bambini perché hanno vergogna di mostrarli scalzi e stracciati: le donne della Lucania vanno a lavorare di notte campi lontani otto, dieci chilometri. Le donne della Lucania vivono in case fetide di umidità e si ammalano di malaria e di tubercolosi.

L'infanzia è breve per le donne contadine. La miseria è una triste compagna che non permette giuochi e spensierati passatempi. La giovinezza è pure breve ed una vita di privazioni e di lavoro estenuante fa sfiorire una fugace e malaticcia bellezza sul volto di queste donne. La maternità e l'allattamento divorano i gracili corpi. I prolungati allattamenti devastano la dentatura delle madri, costrette a non privare che il piú tardi possibile i bambini di un nutrimento naturale e gratuito.

Lungo le desolate strade della Lucania, sugli squallidi e stepposi campi camminano le donne, avvolte nei loro scialli neri, con un sorriso mite e rassegnato dalla bocca vuota di denti. Quando c'è stato il Congresso del Mezzogiorno a Napoli, molte di queste donne che sono venute dai loro paesi, facendo molti chilometri a piedi per raggiungere la stazione, sono venute coi loro scialli neri, coi bambini attaccati alle sottane, col fagotto del pane sotto lo scialle.

Sono venute ad ascoltare cosa si diceva di loro, se qualcuno proponeva una soluzione ai loro problemi. Ascoltavano, erano contente, avevano l'impressione che qualcuno finalmente si provasse a migliorare il loro destino.

Care donne italiane, è a loro che noi dobbiamo pensare, noi che mangiamo, bene o male, ogni giorno ed abbiamo dei bambini che crescono sani e vanno a scuola ed hanno le scarpe: noi che abbiamo delle case dove si può vivere. È a loro che dobbiamo dire, che non saremo mai un popolo libero sino a che, a pochi chilometri da noi, nel nostro stesso Paese, esseri simili a noi devono soffrire di una condizione cosí tragica.

Infanzia

Ho passato l'infanzia a giocare da sola in un giardino. Non era un bel giardino signorile, era un giardino piuttosto incolto e selvaggio, dove ronzavano gatti e dove certi inquilini d'una casa di fronte buttavano cartocci di bucce di patate. Mia madre ha fatto venire una volta un giardiniere, che ha scopato i viali e tagliuzzato i cespugli e portato via con un secchio tutte le cacche di gatto e i cartocci. Ma il giardiniere costava molto e non l'abbiamo piú fatto venire. Tra i gatti che ronzavano nel giardino ce n'era uno nero piú assiduo degli altri; gli ho messo un cuscino in una cesta in cucina e volevo che dormisse lí. Non c'è stato verso di farlo dormire dentro la cesta e la notte scappava in giardino, ma di giorno quando aveva fame saltava in cucina e cosí è diventato il mio gatto e gli ho legato un nastro rosa al collo, e mio padre lo prendeva a calci ogni volta che lo vedeva perché non gli piacevano i gatti, allora mia madre quando si sentiva sul pianerottolo il passo di mio padre che rientrava mi diceva di nascondere il gatto. Cosí avevo questo mio gatto nero come compagno quando giocavo in giardino, poi avevo anche un'altra bestia inventata, qualcosa fra il rospo e il maiale, molto strano e magico; in una vecchia raccolta del «Corriere dei piccoli» avevo letto una storia intitolata «Lo Zameda si diverte», dove c'era una bestia cosí, lo Zameda, una specie di mago protettore un po' cattivo e un po' buono, che sapeva una quantità di cose e proteggeva e faceva dispetti. In principio questo mio Zameda era un animale astratto, letterario, che avevo trovato in un racconto e trapiantato nella mia vita; ma a poco a poco è diventata una bestia molto vera per me, gli ho scavato una buca nel giardino e gli portavo scarabei da mangiare, una bestia molto vera nella sua buca, molto buona e molto cattiva, maialerospo che andavo a onorare ogni giorno e la buca era circondata di fiori che raccoglievo per lui, ed era ormai cosí vero per me che quando m'avvicinavo alla buca mi pareva di sentire il suo odore.

Ero sola perché i miei fratelli erano adulti e non venivano quasi mai nel giardino. Nessuno aveva tempo di badare a me, nessuno aveva tempo di dare all'infanzia quello che è dovuto all'infanzia. I miei fratelli quando mi parlavano, era per farmi degli scherzi a cui spesso credevo. Una volta mi hanno detto che non ero una bambina ma una nana di quarant'anni; un'altra volta mi hanno detto che non ero figlia come loro del papà e della mamma, ma una trovatella che qualcuno aveva lasciato di notte sulla porta di casa. I miei fratelli andavano all'università e si facevano la barba e ogni tanto si pigliavano a pugni fra loro. Si picchiavano per politica o per una cravatta o perché volevano andare nel bagno nello stesso momento. La casa risuonava allora di urla terribili e dei pianti di mia madre. Io stavo in giardino tremante davanti alla buca dello Zameda e lo supplicavo di venire in aiuto: ma lo Zameda non amava mostrarsi. Oppure succedeva a tavola, sul principio tutti erano sereni e parlavano tranquillamente e poi a un tratto saltavano su a picchiarsi. Pensavo che fosse una cosa che succedeva solo in casa mia, che la gente si picchiasse cosí urlando e si facesse sanguinare il naso. La gente della mia famiglia mi pareva cosí diversa dagli altri. Non andavano a messa la domenica come tutta l'altra gente, non pregavano Dio, si burlavano del papa e del re. Io non andavo a scuola perché mio padre diceva che a scuola si prendono le malattie, m'aveva insegnato a leggere mia madre; nei libri che leggevo la gente credeva nella patria e nei re. Io allora veneravo il re e la patria, in segreto da sola nel giardino, recitavo poesie patriottiche: «Venezia, l'ultima – ora è venuta. – Illustre martire, – tu sei perduta, – il morbo infuria, – il pan ti manca – sul ponte sventola – bandiera bianca». C'era il fascismo, e in casa ne parlavano sempre. Ma io non me ne interessavo e volevo liberare Venezia dagli austriaci.

Ero vestita sempre da maschio, con pantaloni di fustagno e una sudicia maglia gialla; solo la domenica mi mettevano una sottana grigia a piegoline. Ma la domenica era un giorno come gli altri per noi, niente messa, niente dolce a tavola, niente di quelle cose che leggevo nei libri, niente passeggiata con padre e madre; l'unico segno domenicale era la mia sottana a piegoline. Il modo com'ero vestita non m'importava, ma quei pantaloni che portavo e gli stivaletti allacciati e la sottana solo la domenica mi parevano uno dei tanti segni di stranezza e di anormalità nel nostro vivere rispetto alle abitudini degli altri. Avevo sempre l'impressione che noialtri fossimo una strana famiglia di gente né ricca né povera, molto piú ricchi dei poveri e molto piú poveri dei ricchi, con un giardino che era una cosa da gente ricca, ma con un cesso buio dove ci crescevano i funghi, con l'abitudine di fare il bagno ogni giorno ma freddo perché lo scaldabagno era guasto, e nella nostra stanza da bagno non vi era né una spugna né un enteroclismo col tubo di gomma come avevo visto nella stanza da bagno di certi nostri amici evidentemente molto ricchi; senza mai pranzi con invitati e senza mai vino né dolci, soltanto di quando in quando capitava qualcuno e gli dicevano di fermarsi a pranzo, e mangiava uova al tegame e pere cotte come sempre noialtri, e io ero contenta perché pensavo che davanti a un estraneo i miei fratelli forse non si sarebbero presi a pugni, ma succedeva che scoppiava una discussione e loro si pigliavano a pugni e poi uscivano sbattendo la porta e mia madre e mia sorella piangevano e l'ospite taceva imbarazzato.

Nel mezzo del giardino c'era una vasca asciutta, con la statuetta d'un bambino nudo che teneva fra le mani un pesce con la bocca aperta. Io stavo seduta nella vasca e scrivevo dei romanzi. Di solito li cominciavo e non li finivo ma una volta sono riuscita a finirne uno, era lungo dieci pagine ed era intitolato «Le prodezze di madama Neve». C'era un bel disegno di alberi marroni con fiocchi di neve e una casa col fumo azzurro. Non sapevo bene se volevo diventare una grande scrittrice o una grande pittrice; qualche volta volevo anche diventare una violinista prodigio con un vestito di velluto nero e un colletto di trina e lunghi riccioli biondi. Tenevo fra le braccia un violino immaginario e mi venivano le lagrime agli occhi a pensare come suonavo bene. Non avevo i riccioli biondi, è vero, avevo una zazzera nera e questo mi rendeva triste. Ma c'erano anche dei giorni che volevo diventare un grande soldato e salvare la mia patria e il re. Quando pensavo al re non pensavo a un re immaginario, ma al vero re Vittorio Emanuele III coi baffetti bianchi, soltanto lo immaginavo col manto di porpora e d'ermellino. Avevo quotidiani rapporti segreti con la famiglia reale, nella vasca del giardino o dietro la siepe dove c'era anche la buca dello Zameda, e lo Zameda ci dava importanti consigli sul governo della nazione. Mi figuravo di vivere col re e la regina al palazzo reale, in qualità di primo ministro, non so molto bene, e la notte spesso stavo sveglia e discorrevo sottovoce con loro, era un gioco che chiamavo «parlare di notte». Tante volte ci dicevamo delle cose cosí buffe che scoppiavo a ridere e mia sorella che dormiva con me diceva a mia madre che dovevo essere un po' matta o che forse digerivo male. Una notte che ridevo molto forte mia sorella s'è alzata e m'ha dato uno schiaffo. Sono rimasta stordita e avvilita nel buio, mi pareva che mai piú avrei potuto ricominciare a parlare con i miei amici re e regina, quando mia sorella mi ha chiesto poi di cosa ridevo la notte non mi è stato possibile dirglielo. Era tutto un segreto, un segreto di cui mi vergognavo e godevo. Anche lo Zameda era un segreto, anche la voglia che avevo di diventare grande soldato pittrice scrittrice violinista prodigio, o la voglia di avere dei riccioli biondi, o la voglia di avere un palloncino: quando passavo con mia madre davanti all'uomo dei palloncini arrossivo dalla grande voglia di averne uno, ma non dicevo nulla; m'è successo di averne una volta o due, ma presto s'avvizzivano e languivano sul loro filo, e la gioia era sempre troppo breve. Io m'immaginavo la notte di trovarmi nel palazzo reale con la regina e il re e ognuno di noi aveva un palloncino e si poteva anche volare appesi al palloncino e c'erano anche di quei palloncini a forma di banana e anzi abbiamo fatto un viaggio il re e la regina e io, in una navicella appesa a un palloncino e siamo approdati a un'isola deserta.

Quando ero molto piccola, a Natale mi mettevano dei regali sul letto la notte e mi dicevano che li avevi portati Gesú bambino. Ma presto si sono stancati di dirmi cosí. Allora succedeva che mia madre arrivava cinque o sei giorni prima di Natale o cinque o sei giorni dopo, con un pacchetto dove c'erano due o tre libri. I pochi bambini che a volte frequentavo ricevevano regali da Gesú bambino e li trovavano la mattina sul letto oppure sotto l'albero di Natale; un'altra cosa che desideravo spasmodicamente e in segreto era un albero di Natale in casa nostra con palline d'argento e fiocchi di neve ma niente di simile è mai apparso in casa nostra; solo una volta mia madre era di buon umore e ha detto: «Quest'anno anche noi faremo l'albero di Natale» ma a Natale non se n'è ricordata e allora io gliel'ho ricordato e lei ha detto: «Non importa, lo faremo a Pasqua»; e a Pasqua ho avuto un albero di Natale, ma non era un abete, era una limonina che ci avevano regalato e non c'erano palline d'argento ma solo caramelle Venchi legate con un filo.

Quando io mi sia liberata dei palloncini, della famiglia reale, dello Zameda, della voglia di riccioli biondi e di alberi di Natale, non so. È durato molto molto tempo. È durata molto tempo l'infanzia, questa solitaria stagione di riti segreti, di silenziose interrogazioni a cui nessuno poteva rispondermi, perché nessuno veniva interpellato mai. Non potevo interpellare nessuno degli adulti che mi circondavano perché li sentivo ridere ogni giorno di cose che per me erano sacre. Non è che non amassi quegli adulti, li amavo ma erano cosí terribilmente adulti, cosí nemici di ogni storia infantile, cosí incapaci di tornare all'infanzia sia pure per un istante. Del resto avevano tutt'altro da fare. C'era il dopoguerra, la carestia, il fascismo. Matteotti era stato assassinato. Io non mi occupavo né del fascismo, né della carestia, né del dopoguerra. Avevo paura dei fascisti quando ci pensavo, perché potevano assassinare i miei fratelli e spargere le loro membra nei campi, come avevano fatto con Matteotti; lo sapevo che in casa mia non erano fascisti e avevo paura che i fascisti venissero e bruciassero la nostra casa, come si diceva che eran soliti fare. Ma perché li temevo, cercavo di non pensare molto a loro; era facile per me non pensarci, non uscivo quasi mai dal giardino e non ascoltavo i noiosi discorsi dei miei fratelli, che finivano quasi sempre a pugni, non si capiva come mai, dato che erano tutti contro Mussolini. Soltanto arrossivo e soffrivo quando mio padre diceva che il re era un imbecille. Ero vile e non osavo alzarmi a difendere il re; del resto sempre meno quel piccolo ometto col quale giocavo in giardino era il re di cui parlava mio padre, colpevole d'essersi alleato con Mussolini e d'essere un imbecille. Sempre piú il piccolo ometto col quale giocavo era qualcosa che esisteva soltanto per me. A mano a mano che capivo questo m'annoiavo di lui. Ma ero vile, ero vile perché non osavo difendere le cose in cui credevo. Pregavo Dio in segreto, gli chiedevo di fare che i miei fratelli non si picchiassero e che avessimo soldi. Ma un giorno uno dei miei fratelli mi ha chiesto se credevo che ci fosse Dio, e io gli ho detto: «Sí, Dio ci sarà, ma a me cosa me ne importa». L'ho detto per fare la spiritosa e mio fratello ha trovato che era una grande risposta e lo raccontava a tutti. Ma io ero disperata perché pensavo che avevo detto una parola sacrilega per sembrare furba e spiritosa e ho chiesto perdono a Dio nella mia stanza e gli ho detto che non era vero che non m'importava niente di lui.

È durato molto molto tempo.

È durata molto tempo l'infanzia per me. Forse è durata fino a quando abbiamo abitato in quella casa col giardino.

Poi siamo andati a stare in un'altra casa, al quarto piano: mi affacciavo al balcone e vedevo strade e tetti. M'hanno mandato a scuola e mi sono ammalata come aveva predetto mio padre.

Discorso sulle donne

L'altro giorno m'è capitato fra le mani un articolo che avevo scritto subito dopo la liberazione e ci sono rimasta un po' male. Era piuttosto stupido: intanto era tutto in ghingheri, belle frasi ben studiate e girate bene; adesso non voglio piú scrivere cosí. E poi dicevo con calore e convinzione delle cose ovvie: del resto succedeva un po' a tutti, subito dopo la liberazione, di scaldarsi molto a dire delle cose ovvie: era anche giusto in un certo senso, perché in vent'anni di fascismo uno aveva perduto il senso dei valori piú elementari, e bisognava ricominciare da capo, ricominciare a chiamare le cose col loro nome, e scrivere pur di scrivere, per vedere se eravamo ancora delle persone vive.

Quel mio articolo parlava delle donne in genere, e diceva delle cose che si sanno, diceva che le donne non sono poi tanto peggio degli uomini e possono fare anche loro qualcosa di buono se ci si mettono, se la società le aiuta, e cosí via. Ma era stupido perché non mi curavo di vedere come le donne erano davvero: le donne di cui parlavo allora erano donne inventate, niente affatto simili a me o alle donne che m'è successo d'incontrare nella mia vita; cosí come ne parlavo pareva facilissimo tirarle fuori dalla schiavitú e farne degli esseri liberi. E invece avevo tralasciato di dire una cosa molto importante: che le donne hanno la cattiva abitudine di cascare ogni tanto in un pozzo, di lasciarsi prendere da una tremenda malinconia e affogarci dentro, e annaspare per tornare a galla: questo è il vero guaio delle donne. Le donne spesso si vergognano d'avere questo guaio, e fingono di non avere guai e di essere energiche e libere, e camminano a passi fermi per le strade con grandi cappelli e bei vestiti e bocche dipinte e un'aria volitiva e sprezzante; ma a me non è mai successo d'incontrare una donna senza scoprire dopo un poco in lei qualcosa di dolente e di pietoso che non c'è negli uomini, un continuo pericolo di cascare in un gran pozzo oscuro, qualcosa che proviene proprio dal temperamento femminile e forse da una secolare tradizione di soggezione e di schiavitú e che non sarà tanto facile vincere; m'è successo di scoprire proprio nelle donne piú energiche e sprezzanti qualcosa che m'induceva a commiserarle e che capivo molto bene perché ho anch'io la stessa sofferenza da tanti anni e soltanto da poco tempo ho capito che proviene dal fatto che sono una donna e che mi sarà difficile liberarmene mai. Due donne infatti si capiscono molto bene quando si mettono a parlare del pozzo oscuro in cui cadono e possono scambiarsi molte impressioni sui pozzi e sull'assoluta incapacità di comunicare con gli altri e di combinare qualcosa di serio che si sente allora e sugli annaspamenti per tornare a galla.

Ho conosciuto moltissime donne. Ho conosciuto donne con dei bambini e donne senza bambini, mi piacciono di piú le donne con dei bambini perché so subito di cosa parlare, fino a quanti mesi l'hai allattato e dopo cosa gli hai dato e adesso cosa gli dai. Due donne insieme possono parlare all'infinito su questo tema. Ho conosciuto delle donne che potevano prendere il treno e partire lasciando i propri bambini per qualche tempo senza sentire una terribile angoscia e il senso di fare una cosa contro natura, vivere quietamente per molti giorni lontano dai bambini e non provare quella paura viscerale e inconsulta che sia successo loro qualcosa di male, come invece capita a me ogni volta; e non è che quelle donne non volessero bene ai loro bambini, gli volevano bene quanto io voglio bene ai miei ma semplicemente erano piú in gamba. Ho incontrato donne tranquille ma poche, la maggior parte sono come me e non riescono a vincere quella paura viscerale e straziante e quel senso di fare una cosa contro natura ogni volta che si coricano in un letto d'una città straniera molti e molti chilometri lontano dai bambini. Ho cercato d'essere piú in gamba che potevo in questo, ho cercato di dominarmi meglio che potevo e ogni volta che son salita in treno senza i bambini mi son detta: «Questa volta non avrò paura», ma la paura è nata sempre in me e quello che non ho ancora capito è se mi passerà quando i miei bambini saranno uomini, spero bene che mi passerà. E non posso pensare tranquillamente a girare i paesi come vorrei, a dire il vero ci penso sempre ma so bene che non mi è possibile farlo. Cosí ci sono delle donne canguri e delle donne non canguri, ma le donne canguri sono molte di piú.

Io dunque ho conosciuto moltissime donne, donne tranquille e donne non tranquille, ma nel pozzo ci cascano anche le donne tranquille: tutte cascano nel pozzo ogni tanto. Ho conosciuto donne che si trovano molto brutte e donne che si trovano molto belle, donne che riescono a girare i paesi e donne che non ci riescono, donne che hanno mal di testa ogni tanto e donne che non hanno mai mal di testa, donne che si lavano il collo e donne che non se lo lavano, donne che hanno tanti bei fazzolettini bianchi di lino e donne che non hanno mai fazzoletti o se li hanno li perdono, donne che portano il cappello e donne che non lo portano, donne che hanno paura d'essere troppo grasse e donne che hanno paura d'essere troppo magre, donne che zappano tutto il giorno in un campo e donne che spezzano la legna sul ginocchio e accendono il fuoco e fanno la polenta e cullano il bambino e lo allattano e donne che s'annoiano a morte e frequentano corsi di storia delle religioni e donne che s'annoiano a morte e portano il cane a passeggio e donne che s'annoiano a morte e tormentano chi hanno sottomano, il marito o il figlio o la cameriera, e donne che escono al mattino con le mani viola dal freddo e una sciarpettina intorno al collo e donne che escono al mattino muovendo il sedere e specchiandosi nelle vetrine e donne che hanno perso l'impiego e si siedono a mangiare un panino su una panchina del giardino della stazione e donne che sono state piantate da un uomo e si siedono su una panchina del giardino della stazione e s'incipriano un po' la faccia. Ho conosciuto moltissime donne, e adesso sono certa di trovare in loro dopo un poco qualcosa che è degno di commiserazione, un guaio tenuto piú o meno segreto, piú o meno grosso: la tendenza a cascare nel pozzo e trovarci una possibilità di sofferenza sconfinata che gli uomini non conoscono forse perché sono piú forti di salute o piú in gamba a dimenticare se stessi e a identificarsi col lavoro che fanno, piú sicuri di sé e piú padroni del proprio corpo e della propria vita e piú liberi. Le donne cominciano nell'adolescenza a soffrire e a piangere in segreto nelle loro stanze, piangono per via del loro naso o della loro bocca o di qualche parte del loro corpo che trovano che non va bene o piangono perché pensano che nessuno le amerà mai o piangono perché hanno paura di essere stupide o perché hanno paura di annoiarsi in villeggiatura o perché hanno pochi vestiti, queste sono le ragioni che dànno loro a se stesse ma sono in fondo solo dei pretesti e in verità piangono perché sono cascate nel pozzo e capiscono che ci cascheranno spesso nella loro vita e questo renderà loro difficile combinare qualcosa di serio. Le donne pensano molto a loro stesse e ci pensano in un modo doloroso e febbrile che è sconosciuto a un uomo. È molto difficile che riescano a identificarsi col lavoro che fanno, è difficile che riescano ad affiorare da quelle acque buie e dolorose della loro malinconia e dimenticarsi di se stesse.

Le donne fanno dei figli e quando hanno il primo bambino, comincia in loro una nuova specie di tristezza che è fatta di fatica e di paura e c'è sempre anche nelle donne piú sane e tranquille. È la paura che il bambino s'ammali o è la paura di non avere denaro abbastanza per comperare tutto quello che serve al bambino o è la paura d'avere il latte troppo grasso o di avere il latte troppo liquido, è il senso di non poter piú tanto girare i paesi se prima si faceva o è il senso di non potersi piú occupare di politica o è il senso di non poter piú scrivere o di non poter piú dipingere come prima o di non poter piú fare delle ascensioni in montagna come prima per via del bambino, è il senso di non poter disporre della propria vita, è l'affanno di doversi difendere dalla malattia e dalla morte perché la salute e la vita di una donna è necessaria al suo bambino.

E ci sono donne che non hanno figli e questa è una grande disgrazia, è la peggiore disgrazia che possa avere una donna perché a un certo punto diventa deserto e noia e sazietà di tutte quelle cose che si facevano prima con ardimento, scrivere e dipingere e politica e sport e diventa tutto cenere nelle mani e una donna consapevolmente o inconsapevolmente si vergogna di non avere fatto dei figli e comincia a girare i paesi ma anche girare i paesi è un po' difficile per una donna, perché ha freddo o perché le fanno male le scarpe o perché le si smagliano le calze o perché la gente si stupisce a vedere una donna che gira i paesi e ficca il naso di qua e di là. E tutto questo ancora si può superare ma c'è poi la malinconia e cenere nelle mani e invidia a vedere le finestre illuminate delle case nelle città straniere; e magari per un periodo abbastanza lungo riescono a vincere la malinconia e passeggiano al sole con un passo fermo e fanno all'amore con gli uomini e guadagnano del denaro e si sentono forti e intelligenti e belle né troppo grasse né troppo magre e si comprano dei cappelli strani con nodi di velluto e leggono dei libri e ne scrivono, ma poi a un certo punto ricascano nel pozzo con paura e vergogna e disgusto di sé e non riescono piú a scrivere libri e neppure a leggerne, non riescono a interessarsi a niente che non sia il loro personale guaio che tante volte non sanno spiegarsi bene e gli dànno dei nomi diversi, naso brutto bocca brutta gambe brutte noia cenere figli non figli. E poi le donne cominciano a invecchiare e si cercano i capelli bianchi per strapparli e si guardano le piccole rughe sotto gli occhi, e cominciano a dover mettere dei grandi busti con due stecche sulla pancia e due sul sedere e si sentono strizzate e soffocate lí dentro, e ogni mattina e ogni sera osservano come il loro viso e il loro corpo si trasformi a poco a poco in qualcosa di nuovo e di penoso che presto non servirà piú a niente, non servirà piú a far l'amore né a girare i paesi né a fare dello sport e sarà qualcosa che invece loro stesse dovranno servire con acqua calda e massaggi e creme oppure lasciarlo devastare e avvizzire alla pioggia e al sole e dimenticare il tempo che era bello e giovane.

Le donne sono una stirpe disgraziata e infelice con tanti secoli di schiavitú sulle spalle e quello che devono fare è difendersi con le unghie e coi denti dalla loro malsana abitudine di cascare nel pozzo ogni tanto perché un essere libero non casca quasi mai nel pozzo e non pensa cosí sempre a se stesso ma si occupa di tutte le cose importanti e serie che ci sono al mondo e si occupa di se stesso soltanto per sforzarsi di essere ogni giorno piú libero. Cosí devo imparare a fare anch'io per la prima perché se no certo non potrò combinare niente di serio e il mondo non andrà mai avanti bene finché sarà cosí popolato d'una schiera di esseri non liberi.

Alla fabbrica «Alluminium» si vive come cent'anni fa

Ho incontrato Rita Montagnana che tornava dalla fabbrica Alluminium di Borgo Dora. Dalla conversazione animata che abbiamo avuto è nata una specie d'intervista che io vi ripeto tale e quale.

Rita mi disse subito che aveva avuto delle difficoltà per entrare; mi raccontò infatti che il direttore ed il proprietario ingegneri Emprim, Gilardini e Bolla si erano rifiutati – cosa che fino ad allora non le era mai capitata – di permetterle l'ingresso alla fabbrica e avevano risposto villanamente alle sue insistenze. Rita Montagnana visitò egualmente la fabbrica grazie alle operaie che le aprirono la porta, a dispetto dei proprietari.

«Credi – mi ha detto Rita – che io di fabbriche ne ho visitate tante – non sono certo nuova a queste cose – ma all'Alluminium le cose vanno forse peggio che dappertutto».

«Quanti operai lavorano all'Alluminium?» le chiesi.

«Vi lavorano 178 operai, 53 uomini, 109 donne e 16 ragazzi. Lavorano in stanze sudice e buie, si respira a fatica. In alcuni reparti la polvere s'accumula perché non ci sono aspiratori. Il lavoro è nocivo e pericoloso: nocivo perché la polvere penetra nei polmoni, pericoloso perché il ritmo di lavoro è intensissimo e alle presse avviene assai sovente che le operaie abbiano tagliate le falangi delle dita».

«C'è il refettorio?»

«Non c'è. Operai e operaie mangiano al sudicio, nel luogo stesso dove lavorano, il poco cibo che si son portati da casa. Secondo il Codice del lavoro, il refettorio è obbligatorio nel caso di lavori nocivi: ma qui non si rispetta il codice. Lo stesso sia detto per la sala materna: quando in uno stabilimento ci sono piú di 50 operaie, la sala materna è obbligatoria per legge: all'Alluminium non esiste sala materna.

«Particolarmente duro è il lavoro nel reparto lavaggio. Gli oggetti di alluminio vengono immersi negli acidi, le donne ne hanno le mani bruciate. I guanti vengono dati assai raramente; non li cambiano quando sono bucati».

«Come sono gli impianti igienici?»

«Disastrosi. I gabinetti indecenti; nei lavandini c'è pochissima acqua. C'è una sola doccia in tutta la fabbrica. L'infermeria consiste in una stanzetta con un lettino coperto di uno strato di polvere; in un angolo, delle ceste; il pavimento è sudicio e ingombro; non c'è nessuna traccia d'un medico o d'un infermiere».

«Come funziona il riscaldamento d'inverno?»

«La legna è razionata e fa freddo. Gli operai devono portarsi loro stessi il sapone da casa; si infliggono loro multe di cento e piú lire per un nonnulla. Le donne incinte vengono lasciate spesso, anche al quinto e al sesto mese di gravidanza, a lavori da effettuarsi in piedi. Ho visto un caso particolarmente impressionante di una madre di cinque bambini al reparto smerigliatura; il marito è malato e non lavora da anni; soltanto lei e una sua ragazzetta lavorano: il viso di questa donna è estenuato dalla fatica e dalla miseria».

«Non c'è l'Ispettorato del lavoro che s'interessa di queste cose?»

«L'Ispettorato del lavoro, che io sappia, visita molto di rado gli stabilimenti e quando lo fa dà ordine che si attuino riforme igieniche, si istituisca, ad esempio, il refettorio e la sala materna ma non si cura minimamente di controllare che i suoi ordini vengano eseguiti. Cosí gli operai, per quanto riguarda la legge, sono abbandonati a se stessi, chi li difende è la commissione interna, il sindacato. Ciò che sarebbe necessario soprattutto qui sarebbe far diminuire il ritmo di lavoro: perché il pericolo a cui sono esposti continuamente gli operai alle presse è accresciuto dalla velocità che si esige da loro.

«L'Alluminium – ha concluso Rita Montagnana – è tra le fabbriche peggio tenute che mi sia mai successo di vedere. Io mi recherò domani stesso all'Ispettorato del lavoro ed esigerò un controllo: ma occorre che gli operai e le operaie, attraverso la loro commissione interna e il sindacato, si uniscano e lottino per far valere i loro sacrosanti diritti. Ho parlato lungamente con loro, ho constatato il loro spirito combattivo, e sono certa che ci riusciranno».

Gli invalidi

Paola Fenoglio, invalida, è una donnina con un viso color cenere, con un cappottino chiaro; ha un tremito nervoso che le scuote di continuo le mani e le labbra. La guardavo durante la riunione di protesta per il licenziamento d'invalidi e vecchi, nella sala del Dopolavoro Fiat: era seduta in prima fila, rideva col suo viso umile, non perdeva una sola parola e di continuo accennava a battere le mani, poi si guardava intorno e vedeva che gli altri non lo facevano, e si rannicchiava con le mani in grembo, sempre scossa da quel tremito; vicino a lei sedeva un giovanotto appoggiato a un bastone, con larghe chiazze bianche nella capigliatura nera: è malato di sclerosi a placche, ce l'ha detto dopo: si chiama Umberto Sasso, ha quarantadue anni, sei figli piccoli a carico: due bambini li ha alla Colonia Fiat, e adesso che ha ricevuto la lettera di licenziamento teme che glieli rimandino a casa. Nella lettera di licenziamento c'è scritto che gli saranno *elargite* centoventimila lire, una volta per sempre: ha un'anzianità di diciotto anni di lavoro. Paola Fenoglio non ha che dieci anni d'anzianità di lavoro, la sua liquidazione è di settantacinquemila lire, ha lavorato di notte, durante i bombardamenti, e s'è ammalata di quel tremito: è sola, non ha nessuno al mondo, vive in una soffitta. Nicola Pasquale è cieco: è venuto alla riunione accompagnato dal figlio, un ragazzo sui dodici anni; ha voluto parlare: s'è accostato al microfono, ha detto: «Fatevi coraggio, compagni, non accettate questa misera liquidazione, resistete come resisto io da tanti anni, io, un cieco»; e poi gli è preso male, è caduto; piangevano tutti nella stanza. Abbiamo parlato un po' anche con lui: s'è ammalato nel '43, ha perduto la vista d'improvviso, *gli si sono rovesciati gli occhi*, cosí ha detto. Vivono lui, la moglie e il ragazzo in casa d'una zia: il medico della Mutua gli ha detto che dovrebbe farsi operare, non guarirebbe interamente ma potrebbe migliorare al punto da andare per la via da solo, ma ora con la lettera di licenziamento quella speranza dell'operazione svanisce, lui viene a perdere il diritto all'assistenza medica: ha lavorato alla Fiat per dodici anni. I compagni di lavoro gli vogliono bene, lo chiamano per nome, gli s'affollano intorno affettuosamente benché abbia lasciato la fabbrica da quando è diventato cieco, otto anni fa. Anche Mario Serramoglia ha rischiato di perder la vista, è stato cieco per alcuni anni, poi è migliorato notevolmente e ora dice che si sentirebbe di fare certi lavori, come ruote di biciclette: ma anche lui ha ricevuto la lettera di licenziamento.

Noi corriamo tutti i giorni il pericolo di perdere il significato vero delle parole. Tutti i giorni rischiamo di diventare degl'isolati e degl'indifferenti. Rischiamo di respirare le parole meccanicamente, rischiamo di dire e ascoltare parole che non evocano niente, che non risvegliano nessun particolare sentimento in noi. Ma il significato vero lo ritroviamo di colpo, quando ci troviamo davanti facce e casi umani. Devo dire che la parola «invalidi» io l'ho pronunciata, letta, sentita tante volte senza veder niente, senza rendermi conto per davvero quanto di tragico potesse coprire. Adesso so chi sono gl'invalidi, e perché ho capito bene a un tratto cosa vuol dire aver lavorato per tanti anni ed esser buttati fuori con una lettera e pochi biglietti da mille, che si sa quel che valgono e quanto durano. E non rassegnarsi alla derisione di quei pochi denari, ché devon pure essere una tentazione forte quando non si sa come risolvere l'immediato problema quotidiano, che rappresenterebbero un immediato sollievo pur lasciando presto a mani vuote.

I vecchi, gl'invalidi nella sala del Dopolavoro Fiat, hanno dato a noialtri che siamo giovani, che abbiamo le mani sane, che facciamo un lavoro dove non si rischia né la malattia né la morte, una grossa lezione di coraggio.

Visita alle Ferriere

Le Ferriere vengon chiamate «la fabbrica degl'infortuni»; e gli operai della commissione interna che mi accompagnavano per lo stabilimento che avevo ricevuto il permesso di visitare, m'indicavano col dito le macchine dove qualcuno dei loro compagni era rimasto mutilato o era morto.

Alle Ferriere io sono stata due volte. La prima volta non avevo il permesso e non ho potuto vedere lo stabilimento. Per andare al casotto della commissione interna si traversa il cortile tutto ingombro di ferrami arrugginiti e di ruote di treni in disuso. È un cortile grandissimo e per attraversarlo si cammina piú di dieci minuti. Nel mezzo scorre l'acqua, e ne sale un vapore. Oltre il ponticello, c'è uno spiazzo dove si vedono stanghe di ferro già lavorato. La prima mattina non ho visto altro.

La seconda mattina ho ottenuto il permesso e sono entrata negli stanzoni. Non mi è facile descrivere quello che ho visto perché mi mancano le parole tecniche. Ma proverò lo stesso a dire le impressioni che ho avuto. Sono enormi stanzoni dove c'è un gran caldo e un gran frastuono. Accanto ai forni l'aria è arroventata; per guardare come fonde il ferro bisogna mettersi una piccola lastra azzurra davanti agli occhi. Su al soffitto si muovono dei carrelli con dei lunghi uncini pensolanti, e bisogna badare a non essere investiti.

Si salgono scale e scalette e ci si sente avvolgere a tratti da folate d'aria rovente. Grossi blocchi di ferro incandescente passano sotto una macchina tra scrosci d'acqua e scintille, ed escon fuori diventati lisci e sottili. Vengono passati da una macchina all'altra e fatti sempre piú sottili e piú lisci. Gli uomini per passarli da una macchina all'altra li sollevano con delle specie di grandissime forbici. Nel sollevare quelle stanghe di ferro incandescente il pericolo è continuo: il lavoro richiede, oltre alla forza muscolare, una straordinaria destrezza e una continua tensione nervosa. Mi dicono che gli operai delle ferriere soffrono tutti di un soffio al cuore per la fatica stremante a cui son sottoposti: io credo che il cuore s'ammali anche per quella continua tensione, per la sensazione del pericolo che non abbandona un minuto.

Oltre alle stanghe e ai tubi, ho visto fare le lastre: larghi fogli incandescenti che si fanno ruotare avvolti intorno a un cilindro; poi si sottopongono all'azione di non so che acido in uno stanzone che l'acido riempie di un fumo accecante e di un intollerabile odore.

Mi dicono che d'estate la temperatura sale fino a sessanta gradi. Ma d'inverno lo sbalzo di temperatura tra l'aria arroventata presso i forni e il gelo di fuori, penso sia dannoso alla salute e in particolare ai polmoni, e quindi piú temibile ancora che non il soffoco dell'estate per i lavoratori delle ferriere.

Quando suona la sirena del mezzogiorno, la mensa Fiat manda alle Ferriere dei bidoni di minestra: ma è minestra cattiva, e soltanto il 25 per cento degli operai la prende. Alle Ferriere non c'è mensa. Nel fragore incessante dei forni, nell'aria soffocante, gli operai si siedono a turno su una panca e consumano il pasto che si son portati da casa. E non credo abbiano la possibilità di nutrirsi a dovere: non c'è certo spazio, nel loro salario, non soltanto per quella sovralimentazione che sarebbe indispensabile a chiunque sia sottoposto a lavori pesanti, ma neppure per una nutrizione normale, quando uno abbia figli piccoli a carico e l'affitto, la luce e il gas da pagare.

I forni non si spengono mai. Anche la notte, anche la domenica, devon essere tenuti accesi; squadre d'operai s'avvicendano ad alimentare i fuochi. Alle Ferriere lavorano all'incirca seimila operai: seimila uomini che affrontano ogni giorno la fatica e il pericolo, sempre con lo spavento dell'indomani, quando saranno stremati di forze e non potranno piú lavorare. Allora, le Ferriere li butteranno via, come ferraglia troppo arrugginita perché si possa ancora utilizzarla.

La casa

Anni fa, venduto un alloggio che avevamo a Torino, ci mettemmo a cercare casa a Roma; e la ricerca di questa casa durò lungo tempo.

Io desideravo, da anni, una casa con un giardino. Avevo vissuto, da bambina, in una casa col giardino, a Torino: e la casa che immaginavo e desideravo assomigliava a quella. Non mi sarei accontentata di un magro giardinetto, volevo alberi, una vasca di pietra, cespugli e sentieri: volevo tutto quello che c'era stato in quel giardino della mia infanzia. Leggendo gli annunci sul «Messaggero», il giovedí e la domenica, mi fermavo su quelli che dicevano «villa con ampio giardino duemila metri quadri, alberi d'alto fusto»: ma dopo una telefonata al numero indicato nell'annuncio, apprendevo che «la villa» costava trenta milioni. Noi non avevamo trenta milioni. Tuttavia a volte la voce che mi rispondeva al telefono diceva «trenta milioni trattabili»: e quella parola «trattabili» mi impediva di rinunciare completamente a quei duemila metri quadri di giardino, che non avevo osato andare a vedere, ma che mi figuravo magnifici: mi pareva che quel «trattabili» fosse un terreno scivoloso sul quale si poteva slittare fino alla somma, molto inferiore a trenta milioni, che noi avevamo. Puntualmente, ogni giovedí e ogni domenica, scorrevo gli annunci del «Messaggero». Saltavo tutti quelli che cominciavano con «Aaaaa»: non so perché, diffidavo di tutti quegli «a». Non che io diffidassi delle agenzie. Sarei anche ricorsa alle agenzie (ne visitai anzi diverse). Ma insomma saltavo gli «aaa». Siccome volevo un giardino, e cioè una casa al pianterreno, saltavo anche gli annunci che cominciavano con «attico», «superattico», «panoramico». Mi buttavo su quelli che cominciavano con «villino», «villinetto», «villa». «Villa zona residenziale diplomatica eccezionali rifiniture vasto giardino»; «villa signorile, imponente, adatta personalità, attore, professionista, industriale. Termoautonomo. Parco alberato». Dopo essere andata a vedere due o tre «villinetti» e aver trovato che erano assai squallidi e che il giardino non era che uno stretto marciapiede di pietra cintato da una siepe, sempre piú mi diedi a scartare i «villinetti» e a sottolineare con la matita le «ville». «Villa decavani ampio salone patio ceramiche riscaldamento giardino alberato». «Villa tre piani ampio parco adattissima sedi diplomatiche comunità religiose svendo». Mi soffermavo anche per un attimo su annunci di case o di terreni fuori Roma figurandomi che avremmo potuto stabilirci in campagna. «Zona Frosinone svendo cava pietrisco su strada con soprastante oliveto ottimo affare». Mio marito gettava un'occhiata sugli annunci che avevo sottolineato e mi chiedeva cosa potevamo farcene d'una villa per comunità religiose noi che non eravamo per nulla una comunità religiosa e soprattutto cosa potevamo farcene d'una «cava pietrisco» nella zona di Frosinone, noi che dovevamo stare a Roma e avevamo bisogno d'una casa.

Mio marito nei primi tempi si astenne dalla ricerca e mi guardava quando sottolineavo gli annunci come se fossi stata preda d'una quieta follia. Usava dire che, in fondo, nella casa d'affitto in cui stavamo, lui si trovava benissimo, pur dovendo convenire che eravamo un poco allo stretto. Tuttavia qualche volta ammetteva, ma piuttosto fiaccamente, che forse sarebbe stato opportuno comperare una casa, perché i soldi dell'affitto erano soldi buttati dalla finestra; ma, ripeto, nei primi tempi la mia fu una ricerca solitaria, e un po' folle; gli leggevo forte quegli annunci del «Messaggero», lui ascoltava di solito in un silenzio ironico e sprezzante, che mi scoraggiava e che insieme sempre piú mi spingeva sulla strada della follia; siccome comperare una casa mi sembrava impossibile, mancando il suo assentimento, inseguivo sogni impossibili e ombre sapendo che tanto non vi sarebbero state conseguenze reali. Andai anche a vedere qualche casa di quegli annunci, e mio marito sapeva che ci andavo, ma si rifiutava di venire con me; e io sentivo che mi accompagnava, nel corso di quelle spedizioni, la sua assoluta sfiducia nelle mie capacità di trovare una casa. Poi, a un tratto, mio marito si diede anche lui a cercar casa con me. Questa improvvisa determinazione fu originata, credo, dal fatto che lui si consigliò con un cognato, il quale gli disse che avremmo fatto malissimo a comperare una casa in un momento simile, perché tra qualche anno le case sarebbero scese di prezzo: previsione che poi si rivelò errata, perché le case a Roma costano sempre piú care. Dunque era opportuno per noi aspettare che i prezzi andassero giú. Piú volte avevo avuto modo di accorgermi che mio marito usava chiedere consigli a quel cognato, per fare esattamente il contrario di ciò che egli suggeriva: pur persistendo sempre, mio marito, a vantare la grande avvedutezza e saggezza di quel nostro parente, e la necessità di consultarlo in ogni circostanza di natura economica e pratica, cioè in tutte le cose in cui lui stesso si sentiva manchevole. Mio padre invece, da Torino, mi scriveva continuamente sollecitandoci a comprare una casa, anzi, come lui usava esprimersi, «un quartiere»: termine che, nel linguaggio arcaico da lui usato soprattutto per lettera, significava un appartamento. Adesso, nell'appartamento d'affitto troppo stretto per noi, facevamo dormire la donna di servizio in stanza da pranzo, cosa che mio padre trovava anti-igienica, e uno dei ragazzi nello studio, cosa che mio padre trovava sommamente indecorosa. Quanto a mia suocera, ci dissuadeva dal cambiare casa perché, nell'appartamento d'affitto che ora abitavamo, c'erano pavimenti gialli, i quali, essa diceva, emanano una luce che rende bella la carnagione: e ci consigliava, se volevamo proprio comperare una casa, di convincere il proprietario a venderci quella: il che era, come avevamo piú volte cercato di spiegarle, inattuabile, perché né il proprietario desiderava di vendercela, né noi, per vari motivi, desideravamo di comperarla.

Dunque vi furono due periodi nella ricerca: uno nel quale io cercai da sola, con fervore ma insieme con timidezza e sfiducia, perché la diffidenza e la sfiducia di mio marito si erano contagiate a me: e perché sempre ho bisogno, nelle mie iniziative di natura pratica, che mi accompagni l'assentimento di un'altra persona. Poi vi fu un secondo periodo, nel quale mio marito cercò la casa con me. Quando lui cominciò a cercare con me la casa, scopersi che la casa che lui voleva non assomigliava in nulla a quella che volevo io. Scopersi che lui, come me, desiderava una casa simile a quella nella quale aveva trascorso la sua propria infanzia. Siccome le nostre infanzie non si assomigliavano, il dissidio fra noi era insanabile. Io desideravo, come ho detto, una casa con il giardino: una casa al pianterreno, magari un po' buia, con del verde intorno, edera, alberi; lui, avendo passato l'infanzia parte in via dei Serpenti e parte in Prati, era attratto dalle case situate in una di queste due zone. Degli alberi e del verde se ne infischiava. Voleva vedere, dalle finestre, dei tetti: mura antiche, scrostate, rosicchiate dal tempo, biancheria rappezzata sventolante fra umidi vicoli, tegole muschiose, grondaie rugginose, comignoli, campanili. Cosí cominciammo a litigare: perché lui scartava tutte le case che a me piacevano, trovando che costavano troppo, o che avevano qualche difetto: e siccome anche lui s'era messo a guardare gli annunci, sottolineava con la matita soltanto le case che erano nel centro di Roma. Veniva con me a vedere le case alle quali io mi interessavo, ma il suo viso era, prima ancora che salissimo le scale, cosí accigliato, il suo silenzio cosí incollerito e sprezzante, che io sentivo che l'indurlo a guardarsi intorno con occhi umani, a scambiare qualche parola cortese col portiere o col proprietario che ci precedevano aprendo le imposte, era un'impresa impossibile. Gli dissi allora come mi era odioso il suo modo di trattare quei poveri portieri, o quei poveri proprietari, i quali non avevano nessuna colpa se a lui non piacevano le loro case; e dopo questa mia osservazione, divenne coi portieri e coi proprietari gentilissimo, cerimonioso, quasi servile: manifestava un profondo interesse all'appartamento, metteva il naso negli armadi a muro, perfino diceva quali lavori sarebbe stato utile fare: e io le prime volte mi lasciai trarre in inganno, m'illusi che forse la casa che stavamo guardando gli piacesse un poco; ma non tardai a capire che quel suo comportamento gentile era ironico verso di me, e che l'idea di prendere una simile casa non lo sfiorava nemmeno.

Ricordo con estrema precisione lo squallore di certe case che interessavano me: certe case in Monteverdevecchio, ingiallite, cadenti, in uno stato di profondo abbandono: giardinetti umidi, lunghi corridoi bui, lampade in ferro battuto dalla luce fioca, salottini dai vetri colorati dov'erano sedute delle vecchiette con lo scaldino; cucine con odore d'acquaio. E lo squallore di certe case che interessavano lui: sfilate di stanzoni grandi come granai, con pavimenti di mattoni e mura imbiancate a calce, grappoli di pomodori appesi al soffitto, cessi alla turca, stretti balconi affacciati su cortili profondi e umidi come pozzi, terrazze dove marcivano mucchi di stracci. Noi dunque amavamo due tipi di case nettamente dissimili; ma c'era una sorta di case che detestavamo entrambi. Detestavamo entrambi, e nella stessa misura, le case dei Parioli, seminuove, sontuose e raggelanti, che guardavano su strade totalmente prive di negozi e frequentate soltanto da stormi di *nurses* in velo azzurro, con carrozzine leggere e nere come degli insetti; e detestavamo entrambi le case del quartiere Vescovio, strette in un groviglio di vie e piazze piene di salsamenterie e drogherie, di mercati coperti e di reti tramviarie. Tuttavia andavamo a vedere anche questa sorta di case, che detestavamo. Le andavamo a vedere perché ormai ci possedeva entrambi il demonio della ricerca; le andavamo a vedere per odiarle di piú, per immaginarci con spavento, un attimo, esiliati ai Parioli come pesci rossi dentro una vasca, o affacciati a quei balconcini che sembravano canestrelli di fiori. Tornando, stanchi, alla nostra casa d'affitto dai pavimenti gialli, noi ci chiedevamo se ci importava tanto, davvero, cambiare di casa. In fondo, non ce ne importava un gran che. Anche lí, in fondo, si stava abbastanza bene. Io conoscevo, di quella casa, ogni macchia sulla parete, ogni crepa nel muro, gli aloni scuri che s'eran formati al disopra dei termosifoni; conoscevo il fragore delle lastre di ferro che venivano rovesciate davanti al portone, avendo il nostro padrone di casa, proprio accanto al portone, un'officina: quando andavamo a pagargli l'affitto, ci riceveva tra i bagliori della fiamma ossidrica e il ronzio dei motori. Ogni volta che gli pagavamo l'affitto il nostro padrone di casa sembrava stupito, ogni volta sembrava immemore di averci affittato quell'appartamento; sembrava riconoscerci appena, pur mostrandosi sempre molto cortese: sembrava unicamente assorto alla sua officina, e agli arrivi di quei lastroni di ferro, che crollavano sul selciato con un sordo fragore. Io mi ero scavata, in quella casa, la mia tana. Era una tana dove, quando ero triste, mi rimpiattavo come un cane malato, bevendo le mie lagrime, leccando le mie ferite. Ci stavo dentro come in una calza vecchia. Perché cambiare casa? Qualsiasi altra casa mi sarebbe stata nemica, e io ci avrei vissuto con ribrezzo. Vedevo sfilare davanti a me, come in un incubo, tutte le case che avevamo visto e che per qualche momento avevamo pensato di poter comprare. Tutte mi ispiravano un senso di repulsione. Avevamo pensato di comperarle, ma nel momento che avevamo deciso di rinunciarvi, avevamo sentito un profondo sollievo, una leggerezza, come chi è sfuggito, per miracolo, a un rischio mortale.

Ma forse ogni casa, ogni casa, col tempo, poteva diventare una tana? e accogliermi nella sua penombra, benigna, tiepida, rassicurante?

Oppure non era forse piuttosto che io non desideravo vivere in nessuna casa, in nessuna, perché quello che sentivo di odiare non erano le case, ma bensí me stessa? E non era che tutte le case, tutte, potevano andar bene, purché le abitasse qualcun altro, e non io?

Poi mettemmo noi un annuncio sul «Messaggero». Nel comporre questo annuncio litigammo a lungo. Infine l'annuncio suonò cosí: «Acquisterebbesi appartamento in Prati o Monteverdevecchio, pentacamere, livelterrazzo o giardino». La parola «livelterrazzo» l'aveva voluta mio marito, perché lui amava le terrazze, e odiava, com'era risultato a poco a poco, i giardini: i giardini, lui diceva, ricevono dai balconi sovrastanti polvere e spazzatura. Cosí il mio sogno d'un giardino s'infranse: perché un nugolo di spazzatura investí quelle «piante di alto fusto» e quei sentieri ombrosi che la mia fantasia cullava. A questo annuncio risposero alcune persone: ma le case che offrivano non erano per nulla in Prati, né in Monteverdevecchio, e non avevano sorta di livelterrazzo o giardino. Tuttavia andammo a vederle. Ancora una diecina di giorni dopo l'annuncio, il nostro telefono squillava e ci venivano offerte case. Il telefono squillò una sera alle dieci: andai io a rispondere, e udii una voce d'uomo a me ignota, robusta, festosa e trionfante, che diceva:

«Pronto! Sono il commendator Piave! Ho un appartamento bellissimo in piazza della Balduina! È bellissimo! C'è il citofono! Nel bagno padronale c'è una colonna d'alabastro nero, con mosaici che rappresentano pesci di colore verde! Quando verranno a vederlo? Mi telefoni, se non ci sono io risponde mia moglie! C'è il citofono! Suo marito rientra con la macchina all'una, dalla portineria l'avverte di buttar giú gli spaghetti! C'è anche il garage! Quando vengono? Io e mia moglie saremo felici di conoscerli, possiamo prendere il tè insieme, l'accompagno all'appartamento con la mia macchina, ho una Spider! Mia moglie non guida, io guido ormai da diciassette anni, l'appartamento l'avevo fatto costruire per mia figlia, ma è andata a stabilirsi a San Paolo del Brasile, mio genero è brasiliano, commercia in tessuti, si sono conosciuti a Fregene. Ho anche una villa a Fregene, un gioiello, quella non la vendo, pensi se voglio venderla, ci andiamo io e mia moglie ogni fine settimana. Ho una Spider!»

Pur abitando a Roma ormai da molti anni, io non sapevo dove fosse piazza della Balduina. Interrogai mio marito e mi disse che era una zona che odiava.

Tre o quattro furono le case che noi ci trovammo proprio sul punto di comperare. Di solito, la nostra voglia di comperare una casa durava due settimane. In quelle due settimane, non facevamo che andare a vederla, in ogni ora del giorno; stringevamo amicizia col portiere, e gli davamo delle mance; e portavamo là i nostri figli, poi mia suocera, e infine quel cognato, di cui mio marito vantava la grande saggezza. I nostri figli si facevano pregare per venire, dichiaravano che a loro non gliene importava niente di case, ed erano scettici sul fatto che noi ne avremmo mai comprata una: gli sembravamo troppo irresoluti. Mia suocera prestava attenzione soprattutto ai pavimenti: se per esempio c'era qualche mattonella che ballava, ne traeva un giudizio negativo sulle condizioni dell'intera casa. Quanto a quel nostro cognato, di solito si piantava nell'ingresso, e scrutava i muri, grande e severo, con una mano infilata sotto la giacca, battendosi ritmicamente le dita sul petto, e oscillando sui calcagni: il suo parere era sempre negativo, a proposito di tutte le case, e soprattutto a proposito dell'idea di comperarne una; tuttavia riusciva a trovare in ogni casa dei difetti diversi, sempre allarmanti: o sapeva da suoi informatori che l'impresa non era seria, o sapeva che proprio lí davanti avrebbero costruito un grattacielo, per cui non si sarebbe visto piú niente; o sapeva che tutta quella zona sarebbe stata presto abbattuta, i proprietari espropriati e costretti a emigrare altrove; e poi non c'era casa che per lui non fosse buia, umida, mal fabbricata, o di odore cattivo; e sosteneva che le sole case che dovevamo prendere in considerazione, erano quelle costruite da una ventina d'anni, non prima e non dopo: ed erano proprio quelle che a noi non piacevano.

La prima casa che seriamente pensammo di comperare fu una che si trovava nei pressi del viale Trastevere. La chiamavamo piú tardi, nel ricordarla, «Montecompatri», perché siccome era situata nell'alto su una specie di collina, mio marito diceva che vi si respirava un'aria purissima. «Ti rendi conto – diceva – che là c'è un'aria come se si fosse a Montecompatri?» «Montecompatri» era una casa nuova, non mai abitata. Stava a picco su un precipizio, una forra selvosa, che scendeva giú fino al viale in un punto dove il viale s'allargava in uno spiazzo, nel quale era stato installato un Luna Park. Oggi, dopo qualche anno, non esiste piú né quella forra selvosa, né quel Luna Park. Oggi là non ci sono che case, tanto che quando passo là davanti, mi è impossibile riconoscere quella che noi allora volevamo comprare e che s'affacciava, alta e stretta come una torre, sul vuoto. C'era un terrazzo e c'era un grande soggiorno, con ampie finestre che s'aprivano su quella voragine verde, selvaggia, e andammo là piú volte al tramonto, perché il panorama era in quell'ora desolato e solenne, con la città lontana vampeggiante fra nuvole di fuoco. La casa era di proprietà d'un'impresa, il cui numero telefonico stava scritto su un cartello piantato su un palo, nel mezzo della voragine verde; ma quel numero o suonava occupato o non rispondeva; il portiere ci diceva di insistere, cosa che facevamo puntualmente, ma senza risultato. Il portiere era una persona molto simpatica e gentile, e sembrava ansioso che prendessimo noi quella casa. Un giorno andammo là risoluti a comprarla: erano le tre del pomeriggio, era estate, il sole batteva a picco sul terrazzo dalle piastrelle roventi; su dalla voragine ci parve salisse un forte odore di spazzatura: difatti un cumulo di spazzatura, al quale non avevamo mai molto badato fino a quel momento, cuoceva al sole fra l'erba, pochi metri al disopra del Luna Park. Il Luna Park era muto e deserto, con le grandi ruote immobili e i tendoni calati; la città in lontananza cuoceva contro il cielo d'un azzurro accecante. Pensai che quel panorama era forse stupendo, ma evocava pensieri di suicidio.

Cosí fuggimmo da quella casa per sempre. Mio marito disse che si era accorto che la scala era troppo orribile: civettuola, leziosa, e c'era un grande ragno nero e oro nell'androne, a due passi dalla guardiola di quel simpatico portinaio. Mio marito disse che non avrebbe tollerato di vedere ogni giorno quel ragno nero.

Poi ci incantarono due case gemelle, una attaccata all'altra, che erano in vendita tutt'e due. Erano dalle parti di piazza Quadrata: zona che mio marito detestava. Io invece amavo i dintorni di piazza Quadrata, perché vi avevo vissuto molti anni addietro, quando non avevo ancora mai incontrato mio marito, non sapevo nemmeno che esistesse, c'erano a Roma i tedeschi, e io ero nascosta in un convento di suore da quelle parti; e pensai che amavo, di Roma, tutti i punti dove in un momento o nell'altro della mia vita avevo messo radici, sofferto, pensato al suicidio, le strade dove avevo camminato senza saper dove andare.

Delle due case gemelle nei pressi di piazza Quadrata, una aveva un giardino: a mio marito piaceva, di questa casa, soprattutto una scala interna, che portava in uno scantinato dove c'era una grandissima cucina e una sala da pranzo lunga e stretta; in genere, quando a noi piaceva un poco una casa, non facevamo che soffermarci a contemplare i punti e le stanze che ci piacevano, cercando di ignorare tutto il resto; cosí, mio marito non faceva che salire e scendere per quella scala, che era di mogano, lucida, e che lui trovava «di stile inglese»: saliva e scendeva, carezzando la ringhiera come fosse stata la groppa d'un cavallo. Insieme ammiravamo la cucina, tappezzata di allegre piastrelle a fiorellini celesti. Per amore della scala e della cucina, eravamo disposti a passar sopra al fatto che per noi mancava una stanza: avremmo messo un tramezzo, ricavato una cameretta in un corridoio; e mio marito sembrava aver dimenticato sia l'odio che nutriva per quella zona, sia ciò che aveva detto sempre a proposito dei giardini, sui quali piove da tutti i balconi spazzatura e polvere. Nel giardino c'era una piccola statua, cinta d'edera, e un bersò con panchine di pietra; pensammo che avremmo potuto far costruire, in mezzo al giardino, un piccolo padiglione, dove avremmo fatto dormire uno dei nostri figli, risolvendo cosí il problema della stanza che ci mancava. La casa accanto non aveva un vero e proprio giardino, ma soltanto uno stretto corridoio di verzura: e di questa casa a noi piaceva soprattutto una stanza, che aveva un bovindo, il quale guardava sul giardino di quell'altra casa: la stanza aveva mobili bianchi e dorati, che ci sembravano molto belli, ma, si capisce, il proprietario se li sarebbe portati via: sostavamo a lungo in quella stanza, perché ci piaceva, e perché cercavamo di capire se l'avremmo amata anche spoglia, o arredata dei nostri mobili smorti e banali; e poi cercavamo di capire se preferivamo guardare il giardino dall'alto di quel delizioso bovindo, o invece guardare il bovindo nascosti nel bersò. Bello sarebbe stato, io dissi, poter comprare tutt'e due quelle case. Ma mio marito mi fece notare che non avevamo nemmeno i soldi per comprarne una; io ero, disse, megalomane e pazza. Litigammo terribilmente su quelle due case. Non che mio marito avesse qualche preferenza per una delle due, o che io l'avessi: no, eravamo entrambi in gran dubbio, e ci accusammo l'uno con l'altra di non saper decidere; inoltre, mio marito ricominciò a dire che la zona di piazza Quadrata, lui la esecrava fin dalla piú tenera infanzia. Interrogati, i nostri figli dissero che anche loro esecravano quella zona, ma che gli sarebbe piaciuto dormire nel padiglione in giardino: padiglione che ancora non esisteva, ma sul quale discussero, perché ognuno di loro voleva averlo per sé. Quanto a mia suocera, essa venne un giorno con noi a vedere la casa col vero giardino, ma capitammo proprio in un mattino che i pavimenti del soggiorno venivano smantellati e incatramati, e dal modo come veniva applicato il catrame mia suocera credette di intuire che quei pavimenti non sarebbero stati mai in ordine, che ci avrebbero dato sempre dei fastidi e dei guai; e ci dissuase risolutamente dal comprare quella casa, e di riflesso anche l'altra, che non si poteva visitare quel giorno; ma anche là, disse mia suocera, i pavimenti dovevano avere quell'uguale difetto.

Dopo aver passato un periodo in cui odiavo tutte le case di Roma, passai un periodo invece in cui mi sembrava di amarle tutte, tanto che mi era impossibile sceglierne una; poi di nuovo ricominciai a odiarle, quando fu chiaro che non avremmo comprato né la casa col bovindo, né la casa col bersò. Intanto ricevevo lettere da mio padre, che invariabilmente cominciavano con queste parole: «Desidero dirti che faresti bene a deciderti ad acquistare un quartiere».

E di quando in quando squillava il telefono e si udiva la solita voce robusta e festante:

«Pronto! Sono il commendator Piave! Loro non sono ancora venuti a vedere il mio appartamento in piazza della Balduina! è bellissimo! I davanzali sono tutti di onice nero, i pavimenti del soggiorno sono di marmo! C'è il citofono! Posso cederle anche delle piante da mettere nel soggiorno, mia moglie ha un'azalea rosa che è un vero splendore! mia moglie ha una passione per le piante!»

Poi vi fu ancora una casa che fummo sul punto di comperare. Era una casa che non aveva assolutamente nessun pregio, se non quello di costare poco. Era anche questa nei pressi del viale Trastevere, su una strada in salita, lungo la quale, camminando ancora circa una ventina di minuti, si arrivava al Gianicolo. «Ti rendi conto che in pochi minuti si arriva al Gianicolo?» diceva mio marito lodando quella casa. Però, dalle finestre, non si vedeva il Gianicolo; anzi non si vedeva nulla dalle finestre, nulla, se non un tetto di lamiera e un muro cieco di color giallino, altre case né alte né basse, e la strada. La strada era tranquilla, di solito piuttosto deserta. La casa era a due piani: un «villinetto». Stava tra un materassaio e un vinaio. Aveva un portoncino grigio, con un battente. Aveva un terrazzo con un pergolato secco. Era una casa né nuova, né vecchia, una casa senza carattere e senza età. Si entrava, per quel portoncino, in un ingresso a piastrelle marmorizzate, e ci si infilava su per una scala grossa, con una ringhiera panciuta; al pianterreno c'era una cucina, un bagno e un ripostiglio, dove il proprietario aveva radunato una catasta di seggiole; al piano di sopra c'era una serie di stanze, né grandi né piccole, messe una in fila all'altra lungo un corridoio a piastrelle marmorizzate: tutte le stanze guardavano sulla strada, quella strada in salita, che andava sí al Gianicolo ma aveva invece l'aria di non andare da nessuna parte, di non servire a nulla, una strada che aveva un'aria dimenticata e casuale; una strada strana, disse mio marito, che forse un domani poteva anche diventare una strada molto importante, essenziale, un'arteria di collegamento fra il Gianicolo e il viale Trastevere, per cui se avessimo comperato quella casa, era possibile che venissimo a un tratto a trovarci in un punto ricercatissimo della città, un punto essenziale, e allora quella casa che avevamo avuto a pochi soldi sarebbe cresciuta di valore tanto che l'avremmo potuta rivendere guadagnandoci piú del doppio. Ma se la dobbiamo rivendere, io dissi, perché comperarla? Dopo, di nuovo saremo costretti a cercare una casa.

Non solo la strada era strana, e niente antipatica, disse mio marito, ma anche la casa era niente antipatica e piuttosto strana. L'ingresso no, l'ingresso era brutto, quelle piastrelle che imitavano il marmo erano proprio orribili. La scala non era antipatica. E non era antipatica la terrazza («Devi immaginare, al posto di quel pergolato secco, un pergolato tutto verde. Immagina. Tu non hai nessuna immaginazione»). A vedere quella casa non portammo nessuno. Non ne parlammo con anima viva. Forse ne avevamo un poco vergogna.

Poi un giorno, camminando per la città, vedemmo un cartello di vendita appeso a un portone. Entrammo. E cosí la casa fu trovata.

Era una casa in centro. Piacque a mio marito perché era in centro, perché era all'ultimo piano, perché guardava sui tetti. Gli piacque perché era vecchia, grossa, massiccia, perché c'erano vecchi soffitti di grosse travi, e, in qualche stanza, rivestimenti di travertino. Io, del travertino, era la prima volta che ne sentivo parlare. Perché piacque a me? non lo so. Non era al pianterreno essendo all'ultimo piano. Non aveva giardino e non si vedeva un albero nemmeno in distanza. Pietra in mezzo alla pietra, stava serrata fra comignoli e campanili. Ma forse mi piacque perché si trovava a un passo da un ufficio, nel quale avevo lavorato molti anni addietro, quando ancora non conoscevo mio marito, da Roma i tedeschi se n'erano appena andati, c'erano gli americani. Io mi recavo in quell'ufficio ogni giorno. Mettevo il piede, ogni giorno, per motivi superstiziosi, in un'incavatura del selciato, incavatura che aveva la forma di un piede. Quell'incavatura si trovava all'ingresso d'un cancelletto. Aprivo il cancelletto e salivo una scalinata. L'ufficio era al primo piano e guardava sul vecchio cortile, dove c'era una fontana. Quella fontana, quel cancelletto, quell'incavatura del selciato, erano proprio a un passo dalla casa che visitammo un mattino, mio marito e io, e dalla quale uscimmo risoluti a viverci. La fontana, il cortile, il cancelletto, l'incavatura del selciato esistevano sempre; ma l'ufficio non esisteva piú. Le stanze dove un tempo c'era stato quell'ufficio eran tornate a essere ciò che erano prima della guerra, vale a dire stanze d'abitazione d'una vecchia contessa. Tuttavia era ancora, quello, un punto della città che io riconoscevo come un luogo amico: un punto dove un tempo m'ero scavata una tana. Non già che io fossi stata felice, in quell'ufficio: vi ero stata, anzi, perdutamente infelice. Ma vi avevo scavato una tana; e il ricordo di quella tana che mi ero scavata, tanti anni prima, m'impediva di sentirmi, su quelle strade e in quei vicoli, un'estranea capitata là per errore. Cosí, nel pensare a quella casa, non soffersi alcun senso di oppressione. Tutti ci sconsigliarono di comprarla. Dissero che, cosí vecchia, era certamente piena di magagne, di tubi rotti, di crepe segrete. Dissero che certo ci pioveva dentro. Dissero che certo c'erano gli scarafaggi («i bacherozzi» diceva mia suocera. Quando parlavamo di prendere una casa vecchia, subito diceva «però no coi bacherozzi!») Insomma dissero di quella casa tutto il male possibile. Dissero che sarebbe stata fredda d'inverno e calda d'estate. Alcune delle cose che dissero si dimostrarono vere. Vero era che ci pioveva dentro e si dovette far riparare il tetto. Di scarafaggi ne trovai uno solo. Gli spruzzai dietro un po' di insetticida e scomparve per sempre. Ora noi viviamo nella casa senza piú sapere se sia brutta o bella. Ci viviamo come in una tana. Ci viviamo come in una calza vecchia. Abbiamo del tutto cessato di pensare alle case. Le parole «livelterrazzo», «termoautonomo» «pentacamere» «assolatissimo» «dilazionando» «rimanenza mutuo» sono scomparse dai nostri pensieri. Tuttavia ancora per molto tempo, iniziato il trasloco, iniziata una serie di indagini complicate che si riferivano ai muri, ai tubi, ai cassoni dell'acqua, iniziate trattative complicate con lattonieri, elettricisti, falegnami, di tanto in tanto ancora squillava il telefono nella casa che stavamo ormai per lasciare e che era piena di bauli, di carta, di paglia, squillava il telefono e si udiva la solita voce robusta e trionfante:

«Pronto! Sono il commendator Piave! Quando verranno a vedere il mio appartamento in piazza della Balduina? È bellissimo! C'è il citofono! Arriva suo marito, dalla portineria l'avverte che è rientrato, lei subito butta giú gli spaghetti, lui mette la macchina nel garage, sale con l'ascensore, il pranzo è in tavola! Nel bagno c'è una colonna d'alabastro nero, con mosaici che rappresentano pesci, tutti i davanzali sono di onice! Non hanno che da telefonare, prendono il tè con mia moglie, arrivo io e li accompagno subito, si riposano un poco sul belvedere, di là si gode tutto il panorama di Roma, prendiamo un aperitivo, li riporto indietro in un attimo con la mia macchina! Ho una Spider!»

La paura

Nei giorni che intercorsero fra l'8 di settembre e il primo di novembre dell'anno 1943, ebbi costantemente una gran paura. Dopo, nei mesi che seguirono, smisi d'aver paura. Non che fossero cessate per me le ragioni d'aver paura; e non che io, non avendo piú paura, fossi diventata coraggiosa. Lo smettere d'aver paura non vuol dire, necessariamente, trovare coraggio. Lo smettere d'aver paura può significare, semplicemente, che la paura ci ha abbandonati; e che abbiamo in noi, al posto della paura, il vuoto. Quando abbiamo paura, teniamo lo sguardo costantemente fisso sulla nostra vita, e sui beni che essa ci ha dato e che sentiamo in pericolo. Ma smettendo d'aver paura, distogliamo gli occhi dalla nostra vita e li portiamo su un altro punto. E a volte, quel punto non è null'altro che il vuoto. Abbiamo, nel cuore, dolore, un ricordo straziante di quel tempo che eravamo cosí strettamente abbracciati alla vita, da temere di perderla; ma quel tempo ci sembra lontanissimo, noi siamo diventati altra cosa, siamo attoniti, prosciugati, spenti, vuoti di tutto se non di dolore; e il tempo della paura ci sembra un tempo privilegiato, felice, la paura era bella, pulsava, tumultuava, rombava nel nostro sangue, nel nostro corpo che oggi è desolato, gelato e randagio, che si rannicchia contro un muro e non vuole nulla.

Passai gli anni della guerra in un paese dell'Abruzzo, poco lontano da Aquila, un paese che era situato su una strada, la quale partiva da Aquila e saliva, tagliando paesi e campi che si facevano a poco a poco sempre piú polverosi e rocciosi, fino a un grosso paese polveroso e roccioso che era chiamato Montereale. Il paese dove io vivevo era dunque circa a metà fra Aquila e Montereale, ed era una fila di case lungo la strada. La nostra casa era vecchia, signorile e cadente, con un vasto androne freddo come una cantina, grandi stanze dagli affreschi sbiaditi e un balconcino che s'affacciava su quella che nel paese era chiamata «la piazza», e non era in verità una piazza, ma un'ansa della strada. La vera piazza era un poco prima, ed era grande, con qualche albero malato e sparuto; e là c'era il municipio, davanti al quale usavano riunirsi gli internati, a mezzogiorno, per ritirare la posta e ascoltare il bollettino radio.

Mio marito era stato mandato nel paese come internato, fin dai primi giorni della guerra, e io l'avevo raggiunto poco dopo con i bambini. Venuto il 25 luglio, lui partí per Roma essendo libero, io rimasi perché non sembrava saggio portar via i bambini da quel paese dove non c'erano bombardamenti, e dove era ancora possibile trovar da mangiare. Anche gli altri internati erano rimasti là, non sapendo dove andare.

Dopo il 25 luglio, io e gli altri internati seguitammo a fare, piú o meno, le cose che avevamo fatto sempre da che vivevamo nel paese, e cioè: cercare, nei casali e negli orti, verdura e farina di polenta e sopratutto uova, che diventavano sempre piú rare; passeggiare avanti e indietro lungo la strada, e scambiare l'uno con l'altro, incontrandosi, previsioni ottimistiche sulla pace, che sarebbe venuta tra poco, e sugli inglesi, che senza dubbio stavano per arrivare; aspettare, ogni sera verso il tramonto, il latte davanti alla stalla del podestà, e rientrare col fiasco del latte tappato con una foglia; a casa, tentare di fare il burro, agitando per una mezz'ora il latte dentro il fiasco e tirando fuori qualche piccolissimo pezzettino di burro col manico d'un cucchiaino; accendere il fuoco sotto il paiolo con pigne e frasche, e accendere il fornello a carbone agitando una ventola; affacciarsi alla finestra e scambiare, con i contadini che passavano, ancora ottimistiche previsioni sulla prossima pace.

Era una vita apparentemente tranquilla: eppure io avevo paura. La notte, non potevo dormire e pensavo che mio marito sarebbe morto; che io e i bambini saremmo stati deportati; e che tutte quelle parole rassicuranti, che usavo scambiare ogni giorno con i contadini e gli internati, e di cui mi nutrivo come di ossigeno, in verità non valevano niente, perché nessuno sapeva niente di piú di me.

La sera dell'8 settembre c'era la festa del paese, e la notizia dell'armistizio scoppiò fra le gabbie dei polli, le urla dei maiali e il suono degli zufoletti; e gli internati e i contadini si abbracciarono, e le campane delle due chiese, San Matteo e Santa Maria, si misero a suonare a stormo. Era la fine della guerra e la fine della paura. Quanta paura avevamo avuto, noi, gli internati, sempre, da che vivevamo in quel paese! Quanta paura c'era sotto le nostre previsioni ottimistiche, i nostri sorrisi, le nostre piccole passeggiate, quanta paura si profilava per noi dietro quegli orti, quei pini, quelle rocce, quelle capre, quelle montagne! Noi pensavamo sempre che quegli orti, quelle rocce e quelle capre, erano forse gli ultimi che vedevamo nella nostra vita. Alcuni degli internati erano ebrei tedeschi, e là gli era arrivata la notizia che tutti i loro parenti, in Germania, erano morti o scomparsi.

La sera dell'8 settembre, venne da me l'ingegnere. L'ingegnere era un internato italiano, il quale era stato mandato nel paese, come noi, fin dai primi tempi della guerra. Era un uomo piccolo, robusto, con baffetti ispidi, e un ciuffetto grigio scompigliato. L'ingegnere era venuto a darmi la notizia dell'armistizio, che io però già sapevo. S'inchinò a baciarmi la mano, con un'aria un po' misteriosa – usava pronosticare, per mio marito, le piú alte cariche politiche – e con quei suoi modi, che erano sempre tra cerimoniosi e spavaldi, restò un attimo a testa bassa e si rialzò di scatto, raggiante, sventolando il ciuffetto. Poi disparve.

L'ingegnere, con sua moglie e la sua bambina, abitava all'albergo Vittoria. L'albergo Vittoria era tenuto da due donne, Enrichetta e sua figlia Pia, ed era per tutti gli internati un rifugio e una provvidenza, perché quelle due donne usavano accogliere tutti, con grande generosità e affetto, le sere d'inverno in cucina, e d'estate sulla terrazza; e usavano soccorrere gli internati in ogni loro angustia e complicazione, dai rapporti col brigadiere alla ricerca di legna o di cibo. Io finii la sera sulla terrazza dell'albergo Vittoria, tra abbracci e bicchieri di vino; e c'erano là anche altri internati, gli Amodaj, che erano ebrei di Belgrado; il signor Amodaj che aveva sempre un cappello di tela avana, un vestito di tela avana molto ben stirato, un bastone lucido, il monocolo, lunghe basette grigie e un sorriso; la signora Amodaj che era grassa, bionda, con un naso piccolo piccolo, un vestito a fiori dalla scollatura tonda, grasse spalle e un collo taurino; e i tre figli, ragazzi tra i sedici e i dieci anni, lentigginosi e con magliette a righe; e poi forse c'era ancora, su quella terrazza, altra gente, ricordo che c'era un gran chiasso, e ci salutavamo come se stessimo per lasciarci, e si ripetevano sempre le solite cose, ma con insolito entusiasmo e fervore: gl'inglesi, gl'inglesi, la pace, la pace.

Tuttavia c'erano due persone che non manifestavano mai alcun ottimismo, e non manifestarono ottimismo neanche quella sera. Una era la moglie dell'ingegnere, pessimista per temperamento e per contrasto con la natura gioviale del marito, con le labbra sempre incurvate in un piccolo sorriso amaro; l'altra era Enrichetta, la padrona dell'albergo Vittoria, la quale aveva il pessimismo di certe vecchie donne di paese, provate dalle disgrazie, quando c'è la guerra e hanno figli in guerra; pessimismo che serpeggiava nelle rughe del suo viso bruno, nelle ciocche dei capelli radi e candidi, nelle mani brune e nodose abbandonate sul grembo, nelle pieghe della veste nera.

La mattina del 9 fu trasmesso per radio il discorso di Badoglio; le parole «la guerra continua» echeggiarono in una mattina grigia, nuvolosa, afosa, echeggiarono sulla piazza dov'erano ancora i resti della fiera, gli ultimi banchi di camiciole e pantofole. Poi presero ad arrivare, a piedi e sui carretti, militari che avevano lasciato il fronte e non avevano piú né divisa, né armi. Poi, a poco a poco, ricominciò la paura. Enrichetta e sua figlia Pia piangevano nella cucina dell'albergo Vittoria, perché dei loro uomini non sapevano niente; e l'ingegnere cercava di rassicurarle, parlandogli nel dialetto del paese che lui era assai fiero di avere imparato, e che pronunciava con un pretto accento piemontese; e gridava la sua favorita esclamazione: «Per la gran carità!» e sventolava il ciuffo; ma quel ciuffo aveva un poco perduto la baldanza di ieri.

Anch'io di mio marito non avevo alcuna notizia; e mi prendeva a poco a poco una paura sempre piú forte, lo vedevo morto nelle strade di Roma, dove qualcuno diceva che i tedeschi s'erano messi a sparare; ma l'ingegnere badava a ripetermi che erano tutte voci, non si sapeva niente, nessuno sapeva niente; e gridava: «Signora! Per la gran carità!», esclamazione che ogni volta mi faceva ridere, e un poco mi confortava.

Nel pomeriggio del giorno dieci, stavo affacciata alla finestra di casa mia. Vidi a un tratto fermarsi un'automobile. Era una macchina piccolina, scoperta, screziata di verde, e dentro c'erano uomini in divisa di color giallo. Ne scesero due, e uno di questi, che era bello, colorito in viso e tutto ricciuto, chiese qualcosa ad un contadino che stava, nonostante il caldo, ravvolto in un mantello. Seppi poi che aveva chiesto se, per andare ad Ascoli Piceno, era quella la strada.

Avevo pensato, per un attimo, che fossero gl'inglesi. Ma subito capii che erano invece i tedeschi; e per molto tempo dopo, per anni, l'orrore si configurò per me in quella strada, quella fontana, quella macchina screziata di verde, quell'uomo ricciuto; l'orrore, e la consapevolezza che mi era successo qualcosa di irreparabile, perché erano arrivati i tedeschi in quel luogo pieno di ebrei; e la morte ci avrebbe colto proprio là, in quel paese amico, fra quelle facce amiche; là, fra la chiesa di San Matteo e la chiesa di Santa Maria fra le capre, le rocce e le montagne.

Dopo, accaddero cose confuse. Scappammo, per due giorni, dal paese, l'ingegnere e sua moglie e io con i bambini. Ce ne andammo a Marruci, ch'era un paesetto poco distante, e dormimmo una notte là, una notte in un casale nella campagna; e poi tornammo, dopo due giorni, senza ragione, ma le nostre decisioni erano incoerenti, confuse, non sapevamo che fare; sulla strada sfrecciavano automobili, motociclette e camion; ed erano macchine militari tedesche, screziate di verde, e, macchine civili italiane, con la targa di Milano o di Genova, ma dentro c'erano soldati tedeschi col mitra impugnato. Apparvero i primi fascisti repubblicani, e s'aggiravano per il paese sparando a caso nelle vigne; e il paese s'era a un tratto come guastato, pieno di rumore, di uniformi, di paglia sudicia, di gente ignota.

Rimasi nel paese ancora per due mesi. Vi rimasero anche gli altri internati. Difatti non sapevamo dove andare. Alcuni non avevano denaro, alcuni erano ammalati o vecchi; e tutti continuavamo a credere, o a fingere di credere, che gli inglesi stessero arrivando. Sembrerà strano, ma tutti continuarono a fare la solita vita; si vedeva passare, come prima, il signor Amodaj col suo vestito di tela avana, il cappello, il monocolo, il sorriso; la signora Amodaj con le sue spalle grasse, la piccola testa bionda, il collo taurino; l'ingegnere col suo ciuffetto al vento. Non ci dicevamo piú nulla, non c'era nulla da dire, e poi si pensava che non fosse prudente fermarsi a parlare in gruppo; il paese era gremito di tedeschi, tedeschi sedevano nella cucina e sulla terrazza dell'Albergo Vittoria, sul portico della bottega di Ciancaglini. Eravamo tutti in preda al terrore, ma passeggiavamo ugualmente, avanti e indietro, lungo la strada.

Pure quei tedeschi non sembravano occuparsi di noi, nessuno di loro ci aveva mai chiesto chi fossimo; e la signora Amodaj spiegava che non quei tedeschi, ma altri, altri addetti proprio alla cattura degli ebrei, potevano venire a prenderci, in un momento qualunque, e ammazzarci, se gli inglesi non arrivavano prima; e noi continuavamo ad aspettare gli inglesi, e a restare là, aggrappati come dei naufraghi a quell'unica cosa che avevamo e che era il paese, con la sua strada, le sue capre, le sue montagne.

Me ne andai dal paese il primo di novembre. M'aiutò

a fuggire la gente di là; furon loro a decidere il modo e i particolari della mia partenza. Pia andò da quei tedeschi che mangiavano da lei, e chiese se non potevano portare a Roma, quando partiva un camion, una sua cugina, che aveva tre bambini piccoli e aveva perduto le sue carte in un bombardamento a Napoli. Cosí salimmo su un camion tedesco, una mattina, i bambini e io. Il paese non era mai stato cosí bello, cosí tranquillo, fresco, il cielo perlaceo, i campi rosseggianti. Piangendo salutai Pia, tutti i miei amici, l'ingegnere che si preparava anche lui a fuggire; e dissi addio al paese perché pensavo che non l'avrei mai riveduto, o che certo non l'avrei riveduto con gli occhi d'allora.

La pigrizia

Nel '44, nel mese di ottobre, venni a Roma per trovare lavoro. Mio marito era morto nell'inverno. A Roma aveva sede una casa editrice, dove mio marito aveva lavorato per anni. L'editore si trovava allora in Svizzera; ma la casa editrice, subito dopo la liberazione di Roma, aveva ripreso la sua attività. Pensavo che, se avessi chiesto di lavorare in quella casa editrice, m'avrebbero dato lavoro; e tuttavia il chiederlo mi pesava, perché pensavo che mi sarebbe stato dato un posto per compassione, essendo io vedova, e con figli da mantenere; avrei voluto che qualcuno mi desse un posto senza conoscermi e per mie competenze. Il male era che io competenze non ne avevo. Avevo intrattenuto questi pensieri nei mesi dell'occupazione tedesca. Ero allora con i miei bambini nella campagna toscana. Di là era passata la guerra, poi era sopravvenuto il silenzio che succede alla guerra, e infine, nella campagna immota e sui villaggi sconvolti, erano arrivati gli americani. Noi ci trasferimmo a Firenze; lasciai i bambini a Firenze con i miei genitori e venni a Roma. Volevo lavorare perché non avevo soldi; tuttavia, se fossi rimasta con i miei genitori, avrei ugualmente potuto vivere. Ma l'idea d'essere mantenuta dai miei genitori mi pesava moltissimo; inoltre volevo che i miei bambini riavessero una casa con me. Da tempo, noi non avevamo piú casa. Avevamo vissuto in quei mesi di guerra o da parenti o amici, o in conventi o alberghi. Viaggiando verso Roma in una macchina che ogni mezz'ora si fermava, carezzavo sogni di lavori avventurosi, come fare la bambinaia, o fare la cronaca nera in un quotidiano. L'ostacolo principale ai miei propositi di lavoro, consisteva nel fatto che non sapevo far niente. Non avevo mai preso la laurea, essendomi fermata davanti a una bocciatura in latino (materia in cui, in quegli anni, non veniva mai bocciato nessuno). Non sapevo lingue straniere, a parte un po' di francese, e non sapevo scrivere a macchina. Nella mia vita, salvo allevare i miei propri bambini, fare le faccende domestiche con estrema lentezza e inettitudine, e scrivere dei romanzi, non avevo mai fatto niente. Inoltre ero stata sempre molto pigra. La mia pigrizia non consisteva nel dormire tardi al mattino (mi sono sempre svegliata all'alba e alzarmi non m'è mai costato nulla) ma nel perdere un tempo infinito oziando e fantasticando. Questo aveva fatto sí che io non riuscissi a portare a termine alcuno studio o fatica. Mi dissi che era venuta l'ora per me di strapparmi a questo difetto. L'idea di rivolgermi a quella casa editrice, dove mi avrebbero accolto per pietà e comprensione, mi parve a un tratto la piú logica e attuabile, benché mi fossero pesanti i motivi per cui m'avrebbero accolta. Avevo letto in quell'epoca un libro, che mi sembrava bello: era *Jeunesse sans Dieu*, di Ödön von Horváth, autore di cui non sapevo nulla, se non che era morto giovane sotto il crollo d'un albero, a Parigi, uscendo da un cinema. Pensai che, non appena fossi entrata in quella casa editrice, avrei tradotto e fatto pubblicare quel libro che amavo molto.

A Roma, presi una camera in una pensione vicino a Santa Maria Maggiore. Il pregio essenziale di quella pensione era che non costava quasi niente. Sapevo per esperienza che, in quegli anni di guerra e dopoguerra, le pensioni diventavano facilmente qualcosa di simile alle caserme e agli accampamenti. Quella era una via di mezzo fra pensione e collegio. Vi soggiornavano studenti, sfollati e vecchi senza casa. Nelle scale echeggiava ogni tanto un gong, dal suono profondo e sordo, che chiamava persone al telefono. Si consumavano nella sala da pranzo comune pasti frugali, composti di formaggio Roma, castagne bollite e broccoletti. Nel corso dei pasti, ogni tanto squillava una campanella e la direttrice della pensione leggeva alcuni suoi pensieri di esortazione alla semplicità.

Parlai con un amico, che dirigeva quella casa editrice in assenza dell'editore. L'amico era piccolo e grasso, rotondo e rimbalzante come una palla. Quando sorrideva, mille piccole rughe increspavano la sua faccia di bambino cinese, pallida, furba e dolce. Oltre alla casa editrice, aveva altre innumeri attività. Mi disse che m'avrebbe assunto per ora a mezzo impiego; quando fosse tornato l'editore, la mia situazione sarebbe stata definita con maggior chiarezza. Mi disse di venire all'ufficio il mattino dopo: e mi disse che nella mia stessa pensione abitava una ragazza, che lavorava anche lei nella casa editrice, con funzioni amministrative: e che io avrei potuto al mattino far la strada con lei.

Rientrata alla mia pensione, salii le scale e bussai a una stanza, due piani sopra la mia. M'aperse una ragazza graziosa, coi capelli bruni e ricciuti e le guance rosse. Le chiesi se potevamo, al mattino dopo, far la strada insieme. Mi rispose che doveva andare in non so che banca e cosí avrebbe preso un'altra strada. Era gentile, ma riservata e fredda. Ridiscesi le scale con un confuso senso di sconforto, e distrutta da un mortale complesso d'inferiorità. Quella ragazza doveva lavorare da anni, forse da sempre; e il suo lavoro era di ordine amministrativo, perciò ben definibile, incrollabile e necessario. Inoltre aveva con sé un fratellino di nove anni, che manteneva col suo lavoro. Io non sapevo se sarei stata in grado di mantenere i miei propri figli.

Passai una notte inquieta e piena di pensieri angosciosi. Mi dicevo che tutti, subito, vedendomi in quell'ufficio, avrebbero scoperto il grande mare di ignoranza e pigrizia che era in me. Pensavo all'amico che m'aveva assunta e all'editore lontano ma forse sulla via del ritorno. All'amico avevo cercato di spiegare che non avevo laurea di sorta, non sapevo l'inglese e non sapevo far nulla. Lui m'aveva risposto che non importava e che qualcosa avrei fatto. Ma non gli avevo detto della mia pigrizia, di quel vizio che avevo di cadere nell'inerzia e nel sogno appena mi trovavo a dover fare qualcosa. Non avevo mai pensato a un simile vizio con vero orrore. Quella notte lo contemplai con spavento e con orrore profondo. Ero stata sempre una cattiva scolara. Tutto quello che avevo cominciato era rimasto in sospeso. Mi risuonavano alle orecchie i versi di Villon:

Hé Dieu! si j'eusse étudié
au temps de ma jeunesse folle,
et à bonnes mœurs dedié
j'eusse maison et couche molle
mais quoi! je fuyoie l'école
comme fait le mauvais enfant...

In verità non sapevo neanche tanto bene il francese. La mia giovinezza non era stata «folle», ma svogliata e confusa.

Al mattino arrivai a quello che doveva essere il mio ufficio: una villetta al pianterreno, circondata da un giardinetto. Vi trovai il mio amico, la ragazza con le guance rosse seduta davanti a una calcolatrice, e due dattilografe. Il mio amico mi fece sedere a un tavolo e mi consegnò un foglio dov'era scritto: «norme tipografiche». Seppi cosí che *perché* e *affinché* avevano l'accento acuto, ma *tè* e *caffè* e *lacchè* avevano l'accento grave. Poi mi diede un dattiloscritto: era una traduzione di *Gösta Berling.* Dovevo rivederne la forma italiana e mettere a posto gli accenti. L'amico, rimbalzando per la stanza come una palla, mi disse che non dovevo crucciarmi se non avevo lauree, perché questo non avrebbe sdegnato il nostro ormai comune padrone, il quale neanche lui ne aveva una. Gli chiesi quale sarebbe stato, dopo *Gösta Berling*, il mio secondo lavoro. Con orrore m'accorsi che non lo sapeva. Avevo una tale paura di cadere nella pigrizia, che mi buttai su quella revisione e in tre giorni avevo finito. L'amico mi portò allora una copia francese delle memorie della moglie di Lenin. Ne tradussi a precipizio una trentina di pagine, ma poi l'amico mi disse che aveva cambiato idea e non si faceva piú quel libro. Mi diede una traduzione di *Homo ludens.* Un giorno sulla porta dell'ufficio mi trovai davanti l'editore. Lo conoscevo da tempo, ma non ci eravamo mai scambiati piú di cinque parole. E negli anni che non ci eravamo visti, erano successe tante cose che adesso era come se ci incontrassimo per la prima volta. Lo sentivo amico e sconosciuto insieme. A questi sentimenti si mescolava il pensiero che adesso era per me il padrone, cioè uno che poteva scacciarmi da quell'ufficio all'istante. Mi abbracciò e arrossí, perché era timido, e sembrava contento e non troppo stupito che io lavorassi lí. Mi disse che sperava da me progetti e idee. Strozzata dalla timidezza e dall'emozione, gli dissi che si poteva forse tradurre e pubblicare *Jeunesse sans Dieu.* Non sapeva nulla di quel libro e gli dissi in fretta la storia del cinema e del crollo dell'albero. Aveva molte cose da fare e fuggí via subito. Nei giorni che seguirono, non lo rividi piú, ma la ragazza con le guance rosse venne a dirmi che ero stata assunta a pieno impiego. Non parlavo mai con quella ragazza, ma incontrandoci nel corridoio ci facevamo sorrisi, unite da ricordi e prospettive di squilli di campanella e broccoletti.

Un giorno appresi che stavamo per trasferirci in una sede nuova. Ne fui dispiaciuta perché mi ero affezionata a quell'ufficio, e soprattutto a un alberello di mandarini, che vedevo dalla mia finestra. Il nuovo ufficio era nel centro. C'erano stanze immense, con tappeti e poltrone. Io chiesi di avere per me uno stanzino in fondo a un corridoio. Là sarei stata sola, e potevo imparare a lavorare, perché la sensazione di non essere buona di lavorare mi perseguitava sempre. L'amico si era rifugiato anche lui in una stanza da solo. Le stanze si erano riempite a poco a poco di nuove dattilografe e nuovi impiegati. I nuovi impiegati passeggiavano febbrilmente avanti e indietro sui tappeti e dettavano alle dattilografe pagine e pagine di cui io coglievo, passando, parole di cui non capivo nulla. Oppure si intrattenevano in salotto con visitatori in misteriosi colloqui. L'amico mi disse che tutti quei nuovi impiegati e tutte quelle nuove dattilografe lui li giudicava inutili. Giudicava anche inutili i tappeti, il salotto, i visitatori e i colloqui. Capii che i nuovi impiegati avevano idee politiche diverse dalle sue. Egli appariva depresso, e non rimbalzava piú, ma sedeva appartato e immobile al suo tavolo e il suo viso che non s'increspava piú a sorridere appariva smorto e triste come la luna. Vedendolo sconfortato e afflosciato ebbi a un tratto la sensazione che fosse come me e forse piú di me ammalato d'una sconfinata pigrizia.

Mi sentivo molto sola in quell'ufficio e non rivolgevo mai parola a nessuno. La mia costante preoccupazione era che non venisse scoperta la mia grande ignoranza e la mia grande pigrizia, e la mia assoluta assenza di idee. Quando riuscii a far chiedere i diritti di *Jeunesse sans Dieu*, seppi che erano già stati comprati da un altro editore. Era stata la mia sola idea e si era dispersa nel vento. Per difendermi dalla pigrizia lavoravo con furia e vertigine, immersa in un totale isolamento e in perfetto silenzio. Soltanto, non smettevo di chiedermi se e come quel mio lavorare si allacciasse a quella vita intensa e per me incomprensibile di cui erano piene e formicolanti le stanze. Mi feci fare una chiave e venivo in ufficio anche la domenica.

La mia psicanalisi

Un tempo ricorsi alla psicanalisi. Era estate, era l'immediato dopoguerra, vivevo a Roma. Era una estate afosa e polverosa. Il mio analista aveva un appartamento nel centro. Andavo da lui ogni giorno alle tre. Mi apriva lui la porta (aveva una moglie, ma non l'ho mai vista). Nel suo studio c'era penombra e frescura. Il dottor B. era un uomo anziano, alto, con una coroncina di riccioli argentei, piccoli baffi grigi, spalle alte e un po' strette. Aveva sempre camicie immacolate, col collo aperto. Aveva un sorriso ironico, e un accento tedesco. Aveva al dito un grosso anello d'ottone con iniziali, mani bianche e delicate, occhi ironici, lenti d'oro. Mi faceva sedere a un tavolo e sedeva davanti a me. C'era sempre per me sul tavolo un gran bicchiere d'acqua, con un cubetto di ghiaccio e una scorza di limone. Allora nessuno a Roma aveva il frigorifero, chi voleva ghiaccio lo faceva venire dalle latterie e lo rompeva a colpi di martello. Come facesse lui a procurarsi ogni giorno quei cubetti di ghiaccio cosí levigati e tersi, è rimasto un mistero per me. Forse avrei potuto domandarglielo, ma non gliel'ho mai domandato. Sentivo che, di là dallo studio e di là dal piccolo ingresso che conduceva allo studio, il resto della casa era, e doveva essere, avvolto nel mistero. Il ghiaccio e l'acqua venivano dalla cucina, dove forse l'invisibile moglie aveva preparato quella bevanda per me.

L'amica che mi aveva suggerito di andare dal dottor B. e che ci andava lei stessa, non mi aveva detto molto di lui. Mi aveva detto che era ebreo, junghiano e tedesco. Il fatto che fosse junghiano a lei sembrava una cosa positiva, a me era indifferente, perché avevo nozioni confuse sulla differenza fra Jung e Freud. Anzi un giorno pregai il dottor B. di spiegarmi questa differenza. Si diffuse in spiegazioni e io a un certo punto persi il filo, distraendomi a guardare il suo anello d'ottone, i ricciolini argentei sulle sue orecchie e la fronte dalle pieghe orizzontali, che egli tergeva con un fazzoletto di lino candido. Mi parve d'essere a scuola, quando chiedevo spiegazioni e poi mi perdevo a pensare ad altro.

Questa sensazione d'essere a scuola, e in presenza d'un professore, fu uno dei miei molti errori nel corso della mia analisi. Siccome il dottor B. m'aveva detto che dovevo scrivere i miei sogni in un quaderno, prima di salire da lui mi mettevo in un caffè e buttavo giú in fretta i miei sogni, con l'affanno d'una scolara che deve presentare il compito. Avrei dovuto sentirmi come una malata con un medico. Ma non mi sentivo malata, solo piena di colpe oscure e di confusione. Quanto a lui, non mi sembrava un vero medico. Lo guardavo a volte con gli occhi dei miei genitori, i quali erano lontani, al Nord, e pensavo che ai miei genitori lui non sarebbe piaciuto affatto. Non assomigliava in nulla al tipo di persone che loro usavano frequentare. Avrebbero trovato ridicolo l'anello d'ottone, frivoli i ricciolini, avrebbero diffidato delle penne di pavone e dei velluti che arredavano quello studio. Inoltre c'era nei miei genitori ben radicata l'idea che gli analisti non erano medici veri, e che a volte potevano essere «gente equivoca». Avrebbero giudicato quello studio un luogo di balordaggine e di pericolo. Il pensiero che stavo facendo una cosa che avrebbe spaventato i miei genitori, mi rendeva l'analisi affascinante e ripugnante insieme. Ignoravo allora che il dottor B. era un analista molto noto, e che persone autorevoli e stimate dai miei genitori lo stimavano e lo frequentavano spesso. Io lo credevo sconosciuto a tutti e oscuro, trovato nell'ombra per caso dalla mia amica e da me.

Appena arrivata mi mettevo a parlare a precipizio perché

pensavo che era questo che lui s'aspettava da me. Pensavo che se fossi rimasta in silenzio, anche lui sarebbe rimasto in silenzio e la mia presenza in quello studio sarebbe stata del tutto priva di senso. Lui m'ascoltava fumando in un bocchino d'avorio. Mai l'ironia e una profonda attenzione si spegnevano nel suo sguardo. Non mi chiesi mai allora se era intelligente o stupido, ma ora mi rendo conto che la luce della sua intelligenza splendeva acutamente su di me. Fu la luce della sua intelligenza a illuminarmi in quella nera estate.

Amavo molto parlare con lui. Forse la parola «amare» può sembrare insensata, dato che si trattava di un'analisi, cioè di una cosa in se stessa inamabile, acerba e crudele. Eppure io non riuscii a vedere questo aspetto crudele dell'analisi, di cui altri mi dissero piú tardi. È possibile che la mia analisi fosse imperfetta. Era senza dubbio imperfetta. L'irruenza con cui parlavo mi induce oggi a pensare che certo io non strappavo con fatica nel mio spirito cose segrete, ma piuttosto correvo a caso e in disordine sulle tracce di un punto remoto che non avevo ancora scoperto. Avevo sempre la sensazione che l'essenziale era rimasto ancora da dire. Parlai tanto e non giunsi mai a dire l'intera verità su di me.

Mi dava un'enorme noia pensare che dovevo dargli dei soldi. Se mio padre avesse saputo non solo della mia analisi, ma anche di tutti i soldi che spendevo col dottor B., avrebbe gettato un urlo da far crollare una casa. Ma non era tanto l'idea dell'urlo di mio padre a darmi disagio. Era il pensiero che pagavo con dei denari l'attenzione che il dottor B. dedicava alle mie parole. Pagavo la sua pazienza con me. (Benché sapessi d'essere io la paziente, trovavo lui molto paziente con me). Pagavo la sua ironia, il suo sorriso, il silenzio e la penombra di quello studio, pagavo l'acqua e il ghiaccio, nulla mi veniva dato per nulla e questo io lo trovavo insopportabile. Glielo dissi, e mi rispose che era previsto. Lui sempre aveva previsto tutto, non lo coglievo mai di sorpresa. Tutte le cose che gli raccontavo di me, le sapeva da lungo tempo, perché altri le avevano sofferte e pensate. Questo mi irritava, ma nello stesso tempo mi dava un grande sollievo, perché, quando avevo pensato a me stessa in solitudine, mi ero trovata a volte troppo strana e sola per avere qualche diritto di vivere.

Poi c'era un'altra cosa che mi sembrava assurda fra me e il dottor B., ed era l'unilateralità dei nostri rapporti. Se il fatto dei denari mi faceva rabbia, questa unilateralità mi sembrava creare fra noi un disagio profondo e irrevocabile. Io ero tenuta a parlare di me, ma non sarebbe stato per nulla legittimo che a mia volta mi dessi a interrogarlo su di lui. Non lo interrogavo, perché sul momento non mi veniva in testa di interrogarlo, e perché mi sembrava di dover usare nei riguardi della sua esistenza privata la massima circospezione e discrezione. Ma uscendo di casa sua cercavo di immaginarmi sua moglie, le altre stanze dell'appartamento e la sua vita fuori dell'analisi. Trovavo che dai nostri rapporti era escluso qualcosa d'essenziale, cioè la reciproca pietà. Anche quell'acqua che mi dava da bere ogni giorno, non era destinata alla mia sete. Faceva parte di un cerimoniale, stabilito chissà da chi e chissà dove e al quale né lui né io potevamo sfuggire. In questo cerimoniale non era lasciato alcun posto per la pietà. Io non ero tenuta a saper nulla né dei suoi pensieri né della sua vita. E se lui, scrutando la mia anima e la mia vita, aveva forse pietà di me, questa sorta di pietà unilaterale e che non riceveva in cambio nulla se non denaro non poteva assomigliare in nulla alla reale pietà, la quale porta sempre in sé una possibilità di dedizione reciproca e di risposta. È vero che eravamo una paziente e un medico. Ma la mia malattia, se esisteva, era una malattia dell'anima, le parole che correvano fra noi tutti i giorni riguardavano la mia anima, e a me pareva che in un simile rapporto non potesse mancare una scambievole amicizia e pietà. E tuttavia sentivo che la pietà e l'amicizia non potevano essere ammesse in quello studio, e se di loro appariva un pallido spettro era opportuno bandirlo dai nostri colloqui.

Una volta lui si offese con me e questo mi sembrò comico. Avevo incontrato per strada una ragazza che conoscevo e che sapevo si faceva analizzare da lui (avevo a poco a poco scoperto che andava da lui un mucchio di gente che conoscevo). Questa ragazza mi disse che facevo male a farmi analizzare io che scrivevo, perché l'analisi avrebbe sanato il mio spirito ma ucciso in me ogni facoltà di creazione. Lo raccontai al dottor B. Arrossí e si arrabbiò. Non l'avevo mai visto arrabbiato, non avevo mai visto nel suo sguardo che l'ironia e il sorriso. Batté sul tavolo la sua bella mano bianca con l'anello e mi disse che era falso e che quella ragazza era una stupida. Se avessi fatto l'analisi con un freudiano, mi disse, poteva forse accadermi di perdere il desiderio di scrivere, ma lui era un junghiano e perciò questo non mi sarebbe accaduto. Anzi avrei scritto libri migliori se fossi arrivata a conoscere meglio me stessa. Si diffuse a spiegarmi la differenza fra Jung e Freud. Persi il filo della sua spiegazione e mi distrassi, e ancora adesso non so con chiarezza quale sia la vera differenza fra Jung e Freud.

Gli dissi un giorno che non riuscivo mai a piegare le coperte con simmetria e che questo mi dava un senso di inferiorità. Uscí un attimo dallo studio e tornò con una coperta, la piegò tenendola sotto il mento e volle che anch'io provassi a piegarla. La piegai e per compiacenza gli dissi che avevo imparato, ma non era vero, perché ancora adesso trovo difficile piegare le coperte con simmetria.

Una notte sognai che mia figlia stava per annegare e io la salvavo. Era un sogno molto colorato e pieno di particolari precisi, quel lago o mare era di un azzurro violento e sulla riva c'era mia madre con un gran cappello di paglia. Il dottor B. mi disse che nel sogno mia madre rappresentava la mia femminilità passata e mia figlia la mia femminilità futura. Avevo sempre accettato le sue spiegazioni ai miei sogni, ma quella volta mi ribellai e gli dissi che non era possibile che i sogni sempre fossero dei simboli, che io avevo sognato proprio mia figlia e mia madre e non rappresentavano un bel niente, semplicemente avevo nostalgia di loro e soprattutto di mia figlia che non vedevo da mesi. Nel contraddirlo credo d'aver mostrato una certa impazienza.

Fu quello forse il primo segno che in me l'attenzione alla psicanalisi s'era incrinata e che avevo voglia di occuparmi d'altro. Nelle ore d'analisi cominciammo a discutere, perché io ritenevo di dover lasciare Roma e tornare al Nord. Avevo l'idea che i miei figli stessero meglio a Torino, dove c'erano i miei genitori e dove avevamo casa. Secondo il dottor B. sbagliavo e avrei dovuto installarmi a Roma con i bambini. Gli spiegavo tutte le difficoltà che avevo nel metter su casa a Roma, ma lui alzava le spalle e diceva che mi perdevo d'animo per nulla e non affrontavo le mie responsabilità. Diceva che mi creavo dei falsi doveri. Sui doveri reali e falsi nacque il nostro primo reale dissenso. Intanto era venuto il fresco, e un giorno lo trovai con una camicia chiusa al collo e una cravattina a farfalla. Quella cravattina a farfalla sulla sua persona austera ed ebraica mi sembrò stupida, il piú stupido segno della frivolezza. Non mi curai nemmeno di dirglielo, tanto inutili erano diventati per me i miei rapporti con lui. Di colpo smisi di andare da lui e gli mandai gli ultimi denari che gli dovevo con qualche breve parola. Sono sicura che non fu stupito e che aveva tutto previsto. Partii per Torino e non rividi mai piú il dottor B.

A Torino, nei mesi che seguirono, mi accadeva di svegliarmi la notte con in testa qualcosa che sarebbe forse stato utile nell'analisi e che avevo trascurato di dire. Mi accadeva anche a volte di parlare a me stessa con accento tedesco. Passarono gli anni e se pensavo alla mia analisi, sempre ci pensavo come a una delle tante cose che avevo cominciato e non finito, per disordine, inettitudine e confusione. Molto tempo dopo tornai a vivere a Roma. Abitavo a pochi passi dallo studio del dottor B., sapevo che lui era sempre là e una o due volte mi venne in testa di andare a dargli un saluto. Ma i nostri rapporti erano nati su un tronco tanto strano che non avrebbe avuto senso una mia semplice visita. Sentivo che immediatamente sarebbe ricominciato l'antico cerimoniale, il tavolo, il bicchiere d'acqua, il sorriso. Non potevo portargli dell'amicizia, potevo portargli soltanto il carico delle mie nevrosi. Non mi ero liberata delle mie nevrosi, semplicemente avevo imparato a tollerarle o infine le avevo dimenticate. Poi un giorno seppi che il dottor B. era morto. Rimpiansi allora di non averlo rivisto. Se un luogo esiste dove ci si ritrova da morti, là certo io incontrerò il dottor B. e il nostro colloquio sarà semplice, immemore di analisi e di nevrosi e forse allegro, tranquillo e perfetto.

Infanzia

Feci tutte le scuole elementari in casa, perché mio padre diceva che nelle scuole pubbliche i bambini prendevano malattie. Si dava allora grande importanza alla salute fisica, e nessuna alla psicologia; quanto a mio padre, non credo si sia mai posto nei miei confronti molti problemi, perché ero l'ultima dei miei fratelli, e lui stanco di figli e per natura impaziente; e inoltre pieno di preoccupazioni, reali e immaginarie, sulle quali un suo innato pessimismo proiettava luci di bufera; e la sola cosa che gli parve essenziale fu il preservarmi dalle malattie contagiose. Avendo fratelli grandi, ero sovente sola; e contrassi in solitudine alcune idee storte, come l'idea che a scuola andavano i poveri, e i ricchi studiavano con la maestra in casa; perciò io ero forse ricca, il che però mi sembrava strano, dato che sentivo sempre dire in casa che eravamo «senza soldi», e non vedevo intorno a me segni di ricchezza, come velluti o broccati o vivande buone.

L'andare a scuola, come l'andare in chiesa, era una prerogativa degli altri; dei poveri, forse; di quelli comunque che erano «come tutti» mentre noi eravamo forse come nessuno. Noi non andavamo né in chiesa, né come certi parenti di mio padre al tempio: noi eravamo «niente», m'avevano spiegato i miei fratelli; eravamo «misti», cioè mezzi ebrei e mezzi cattolici, ma in definitiva né l'una né l'altra cosa: niente.

Questo nostro essere «niente» come religione, mi sembrava investisse l'intero nostro modo di esistere: in fondo non eravamo né dei ricchi veri, né dei veri poveri: esclusi da ciascuno dei due mondi, relegati in una zona neutra, amorfa, indefinibile e senza nome. Speravo che diventassimo a un tratto ricchissimi; e ancor di piú nutrivo la speranza, mescolata a terrore, che s'avverasse quello che mio padre usava predire, che cioè si andasse «in rovina», e vedevo tutti noi seduti un mattino sulle macerie della nostra casa, crollata nella notte per la gran miseria, invasa dalle ortiche e sommersa in una nube di polvere.

Mi alzavo tardi, e aspettavo la maestra leggendo romanzi e mangiando pane. Pensavo spesso quanto la mia vita era diversa da quella dei miei simili: non sapevo se migliore o peggiore, a volte avevo il sospetto che fosse migliore, ma nel fatto che era diversa sentivo un'umiliazione. Privilegiata e umiliata, allevavo in me i germi dell'orgoglio e della vergogna. La mia scarsa abitudine a stare con i miei coetanei mi rendeva, quando avevo qualche compagno di gioco, autoritaria coi deboli e pavida coi forti; viziata dalla solitudine, che pure odiavo, diventai ostinata e prepotente, e nello stesso tempo d'una timidezza feroce; ed ero insieme assetata di compagnia e incapace di sopportare la volontà del prossimo.

Mi portavano a fine anno a fare gli esami a una scuola pubblica. Era una scuola piccola, quasi in campagna; scelta perché vi insegnava la mia maestra. Si scendeva al capolinea del tram, e si faceva un tratto a piedi fra gli orti e i ciliegi: ed ero accolta con grandi feste da alcune maestre, tutte colleghe e amiche della mia che m'accompagnava.

Mi venivano intorno bambini, curiosi e timidi; ero anch'io curiosa di loro e di una timidezza proterva; avevano teste rapate, fiocchi azzurri e grembiuli bianchi; parlavano in piemontese, linguaggio che io capivo poco, e che amavo e invidiavo sembrandomi il linguaggio eccelso e beato dei poveri, di quelli che potevano andare a scuola e in chiesa, di quelli che avevano la fortuna immensa di essere tutto ciò che non ero io. Sentivo crescere in me come un fungo la convinzione superba e umiliante che io ero diversa e dunque sola. Quelle maestre lodavano il mio italiano, e la mia statura alta, non sapendo, credo, cos'altro lodare; perché io ero, a quanto dicevano la mia maestra e mia madre, una gran somara.

Senza meritarlo, e sapendo confusamente di non meritarlo, ero promossa con alti voti: non me ne importava molto, non avevo ambizioni; non avevo provato durante gli esami né ansie, né batticuore; e una volta non m'accorsi di far l'esame, perché avendo sentito che incominciava «la prova d'esame», pensai che era solo una prova, e l'esame vero l'avrei avuto un altro giorno; e appresi poi con stupore che l'esame c'era già stato.

Quello che mia madre chiamava «il tuo ginnasio» era poco lontano dalla nostra casa e ci passavo sempre davanti. Sapevo che doveva diventare un giorno la mia scuola. Quando vi entrai per gli esami d'ammissione, non vidi niente, avendo la testa piena di nebbia; poco abituata a studiare, il minimo tentativo di studio mi ottenebrava l'attenzione; l'unica cosa che amavo, una poesia su Carlo Alberto, non mi fu chiesta e ne fui delusa; ma fu un attimo, e ricaddi nell'incoscienza. Passò l'estate e non pensavo molto alla mia scuola futura: la situavo fra le cose promettenti che mi riserbava l'autunno, ma sbadatamente la schieravo accanto a molte nuove occupazioni alle quali mi proponevo di dedicarmi: la mia vita pigra sarebbe diventata attivissima, avrei studiato musica e fatto sport.

Cosí mi trovai un mattino, con cartella e grembiale nero, al ginnasio, che m'apparve come un corridoio pieno d'attaccapanni. C'era una folla di bambine con grembiali di *satin*. Il mio era di alpaga, stoffa opaca e molle che detestai per tutto il resto della mia vita. Avevo una cartella di cuoio, e vidi che anche questo era un errore, perché le altre avevano cinghie. Facevano ruotare i libri stretti in quelle cinghie con un gesto che a me sarebbe stato comunque impossibile, perché ero a un tratto diventata di legno: un gesto che mi parve l'espressione piú alta della libertà e della gloria.

Tutte venivano da scuole pubbliche. Si conoscevano fra loro, o perché venivano dalla stessa scuola, o perché fare amicizia era semplice per loro come respirare. Sempre piú sentendomi di legno o di piombo, entrai nella classe e sedetti con la cartella posata davanti a me. Odiai tutto subito, le pareti verdine, le lampadine fioche nel giorno piovoso, la carta geografica dell'Italia, i calamai asciutti e incrostati d'inchiostro secco. Lacerata dalla vergogna, ricordai che per strada avevo sperato che mi chiedessero di recitare qualcosa e io avrei recitato la poesia su Carlo Alberto.

Ero sola nel banco, ed ero l'unica a essere sola. Il professore, alto e anziano, con una barba caprina, dettava l'elenco dei libri di testo. Con una penna stilografica che macchiava le dita, scrivevo e intanto enumeravo in me le ragioni per cui non avevo diritto al consenso del prossimo: le mie calze di cotone marrone a coste; le mie scarpe alte; e altre ancora ce n'erano invisibili sulla mia persona, ma in qualche modo oscuro stampate su di me: le infinite mancanze che macchiavano la mia casa, l'assenza di telefono, l'assenza di fiori sui balconi, le carte strappate sui muri; il nostro essere «senza soldi» e tuttavia non meravigliosamente poveri; le sfuriate di mio padre che potevano scoppiare in qualunque giorno, anche a Pasqua o nelle feste per i compleanni.

Mi si offerse l'immagine della mia casa, detestabile e cara, un rifugio dove tra poco mi sarei nascosta ma dove non mi sarei consolata, perché il dispiacere di non avere amici m'avrebbe inseguito sempre e in ogni luogo. A mia madre avrei duramente rimproverato il mio grembiale, la cartella e la penna, ma non avrei detto altro. Non le avrei rivelato che ero sola nel banco e che nessuno m'aveva rivolto una sola parola. I motivi per cui la mia sfortuna doveva restare segreta mi erano oscuri; sapevo però che il pensiero di rattristare mia madre era estraneo al mio proposito di silenzio.

Per la prima volta nella mia vita, mi era indifferente il fatto che mia madre si rallegrasse o si rattristasse; ero lontanissima da mia madre, che pure avevo lasciato da poco e che avrei ritrovato fra poco a casa; vedevo scorrere la mia vita su strade dove non appariva nessuna delle persone che avevo avuto fino a quel giorno con me.

I baffi bianchi

A undici anni, seppi che dovevo andare a scuola sola. Questa notizia mi colmò di sconforto: ma non dissi parola, e nascosi la mia desolazione in un sorriso largo e falso, perché, da qualche tempo, avevo preso l'abitudine di tacere e sorridere quando sentivo in me dei sentimenti che mi sembravano vili.

Io non ero mai uscita sola; e non ero mai andata a scuola, avendo fatto le elementari in casa. Venivano maestre a farmi lezione: maestre che mia madre spesso cambiava, perché ero addormentata, e lei sperava sempre di trovarne una che mi svegliasse. L'ultima era una giovane signorina con un cappello di feltro; usava dire, quando io dopo lunghe esitazioni le rispondevo giusto, «Te deum», e lo diceva cosí in fretta, che io sentivo «tedem» e a lungo non riuscii a capire cos'era questo «tedem» bisbigliato fra i denti. Comunque grazie alla maestra Tedem fui promossa agli esami di licenza elementare.

Mia madre m'informò che ora m'aveva iscritto «al *ginasio*»: pronunciava questa parola con una *enne* sola. Il *ginasio* era il luogo dove avevo fatto gli esami: e siccome era vicinissimo a casa, dovevo andarci da sola, e da sola tornare, perché dovevo smettere di essere quello che ero, e cioè «un impiastro».

Io ero «un impiastro» per varie ragioni. Non sapevo vestirmi da sola, né allacciarmi le scarpe; non sapevo rifarmi il letto né accendere il gas; non sapevo lavorare a maglia, benché piú volte mi fossero stati messi in mano dei ferri da calza; ero inoltre assai disordinata e lasciavo la mia roba in giro, come se avessi avuto, diceva mia madre, «venti servitori»; quando c'erano invece bambine che alla mia età facevano il bucato, stiravano e cucinavano intieri pranzi.

Pensai che non avrei smesso di essere «un impiastro» andando a scuola sola. Ormai ero un impiastro per sempre. Avevo sentito mio padre dichiarare che ero un impiastro per sempre: e che la colpa non era mia, ma di mia madre, che m'aveva tirato su male e m'aveva viziato. Anch'io pensai che la colpa era di mia madre e non mia: ma questo non mi consolava del fatto che non ero come quelle bambine svelte e invidiabili, che stiravano e rammendavano lenzuola, maneggiavano sapone e denari, aprivano e chiudevano con la chiave la porta di casa e salivano sole sui tram. Da loro mi separavano distanze sconfinate e senza rimedio. Non c'era, del resto, nulla in cui io fossi dotata: non ero sportiva, non ero studiosa, non ero nulla: e ad un tratto questo, che sapevo da tempo avendolo sentito ripetere piú volte in casa, mi sembrò una grande disgrazia.

Mio padre però non voleva che uscissi sola. A scuola mi doveva accompagnare la donna di servizio, che tanto, come lui diceva sempre, «non aveva mai niente da fare». «Guai a te se la mandi a scuola sola», aveva urlato a mia madre; e mia madre gli aveva assicurato che m'avrebbe sempre accompagnato la donna. Mentiva; e io me ne accorsi. Sapevo che a mio padre si dicevano, ogni tanto, delle bugie: era necessario, perché lui aveva, come ripeteva sempre mia madre, «un gran brutto carattere», e le bugie servivano a dare a noi tutti un po' di respiro, a difenderci dai suoi molteplici comandi e divieti. Io però mi ero accorta che le bugie dei miei fratelli a mio padre avevano qualche probabilità di durata; ma le bugie che gli diceva mia madre, nascevano malate d'un'intima gracilità, e si estinguevano nello spazio d'un giorno. Quanto a me, non dicevo bugie a mio padre semplicemente perché non avevo il coraggio di rivolgergli mai la parola: avevo di lui una sacra paura. Se accadeva che mi chiedesse qualcosa, gli rispondevo a voce tanto bassa, che lui non capiva e urlava che non aveva capito: mia madre gli diceva allora cos'avevo detto, e le mie parole, nella voce di mia madre, mi sembravano una miseria; facevo un sorriso largo e stupido: il sorriso che s'apriva sulla mia faccia, quando sentivo tremare in me la paura e la vergogna d'aver paura.

Ero persuasa che mio padre avrebbe presto scoperto, che a scuola non mi accompagnava nessuno: la sua collera usava abbattersi sulle bugie di mia madre con la furia d'una bufera: e io odiavo d'essere all'origine d'una lite fra i miei genitori: era la cosa che odiavo e temevo di piú al mondo.

Pensai che la mia vita passata, quando non andavo a scuola, era stata assai dolce. Era certo la vita d'un impiastro: ma come l'amavo nella memoria. Mi alzavo tardi, e facevo bagni lunghi e caldissimi: disubbidendo a mio padre, che esigeva e credeva che io facessi il bagno freddo in ogni stagione. Poi mangiavo a lungo frutta e pane; e con un pezzo di pane mi mettevo a leggere, stando carponi sul pavimento. Mi dicevo a volte che fra le grandi sventure che potevano colpirmi, una era che mio padre decidesse di non lavorare piú nel suo istituto, dove passava le giornate vestito d'un camice grigio; ma portasse invece la sua roba a casa, il camice, il microscopio e i vetrini su cui studiava; e allora tutte le cose che io facevo al mattino mi sarebbero state proibite, dai bagni caldi al pane mangiato leggendo e per terra. Non ero studiosa. Mio padre ai miei studi non s'interessava, avendo, come spesso dichiarava, «altro da pensare»; lo preoccupavano invece gli studi d'un mio fratello, maggiore di me di qualche anno, «che non aveva voglia di far niente», cosa che a lui faceva «perdere il lume degli occhi». Mia madre lo informava ogni tanto che io «non capivo l'aritmetica», ma questa notizia non sembrava scuoterlo. Usava però tuonare in generale contro «la poltroneria»; e le mie mattinate erano pura poltroneria, e io lo sapevo e lo pensavo, mangiando pane e leggendo romanzi con un vago senso di colpa e con profondo piacere.

Quando arrivava la maestra, mi tiravo su con le ginocchia formicolanti e la testa confusa; sedevo con lei al tavolo, e le offrivo i miei compiti monchi e sbagliati. S'arrabbiava e mi sgridava, ma io non avevo paura: essendo avvezza alle collere di mio padre, le sgridate della maestra Tedem erano per me un tubare di colomba. Fissavo il suo cappello di feltro, le sue perle, il suo *foulard* di seta; nessun soffio di paura saliva a me dal suo *chignon* puntato con forcine di tartaruga, dalla borsa che aveva posato sul tavolo e che assomigliava alla borsa di mia madre. Il terrore aveva per me i tratti di mio padre: la sua fronte aggrottata, le sue lentiggini, le sue lunghe guance rugose e scavate, le sue sopracciglia arruffate e ricciute, la sua torva spazzola rossa.

Quando andai a scuola, di colpo la mia vita cambiò. Avevo imparato da poco a leggere l'ora: non avendo mai avuto bisogno, in passato, di sapere che ora fosse. Adesso, quando mi alzavo, guardavo l'ora centomila volte, un poco sulla sveglia che avevo sul comodino, e un poco sul grande orologio che stava sull'angolo della strada, proprio dirimpetto alla mia finestra. Quei due orologi, io li odiavo. La mia vita s'era riempita a poco a poco di cose che odiavo. Al mio risveglio, con immensa tristezza tiravo su l'avvolgibile e gettavo uno sguardo sulla strada che m'aspettava, ancora buia, deserta, con l'orologio illuminato da un fioco lampione. Dovevo andare a scuola da sola; cosí aveva deciso mia madre. Avrei potuto rivelarlo a mio padre; ma una simile idea la scartavo subito con spavento. Sarebbero scoppiate bufere, nelle quali anch'io sarei stata travolta. La bugia di mia madre, sulla donna di servizio che m'accompagnava, stranamente resisteva: era una delle sue rare bugie dotate di forza vitale.

Odiavo la catinella di porcellana che avevo in camera, e dove mi lavavo male e poco, giocherellando con la saponetta fredda; odiavo uscire nel corridoio e magari incontrare mio padre, i giorni che lui era in ritardo, e sentire le sue esclamazioni sfavorevoli sulla mia persona: sulla mia veste da camera, che trovava ridicola, sulla mia faccia intontita e sul mio pallore. Urlava questi commenti a mia madre, che era ancora a letto e gli rispondeva con un balbettio flebile. La mia grande preoccupazione era che lui ancora indugiasse per casa, e mi vedesse mentre uscivo *da sola*. Con sollievo lo guardavo bardarsi nel suo enorme impermeabile, calare il berretto basco sulla spazzola color fuoco, uscire sbattendo la porta a vetri che a lungo tremava. In sala da pranzo la luce era accesa, e c'erano ancora i segni del passaggio di mio padre: l'odore della sua pipa, la teiera sul tavolo, il tubetto di pasta d'acciughe e un pezzo di gorgonzola su un piatto a fiori, la sedia scostata e il suo tovagliolo buttato accanto alla tazza del tè. Trovavo le sue abitudini odiose; non capivo come facesse a mangiare gorgonzola all'alba. Inghiottivo due sorsi di caffelatte tiepido: mia madre voleva che io, prima d'uscire, «buttassi giú qualcosa di caldo». La donna di servizio mi dava un pacchetto, dove c'era pane, burro e acciughe, e lo cacciavo nella tasca del mio cappotto: era quello che mia madre chiamava «il merendino», e che avrei mangiato a metà mattina, nell'intervallo.

«Hai buttato giú qualcosa di caldo?» chiedeva mia madre dal suo letto. Non rispondevo; la castigavo con un freddo silenzio. La castigavo di mandarmi a scuola sola, di avermi comperato una penna stilografica che perdeva l'inchiostro, di farmi portare un cappotto che lei trovava «ancora buono» e che io trovavo orribile, la castigavo perché diceva «il merendino», perché diceva «il *ginasio*» con una *enne* sola, e perché non aveva un «giorno di visita» come avevano, a quanto avevo appreso con profonda desolazione, tutte le madri delle mie compagne. La castigavo: me ne andavo senza baciarla.

«Prendere prima d'uscire qualcosa di caldo» e «non parlare con nessuno per strada» erano le due cose che mia madre mi ripeteva piú volte nel corso della giornata. La strada era piena di nebbia, e quanto mai ostile e silenziosa. Avrei voluto correre, ma non correvo, perché era prestissimo, e sarei arrivata a scuola per prima: e poi perché temevo di essere ridicola. Camminavo con la mia cartella e l'atlante. Venti volte le scarpe mi si slacciavano, e venti volte mi fermavo a legarle. Arrivata sul corso, aspettavo a lungo prima di attraversare, perché non sapevo mai scegliere il momento giusto: e intanto pensavo che se fossi andata sotto un tram, e magari morta, mia madre avrebbe pianto in eterno la sua grande sconsideratezza. A quanto avevo capito, mia sorella l'aveva convinta a mandarmi a scuola da sola: perché io ero, forse le aveva detto, «troppo un impiastro», e loro mi davano un'educazione «da preti»: avevo piú volte sentito mia sorella criticare aspramente la mia educazione. Non serbavo rancore a mia sorella: tutto il rancore lo destinavo a mia madre, che aveva fatto di me un impiastro e poi mi abbandonava nella strada.

A scuola, non mi accoglieva nessun viso amico: perché io non avevo ancora fatto amicizia con nessuno. Questo mi riusciva inesplicabile. Non sapevo se era colpa del mio cappotto, o del mio berretto, o di cosa. Il mio cappotto era a grossi scacchi verdi e neri; di lana inglese, diceva mia madre, ma a me non importava nulla che fosse di lana inglese: era vecchio, lo portavo da tre anni: era corto, ne veniva fuori un palmo di sottana: questo però succedeva anche alle altre. Il mio berretto era di lana d'angora gialla; era un berretto nuovo, costoso, però forse era buffo: lo portavo schiacciato su un'orecchia. Le mie calze non andavano bene. Erano marroni, di cotone a coste; le altre avevano o le calze bianche corte, se erano piú piccole di me di età o di statura, oppure avevano calze trasparenti, di seta. Mia madre diceva che non le piacevano le bambine con le calze da donna; e anche mia sorella era d'accordo. Però le mie calze di cotone a coste, io trovavo che proprio non andavano bene, perché non le aveva *nessuno*; vidi poi che c'era una bambina che le aveva, ma era di un'altra classe; nella mia classe, le calze cosí non le aveva *nessuno*, come ripetevo instancabilmente a mia madre tornando a casa. Mi rispondeva che ne aveva comprate parecchie paia, e ora non poteva mica «buttarle via»: risposta che mi sembrava d'una insulsaggine estrema.

L'unica persona che a scuola sembrava accorgersi che esistevo, era il professore. Alto; vecchio; un po' curvo; roseo in viso; con una barba caprina. Lo avevo molto amato fin dal primo giorno: perché, essendomi ruzzolata una penna vicino alla cattedra, ero andata a raccoglierla e mi aveva sorriso. Il mio amore per lui era intriso di paura. A volte, scoppiava in collera, urlando perché in classe c'era rumore: batteva i pugni sul tavolo, il calamaio tremava. Pure mi sembrava che la mia paura di lui non provenisse dalle sue collere, ma da altro: non sapevo da cosa. Egli era il padrone di quei luoghi: sua era la lavagna, suo il gesso, sua la carta geografica dell'Italia che aveva alle spalle; quegli oggetti avvelenavano la sua persona e la sua persona li avvelenava: il terrore si spandeva dal suo fazzoletto di lino candido, dalla sua barba caprina.

Sapevo che conosceva la maestra Tedem, e che lei gli aveva parlato di me: perciò, se lui era gentile con me, era forse perché gli ero stata «raccomandata» e non per simpatia; ma la sua benevolenza, benché ottenebrata da questo sospetto, mi seduceva e mi consolava. Decisi di studiare per lui. Mi addolorava che dovesse vedermi là senza amiche, sola nel banco, sola nell'intervallo a mangiare; che posasse ogni mattina lo sguardo sulla mia solitudine. Avrei voluto apparirgli trionfante, felice e radiosa; cosí come avrei voluto dargli dei quaderni senza errori. La mia solitudine, e la mia ignoranza, mi sembrava formassero nella mia persona una cosa sola: una cosa pesantissima, qualcosa fra una colpa e una disgrazia, che mi trascinavo dietro dappertutto, un carico che non mi era mai possibile abbandonare.

Credetti di capire infine che se nessuno faceva amicizia con me, era a causa del famoso «giorno di visita». Le madri delle mie compagne avevano ognuna il proprio «giorno di visita»: giorno in cui ricevevano le altre madri, e prendevano il tè con le paste; le bambine intanto giocavano, e bevevano tazze di cioccolata. Mia madre, questo «giorno di visita», non lo aveva: non lo aveva mai avuto. Le sue amiche la venivano a trovare quando capitava; e lei le riceveva dove capitava, in camera sua, o sul balcone, o nella stanza da stiro, dove chiacchierava, seduta sul tavolo, con la sarta in giornata; raramente offriva a quelle sue amiche tazze di tè. Quanto alle madri delle mie compagne, non le conosceva, e non si curava di doverle conoscere. Sentivo, in classe, le mie compagne commentare quei pomeriggi, quelle paste, le sentivo discutere fra loro sui cappelli e sui vestiti delle varie madri, e sui mobili dei vari salotti; discorsi davanti ai quali io mi sentivo del tutto sprovveduta: non mi intendevo né di mobili né di cappelli, e inoltre, ahimè, né io né mia madre saremmo state invitate mai in quelle case. Poi non sapevo nemmeno se desideravo che mia madre prendesse parte a quei tè; perché poteva succedere che da mia madre venissero fuori a un tratto rivelazioni per me vergognose: che noi non eravamo religiosi, oppure che eravamo antifascisti. Della non-religione della mia famiglia, soffrivo fin dalla mia piú lontana infanzia; ma del fatto che eravamo antifascisti, ero andata sempre assai fiera: e adesso invece questo m'appariva come un'altra disperata complicazione.

Nel pomeriggio, due volte alla settimana, dovevo tornare a scuola per la ginnastica. La prima volta che andai a ginnastica, ci andai col mio vestito solito: e la professoressa di ginnastica, una vecchia signora con in testa un cappello enorme, grigio e peloso, mi disse che dovevo venire «in divisa». La volta dopo, mia madre le venne a parlare, e le spiegò che io non ero iscritta alle «piccole italiane», non avevo divisa. La professoressa rispose che dovevo ugualmente venire a ginnastica in gonna nera a pieghe e camicetta bianca di piché: e le disse che poteva trovare quel tipo di camicette e di gonne in un negozio in via Bogino, dove si vendevano divise per piccole italiane e balilla. La parola «via Bogino» mi inquietava e mi rattristava. Mia madre, in via Bogino, ci andò una mattina da sola: mi raccontò che aveva chiesto una camicetta e una gonna, e la negoziante aveva detto: «È per una piccola italiana vero?» Mia madre subito aveva risposto: «No, no, è per la *ginastica*», e la negoziante l'aveva guardata male.

«È per una piccola italiana vero?» «No no è per la *ginastica*», ripetevo fra me con irritazione. Questo dialogo mi sembrava dovesse, da via Bogino, rimbalzare fin dentro alla mia scuola. Vestii con odio la gonna nera a pieghe e la camicetta di piché: la gonna era identica a quella che mettevano le mie compagne, i giorni della ginnastica, ma sulla mia camicetta non c'era il distintivo del fascio, che tutte le altre avevano cucito sopra il taschino. Io avevo, nella mia vita, sempre sperato di combattere il fascismo, di percorrere la città con una bandiera rossa, di cantare coperta di sangue sulle barricate; lo strano era per me che non abbandonavo questi sogni; ma l'idea di trovarmi là, nell'aula di ginnastica, senza il distintivo, davanti a quella professoressa dal viso imbronciato sotto il grosso cappello, mi sembrava una triste umiliazione.

Le ore di ginnastica erano il momento piú orrendo della mia vita. Non riuscivo né a salire sulle pertiche, né a saltare. Non ero sportiva: mi era stato ripetuto tante volte in casa, che io «non ero sportiva», e adesso quando mi trovavo ai piedi di una pertica mi sentivo di piombo. Avevo frequentato, da piccola, un club di ginnastica, la ginnastica svedese: ero la piú brava di tutte. Come quei giorni mi sembravano felici e lontani! La professoressa dal grosso cappello consegnò a ciascuna di noi due «clavette»: le dovevamo portare a casa, e fare gli esercizi anche a casa, davanti allo specchio. Bisognava far ruotare quelle due clavette dicendo: «Mulinello, mulinello, circolo, quattro». Che odiose parole! Esse cantavano in me tristemente l'intiera giornata: mi portavano in cuore, senza tregua, il grosso cappello grigio e peloso, a forma di cilindro, la bocca imbronciata che mi detestava e che detestavo, perché io svoltavo a destra quando bisognava svoltare a sinistra, perché io non avevo il distintivo, perché, il giorno del saggio allo stadio, a fine anno, le avrei fatto fare una brutta figura, come mi aveva dichiarato, coprendomi e coprendola di vergogna.

Una mattina, mentre ero ferma sul corso e aspettavo il momento di attraversare, un signore sorse fuori dalla nebbia e mi salutò. Era un signore basso, roseo, con due grandi baffi bianchi. Lo scambiai per un conoscente di mio padre, un certo professor Sacchetti, che sapevo abitava da quelle parti: cosí lo salutai anch'io; mi prese a braccetto e traversò il corso con me. Mi chiese quanti anni avevo. Poi mi fece una domanda che trovai stranissima: mi chiese «se avevo il papà». Compresi allora che non era affatto il professor Sacchetti; ebbi subito davanti a me l'immagine di mio padre, immensa e piena di collera. Stavo camminando a braccetto con uno sconosciuto. Non osai però svincolarmi, e seguitai a camminare educatamente al suo braccio. Aveva un forte profumo d'acqua di colonia, e dei guanti di filo grigio con l'automatico. A qualche passo dalla porta di scuola, mi salutò levandosi il cappello e s'allontanò nella nebbia. Una mia compagna, una bambina con una frangia bionda, mi chiese chi era quel signore che camminava con me. Le risposi che era uno che non avevo mai visto. Mi domandò se ero matta a camminare a braccetto con uno che non avevo mai visto. E disse che mia madre sbagliava a mandarmi a scuola da sola. Le parole «tua madre sbaglia» mi ferirono nel profondo. Lei veniva sempre a scuola con la donna di servizio e con una cugina. A sua madre, la donna di servizio sembrava poco. Esigeva che ci fosse anche la cugina. Pensai che io non avevo cugine. Le invidiavo tutto, la frangia bionda, il colletto inamidato con il fiocco azzurro, la sua grande assennatezza, suo padre che era ufficiale dell'esercito, la presenza nel suo salotto di un ritratto con dedica del principe Umberto. Non avevo mai visto quel ritratto, ma ne avevo sentito parlare dalle bambine che erano state nella sua casa.

Caddi in preda a un amaro rimorso. Avevo fatto quello che mia madre mi diceva sempre di non fare. Avevo «parlato con uno sconosciuto». Il ricordo della nostra conversazione, educata e sommessa, mi sembrò orribile. Avevo avuto in passato vari incontri paurosi, ai giardini pubblici, al cinematografo: ma niente mi parve ora inesplicabile come quei guanti con l'automatico e quei baffi educati.

Guardavo il professore che faceva lezione: e mi sembrò avesse, nelle sue guance rosee, nelle sue tempie rugose e canute, una lontana rassomiglianza con l'uomo con i baffi bianchi.

Lo strano era che mi sembrava totalmente impossibile raccontare a mia madre che avevo camminato e parlato con quel signore. M'accorsi che il mio parlare con mia madre era diventato, da che andavo a scuola, qualcosa di cosí sbadato e povero, che non potevano trovarvi posto lunghe frasi. Usavo ora con lei un tono sprezzante, sferzante e reciso. In quel tono sferzante, non mi era in alcun modo possibile né confessarle un errore, né invocare aiuto.

Avrei dovuto spogliarmi di quel mio disprezzo. Ma spogliarmene anche solo per un minuto mi era impossibile, come se fosse stato su di me una camicia di forza. Mi chiesi cosa mai mi era accaduto: perché mai a un tratto avessi preso a disprezzare mia madre.

Pensai di confidarmi con mia sorella. Mia sorella era sposata e abitava in un'altra città: veniva però qualche volta a fine settimana. Lei e mia madre se ne stavano a chiacchierare in salotto: e mia madre spesso piangeva, perché le rincresceva che mia sorella fosse andata via da casa. Si sentiva sola, vecchia e inutile. Mia sorella la consolava: e io da tutto questo mi sentivo esclusa; se entravo, mi dicevano di andar via. Non mi piaceva vedere mia madre piangere cosí spesso: e pensai che era per questo che la disprezzavo: per le sue lagrime, che versavano nella mia vita insicurezza e malinconia. Volendo parlare a mia sorella, avrei dovuto chiamarla nella mia stanza. Mi sembrava una cosa difficilissima. Sbarrai gli occhi sulla mia solitudine: non avevo una persona al mondo a cui mi sarebbe stato semplice parlare dei baffi bianchi.

Decisi di andare a scuola sempre correndo. Lui lo vedevo sempre là, tutte le mattine, sull'angolo dell'isolato, davanti al corso: tranquillo, roseo, gentile, col suo cappotto scuro, la sciarpa di seta, il cappello sollevato per salutare: gli passavo davanti correndo come una lepre. Senza fiato, mi riparavo nel portone di scuola. Lo ritrovavo anche all'uscita. Poi, dopo qualche tempo, non lo vidi piú. Era sparito.

Mi sembrava però che avesse oscurato l'intiera città. Velenoso e nascosto, se ne stava appostato in qualche strada ignota, con i suoi baffi e i suoi guanti. Ripetevo qualche volta fra me con la sua voce gutturale e cortese: «Hai il papà? Ma tu ce l'hai il papà?»

Infine, smisi d'averne paura. Ma feci di lui un simbolo di tutte le cose che mi erano ignote e mi ispiravano orrore. Lui era tutto: era la matematica, che non capivo, e che mia madre, sempre inadeguata, continuava a chiamare «l'aritmetica»; era il Minimo Comun Denominatore e il Massimo Comune Multiplo; era la mia vita fuori di casa, nella nebbia, lontano da mia madre; era la mia solitudine, la mia inettitudine ad avere amici, la mia fatica sui compiti, il mio dispiacere di crescere, la malinconia che m'assaliva quando veniva buio nella città, quando guardavo dalla finestra le strade sconsolate e notturne. Era stata per me un tempo, la città, chiara e semplice come una mia casa: fatta di strade e viali dove giocavo, inseguivo dei cani, acchiappavo lucertole e le mettevo in una scatola da scarpe, mi affacciavo sul ponte con mia madre a guardare le barche, mi affacciavo a guardare i treni dal cavalcavia. Adesso, quella città che avevo abitato come una casa, o come una stanza, si rivelava ignota, enorme e malinconica: gli antichi luoghi festosi e felici erano stati sommersi e travolti.

Non avevo conosciuto tristezze, nell'infanzia: avevo conosciuto soltanto la paura. Enumeravo ora in me le cose che nell'infanzia mi avevano molto spaventato: un film dove c'era un uomo che stava seduto con un coltello e si chiamava Cian; il coltello gli serviva per tagliare il pane, però poi ammazzava qualcuno; e siccome mio padre nominava spesso il rettore dell'Università che si chiamava Cian, e che lui non poteva soffrire perché era fascista, ogni volta che diceva «Cian» io vedevo il pane e il coltello e sentivo un brivido. Poi avevo paura dei fascisti: delle loro camicie nere, delle bende verdi che avevano alle gambe, dei loro camion; e della canzone *Giovinezza giovinezza*; e della Camera del Lavoro, che era bruciata; e di un cappello da uomo insanguinato e polveroso che avevo visto una volta, accanto a una bicicletta storpiata, sul ciglio d'una strada; e di una donna che correva in lagrime e di un uomo che la inseguiva. Queste cose, nell'infanzia, m'avevano fatto sospettare che ci fosse, nel chiarore dell'universo, qualcosa di oscuro: erano però solo paura, e sparivano con niente:

bastava, a farle sparire, la voce di mia madre che ordinava la spesa, o la promessa d'un divertimento, o l'arrivo d'un invitato, o la comparsa in tavola di una pietanza nuova e buona, o la vista dei bauli, che mi ricordavano l'estate e la partenza per la campagna. Ma adesso, dietro la paura s'era aperta la malinconia. Non avevo piú solo il sospetto, avevo ora la costante certezza che l'universo non era chiaro e semplice ma invece buio, contorto e segreto, che ovunque si annidavano segreti, che le strade e la gente coprivano dolore e male; e la malinconia non spariva mai: non c'era forza che riuscisse a vincerla. Potevano arrivare invitati, pietanze buone in tavola, potevo avere un vestito nuovo, un libro nuovo, potevo vedere bauli, pensare ai treni, alla campagna, all'estate: la malinconia m'avrebbe seguito dovunque. Essa era sempre là, immobile, sconfinata, incomprensibile, inesplicabile, come un cielo altissimo, nero, incombente e deserto.

Luna pallidassi

A dodici anni, un'estate, scrissi una poesia triste. Avevo già scritto alcune altre poesie, ma non erano tristi. Quella poesia triste la scrissi seduta a un tavolo con un mio amico, di nome Lucio. Eravamo in villeggiatura in montagna.

Lucio aveva la mia età, ma aveva tre mesi meno di me. Da piccola, volendo sposarlo, l'idea di essere piú vecchia di lui di tre mesi mi dispiaceva moltissimo. Mi sembrava un cattivo scherzo della sorte. Il mio amore per Lucio era appassionato e autoritario. Lui con me era remissivo e indifferente. Quando era l'ora che doveva andare a casa, non piangeva. Non batteva ciglio. Pigliava e se ne andava. Io invece piangevo, mi disperavo, mi buttavo per terra, ogni volta che lui se ne andava. Un giorno gli dissi che doveva, se io morivo, o suicidarsi, oppure farsi frate. Mi disse che non avrebbe fatto né l'una cosa né l'altra.

Tutto questo però apparteneva al passato. A dodici anni, non pensavo piú di sposarlo. Non ci vedevamo piú proprio tutti i giorni.

Scrissi quella poesia triste pensando che il nostro amore era morto. Non ricordo tutta la poesia, ne ricordo solo alcuni versi. Dicevano:

E tu, e tu,
Non sorridere piú,
Non vedi che amore finisce
Come l'estate e le rose,
Come tutte le cose?

Lui però non sorrideva. Era seduto dall'altra parte del tavolo e scriveva anche lui una poesia. Non gli piaceva niente scrivere, ma usava, quando era con me, imitare quello che io facevo. Lucio scrisse una poesia non triste. Era intitolata *Alpini*. La ricordo tutta. Diceva cosí:

Sono alpini
Sotto i pini
E una fetta
Di salame
Li soddisfa
Dalla fame.
Sono alpini e salvarono l'Italia
Dormendo nelle veglie anche senza paglia.

La sua poesia mi sembrò bella. Ne ebbi invidia. Anche la mia mi piaceva. Sulla mia, lui non fece nessun commento. Era una persona che raramente esprimeva commenti e apprezzamenti. La sua, la portammo a leggere a un mio fratello: il quale osservò soltanto che nelle veglie non si dormiva.

La mia, la ricopiai su un quaderno, dove già erano le altre che avevo scritto. Era un quaderno che tenevo gelosamente nascosto. Le mie poesie non le facevo leggere a nessuno, salvo a Lucio, quando le scrivevo sotto il suo naso.

Io e Lucio, da ormai un anno andavamo al ginnasio, ed eravamo nella stessa classe. Però in classe lui faceva finta di non conoscermi. Anch'io facevo finta di non conoscerlo. Il perché non lo so.

Ritrovandoci insieme in villeggiatura, parlavamo a lungo della nostra scuola. Io e lui sapevamo però che di nuovo, appena saremmo ritornati a scuola, ci saremmo comportati come due estranei, senza mai salutarci, evitando anche di guardarci in faccia.

D'estate, nelle vacanze, la scuola non mi sembrava cosí orrenda, come mi sembrava orrenda nel corso dell'anno. Io là non avevo nessuna amica, ma nell'estate lo dimenticavo, e dilatavo le poche parole che avevo scambiato con alcune bambine fino a farne intense amicizie. Con Lucio, mi vantavo di essere molto amica della prima e della seconda della classe, che si chiamavano Chirone e Carena. Chirone aveva i capelli color dell'oro, gli occhi azzurri e la voce squillante; Carena era magra e olivastra, con un ciuffetto nero ondulato al ferro che le penzolava su una guancia e che lei buttava, con un gesto spavaldo, dietro l'orecchio. Chirone si chiamava di nome Dimma; Carena, Giuseppina, ma di soprannome Gipy; trovavo che Chirone aveva un bel nome e un bel cognome; Carena un bel cognome e un soprannome stupendo. Quando ero sola mormoravo a lungo tra me: «Dimma, Dimma, Gipy, Gipy»; ma in classe, non avrei osato chiamarle per nome. Chirone e Carena erano, là nella classe, come il sole e la luna, circondate di alcuni satelliti. Io in verità non ero un satellite. Non ero niente. Facevo parte delle cinque o sei piú silenziose e timide, disunite e sparpagliate, una specie di sotto-proletariato incapace anche di schierarsi in un gruppo solido e forte.

Gli unici rapporti che avessi mai avuto con Chirone e Carena, riguardavano la ginnastica. Siccome loro erano anche in ginnastica le piú brave, la professoressa gli aveva detto di insegnare gli esercizi con le clavette a me e a due o tre altre che li sbagliavamo sempre. Cosí io mi trovai un giorno nel cortile della ginnastica, a fare davanti a Chirone e Carena quegli esercizi odiosi, e a cantare con loro le odiose parole «Mulinello, mulinello, circolo, quattro». Col cuore stretto di gratitudine per la loro immensa bontà, mi trovai le loro mani sul gomito, in atto di correggere le mie mosse sbagliate. Finito questo, io ricaddi, per Chirone e Carena, nelle nebbie dell'indifferenza. Esse erano amiche fra loro, amiche inseparabili; stavano nella scuola trionfanti e radiose, consegnavano i loro compiti scritti in una stupenda calligrafia quasi identica, quella di Chirone un poco piú alta e larga, quella di Carena un poco piú aguzza e stretta; scherzavano familiarmente col professore, e regnavano sui loro satelliti. Esse erano là come il sole e la luna.

Il nostro professore aveva una barba grigia caprina. Era amato, venerato e temuto. I suoi scherzi e le sue lodi ci sembravano regali preziosi. A volte gli succedeva d'arrabbiarsi moltissimo. Urlava: «Cani – e scusino i cani». Raccolti in atterrito silenzio, aspettavamo che la sua collera si placasse.

Quando qualcuno faceva un componimento bene, era chiamato accanto alla cattedra a leggerlo forte: e questa fu, a scuola in quei primi anni, l'unica mia dolcezza, perché la sola cosa che sapevo fare era scrivere, in tutto il resto non valevo nulla. Fui chiamata, alcune volte, a leggere i miei componimenti forte.

Eravamo, in quella classe, molte femmine. I maschi erano non piú di quattro o cinque, radunati insieme in un'unica fila, che perciò aveva molti banchi vuoti. Lucio era nel primo banco: aveva i capelli neri, lisciati con la brillantina; aveva i calzoni a sbuffo, calzettoni a scacchi, e quello che lui chiamava «il mio *sueter*» ed era poi una semplice maglia.

Le mie compagne, fra loro, parlavano di ragazzi; ma non di quei ragazzi della nostra classe, che gli sembravano piccoli; di ragazzi di altre classi piú avanti, o di ragazzi che avevano incontrato in villeggiatura, o ancora di ragazzi o uomini che vedevano in tram o dai balconi delle loro case, e che «le guardavano».

In seconda ginnasio, avendo io scoperto la tristezza, presi a cullarmi in uno sciame di poesie tristi. Mi sembrava che leggere poesie tristi, o scriverne, o mormorarle tra me, le mie e quelle altrui, o le mie copiarle in bella calligrafia su un quaderno, fosse l'unico modo possibile non di liberarsi dalla malinconia, ma di adoperarla. Nelle mie poesie parlavo di lettere stracciate e di amori morti. In verità l'unico mio amore morto era quello per Lucio, il quale, odiando scrivere, non mi aveva mai scritto una lettera in vita sua.

Quando volevo immaginarmi un mio amore, non vedevo piú Lucio, ma una figura alta in veri abiti maschili, con cravatta e giacca; un viso pallido, ironico, una testa ravviata ma senza brillantina; uno che non avevo mai incontrato, cosí bello, perfetto e pallido, in nessun luogo; uno che non aveva in comune con Lucio nulla, se non l'indifferenza. Mi sembrava che il fascino in un uomo fosse nell'indifferenza; a cui però doveva unirsi l'ironia, la statura alta, larghe spalle, molte sigarette fumate in silenzio, una testa beffarda e misteriosa.

C'erano, nel banco davanti a me, due bambine, che si chiamavano Bianca e Rosabianca; io le chiamavo in me sempre per nome, sentendole chiamarsi per nome fra loro due. Erano molto amiche; sembravano infischiarsi di tutte le altre, di Chirone e Carena, e dei vari satelliti. Bianca era piccola, con un viso tondo e due lunghe trecce castane; e a volte, quando il professore spiegava, alzava una mano e diceva con voce nasale: «Non ho capito», cosa che io trovavo sommamente irritante. Rosabianca era alta, timida, con le gonne a pieghe un po' troppo lunghe, con gli occhi a mandorla e con un profilo come avevano gli egiziani nelle illustrazioni del nostro libro di storia; aveva i capelli neri, tagliati da maschio. Siccome mia madre conosceva sua madre, mi sembrava d'aver diritto alla sua amicizia, e per conseguenza anche all'amicizia di quell'altra dalle due trecce: invece non avevano l'aria di voler fare amicizia con me. Anzi mi accorsi che mi pigliavano in giro. Dal mio banco, vidi un giorno che Rosabianca aveva disegnato un asino, e sotto vi aveva scritto: «Quell'asino di...» e lo mostrava alla sua amica; e l'altra, dove c'erano quei puntini, scrisse una parola che mi sembrò il mio cognome.

In preda a un profondo sconforto, mi chiesi perché mai ero per loro un asino. Mi sentivo però un asino dalla testa ai piedi. Un momento pensai che volessero alludere ai miei brutti voti; ma era impossibile, perché loro due ne avevano di eguali o peggiori. Nell'intervallo, mi diedi a interrogarle, se ero io quell'asino del disegno e perché. Non mi rispondevano; si guardavano e ridevano. Soffocavano gran risate nei fazzoletti. Alle loro risate, io non riuscivo a opporre che la mia immensa serietà: pesante come il piombo, interrogativa, affannata e ridicola. Mi sembrava che non avrei potuto ridere mai piú.

Invidiavo la loro amicizia disperatamente. Insieme alla malinconia, era nata in me anche l'invidia; sentivo invidia per tutti. Le uniche persone che non invidiavo erano i miei genitori: perché mi piacevano poco, quanto poco io piacevo a me. Essi abitavano con me nella nostra spregevole casa; si scambiavano discorsi che sapevo a memoria. Facevano parte di quello che piú al mondo mi sembrava odioso e squallido, e cioè me stessa; erano colpevoli della mia immensa malinconia, avendola generata insieme con me; e tuttavia non ne capivano nulla, continuando a scambiarsi, su cose di nessuna importanza, parole che mi sembravano di una inutilità rivoltante.

Tuttavia la malinconia mi sembrava uno stato d'animo non miserevole e non vile; e invece i morsi dell'invidia mi sembravano deturpanti, per cui mi affrettavo a gettarli nel cielo sconfinato della malinconia.

Per assomigliare a Rosabianca, un giorno presi le forbici e mi tagliai i capelli da maschio. Mia madre, perché non se ne accorgesse mio padre, mi ravvolse la testa in una sciarpa, e gli disse che avevo il torcicollo. Poi mi portò dal parrucchiere e fece pareggiare i miei capelli tagliuzzati. Mio padre comunque, quando mi vide senza la sciarpa, s'arrabbiò. Detestava i capelli corti, fossero tagliati bene o male.

Rosabianca aveva spesso l'influenza, e faceva lunghe assenze da scuola. La invidiavo. Essere di salute delicata, e ammalarsi spesso, era il sogno della mia vita; sia perché aver la febbre significava non andare a scuola, sia perché una salute delicata mi sembrava una cosa poetica, seducente e gentile.

La mattina quando andavo a scuola, cercavo di respirare profondamente l'aria nebbiosa, nella speranza che mi si ammalasse la gola. Mi accorsi però che ammalarsi era per me difficilissimo. Riuscivo ad avere, nell'inverno, una o due piccole influenze: ma la febbre mi durava un giorno; il giorno dopo non avevo piú niente. Mi toccava tornare a scuola, e ricominciava il vecchio supplizio: la strada nebbiosa, la classe, l'ansia, i compiti con i segni blu e rossi, la cattedra, la barba caprina. Sognavo una polmonite. E mi dicevo come ero caduta in basso, come si era ridotta la mia vita: poiché l'unica cosa che potevo augurare a me stessa era la tregua d'una malattia.

Avevo, nella settimana, due giorni avvelenati, in cui dovevo tornare a scuola nel pomeriggio per la ginnastica; ma gli altri pomeriggi li passavo a casa. Mia madre mi proponeva di uscire, ma io dicevo che dovevo studiare: aprivo tutti i miei libri di scuola sul tavolo, e avevo cosí la sensazione di studiare, ma in verità scrivevo poesie; oppure, me ne andavo in giro per la casa a caccia di libri. Cercavo poesie tristi, perché le poesie della mia antologia di scuola mi sembravano poco tristi: inoltre non erano moderne, avevano parole dell'ottocento che mi piacevano poco, e parlavano della patria. Andavo a caccia di poesie che non parlassero della patria. Nascosto dentro un armadio sotto a delle calze da montagna, trovai *Cléo robe et manteau*, romanzo di Guido da Verona che mio padre aveva definito indecentissimo, e che aveva dato ordine a mia madre di far scomparire: lei l'aveva nascosto, ma l'aveva nascosto male perché lo trovai senza gran fatica. Non ci capii nulla; ero però orgogliosa d'aver letto un romanzo definito da mio padre indecente. Siccome tutti i romanzi negli scaffali di casa non erano, pensavo, per bambini, perché sennò mia madre me li avrebbe dati da leggere, mi dissi che dovevano essere tutti indecenti, e leggendoli mi arrovellavo per trovarvi allusioni misteriose; e siccome nella mia testa confusa i misteri degli adulti si mescolavano e si accoppiavano con la tristezza, tutti quei libri che capivo poco mi sembravano tristi: vi bevevo malinconia.

Alcuni anni prima, avevo trovato un volume di poesie di Annie Vivanti; e siccome ce n'era una intitolata *Cocotte*, avevo chiesto a mia madre cosa volesse dire quella parola cosí strana. Mia madre m'aveva risposto che una cocotte era «una poco per bene, che prendeva regali dagli uomini». Non capivo cosa ci fosse di male a prendere regali; mia madre aveva aggiunto «poi anche soldi», ma lo stesso non capivo cosa ci fosse di male. Questo però ora apparteneva al passato; avevo ormai l'idea che dietro alla parola «cocotte» scorressero fiumi di azioni strane e segrete. La parola «cocotte» era per me ormai superata. Nel mio dizionario italiano, venti volte al giorno cercavo la parola «meretrice», accanto alla quale era scritto «donna pubblica», spiegazione che mi sembrava concisa e sibillina. La parola che piú amavo, e cioè la parola «puttana», che avevo sentito o letto non so dove, sul mio dizionario non c'era; speravo sempre di trovarla, nei romanzi che leggevo di nascosto: e quando la trovavo, avevo la sensazione d'aver trovato, in un bosco, un fungo porcino.

Quando mia madre rientrava, ero di nuovo al tavolo nella mia stanza. Lei posava sui miei compiti uno sguardo benevolo e distratto: mi trovava studiosa, e soprattutto si vantava in giro che ero «brava in italiano»; sapeva anche vagamente che scrivevo poesie.

Un giorno, sentii mia madre che diceva a un mio fratello: «Ma che pathos ebraico le è venuto fuori a quella bambina». Queste parole mi sembrarono, come sempre le parole di mia madre, del tutto inadeguate: però mi riempirono di sollievo. La voce di mia madre aveva sempre su di me un potere insieme irritante e rassicurante: sia che la sentissi ordinare il pranzo alla donna, sia che la sentissi discorrere con i miei fratelli, o parlare al telefono con le sue amiche. Nelle parole «pathos ebraico» riconobbi subito la mia tristezza: e pensai che se mia madre ne parlava ad alta voce tranquillamente, voleva dire che forse non era uno strano male che aveva colpito il mio spirito, ma una cosa abbastanza leggera, diffusa e comune. Come mia madre si fosse accorta di quello che chiamava il mio pathos ebraico, non lo so. Io credevo di nascondere a tutti la mia grande tristezza; in casa, il mio atteggiamento abituale era alterigia e disprezzo. A scuola, penso che sembravo un cane frustato; non certo di quei cani feroci, a cui usava alludere il mio professore e con essi scusarsi, quando s'arrabbiava.

Un giorno, Rosabianca mi invitò a casa sua. Mia madre e sua madre si erano incontrate, e avevano deciso che qualche volta ci frequentassimo. Era invitata anche Bianca, ma non venne. Eravamo tutt'e due, Rosabianca e io, molto timide: e io ero inoltre oppressa dal pensiero che mi aveva invitata semplicemente per volontà di sua madre. Al principio, vi furono lunghi silenzi. Ma il mio desiderio di piacerle era cosí forte, che mi diedi a parlare e anche lei parlò.

Scopersi che lei e la sua amica Bianca avevano, come me, riguardo a Chirone e Carena, un gran desiderio di diventare loro amiche, e la sensazione che però questo fosse per sempre impossibile. Parlammo a lungo di Chirone che aveva tutto, i capelli biondo oro, la carnagione rosea, la voce squillante, e prendeva sempre nove; e di Carena che prendeva sempre nove e aveva tutto, un bel soprannome, la vita sottile, un gesto di buttare i capelli all'indietro cosí spavaldo e grazioso; e accorgendomi che anche Rosabianca come me si struggeva d'invidia, pensai che l'invidia in lei era una cosa non deturpante, ma innocente e patetica; e che poteva darsi che fosse, allo stesso modo, innocente e patetica anche in me.

La pregai di spiegarmi quell'antico disegno dell'asino. Era passato molto tempo, forse un anno; ma quel ricordo mi bruciava ancora. Mi disse che lei e Bianca mi trovavano un asino, perché pensavano che io non sapevo come nascevano i bambini. Rimasi trasecolata. Le dissi che io sapevo da un tempo infinito come i bambini nascevano, avendomelo spiegato una ragazzina con cui giocavo in villeggiatura; e le dissi che avevo letto *Cléo robe et manteau*, romanzo di cui avevo capito poco e nel quale non mi sembrava vi fosse, sul nascere dei bambini, nulla di illuminante; ma doveva essere però indecentissimo; e le dissi che avevo letto molti e molti altri romanzi che mio padre diceva indecenti.

Le chiesi come mai si erano messe in testa, lei e la sua amica Bianca, quell'idea su di me. Non seppe spiegarmelo. Pensai allora come un mio cosí grande dispiacere, su cui mi ero a lungo arrovellata e di cui ancora sentivo l'offesa, era sorto dal nulla e sul nulla, e tuttavia era indistruttibile: perché la sensazione di essere per lei un asino, rimaneva stampata come con inchiostro indelebile su di me.

Le invidiavo la sua casa, che aveva un giardino, delle rose, e un calapranzi; e la sua stanza che aveva alle pareti carta fiorata, e dove c'era una macchina da scrivere, rotta e vecchia ma sua; e i suoi fratelli, uno grande e uno piccolo, che avevano capelli a spazzola. Avevo anch'io dei fratelli, ma erano diversi da quelli; erano grandi e se n'erano andati tutti via da casa salvo l'ultimo: e l'ultimo in casa ci stava pochissimo. Avrei preferito quei fratelli che aveva lei.

Le proposi di scrivere, su quella sua macchina da scrivere, una poesia. Però non mi veniva in mente nulla. Le dettai questo verso: «La luna pallida si leva a notte», ma era un'osservazione che a tutt'e due sembrava poco nuova. Tuttavia lei scrisse, lentamente, «la luna pallidassi leva», poi fummo a un tratto stanche di poesie; e il suo fratello piú grande, entrato in corsa con una mantella impermeabile, lesse forte «Luna pallidassi», ghignò e se ne andò via; molti anni dopo, si ricordava ancora «luna pallidassi», quando lo rividi dopo la guerra, in un'altra età.

Avevo trovato in una raccolta di poesie, due versi che amavo moltissimo:

O anni, o miei giovani anni,
Dov'è fuggito il vostro cocchio d'oro?

Era quello che pensavo anch'io: il cocchio d'oro dei miei giovani anni, dov'era fuggito?

Mi sembrava che la mia infanzia fosse stata bellissima. Poi la mia vita era precipitata in un gorgo di malinconia. La cosa che trovavo disperante, era che io non potevo diventare un'altra persona: ero io, e mi ero odiosa, e non avevo alcun modo di separarmi da quell'essere odioso. Ero legata a quell'essere odioso, pesante e malinconico, fino alla morte.

Trovavo la mia casa molto triste. Avevo nostalgia del tempo che ci vivevano anche i miei fratelli. Sul corridoio s'allineavano le loro stanze vuote. Andavo nelle loro stanze per cercarvi romanzi. Aprivo anche i cassetti dei loro tavoli e leggevo le loro lettere d'amore, che avevano lasciato là.

Scrissi una poesia per i miei fratelli. Diceva cosí:

O miei fratelli, o miei dolci fratelli,
Tanto siete lontani
Da non udire i miei singhiozzi vani,
La mia voce, fratelli?

In verità i miei fratelli venivano quasi tutti i sabati. Io non singhiozzavo né quando arrivavano né quando ripartivano. Erano, in quei sabati, sempre occupatissimi a telefonare, fissare appuntamenti, fare il bagno, e brontolare con mia madre per loro camicie e pigiami, che non erano stati stirati.

Nella poesia per i miei fratelli, mi sembrava che ci fosse un'eco del cocchio d'oro. Appena leggevo una poesia che mi piaceva, mi veniva voglia di farne una quasi uguale.

Avevo la sensazione confusa che non una delle mie poesie fosse proprio mia, ma che fossero tutte un pochino copiate da quelle di altri.

Trovavo che in casa nostra c'erano pochissimi libri di poesie, e in fondo anche pochi romanzi. Gli scaffali erano pieni, ma c'era grande abbondanza di libri di mio padre, cioè libri di istologia, biologia e medicina. Mi sentivo in esilio dentro a quella casa, tanto povera di poesie e romanzi. Inoltre quel mio fratello che abitava ancora in casa, cioè vi dormiva ma vi compariva pochissimo, nelle sue rapide apparizioni prendeva romanzi dagli scaffali e andava a venderli essendo sempre senza soldi. Mi disperavo per tutti quei romanzi che da un giorno all'altro sparivano, e non potevo nemmeno lamentarmene con mia madre perché erano romanzi che leggevo di nascosto.

Usavo portare a scuola il mio quaderno di versi, per tirarlo fuori ogni tanto e sfogliarlo. L'avevo dato da leggere a Bianca e a Rosabianca; e anzi Bianca ne fu contagiata, perché, come già avevo notato, il far poesie era una cosa attaccaticcia e contagiosa come la tosse.

Bianca si comperò un quaderno identico al mio. Imparò subito a far poesie. Le sue poesie mi accesero d'invidia. Mi sembravano meglio delle mie. Ne scriveva, come me, una al giorno.

Bianca andava in villeggiatura ogni anno al mare, in un paese che si chiamava Laigueglia. Lí si divertiva molto. Le mie villeggiature erano invece sempre molto noiose. Andavamo in montagna.

Da piccola, mi piaceva andare in villeggiatura. Mi divertivo. Cercavo ranocchi nei ruscelli. Ora, me ne stavo dietro a un vetro a guardare piovere, oppure, annoiatissima, dovevo seguire mio padre e mia madre che andavano a far commissioni in paese. Pensavo che la gente che mi vedeva, poteva anche pensare che io fossi l'unica figlia dei miei genitori; e l'idea che mi credessero senza nessun fratello e figlia unica, non so perché, mi sembrava infamante.

Chirone e Carena villeggiavano in meravigliosi luoghi di mare, e ballavano, la sera, negli stabilimenti. Tornavano in autunno a scuola con molte canzoni; e molti segreti, che sussurravano ai loro satelliti in mezzo a lunghe risate, soffocate nei fazzoletti.

A Laigueglia, Bianca aveva conosciuto un ragazzino, che frequentava la nostra scuola, una classe piú avanti. Ne era innamorata, e si mise a scrivere poesie per lui. Lo vedeva quando andava a pattinare. Lei e Rosabianca tutt'e due andavano a pattinare, e mi dissero di andare anch'io: ci andai una o due volte, ma non mi riuscí di imparare a pattinare; e fui là infelicissima, aggrappata per tutto il tempo a un reticolato che circondava la pista.

Bianca ebbe a un tratto l'impressione che quel ragazzino la guardasse di meno, e sovente pattinasse allacciato a una molto bella. Scrisse allora questa poesia:

Che piccola semplice cosa
M'amava e non m'ama piú,
Esiste pur sempre la rosa,
Esiste pur sempre il caucciú.

Le chiesi perché il caucciú. Non lo sapeva. Era l'unica rima che aveva trovato. Cambiò infine l'ultimo verso. Scrisse cosí:

Esiste pur sempre la rosa,
Tutto è com'era, come fu.

Ebbi però l'impressione che, cosí cambiata, quella poesia diventava identica a infinite altre che già c'erano. Col caucciú era invece diversa da tutte.

Una bambina che veniva da un'altra scuola, fu messa nel banco vicino a me. Era grassotta e quieta; fu con me tenera e materna. Mi offerse i suoi compiti da copiare. Smisi di copiarli quando scoprii che erano molto sbagliati.

Vedendo sul banco il mio quaderno di poesie, mi chiese di leggerle. Poi mi chiese di portarle a casa sua. Un poeta, di nome Ignazio Casali, veniva a casa sua tutte le sere. Lei gliele avrebbe fatte leggere, per averne un giudizio. Sconvolta dall'emozione, le diedi il mio quaderno. Si parlò di far avere a quel poeta anche il quaderno di Bianca. Quella bambina disse però che era meglio uno per volta.

Io non conoscevo nessun poeta. In casa mia non venivano mai poeti. Venivano dei biologi, o dei medici, o dei fisici, o degli ingegneri: amici o dei miei fratelli, o di mio padre. Ma poeti, mai.

I biologi parlavano con mio padre di embrioni di pollo, di cellule dei tessuti. Gli ingegneri non erano molto piú divertenti. Poi tutti parlavano interminabilmente di politica. Mio padre e mia madre, mi sembrava che ripetessero sempre, in politica, le medesime cose. Trovavo la nostra casa di una noia mortale.

Mi venne un acuto desiderio di conoscere un poeta, e magari amarlo, poi sposarlo. Quel poeta, Ignazio Casali, non potevo però né amarlo né sposarlo, perché era, a quanto avevo capito, fidanzato d'una sorella di quella mia compagna dall'aria quieta e materna.

Per qualche giorno, attesi ansiosamente il giudizio di Ignazio Casali. Ma non aveva ancora avuto tempo di leggere il mio quaderno. Cosa diavolo facesse di mestiere e come passasse il suo tempo, oltre a far poesie e a andare da quella mia compagna la sera, e che sorta di faccia avesse, non lo sapevo e non lo seppi mai. Non osavo domandarlo.

Infine, una mattina, la mia compagna mi riportò il quaderno, e mise nella mia mano un foglietto rosa, piegato in quattro. Lo lessi. C'era scritto cosí: «Una sensibilità che non cerca il gusto formale delle cose esteriori, ma lo trova già compiuto nella sua stessa espressione».

Queste parole mi sembrarono sibilline: ma quanto miele versarono su di me. Le dicevo e le ridicevo dentro di me infinite volte, per assaporarne il miele e capirne il senso. La mia compagna mi disse che, se volevo, potevo venire a casa sua a conoscere Ignazio Casali; però lui veniva solo la sera dopo cena; mi avrebbero permesso i miei di uscire dopo cena?

Persi ogni speranza di vedere mai Ignazio Casali. Non c'era da sognarsi che mio padre mi lasciasse uscire la sera. Non ero mai uscita dopo cena in vita mia. Di invitarlo io a casa mia non se ne parlava. Mio padre, se avessi osato invitare uno sconosciuto, avrebbe fatto crollare la casa. Io non potevo invitare nessuno, se non delle bambine. Non potevo invitare uomini.

Presi il foglietto rosa, e lo riposi nel mio cassetto, dentro una scatola di seta a fiori. Quando veniva Bianca da me il pomeriggio, rileggevamo insieme quelle parole enigmatiche e deliziose. Le dicevo che, qualsiasi cosa volessero dire quelle parole, io pensavo però di non meritarle. Le dicevo che le mie poesie non valevano niente. Lei diceva che non valevano niente le sue. Fare avere il suo quaderno a Ignazio Casali, non fu possibile, perché quella bambina dall'aria materna, soffrendo di reumatismi, venne ritirata da scuola a metà anno e non se ne seppe piú nulla.

Offrivo alteramente a mia madre la mia fronte, per il bacio della buonanotte. Pensavo che lei non sapeva niente di me. Non sapeva che io «non cercavo il gusto formale delle cose esteriori, ma lo trovavo già compiuto nella mia stessa espressione».

Feci leggere quel giudizio a un mio fratello. Ne speravo una delucidazione. Non mi diede nessuna delucidazione. Si mise a ridere, e disse che era una fortuna che quel poeta non mi avesse vista, perché non gli sarebbe piaciuto per niente il mio naso.

Quel mio fratello usava canzonarmi per il mio naso. Era infatti un naso molto grande e pieno di lentiggini. Per farlo piú piccolo e per nascondere le lentiggini, lo coprivo di borotalco. Non possedevo cipria. Infine mia sorella mi regalò una scatoletta di cipria, con lo specchietto. In quel minuscolo specchietto, osservavo il mio naso e lo incipriavo ogni mezz'ora. Sennò non avevo il cuore tranquillo. Anche Bianca, col suo naso, faceva cosí.

Rosabianca diventò a un tratto molto bella, molto alta, e molto elegante. Aveva un cappotto foderato d'agnellino bianco. Aveva ora dei vestiti cosí belli, che venivano a guardarli perfino Chirone e Carena. Aveva ora i vestiti piú belli di tutte. La invidiavo tanto, che la mia invidia era quasi venerazione. Faceva lunghe assenze da scuola. Diceva che forse i suoi l'avrebbero tolta da scuola e messa a studiare in casa, con professori privati. Un giorno diede a casa sua una festa, invitando l'intera classe. Mi sembrava che avesse smesso di essere timida. Poi le venne una polmonite. Arrivavano notizie della sua febbre, era una polmonite molto grave. Poi la portarono in convalescenza a Mentone. Le mie ragioni di invidia si moltiplicavano e mi straziavano. Quel suo fratello con la mantella impermeabile, che faceva la prima liceo, fu arrestato per antifascismo. Invece i miei fratelli non erano ancora mai stati arrestati. Appena fu libero, la loro famiglia si trasferí a Parigi. Da Mentone, Rosabianca partí per Parigi, e io non la rividi mai. Da Mentone mi aveva mandato una piccola lettera, dove mi raccontava della sua polmonite. Per molti anni conservai quella lettera dentro la scatola a fiori, con il giudizio di Ignazio Casali. Con Bianca, seguitarono a scriversi. Bianca era rimasta la sua piú cara amica.

Rosabianca usava prendermi in giro su Ignazio Casali. Diceva che era il mio futuro fidanzato. Lo chiamava «il *poveta*» per canzonarlo e canzonarmi con lui. Quando volevo ricordarla dicevo fra me «il *poveta*» e l'avevo di nuovo davanti a me, con le sue gonne un po' lunghe, gli occhi a mandorla, i denti bianchi. Aveva le gonne sempre un po' troppo lunghe, anche quando era diventata cosí elegante.

Chirone diventò la mia piú cara amica. Come accadde, non lo so. Facevamo la strada insieme, perché abitavamo vicine. Diventammo amiche facendo ogni giorno quel breve tratto di strada.

Veniva, il pomeriggio, a casa mia. Scrivemmo una poesia insieme. Era una poesia che cominciava cosí:

Sfiderei la neve e il vento
per vederti transitare.

L'avevamo scritta per un ragazzo del liceo che le sembrava bello. A me non piaceva. Mi sembrava che mi sarebbe stato impossibile innamorarmi di qualcuno che vedevo dentro o intorno a quella scuola. Mi sembrava che quella scuola impiastricciasse tutti di qualcosa di bambinesco e noioso. Gli uomini da amare erano altrove. Dov'erano, non lo sapevo. In qualche momento mi coglieva il terrore che non esistessero in nessun posto.

La parola «transitare» non mi piaceva. Ma a Chirone piaceva, e io tacqui. Ero con lei vile. Mi ricordavo sempre che era la prima della classe. Io la diciannovesima. Non m'era mai riuscito di essere un poco piú avanti nella graduatoria. All'ultimo momento, quando stava per chiudersi il trimestre, mi andava male qualcosa per cui rotolavo in fondo.

Perché non pensasse che stavo con lei per interesse, non le chiesi mai di darmi un compito da copiare. A volte lei me lo proponeva e io rifiutavo. Evitavo di farle domande sui compiti. I suoi compiti erano là, sul mio tavolo, posati accanto alla sua sciarpa, scritti nella sua meravigliosa calligrafia alta e stretta, e io pudicamente ne distoglievo lo sguardo. Pensai piú tardi, che imbecille ero stata.

Tuttavia la sua amicizia mi riempiva di vanità. Non finivo di esserne fiera, felice e stupefatta. Se ricordavo i miei primi anni a scuola, quanto mi era sembrata irraggiungibile quella risplendente bambina, ammiravo il destino che poteva compiere cosí strani miracoli. In classe, Chirone mi parlava pochissimo, per non ingelosire Carena, che era sempre, agli occhi di tutti, la sua amica inseparabile. Con me, non parlava mai di Carena. Non la nominava quasi mai. Era però chiaro per me che in classe mi trattava freddamente per quel motivo. Cosí nessuno sapeva quanto amiche eravamo lei e io. Ci vedevamo a casa mia quasi ogni pomeriggio. Mi dispiaceva che non lo sapesse nessuno, e soffrivo per i suoi modi con me cosí freddi in classe; ma in qualche momento pensavo che questo rendeva la mia fortuna ancora piú preziosa e piú strana.

Però adesso la chiamavo sempre Dimma, anche in classe. D'altronde, oramai avevamo preso l'abitudine di chiamarci tutte per nome. Gipy, Gipy, Gipy, si sentiva sempre sussurrare, anche dai banchi lontani, abitati da bambine che non avevano con Carena nessuna vera familiarità.

Come Carena sia venuta a sapere della mia amicizia con Chirone, non lo so. Si mostrò a un certo punto gelida con me. Poi venne a casa mia un pomeriggio, che io e Dimma stavamo studiando. Era la prima volta che studiavamo insieme. Dovevo essere interrogata il giorno dopo, e lei mi chiedeva i verbi latini. Era proprio la prima volta.

Per non umiliarmi, faceva finta di saperli poco. Era del resto una sua civetteria, fingere di non sapere mai niente e di avere una gran paura.

Arrivò Carena. Usava venire a volte a casa mia cosí, senza avvertire, con aria sbadata e spavalda. Sembrò disposta a ripetere quei verbi anche lei. Poi fece una scenata di gelosia. Era una scenata in chiave ironica. Vi tornava con insistenza la parola «preferita». Non capivo bene se rimproverava a me di averle preferito Chirone, o se rimproverava a Chirone di averle preferito me. Il ciuffetto nero si agitava. La bocca era beffarda. Restammo, io e Chirone, in perfetto silenzio.

Poi loro se ne andarono via insieme. La parola «preferita» martellava con un suono cupo nel mio cuore. Avevo la sensazione che mi fosse crollata sulle spalle una gran disgrazia. Chirone non sarebbe venuta piú da me il pomeriggio. M'avrebbe lasciata cadere. La nostra amicizia era nata su basi troppo casuali e fragili. Lei non poteva perdere per me la sua amica inseparabile. E non potevo io competere con Carena. Era una cosa impossibile.

Sedetti a cena con i miei genitori. Essi erano là tranquilli. Mia madre mi chiese se mi ero divertita con le mie amiche. Le aveva incontrate sulle scale. Mio padre, Chirone e Carena, non sapeva nemmeno chi fossero.

Bianca diventò la mia piú cara amica. Scoprimmo che in fondo eravamo amiche da molto tempo. Forse da sempre. Mi disse che in fondo, anche quando aveva scritto il mio nome sotto al disegno dell'asino, le ero simpatica. Ma quando c'era Rosabianca, non si riusciva a essere amiche, perché era difficile essere amiche in tre. C'era sempre una che si sentiva messa in disparte e soffriva. Allo stesso modo, io le dissi, mi sarebbe stato difficile stare bene con Chirone e Carena insieme. In piú questo l'avrei trovato per me di una fatica stremante. Come essere costantemente fra il sole e la luna.

Stare con lei non era faticoso. La trovavo assai simile a me. Le sue superiorità su di me, come il saper ballare e pattinare, non mi opprimevano. Gliele invidiavo, ma era un'invidia senza dolore. Potevo in qualunque momento confessarle le mie invidie.

Provammo il grande piacere di dirci in continuazione delle verità. Le chiesi come giudicava il mio naso. Mi chiese come giudicavo il suo.

Le dissi che quando alzava una mano e diceva «Non ho capito» era sommamente irritante.

Mi disse che quando ero sulla pista di pattinaggio, aggrappata al reticolato, ero sommamente comica.

La nostra classe disse addio, piangendo, al professore con la barba caprina. Eravamo ora in ginnasio superiore, al piano di sopra. Usavamo, nell'intervallo, scendere un piano di scale e affollarci intorno a lui. Poi a poco a poco smettemmo. Non poteva lui in eterno consolarci del fatto che avevamo un altro professore, e che lui aveva un'altra classe.

La mia amicizia con Bianca durò molti anni. In quegli anni, passavamo lunghe ore insieme, leggendoci le nostre poesie, copiandole in bellissima calligrafia sui nostri quaderni, e confidandoci i nostri amori infelicissimi.

I tempi in cui andare a scuola mi rendeva cosí infelice, mi sembravano remoti. Adesso ne entravo e ne uscivo con indifferenza. Mi sedevo là per pensare ai casi miei. Vi imparavo assai poco.

Le mie infelicità nascevano e crescevano altrove. A scuola ero diventata sprezzante come in casa. Non ero piú là come un cane frustato. La paura di ridiventare a un tratto un cane frustato, mi faceva avere modi sempre piú sprezzanti. M'accorsi a un tratto che quei modi sprezzanti m'avevano reso, anche nello spirito, dura e sprezzante. Allora mi spaventai.

Smisi a un tratto di scrivere poesie. Smisi anche di essere amica di Bianca. Non avevo piú né amori, né lagrime, né malinconia, né amicizie. L'universo mi sembrò una pianura brulla e arida. Su quella pianura brulla e arida, mi fermai a un tratto aspettando che succedesse qualcosa, che mi sparisse dallo spirito quell'arida e insopportabile indifferenza.

Via Pallamaglio

A Torino ho abitato in quattro luoghi; in via Pastrengo ho passato l'infanzia; in via Pallamaglio, la fine dell'infanzia e i primi anni dell'adolescenza; in corso Re Umberto, la tarda adolescenza; in corso Galileo Ferraris, la giovinezza. Ma in via Pallamaglio sono tornata a vivere dopo la guerra: e per me Torino è soprattutto via Pallamaglio. Dopo la guerra, questa via ha cambiato nome, è diventata via Morgari: e anche oggi, credo, si chiama cosí. Però nel ricordarla mi vien fatto di restituirle quel suo primo nome.

È una strada non molto nota, situata fra via Nizza e i giardini del Valentino: dal giorno in cui vivevo là, sono passati trentacinque anni. Quando mi è accaduto di tornare a Torino, nel corso di questi anni, ho preferito non tornare in quel punto. Cosí non so se oggi sia molto diversa. Era, allora, una gran brutta strada: non aveva né un albero, né una casa costruita con qualche grazia: era una strada grigia, piuttosto stretta. Anche il nome a me sembrava brutto, via Pallamaglio, quando andammo ad abitarvi; lo trovavo un nome bruttissimo, umiliante per quelli che vi abitavano: e perché mi sembrasse tanto brutto, non lo so. Salvo mio padre che aveva trovato e scelto la casa, nessuno della mia famiglia era contento né della casa né della strada; e io imitavo gli altri nel rimpianto della casa di prima. La casa di prima, in via Pastrengo, aveva un giardino, qui non c'era giardino; eravamo all'ultimo piano, con un balcone; e io di quel giardino perduto avevo un grande rimpianto. Inoltre io che fin allora non ero mai andata a scuola, ma avevo sempre studiato in casa con mia madre e con maestre, venni a sapere che sarei andata alla scuola pubblica: e questa prospettiva mi spaventava. Via Pallamaglio rappresentò dunque per me la perdita del giardino, e la prospettiva d'un cambiamento di vita che non volevo e che mi spaventava.

Nella nuova casa mi ammalai e dalla scuola pubblica mi tolsero subito. Mia madre diceva che mi ero ammalata per colpa della casa: vi eravamo entrati troppo presto, quando i muri erano ancora umidi. Fu deciso che avrei finito le elementari privatamente; dopo, mi avrebbero iscritto al ginnasio.

La nostra casa in via Pallamaglio era all'inizio della strada. Faceva angolo con una piazza. Dalle finestre si vedeva la piazza, dove c'era una chiesa e uno stabilimento di bagni pubblici. La chiesa era brutta, corpulenta e massiccia, e brutte e massicce erano tutte le case di quella strada: cosí dicevano i miei fratelli e mia madre: case non molto nuove e non molto vecchie, massicce, corpulente e grige; e quando non erano massicce e grige, erano invece basse e gialle, con finestre dai vetri rotti e dalle sbarre rugginose.

Sospeso sull'angolo, proprio dirimpetto alla finestra della mia stanza, c'era un grosso orologio: quell'orologio diventò per me importantissimo, quando mi dovetti alzare al mattino per andare al ginnasio.

In via Pallamaglio, dissi addio all'infanzia. Ero allora una persona in cui gli addii avevano una forte risonanza: mi nutrivo e mi dissetavo di addii e rimpianti. Rimpiangevo o pensavo di rimpiangere Palermo, la città dov'ero nata: in verità ci ero vissuta pochissimo, e ne conservavo ricordi quanto mai pallidi; ma ne salutavo in distanza le pallide immagini. Rimpiangevo il giardino di via Pastrengo. Quando dovetti andare al ginnasio, rimpiansi l'infanzia e le dissi addio. I primi anni del ginnasio furono per me anni difficili. Andare a scuola non mi piaceva per niente, trovavo il latino difficile e prendevo dei voti pessimi, e non avevo amici tra i compagni. Che vita comoda e bella avevo fatto fino a quel giorno. Come rimpiangevo quella vita. Una vita senza orologi. Ora quando mi alzavo, guardavo dieci volte quell'orologio sull'angolo. Mi aspettava la nebbia della strada, via Madama Cristina che dovevo attraversare con attenzione a causa dei tram, e infine via Giuseppe Giacosa, dov'era situato il mio ginnasio, il ginnasio Alfieri, luogo che fin dal primo istante m'era parso odioso. I pomeriggi li passavo in casa, combattendo con i compiti. Ogni tanto m'affacciavo al balcone a fissare lo scenario che mi era offerto: l'orologio, la chiesa, i colombi, e lo stabilimento dei bagni pubblici, da cui usciva gente con un asciugamano sotto l'ascella.

Pensavo che quello scenario sarebbe stato il mio per tutta la vita: mai mi sarebbe riuscito di andarmene altrove: avevo quello scenario, e il monotono itinerario della mattina, breve, perché la scuola da me detestata si trovava a pochi isolati; presenza incombente, che non riuscivo a dimenticare quando ero a casa. A un tratto erano entrate nella mia vita la noia, l'ansia, la solitudine e la malinconia. Ma con esse entrarono ad un tratto i poeti. Scopersi i poeti. Presi in quei pomeriggi l'abitudine di leggere ad alta voce dei versi. Mia madre credeva che recitassi le lezioni. Se la sentivo venire, nascondevo il libro sotto ai libri di scuola. Lessi Gozzano, Corazzini, D'Annunzio. Furono, in quegli anni per me difficili, i miei veri compagni. Presi anche a scrivere dei versi io stessa, desiderando imitarli. I versi che io stessa scrivevo mi sembravano molto stupidi, ma non me ne importava troppo. Leggere versi e scriverne era il solo modo di amare la vita, la vita nemica e inamabile che mi trovavo davanti. Il solo modo che mi consentiva di farne qualcosa di strano; qualcosa di segreto e misterioso dove tutto aveva un senso. Cosí venivo a conoscere i beni dell'esistenza.

Il tempo in cui vissi nella casa di via Pallamaglio, anni dopo, quando la via aveva cambiato nome, fu per me un tempo completamente diverso. Quella casa significava ora per me semplicemente un luogo di rifugio, dopo la guerra. Non mi chiedevo piú se quello scenario fosse o no per sempre lo scenario che la vita mi destinava. Lo guardavo di rado e distrattamente. Al posto dello stabilimento dei bagni pubblici, dopo la guerra c'era una fabbrica di vernici. Non so cosa ci sia adesso. Le città sono fatte di strati sovrapposti, creati dalle epoche diverse in cui vi abbiamo vissuto. È noto: Proust l'ha detto. «Le case, le strade, i viali, sono fuggitivi, ahimè, come gli anni». La nostra memoria soggiorna ora su uno strato ora sull'altro. Vi si posa come un uccello. Tuttavia sulle città dove siamo cresciuti, sui luoghi che abbiamo guardato nell'adolescenza o nell'infanzia, la nostra memoria si ferma piú spesso e piú lungamente. Ritrova intatta la curiosità, l'impazienza, l'avversione, la paura e l'attesa di quel primo sguardo.

Fiore gentile

Nella primavera del 1948, io ero a Torino e lavoravo nella casa editrice Einaudi. Ad alcuni fra quelli che lavoravano nella casa editrice, fu chiesto di collaborare a un «giornale parlato», giornale che, da un altoparlante, diceva le idee del Fronte Democratico Popolare. L'altoparlante era installato in una stanza che s'affacciava su una piccola piazza, nei pressi di via Roma. Del «giornale parlato» si occupava un compagno comunista chiamato Pulcetta. Vi collaborammo, se non sbaglio, in sei: Pavese, Balbo, Calvino, Antonicelli, Carlo Zini e io. Alcuni di noi erano iscritti al Partito comunista, altri non erano iscritti e si sentivano ancora legati al morto Partito d'azione. Ma tutti volevamo la vittoria del Fronte ed eravamo fortemente sicuri che avrebbe vinto. Eravamo ottimisti e fiduciosi, ma di ottimismo e di fiducia allora erano piene le strade. L'altoparlante si rompeva sempre, e se non c'era Pulcetta bisognava telefonargli che venisse ad accomodarlo.

Ci era stato detto che al «giornale parlato» potevamo collaborare nella forma che ognuno preferiva. Pavese, Calvino e io scrivevamo sermoni ironici, brevi dialoghi, filastrocche e stornelli. Di solito, era Pulcetta che li leggeva. Andavamo là per sentirli, Calvino e io, provandone un vanitoso piacere. Non mi sembra che Pavese ci abbia mai seguito. I suoi sermoni ironici erano bellissimi. La gente si fermava a sentire e si divertiva. Qualche volta battevano le mani.

Io collaborai con filastrocche e stornelli. Soprattutto stornelli. Feci fra gli altri uno stornello che diceva: «Fiore gentile | su di una navicella a bianche vele | Alcide se ne andrà il diciotto aprile». Ebbe una immeritata fortuna e al «giornale parlato» lo ripetevano spesso. Ne fu fatto anche un manifesto, che vedevo incollato sui muri quando passavo per strada. C'era De Gasperi che remava in una barchettina, in mezzo a un mare tempestoso e livido, col suo lungo naso e gli occhiali, vagando verso un lontano orizzonte.

La sera, sotto i portici, si formavano fitti capannelli di gente che discuteva delle prossime elezioni. Erano discussioni appassionate ma non rissose, tanto è vero che non era mai presente la polizia. Il «giornale parlato» aveva voce non di sera ma nel pomeriggio, e anche là sotto a quell'altoparlante si formavano capannelli, e nascevano discussioni non mai rissose né astiose. Era quello un tempo senza violente acrimonie, un tempo di non violenza. Fu breve. Impossibile ricordarlo senza rimpianti. La gente aveva conosciuto tanta violenza negli anni della guerra, che adesso ne era stanca. Fermentavano mille idee diverse, ma non creavano violente lacerazioni. Il linguaggio politico era netto e semplice. Gli schieramenti politici erano netti e semplici, nonostante le mille idee diverse, perché in tutti era forte il desiderio di rifiutare diramazioni e separazioni. Ed era inoltre del tutto assente il cinismo, nell'aria che si respirava, cosí come era assente, nelle strade, la polizia. I comizi del Fronte erano affollatissimi. Erano affollatissimi, è vero, anche i comizi dei democristiani, ma una vasta parte dell'Italia pensava che gli avversari del Fronte, benché numerosi, non avevano nessuna energia vitale. I preti, nelle chiese, tuonavano contro il Fronte. Ma a una vasta parte dell'Italia i preti apparivano grotteschi e in realtà innocui. Una vasta parte dell'Italia sapeva bene che un'altra vasta parte aveva una paura feroce del comunismo, ma pensava che tale paura non poteva essere determinante. La gente era ancora meravigliata e felice che fosse finito il fascismo, finita la guerra, finita la monarchia. Il mondo idoleggiato cosí a lungo negli anni del fascismo, nella guerra, sembrava prossimo a vedere la luce. Questo pensiero generava una sensazione di viva allegrezza. Nella primavera del '48, una vasta parte dell'Italia si illuse che da tanta allegrezza sarebbe nato un futuro stabile, incorrotto e felice.

Il Fronte Democratico Popolare perse le elezioni. Nessuna barchetta, nessun mare tempestoso portò De Gasperi nelle lontananze dell'orizzonte. Egli rimase. Io non so se allora, in quell'aprile da cui ci dividono ormai quarant'anni, la gente si rese conto che era successo qualcosa di una gravità estrema. Forse molti pensarono che si trattava d'un episodio casuale e passeggero. Certo è che a poco a poco la vita politica italiana divenne fredda, opaca, pesante e tetra. De Gasperi col suo lungo naso, i suoi occhiali, la sua persona curva e fragile, poteva anche ispirare una qualche sorta di stima. Dopo di lui tutto fu infinitamente peggio. Nella vita politica italiana comparve il cinismo, la violenza, la polizia. Sarebbe troppo lungo enumerare tutto quello che vi comparve. L'idea di quel futuro stabile e incorrotto fu rapidamente sepolta.

I miei amici, nella casa editrice Einaudi, presto dimenticarono il «giornale parlato». Io non lo dimenticai. E ancora lo ricordo, per quella particolare atmosfera che si respirava nell'aria, e perché nel ricordarlo mi sembra di ritrovarmi fra quegli amici, che oggi sono tutti morti o lontani. Ricordo i giorni che seguirono alle elezioni, il senso di sconfitta che ne seguí. In quei giorni, Calvino quando mi incontrava nei corridoi della casa editrice, digrignava i denti e sibilava: «Fiore gentile!»

Appendice

I brani di Rocco Scotellaro sono pubblicati per gentile concessione del nipote Rocco Vincenzo Scotellaro; la *Lettera* di Alba de Céspedes è pubblicata per gentile concessione del figlio Franco Antamoro de Céspedes.

Natalia Levi
Settembre

Si sveglia con una penosa angoscia nel cuore. Qualcosa è veramente finito. Accanto al letto vede la sua vestaglia di flanella rosa – l'altra, a fiori azzurri e verdi, l'hanno messa via coi vestiti da estate. Essa ora sa che è finita l'estate, che domani le scuole ricominceranno. Mentre si lava, una mosca viene a posarsi sulla sua schiena nuda. La scaccia con rabbia. Sente di detestare la mosca, di detestare sé stessa, e il reggipetto di tulle rosa allungato sulla sedia. Fuori piove a dirotto nel giardino cheto, sugli alti pini, e la ghiaia minuta del piazzale sembra diventata scura. Anita scende a far colazione: i suoi capelli spazzolati male le danno un'aria irsuta e torva. In sala da pranzo non c'è ancora nessuno: solo la piccola Paola appollaiata sulla sua seggiola alta. Ha un coniglio ricamato sul tovagliolino. Anita la bacia, bacia le sue piccole mani grasse. – Anita, possibile che ancora tu non abbia imparato a pettinarti? –

È sua madre. Porta un largo accappatoio viola: i suoi capelli rossi e ariosi odorano di lavanda. Ha dei resti di borotalco sulle tempie e nelle palpebre grinzose, mentre il naso è lustro lustro. Si scalda le mani alla caffettiera, respirando forte. – Maria, ti ho detto cosa devi fare per pranzo? e di frutta hai capito, noci e uva, ma guarda che sia ben matura –. Anita torna in camera sua. Nel corridoio, suo fratello Marco sta telefonando. – Signorina Lucetta, lei oggi deve venire a passeggio con me. Ho tante belle cose da dirle.... – Anita sente di detestarlo. Se quella ragazza, quella Lucetta lo potesse vedere com'è ora, con la barba lunga, gli occhi gonfi di sonno, quei magri piedi dal pollice gigantesco che sporgono dalle ciabatte di tela sudicia.... Se essa lo potesse vedere, mentre prende il caffelatte, ingordo, e tutti quei ciuffi sudati gli cadono sulle tempie.... Ma quando esce ha la sua giacca di stoffa ruvida, una cravatta di lana scozzese, una canna grossa e lucida. – Signorina Lucetta.... –

Anita gira incerta per le stanze, tutta quella mattina: dove trova uno specchio si guarda, ma senza la solita curiosità. Finisce per chiudersi nel salotto: libri e tappeti, e grandi poltrone di cuoio: sul tavolino basso, in stile cinese, una scatola di fiammiferi colorati. Anita si distende sul divano. Questo è l'ultimo giorno del suo ozio: domani dovrà correre a scuola, coi libri nella logora cartella. E di nuovo quell'ansia, quell'affanno continuo: l'impressione che le giornate siano brevi, che la sera venga troppo presto: l'impressione di non fare a tempo. E sempre le mani macchiate d'inchiostro. Ricomincia lo squallido anno scolastico, dove l'autunno si fonde con l'inverno, come il pomeriggio si fonde col crepuscolo, nelle grige giornate di pioggia.

– Ti dispiace che sian finite le vacanze? – Filippo, il maggiore dei suoi fratelli, è entrato silenziosamente: fuma la sua piccola pipa, in piedi accanto alla scrivania. Anita gli si avvicina, gli posa le due mani sulle spalle: gode a carezzargli il mento liscio, rotondo, e quelle piccole rughe agli angoli della bocca. Si stringono l'uno all'altra, con inconscio piacere. Quando Anita ha leticato con tutti, e corre a piangere nella sua camera, egli la insegue, e la consola canzonandola un poco. Ed essa pensa agli altri con piú ira, soffocando i singhiozzi sulla sua spalla. – Ti dispiace che sian finite le vacanze? – Filippo le domanda ora, arruffandole i capelli sulla nuca. Siedono nella stessa poltrona: nel vetro della libreria, vedono riflessi i loro visi simili.

Anita sa che Filippo deve partire, che stasera prenderà il treno, che le sue valige sono già pronte: passerà l'anno all'estero, in Germania. Ora le raccomanda di studiare: – Bada che sul principio incontrerai delle difficoltà, gli esami sono pericolosi.... E tieni un po' di compagnia alla mamma. E scrivimi se Marco è cattivo –.

Anita non lo ascolta. Pensa all'inverno, tutto quel lungo inverno senza di lui.... Gli prende una mano, una grossa mano dalle unghie quadrate, opache: una grossa mano da uomo. – E ricordati di me – dice ancora Filippo, ma subito cambia discorso, forse è commosso: e Anita lascia cadere la mano. Oggi, stasera egli partirà: forse non le darà neppure un bacio: nella sua stanza chiuderanno gli scuri, e copriranno i mobili di un cencio bianco.

Le quattro del pomeriggio. Piove a dirotto sul giardino desolato. Appoggiata alla finestra, Anita aspetta la sua amica Grazia. Non è molto contenta che venga: parleranno di scuola, e Grazia avrà fatto certamente *tutti* i compiti delle vacanze. Ecco Grazia, in fondo al viale, fra gli alti ippocastani spogli: ecco il suo lungo impermeabile scuro, col quale si ostina a portare quel ridicolo berrettino di maglia. Anita le corre incontro, l'accoglie in fondo alle scale: si baciano: hanno circa la stessa età, ma Grazia è molto piú alta: non sarebbe brutta, se non s'incipriasse cosí male. – Hai fatto molti compiti? – domanda subito Anita con un po' di paura. Per tutta risposta l'amica trae dalla borsetta un grosso quaderno, che Anita sfoglia con un senso d'invidia. – Oh, ci saranno certo molti errori – dice Grazia in tono consolatorio: e Anita pensa con sollievo che certo ce ne saranno.

In camera, si abbandonano abbracciate sul divano. La loro amicizia è di lunga data, ma non profonda né regolare. Tra le due, Grazia discorre e Anita spesso tace, non sempre ascolta. Grazia ora osserva che hanno cambiato di posto a tutti i mobili, e ammira quel vaso celeste che prima non c'era, pieno di grandi crisantemi gialli. – Figurati che in giardino ho incontrato Marco, tuo fratello, quel tipo! m'ha detto che sono cresciuta e cambiata, – Grazia diventa rossa dal piacere – e che questo berretto mi sta bene: ma credo sia solito a far complimenti. Usciva senza ombrello e con la testa nuda! e l'ho anche visto una sera a un ballo: ho ballato con lui molte volte. Perché tu non ti fai condurre a ballare? val la pena d'aver dei fratelli per non approfittarne! A proposito, mi dimenticavo.... sai che quel giovanotto che ho incontrato al mare, quel siciliano, un bel tipo, m'ha scritto una cartolina? – Ecco, ora Anita comincia a sentirsi a disagio con Grazia. Non può far a meno d'invidiarla un poco: ha fatto tanti compiti delle vacanze, quasi tutti, e va a ballare, e ha dei flirts che le mandano le cartoline, e Marco si degna di parlarle quando la incontra. Anita sa che a Grazia piace molto Marco, e che a Marco Grazia non dispiace (forse quella ragazza, quella sua Lucetta le somiglia un poco). Invece a Grazia non piace Filippo, ne ha quasi soggezione, e non sa mai cosa dire quando lui c'è. Allora ride ride e sembra proprio una sciocca.

Filippo è sempre cortese con lei, ma un giorno ha detto ad Anita che quella sua amica non sa proprio di nulla. Anita serba in cuore queste parole, e se le ripete, quando è troppo stanca d'invidiare Grazia e di vederla tanto migliore a sé. Questa invidia la abbatte e la umilia. Anche oggi non sono amiche, Anita troppo spesso si accorge di desiderare che l'altra se ne vada, troppe volte è sul punto di dirle qualcosa di cattivo. Allora si alza e dice: – Vieni a vedere la mia sorellina – sebbene sia certa che a Grazia non importi niente della sua sorellina.

Nella stanza da gioco, la balia siede a cucire nel vano della finestra, e la piccola Paola, sullo sgabellino ai suoi piedi, la guarda con occhi sgranati. – E allora il Reuccio spezzò la terza noce e ne sbucarono fuori carrozza e cavalli.... –. Anita e Grazia si sdraiano sul tappeto, fra i giochi sparsi. Nel silenzio la voce rauca della balia, che racconta la fiaba, ha un tono solenne, quasi enfatico. E la piccola dall'emozione trattiene il respiro. – Cosí prese a correre verso il castello dell'orco.... –. La stanza ha un aspetto lindo e comodo, le tendine stirate alle finestre, le pareti bianche: e alle pareti quelle stampe inglesi, tutte simili, con bimbi biondi e paffuti e cani pelosi, dal grosso muso benevolo. Nel vano della finestra, la balia nel suo grembiule a grandi quadri, e il profilo assorto della bambina. E Anita si trova a un tratto serena e semplice: si sente lontana da tutte le cose che le ha raccontato Grazia, il flirt siciliano, i balli dove Marco e Grazia s'incontrano. La sua casa è calda e sicura, quello che accade fuori non la riguarda, essa si sente piccola e protetta. Ma anche il viso di Grazia, nell'ombra, si è fatto piú dolce: ora si parlano a bassa voce e si sorridono, di nuovo quasi amiche, vicine.

Fuori non piove piú. Anita e Grazia escono in terrazza, si affacciano sul giardino umido: sale a loro un odore vivo e pesante di foglie fradice, di terra, di frutta bagnata. Anche Paola esce fuori correndo: la fiaba è finita: il Reuccio si è sposato la sua bella Reginetta e tutto è andato per il meglio. Anita corre incontro alla sua sorellina, la prende in collo e la bacia: com'è piccola e calda, come sono fresche le sue mani, peccato che strilli e rida e si divincoli da lei per fuggire.

– Oh, mi piacerebbe avere una bambina – dice a un tratto Grazia, con voce bassa, non sua. – Ti ricordi, Anita, quando, qui, si parlava di quelle cose.... quelle cose?... Come eravamo sciocche! Pensare che tutto è cosí naturale e semplice.... –. Tutte e due sorridono, senza guardarsi: sono davvero diventate grandi: possono parlare cosí del loro passato, con disprezzo e rammarico, proprio come i grandi. – Vero, come passa il tempo! – dicono le loro voci concordi. Una stessa malinconia, calda e vaporosa, le avvolge: non sanno se parlare o tacere: un fiotto di pensieri confusi, soffocati, nasce nel loro cuore e si scioglie. Anita guarda, in fondo al giardino, il campo di tennis: triste, silenzioso, deserto: il terreno scurito dalla pioggia. Le sembra di vedere Filippo, i suoi calzoni di flanella bianca, la racchetta: le sembra di udire la sua voce gioiosa, nelle mattinate di sole. – E l'estate è finita cosí presto, cosí presto! e domani le scuole ricominciano –. Ma Anita sente che qualcosa di molto piú importante è finito, con le vacanze e con l'estate: e che qualcosa di molto grave comincia, l'indomani, con le scuole. E forse Grazia potrebbe capirlo.... ma essa non lo sa dire. Tacciono, con le teste vicine. E certo è molto triste che anche questo debba finire, questo momento di confidenza, di abbandono, di concorde silenzio. Tutte e due sanno che finirà e non ricomincerà piú, e non vogliono distaccarsene ancora. Davanti a loro si stende un solo pensiero sicuro: la scuola, l'inverno: ma tutto il resto è palpitante, impalpabile, incerto. Quante cose succedono in un anno! E non si può non aver paura, a trovarsene uno davanti, sapendo di doverlo percorrere in lungo. Ma Grazia dice: – Devo andare a casa –, e Anita l'accompagna alla porta, la guarda allontanarsi dalla soglia: – Addio dunque, a domani –.

Dopo cena, Filippo chiama Anita e la prende a braccetto: – Andiamo a fare una corsa in giardino, prima che io parta –. Nel giardino, gli alberi immobili sembrano custodire la notte. L'aria della notte, umida e pura, è buona a respirarsi. Anita pensa: – Questa è l'ultima volta che cammino cosí, con lui –. Egli la tiene stretta a sé, le parla ed essa cerca di ascoltare. – Cara, devi studiare ed essere buona con la mamma. Scrivimi qualche volta. E dimmi.... dimmi tutto, sempre –. La sua voce, la sua voce. Come sarà triste l'inverno, la casa, senza la voce di Filippo, calma, tenera. E solo le sue mani sanno carezzare cosí. – Filippo, Filippo –. Essa a un tratto sente che ha voglia di piangere, nel cuore ha qualche pensiero stupito, affannoso. – Non partire, non partire – dice, e si aggrappa a lui. Eppure sa che non serve, che è assurdo, che le valige sono già nell'andito, chiuse. Filippo si china a baciarla, stringendole la testa fra le mani. La casa, illuminata e rumorosa, è lontana. Essi sono soli nel giardino buio. Si baciano. Oh, è terribile che ci sia questo fra loro. Due fratelli. Anita a un tratto ha paura di sé, di lui: di lui che la bacia come un amante. Essa dice: – È bello che ci si voglia tanto bene – ma pure sa che non è bello, che è troppo, che non bisogna volersi bene cosí. La loro infanzia chiara, lontana. – Ora dobbiamo ritornare – dice a un tratto, soffocando un'ultima parola sconsolata, staccandosi da lui e camminando verso il piazzale, dove la luce è accesa. Oltrepassati gli alberi, nella luce, Anita si volta a guardare il fratello: gli vede un viso serio, tranquillo, come se niente [fosse] accaduto fra loro. Entrano in casa.

Le undici di sera. Anita si spoglia nella sua camera, dove è accesa una sola piccola lampada rosea, sul comodino accanto al letto. Sul letto è distesa la camicia bianca. Nello scaffale i libri: vecchi romanzi dove le ragazze sono diverse da lei. I vestiti le cadono ai piedi, ed essa li lascia ammonticchiati sul pavimento. (Domani mattina, sua madre li raccoglierà con aria severa). S'infila nel letto: rabbrividisce al primo contatto delle lenzuola, ancora fredde, estranee. Spegne la luce. Nel buio, i soliti pensieri d'ogni sera, non piú lieti, non piú tristi. Un uomo, un uomo che somiglia a Filippo, sorge dal buio e si china sul suo viso. Oh, nessuno l'ha mai baciata cosí. Ma Filippo è partito. Ed essa chiude gli occhi e si prepara al sonno, con un corto sospiro.

Settembre 1933. N.

Rocco Scotellaro

Dai taccuini inediti

Io ti feci le traduzioni, Natalia, delle parole
che si dicono nei Sassi di Matera.
Avevi il nome gonfio quanto il tuo viso triste
Avevi un incedere calmo e ti vedevo sul viso triste
una veletta

Per la Natalia

Avevi, Natalia, nome gonfio
una veletta triste sul tuo viso
Eri un mondo diverso già cresciuto

Quando una persona si muove, col suo proprio mondo cresciuto, verso un posto diverso della terra da vedere e da cogliere, arriva sempre di notte, saluta la periferia e vi incede calma come i pellegrini.

E poiché può capitare di rendersi conto di tutti i particolari del nuovo posto e di mandare a memoria le impressioni subitanee nel proprio mondo cresciuto e assorbente, bisogna essere circospetti che al pellegrino, al visitatore non occorra una specie d'avventura dantesca, che si parli cioè delle fiamme infernali senza esserne minimamente toccati.

È la sorte che segue i critici e gli osservatori facili o che si muovono nell'ambito stretto dell'occhio intellettuale.

È la disavventura che poteva spettare a Natalia Ginzburg, che, qualche giorno fa, utilizzando ottimamente le lire del premio di «È stato cosí» – ha voluto conoscere la terra acristiana della Lucania.

Rocco Scotellaro

Ritratto di Natalia Ginzburg

Natalia Ginzburg con marito e figli. Salta per accogliere Rossi-Doria (diranno entrambi che non si vedono da 5 anni e concluderanno che stare lontani è un modo dell'amicizia felice).

Io impacciatissimo. Eppure N. la conosco dal Dic. 47 quando venne, spaurita, a Matera e a Tricarico, disse di essere cattolica e di essere comunista. Mi rendeva avverso a lei e impacciato il sapere che mi aveva quasi bocciato come scrittore di un racconto, mentre anche io di lei avevo misurato la vena esile della sua scrittura. Mi ero ribellato al suo sguardo che mi collocava tra i poveri del Mezzogiorno da redimere. Avevo disapprovato il suo entusiasmo per Luigi Longo, che disse due parole di occasione al congresso di Pozzuoli e lei esultava a ogni piccola frase rettorica come davanti a una luce di verità. C'era poi stato il mio desiderio di lavorare a Torino, da Einaudi. Mentre ero lí, lei scrisse una cartolina da Londra, dov'era per il viaggio di nozze, per dire a Calvino: «Non lasciate prendere il mio tavolo da nessuno». L'allusione a me era evidente quanto, a dir poco, le sue gambe accavallate. E ancor prima, a Torino, quando portai le mie poesie con una lettera di Carlo Levi per Einaudi, lei mi aveva accolto sconsolata e aveva detto: Una lettera di Carlo non è la migliore presentazione.

Sereni avrebbe dovuto farmela.

Questi i precedenti con lei e in genere la mia certezza che lei non fosse in grado di capirmi: quando devo tentare preso chicchesia [*sic*] per farmi capire, non trovo mai la via giusta e se già c'era un muro, dopo i tentativi, c'è il muro e i pezzi di vetro, sanguinano le mani.

Devo riconoscere che io mi illudevo di capire lei. Fu la prima donna moderna che io conobbi il 47, umana e spregiudicata, sensibilissima e dura, animalesca e provocante, ma anche tenuta dentro il corpo da un fascino agli occhi, al volto. Non riuscii a vederla come oggi, dopo 5 anni, quella che è per comprenderla, staccata, senza la cera del mio sentimentalismo. All'ammirazione, fugacemente anche fisica nei suoi confronti, io mischiavo il dissapore per certi suoi gesti: l'attaccamento al lavoro, come di una ragazzina che deve correre a scuola; i problemi sociali che si dava; il suo comunismo e il suo cattolicesimo; le sue frasi scritte; il suo sentirsi povera; ecc. Pensavo che fossero affettazione dell'epoca del comunismo settentrionale e borghese.

Devo riconoscere che allora non ero in grado di giudicarla e che erravo profondamente. Nel macchinismo complicato per la reciproca comprensione entravano dunque la mia incapacità critica, le mie stupide illazioni, ecc., la mia ignoranza, e, in generale, il prepotente desiderio di impormi a lei e di guastarle a modo mio tutte le vere caratteristiche. In questa lotta, semplice e furiosa, che c'è sempre al primo sguardo, a ogni stretta di mano tra due persone che poi devono conoscersi, lei dovette capire la mia inferiorità e disistimarmi. Me lo meritavo. È certo però che se io la conosco meglio, lei non conoscerà mai me, perché è inibita molto piú di me.

Dall'impaccio, sentendola parlare, guidata da Manlio, con tutta la sua verità, sono uscito e l'ho finalmente conosciuta stasera: è inconfondibile, nemmeno Pavese l'ebbe veramente amica, merita di essere studiata, leggerò il suo libro attentamente.

Ricordati, da oggi, le difficoltà della conoscenza. Era piú giusto lo stupore infantile di fronte a certe cose, anzi che la fretta di certi giudizi.

N. ha fatto consistere la sua uscita dal PCI nell'interrotta pratica dei bollini sulla tessera. Voleva scrivere una lettera di dimissioni, ma non sapeva cosa dire.

L'esperienza che ha del comunismo è la cellula: riunioni di cellula ogni settimana con i colleghi di lavoro della casa editrice: niente amici, i compagni «amici zitti». «Amici zitti» ha ripetuto.

Eppure, dice, deve esserci un modo per risolvere il problema: molta gente ha la testa bassa. Una piccola rivoluzione è necessaria, un rovesciamento. A soffrire sono sempre quelli, i medesimi. Deve cambiare.

Manlio ha usato la sua piú bella dialettica, ma non l'ha convinta; una piccola rivoluzione, un rovesciamento. Agitava le tre dita della mano, cosí dicendo, e cacciava la grossa boccata di fumo.

Roma, 23 novembre 1952.

Alba de Céspedes

Lettera a Natalia Ginzburg

Mia carissima,

voglio scriverti due parole appena finito di leggere il tuo articolo. È cosí bello e sincero che ogni donna, specchiandosi in esso, sente i brividi gelati nella schiena. Tuttavia, per un momento, avevo pensato di non pubblicarlo, temendo di commettere un'indiscrezione verso le donne nel rivelare questo loro segreto. Inoltre pensavo che gli uomini lo avrebbero letto distrattamente, o con la loro vena di ironia, senza intuire l'accorata disperazione e il disperato vigore che è nelle tue parole, e avrebbero avuto una ragione di piú per non capire le donne e spingerle ancora piú spesso nel pozzo. Ma poi ho pensato che gli uomini dovrebbero infine tentare di capire tutti i problemi delle donne; come noi, da secoli, siamo sempre disposte a tentare di capire i loro. Ti dirò che nel pubblicare il tuo «discorso» ho dovuto vincere un senso istintivo di pudore: lo stesso, certo, che tu avrai dovuto vincere nello scriverlo. Poiché anch'io, come te e come tutte le donne, ho grande e antica pratica di pozzi: mi accade spesso di cadervi e vi cado proprio di schianto, appunto perché tutti credono che io sia una donna forte e io stessa, quando sono fuori del pozzo, lo credo. Figúrati, dunque, se non ho apprezzato ogni parola del tuo scritto.

Ma – al contrario di te – io credo che questi pozzi siano la nostra forza. Poiché ogni volta che cadiamo nel pozzo noi scendiamo alle piú profonde radici del nostro essere umano, e nel raffiorare portiamo in noi esperienze tali che ci permettono di comprendere tutto quello che gli uomini – i quali non cadono mai nel pozzo – non comprenderanno mai. È questo il difetto degli uomini, a parer mio: quello di non abbandonarsi mai totalmente, mai lasciarsi cadere nel pozzo. Sicché a volte io penso con affettuosa compassione che essi non abbiano pozzi in cui cadere e quindi non possano mai venire a contatto immediato con la debolezza, i sogni, le malinconie, le aspirazioni, e insomma tutti quei sentimenti che formano e migliorano l'animo umano e che – sebbene inconsapevolmente e per un succedersi di ignorati tranelli – pesano anche sulla vita dell'uomo piú conforme al modello virile. Nel pozzo sono pure tutte le dolorose e sublimi verità dell'amore, sono anzi nel fondo piú profondo di ogni pozzo, ma le donne, tutte le donne delle quali tu parli, vi crollano dentro cosí pesantemente da riuscire a toccarle. E noi siamo spesso infelici in amore, appunto perché vorremmo trovare un uomo che anche lui cadesse qualche volta nel pozzo e, tornando su, sapesse quello che noi sappiamo. Questo è impossibile, vero, cara Natalia?, e perciò è impossibile per noi veramente essere felici in amore. Ma quando si cade nel pozzo si sa anche che essere felici non è poi molto importante: è importante sapere tutto quello che si sa quando si viene su dal pozzo.

Del resto – tu non lo dici, ma certo lo pensi – sono sempre gli uomini a spingerci nel pozzo; magari senza volerlo. Ti è mai accaduto di cadere nel pozzo a causa di una donna? Escludi naturalmente le donne che potrebbero farci soffrire a causa di un uomo, e vedrai che, se vuoi essere sincera, devi rispondere di no. Le donne possono farci cadere nell'ira, nella cattiveria, nell'invidia, ma non potranno mai farci cadere nel pozzo. Anzi, poiché quando siamo nel pozzo noi accogliamo tutta la sofferenza umana, che è fatta, prevalentemente, dalla sofferenza delle donne, siamo benevole con loro, comprensive, affettuose. Ogni donna è pronta ad accogliere e consolare un'altra donna che è caduta nel pozzo: anche se è una nemica. Poiché è appunto a prezzo di questa pietosa comprensione del dolore umano che noi a poco a poco ci risolleviamo e riusciamo a venir fuori dal pozzo. Sí, devi ammetterlo, sono proprio gli uomini a spingerci nel pozzo. I figli pure sono uomini, e i fratelli, i padri; ed essi tutti con le loro parole, e piú ancora con i loro silenzi, ci incoraggiano a cadere nel pozzo smemorante ove loro non possono raggiungerci e noi possiamo esser sole con noi stesse.

Vedi, cara Natalia, proprio a proposito di questi pozzi io ho tanto insistito perché, in questo stesso numero della rivista, Maria Bassino, uno dei maggiori penalisti italiani, difendesse il diritto delle donne ad essere magistrati. Perché spesso è proprio nel fondo del pozzo che le donne uccidono, rubano, compiono insomma tutti quei gesti che le umiliano, soprattutto perché sono contrari al naturale rispetto che ogni donna deve a se stessa. E gli uomini non solo ignorano l'esistenza di questi pozzi, e tutto ciò che s'impara quando si cade in essi, ma ignorano anche d'esser proprio loro a spingervi le donne con tanta spietata innocenza. Anche i magistrati ignorano tutto ciò, perché i magistrati – appunto – sono uomini. E non è giusto che le donne siano giudicate soltanto da chi non conosce come esse sono veramente, e perché agiscono in un modo piuttosto che in altro, mentre gli uomini sono sempre giudicati da coloro che, per essere della loro stessa natura, sono i piú adatti ad intenderli.

Gli uomini e le donne, tu dici, non sono fatti alla stessa guisa. Ma quale dei due è fatto meglio? Chi scende nel pozzo – ad esempio – conosce la pietà. E come si può vivere, agire, governare con giustizia senza conoscere la pietà? Inoltre il mondo è popolato almeno per metà di donne. E non è giusto che almeno la metà degli esseri che abitano il mondo viva in istato di soggezione per l'incomprensione dell'altra metà; che è appunto la metà che agisce, decide e governa. Tu dici che le donne non sono esseri liberi: e io credo invece che debbano soltanto acquisire la consapevolezza delle virtú di quel pozzo e diffondere la luce delle esperienze fatte al fondo di esso, le quali costituiscono il fondamento di quella solidarietà, oggi segreta ed istintiva, domani consapevole e palese, che si forma fra donne anche sconosciute l'una all'altra. Del resto essere liberi dal dolore, dalla miseria umana, è veramente un privilegio? La superiorità della donna è proprio nella possibilità di finire su una panchina, come tu dici, in un giardino pubblico, anche se è ricca, anche se scrive o dipinge, anche se ha occhi belli, gambe belle, bocca bellissima. Anche se ha vent'anni. Perché neppure la gioventú dà alla donna la sicurezza che tanto spesso possiedono gli uomini, e che è solo ignoranza della reale condizione umana.

Scusa, mia cara, questa lunga lettera. Ma volevo dirti che, a parer mio, le donne sono esseri liberi. E, tra l'altro, volontariamente accettano di essere spinte nel pozzo; delle sofferenze che esse patiscono nel pozzo vorrei parlarti a lungo, perché tutte le sofferenze sono nella vita delle donne; ma allora, per essere perfettamente onesta, dovrei anche parlarti di tutte le gioie che esse trovano in loro.

E di queste non posso parlarti oggi perché mi trovo – come spesso – nel pozzo.

Ti abbraccio, cara

Alba de Céspedes

Natalia Ginzburg

Nel pomeriggio del 9 settembre

Nel pomeriggio del 9 settembre, a Pizzoli, paese in Abruzzo dove vivevo da circa tre anni, sulla piazza davanti alla mia casa si fermò un'automobile e ne scese un uomo in divisa color cachi, alto, bello, ricciuto, con gli occhi verdi. Ricordo il colore dei suoi occhi perché lo guardai con molta attenzione, e potevo vederlo abbastanza da vicino dalla finestra della mia casa, a un solo piano, che stava al centro della piazza. Su quella piazza s'apriva il nostro portone, e accanto, la porta della farmacia; di fronte c'era una fontana, e una chiesa sul cui muro era scritto: «Solo Dio può piegare la volontà fascista, gli uomini e le cose mai». Sapevo a memoria quel panorama, perché lo contemplavo da tre anni, di mattina e di sera, e anche adesso che è passato tanto tempo, posso ricordare con estrema precisione sia la piccola chiesa con quella scritta sia il negozio di alimentari che stava di fronte, sia il portoncino del sarto, proprio al fondo, con la scaletta e la ringhiera di legno. La farmacista era una donna grassa, vestita di nero, che usava star seduta sulla porta del suo negozio e lavorare a maglia: e dicevano di lei, nel paese, che «parlava col diavolo». Cosa potessero dirsi, il diavolo e la grassa farmacista occhialuta, in ciabatte, sempre assonnata sulla sua seggiola al sole, non so.

Sullo scenario di quella piazza che io avevo imparato, in tre anni, a conoscere fino all'esecrazione, comparve l'uomo in divisa color cachi, quel pomeriggio del 9 settembre. Io non sapevo nulla di divise e per un attimo lo credetti un inglese. Ma un attimo dopo già sapevo ch'era un tedesco: e lo sapevo con orrore, perché l'arrivo d'un militare tedesco in quel luogo era, per me e per tutti i confinati ebrei che si trovavano là, orribile. Dopo quel primo tedesco, scesero dal camion altri militari, dei quali lui doveva essere il capo; e interrogarono un ragazzo, che faceva bere due cavalli alla fonte, mostrandogli certe mappe che avevano in mano. Ignorarono la farmacista, la quale s'era avvicinata a loro e li aveva creduti, come poi mi disse, inglesi. Risalirono sul camion, e scomparvero sullo stradale polveroso, verso il Nord.

Di colpo, la notizia che erano passati i tedeschi serpeggiò per tutto il paese. La campanella dell'asilo infantile, che era accanto alla farmacia, prese a suonare quasi senza interruzione: madri in affanno correvano a ripigliarsi i loro bambini per portarli a casa.

Il suono di quella campanella, e il rumore dei camion che, dopo quel primo, seguitarono a correre lungo la strada, scandirono le prime ore di quel pomeriggio. Io rimasi a casa, e credo quasi sempre alla finestra, perché quella finestra e quella strada erano le sole cose da cui potevo cercare di capire cosa accadeva; i miei rapporti col resto del mondo erano per il momento interrotti, mio marito si trovava lontano, a Roma, e i tentativi che avevo fatto per telefonargli, nella mattina, erano risultati inutili. Ora il paese appariva deserto, morto, immobile, la gente s'era chiusa in casa, sbarrando porte e finestre. Uno dei miei bambini era a letto col morbillo. C'era, nel paese, il morbillo, e anche il tifo: ma io avevo smesso d'aver paura di queste malattie, che di solito mi atterrivano, anche perché non c'era nel paese un dottore di cui fidarsi quando i bambini s'ammalavano: ma non si poteva aver paura di troppe cose insieme. Adesso, l'unica cosa di cui avevo paura, era quel tedesco bello, giovane, ricciuto e con gli occhi verdi, che s'era fermato per pochi attimi sulla piazza a parlare al ragazzo dei cavalli; e la guerra, che fino a quel giorno non avevo ben conosciuto, aveva assunto per me le fattezze di quel tedesco e il suo scenario era quella piccola piazza, sempre cosí tranquilla, e che avevo finito con l'esecrare perché non vi succedeva mai nulla, nulla, non vi passava mai un viso ignoto; ora il tedesco dagli occhi verdi aveva fatto di quella piazza, di tutto quello stradale che si perdeva in mezzo alle colline, qualcosa di inabitabile e mortale.

Vicende di una voce

di Domenico Scarpa

This is the first thing
I have understood:
Time is the echo of an axe
Within a wood.

PHILIP LARKIN

Natalia Ginzburg la leggono prima di tutto i lettori comuni, donne e uomini, senza distinzione di età, livello sociale e mezzi economici. Di piú le donne, potrebbe parere, ma solo perché è piú percettibile il loro stupore e il loro piacere nell'imbattersi in quei libri dove si possono specchiare e interrogare, libri che pure sono scritti da una persona che definiva sé stessa «scrittore» o «romanziere» al maschile assoluto, e non perdeva occasione per dichiarare che aveva sempre cercato di scrivere senza effusione, in modo asciutto, anzi: come se fosse stata un uomo; uno scrittore nel senso assoluto della parola, che malgrado condividesse le battaglie civili delle donne (lo testimoniano i suoi interventi sui giornali e la presenza in Parlamento) entrò piú volte in polemica con il movimento femminista.

Poi amano Natalia Ginzburg gli attori e i registi: le persone che lavorano con il corpo e per le quali le parole sono un membro del corpo, un organo di senso come le vibrisse dei gatti, una materia che possiede perlomeno tre dimensioni e che si può toccare e manipolare.

Con un'attenzione speciale la prediligono gli scrittori, il cui strumento sono sempre le parole, materia però da smaterializzare e trasformare con l'udito interiore. La amano e le dedicano attenzione sia gli scrittori che lo dichiarano esprimendo gratitudine per aver imparato da lei leggendola, sia gli scrittori che non ne parlano e hanno magari dimenticato di averla letta; in alcuni di questi ultimi la sua presenza può essere anche piú diffusa e visibile.

Generalmente non amano la Ginzburg gli studiosi: gli

storici della letteratura, i critici letterari, i professori universitari. Con molte eccezioni certamente; ma in maggioranza essi sono di volta in volta noncuranti, sprezzanti, sfottenti o tutt'e tre insieme. Non la ama chi tende ad avere con le parole un rapporto astratto, di temperatura da gelida a tiepida, e nei suoi libri non trova – ad esempio – la gran teoria di cui va in cerca, e un linguaggio intellettuale etichettabile o quantomeno consono all'etichetta della comunità intellettuale egemone.

Chi ascolta Natalia Ginzburg sa che la sua voce è tra le piú belle del Novecento italiano e non solo italiano. All'orecchio, a differenza che al cuore, si comanda. Ci riesce la musica e ci può riuscire anche quella musica semantica, le parole, dove i suoni hanno un senso registrato nei vocabolari: un senso certificabile dall'uso corrente, piú infiniti altri sensi che sorgono di volta in volta dall'insieme delle parole radunate da chi le ha scritte, e che sono in parte evidenti, in parte intravisti, in parte imprendibili. Questa compilazione intitolata *Un'assenza* ha offerto ai lettori, nella maniera piú completa che si poteva, alcune strade che la voce della Ginzburg ha percorso in oltre cinquant'anni di lavoro. Il primo racconto che pubblicò col nome di nascita Natalia Levi s'intitolava *I bambini*. Uscí nella tarda primavera del 1934 su «Solaria», che si stampava a Firenze ed era la piú importante rivista letteraria di quegli anni. Qualche settimana piú tardi, il 3 luglio, Eugenio Montale, la figura piú influente in «Solaria», scrisse all'amico poeta Angelo Barile, ligure come lui: «Hai letto Natalia Levi (17 anni)? Se continua cosí sviluppandosi abbiamo finalmente quello che ci mancava. E che scrittura intelligente!»

Era, insieme, un giudizio, una felicitazione e un presagio. La novità da segnalare con il punto esclamativo era un talento insolito: quello del puro narratore di storie dotato di un linguaggio conciso e concreto, nella cui intelligenza sia disciolto del brio. Il referto era tanto piú lungimirante se si considera che alcuni anni prima Montale era stato all'origine della fortuna italiana di Italo Svevo, un narratore che era l'intelligenza narrativa personificata e al quale «Solaria» aveva reso omaggio piú volte.

Di Natalia Levi Montale era quasi parente. La sua compagna Drusilla Tanzi, da lui soprannominata «Mosca», era sorella di Lidia Tanzi, la madre di Natalia; ma il suo parere non era frutto di nepotismo, né la pubblicazione dei *Bambini* si doveva al suo intervento. Montale si era imbattuto in un narratore che, con semplicità di mezzi, faceva accadere ogni cosa al di sotto delle parole. Un narratore misteriosamente capace di descrivere gesti, facce, luoghi, ambienti, capace di riportare battute di dialogo facendo in modo che s'intuisse ogni sottinteso, ogni sotto-significato annidato in quei dettagli materiali e in quelle parole banali. Dal momento che amava Joyce, Svevo e Henry James, e che avrebbe amato Forster se lo avesse conosciuto già allora, Montale era predisposto a riconoscere un talento cosí formato.

«Emilia, non ho sonno, non posso dormire, ci ha mandati a letto piú presto del solito»: fin dal principio Natalia ottiene quell'assorbimento dei sentimenti e dei pensieri – negli oggetti, nelle azioni, nella superficie dei dialoghi – che salvaguarda tre capisaldi del racconto: reticenza, tangibilità del dettaglio, linee d'una stilizzazione. Natalia Levi aveva imparato da Tolstoj a mostrare e da Čechov a nascondere. Dal primo con forza e limpidezza, dal secondo con misericordia e ironia. In seguito, avrebbe imparato da Proust non la memoria bensí la capacità di far passare il tempo, e il tempismo dei cambiamenti che colgono di sorpresa non solo il lettore ma, si direbbe, la stessa narrazione in corso: cambiamenti che investono una persona, il suo carattere, il suo destino. Se poi quella persona, quel personaggio, muore, nell'episodio della sua morte agisce l'insegnamento di tutti e tre i maestri.

Fin dal titolo e dallo svolgimento di *Un'assenza* s'imponeva il ruolo di un personaggio del quale si parla sempre e che non si mostrerà mai. In quella prima novella, invece che parlarne il personaggio è pensato e ricordato senza sosta: di Anna, suo marito Maurizio evoca le frasi e i discorsi ritrovando dappertutto la sua impronta. Quel primo racconto «per adulti» fa agire un adulto che si accorge di essere rimasto in tutto e per tutto un bambino, ma che subito se ne dimentica. Da allora in avanti Natalia lavorerà dentro la crepa aperta dalle sorprese che il destino tiene in serbo, trovando percorsi sempre piú sottili, e sempre piú sotterranei, per condurre sé stessa e il lettore verso quel punto. Ma non riuscí a trovare immediatamente la giusta intonazione.

La voce che si avverte nelle prime due novelle di questo volume, *Un'assenza* e *Settembre*, è compiaciuta e malignetta: una voce che si crogiola nell'arabesco delle frasi che intesse, la cui sequenza lascia l'impressione contraddittoria della fatuità e dell'enfasi, come a dire che la distanza, da sé medesima e dai fatti narrati, può essere troppa e troppo poca allo stesso tempo. Un vapore acustico annebbia i dettagli, che appaiono magari ben scelti – e scelti anch'essi con perfida attenzione – se considerati uno alla volta, ma che nell'insieme non convincono. In verità è la voce in sé a non convincere: in queste prime due novelle Natalia intrattiene con le parole un legame ansioso, come se invece di lasciarle libere di raccontare le interrogasse: la realtà non è evocata bensí invocata.

Un'assenza è al passato remoto, *Settembre* è al presente. Con la comparsa dell'imperfetto nei *Bambini* si riassorbe in gran parte l'umido dei primi due testi. Benché possa sembrare una contraddizione, il tempo della durata introduce la fermezza dello sguardo: maggiore velocità della sintassi, migliore cadenza dei dettagli. E con la durata si assesta la distanza: la vita procede per conto suo, io narratore la osservo. «Chiusero gli occhi. Domani... Il buon Dio stava preparando per loro un domani bellissimo, pieno di cose nuove, deliziose». Nella frase che chiude *I bambini* si ritrova quello slancio volenteroso, e ignaro di essere disperato, che cosí spesso Čechov registra. Montale aveva visto bene, l'oroscopo di quel primo racconto a stampa si sarebbe avverato.

Nel 1937, subito dopo la chiusura di «Solaria», Eurialo De Michelis scrisse che i narratori presenti sulla rivista, da Bonsanti a Svevo, da Loria a Morovich a Carlo Emilio Gadda, avevano condiviso il «paradossale obiettivo» di «fare il racconto senza farlo». Se per Svevo questa frase genialmente sbrigativa è infondata, resta vero (ed è di nuovo De Michelis a parlare) che furono i piú giovani del gruppo a decidersi a narrare, senza preamboli e a muso duro. La loro protervia nell'affrontare la realtà, la loro mancanza di raffinatezza e di paura dissolse di colpo l'aura poetica della «letteratura pura». De Michelis nomina Elio Vittorini (classe 1908) e Pier Antonio Quarantotti Gambini (1910); non nomina Natalia Levi che era la piú giovane in assoluto (e in seguito dichiarerà che a quel tempo i suoi maestri di scrittura fra gli italiani erano stati Svevo e Moravia, estraneo a «Solaria» il secondo).

I documenti emersi a distanza di decenni ci dicono che gli interlocutori di Natalia – a cominciare da Alberto Carocci, direttore di «Solaria», e da Montale – ebbero per lei una stima aumentata dallo stupore: stupore per il fatto che quei racconti cosí corti, cosí ruvidi, gli si presentassero come novità inaudite, e stupore perché *gli piacevano*. Finalmente inciampavano in uno scrittore capace di raccontare: ancora inesperto, ma si vedeva benissimo che era nato per fare questo e che non desiderava altro.

Nemmeno Mario Soldati apparteneva a «Solaria», ma anche lui fu tra le persone che apprezzarono e aiutarono Natalia Levi all'esordio. Oggi, a cose compiute, appare ovvio che dal quaderno di Natalia Levi scegliesse proprio *Settembre* per darla al «Lavoro» di Genova, cui collaborava da anni. Quella novella gli era congeniale, anzi gli somigliava: legami torbidi descritti con linguaggio trasparente, gli stessi che s'intrecciavano nei racconti del suo esordio (*Salmace*, 1929) cosí come nel nuovo libro che in quel momento stava pubblicando, *America primo amore*.

Anche in *Settembre*, novella non completamente riuscita, quella che poteva parere effusività era l'infierire di un narratore – la cattiveria del narratore nato – su dettagli organizzati in vista di un effetto. Una parte di essi la si poteva omettere, ed è quanto Natalia Ginzburg avrebbe fatto per l'intero percorso successivo. La freddezza di *Casa al mare*, cui pervenne poco piú tardi, le parve addirittura un eccesso. Ma piú che freddezza sono evidenti in *Casa al mare* una solidità di costruzione e uno spessore umano che non s'erano visti prima, cosí come per la prima volta comparivano quelle coppie di verbi o aggettivi (destinati piú tardi a diventare terne o quaterne) che sollevano con perentorietà la prosa: «disprezzava e scherniva crudelmente le ragazze che si erano innamorate di lui»; «Era forse timore ch'egli potesse in qualche modo sconvolgere e spezzare la vita che m'ero venuta formando»; «Il suo viso era pallido e attonito». Altrettanto vale per le immagini di similitudine che cosí frequenti e inoppugnabili incontreremo nei futuri romanzi e nelle commedie teatrali: «Era come una grande pianta isolata. Il vento che soffia nelle sue fronde e la terra che nutre le sue radici fanno parte della sua vita, non altro. Cosí io sentivo che le gioie e i dolori di Walter non gli venivano dai suoi simili, ma da cause incomprensibili e sconosciute a noi, come la terra o il vento». Qui abbiamo un narratore nel pieno delle sue facoltà, Natalia Levi maturata una volta per sempre. In *Casa al mare* soltanto il finale suona sforzato e sommario.

Datato marzo 1938, *Il maresciallo* è l'unico racconto fantastico che la Ginzburg risulti aver scritto, e anche qui una conclusione frettolosa induce a pensare che volesse sbarazzarsi al piú presto non della storia bensí di un genere poco congeniale. Eppure in qualche modo il fiabesco e il fantastico non dileguano da lei: permangono nelle trasformazioni repentine della realtà, dei sentimenti, degli individui: nel modo in cui le cose appaiono o scompaiono improvvise (le voci del verbo *apparire* sono importanti nella sua scrittura). Il suo sarà un fantastico timido e ammutolito, un introvertito fantastico di desiderio. In molti scritti dell'età adulta (alcuni presenti in questo volume: i due intitolati *Infanzia*, del 1949 e del 1969; *Luna pallidassi*, del 1975) la Ginzburg racconta fino a che punto sentisse frustrato il suo segreto fantasticare, inavvertito o strapazzato dagli adulti tra i quali viveva, e impossibile da condividere per l'assenza di coetanei intorno a lei. Questa personalità precocemente conculcata nel proprio fantasticare avrebbe sviluppato fin dall'adolescenza una facoltà percettiva fuori del comune; e, reiterando un comportamento, l'avrebbe mantenuta il piú possibile segreta.

In *Mio marito* (1941) si ascolta la prima voce di donna che nell'opera della Ginzburg parli in prima persona. È diversa da Natalia ma è ugualmente un prototipo. È la prima delle sue donne in cui la completezza della dignità rende superfluo l'orgoglio: donne che colgono i segni di ciò che si prepara sapendo in anticipo che le parole arriveranno quando non ci sarà piú niente da fare, completamente sole a tirare le redini del loro istinto e della loro prudenza; donne di buona memoria, resistenti ai colpi, capaci di ogni passione senza potersene permettere nessuna se non per rapidi momenti, circoscritte come sono in brevi spazi. Accanto a questo prototipo di donna risalta piú ancora il personaggio maschile che, con sembianze e camminature diverse, abbiamo incontrato fin dalle prime novelle: inconsistente, tronfio, melenso, incapace di guardarti negli occhi, capace di qualsiasi menzogna e viltà non per proterva energia ma perché spappolato dentro, ma pure degno di misericordia.

La donna che dice «io» in *Mio marito* non ha un nome (non ha mai il bene di sentirsi chiamare per nome) ed è la capostipite delle donne che nell'opera di Natalia Ginzburg lasciano piantato ciò che rimane al mondo dopo la fine del mondo: la lucidità con cui contemplano, raccontano a sé medesime, raccontano a un uditore invisibile la propria desolazione, e l'agro ma sempre meno impercettibile spirito con cui la sanno vivere: «Una delle vicine volle ad ogni costo farmi prendere un po' di caffè. La dovetti seguire in cucina, bere del caffè chiaro e tiepido dentro un bicchiere. Quando tornai, Mariuccia era morta».

Poco dopo *Mio marito* la Ginzburg scrisse il suo primo romanzo breve *La strada che va in città*. Delia, la ragazza che nella *Strada* parla in prima persona, ha in comune con il personaggio narrante di *Mio marito* la capacità di *sapersi* in ogni momento, anche quando si butta via in tutti i modi; con lei condivide ancora il custodire in sé un nucleo di solitudine caparbia, capricciosa e inscalfibile.

Al tempo della sua apparizione, in pieno conflitto mondiale, piú d'un critico letterario classificò la *Strada* (e, a guerra finita, il successivo *È stato cosí*) come un sottoprodotto della letteratura americana anni Venti-Trenta contaminata con cadenze di Cesare Pavese. Oggi lo si percepisce in tutt'altro modo: gli americani, Pavese, gli aromi dell'esistenzialismo francese o del neorealismo italiano, tutto questo è evaporato via dalle sue pagine.

Il tempo ha restituito alla *Strada che va in città* un allegretto, un risalto di colore, una velocità che dovevano essere lí da sempre ma che a lungo erano rimasti coperti dalla presunta patina-Pavese: il quale non godette mai di quella concretezza, di quel possesso fulmineo e predace della realtà – la madre che arriva «affannata, con le patate nel grembiale» sentendo che il marito sta picchiando la figlia; il bambino appena nato «con certe dita lunghe che muoveva pian piano, e un'aria misteriosa e fissa, come se stesse per scoprire qualcosa» –, di quel talento prestigiatorio o medianico nell'intrecciare molti piccoli fatti visibili in pochissimo spazio, preparandone frattanto alcuni pochi, grandi e non visibili, che solo alla fine, o al di là della parola fine, si riveleranno.

Natalia possedeva fin dal principio questa capacità di avanzare nell'implicito. Nell'estate 1936 era in vacanza con i genitori in un luogo che detestava, la montagna. Da

Gressoney-Saint-Jean scrisse al fidanzato Leone Ginzburg, da pochi mesi uscito dalle carceri di Civitavecchia dopo aver scontato una condanna per antifascismo: tuttora sorvegliato speciale, non poteva lasciare Torino. La lettera – come molte di lei, della sua famiglia e di altre persone sospette di attività antistatale – fu intercettata e trascritta dalla polizia; a questo si devono il *pò* e l'interpunzione allentata: «La mia novella è andata un pò avanti sono arrivata alla lezione, ma non mi piace non sapere il titolo».

Natalia raccontava a Leone le novelle che andava scrivendo, e le poteva succedere (si potrebbero addurre altre testimonianze analoghe) di ignorarne il titolo, che è come dire la longitudine e latitudine. Il titolo di un racconto, o il suo finale, non le erano dati necessariamente in partenza. Erano un qualcosa che si rivelava e che poteva sorprenderla, dirottandola verso punti non segnati sulle carte. Dirà di *Valentino*, romanzo breve del 1951: «Io avevo in mente una persona fisica, ma che non era affatto omosessuale. E l'omosessualità l'ho scoperta mentre scrivevo il racconto: io sapevo che c'era qualcosa, qualcosa di nascosto, ma non sapevo cos'era. E proprio mi si è sciolto in mano...» Di carattere piú tecnico l'osservazione dedicata a uno scrittore che scoprí tardi e predilesse, Antonio Delfini: «Quando racconta, Delfini ignora ogni costruzione, fabbricazione, idea precostituita, o disegno. Parte da un punto ben preciso ma il luogo d'arrivo gli è oscuro. Non gli è indifferente ma gli è oscuro». Natalia scriveva ugualmente cosí. Nella *Prefazione* che apre la raccolta dei suoi *Cinque romanzi brevi* ricorda il tempo del suo apprendistato:

> Mi flottavano sempre per la testa non solo personaggi e racconti, ma anche titoli di racconti: di alcuni racconti non possedevo null'altro che il titolo, ma avere il titolo d'un racconto mi sembrava già una ricchezza, un titolo per me era un racconto potenziale. Ebbi in testa per molti anni il titolo *Vicenda*, e non so dire quanti racconti disparatissimi incominciai con questo titolo, distruggendoli perché non mi sembravano degni d'una simile parola indistinta e meravigliosa; e quando me ne andavo per la strada ed ero contenta per qualche ragione, mi dicevo: «E poi scriverò anche il racconto *Vicenda*», e mi rallegravo alle stagioni felici che riserbava l'avvenire per me.

Se poi ci si domanda come scrivesse Natalia Ginzburg materialmente, la piú completa fra le testimonianze personali è in un'intervista francese del 1977:

> J'écris sur des feuilles, larges quand je dois faire mes articles... sur des feuilles coupées en quatre pour mes romans... des feuilles petites que je peux jeter... Je ne rature pas, je réécris... Il me faut beaucoup de feuilles, évidemment... Je travaille tôt le matin, à quatre heures. Il peut m'arriver de me lever à trois heures, trois heures et demie... Je dors peu, cinq ou six heures au maximum... Enfin, ce n'est pas une règle.

L'archivio bolognese degli Eredi Ginzburg offre molti reperti del suo modo di lavorare. Del breve racconto di memoria che nel 1969 s'intitolò *Né ricchi né poveri* fin quasi all'ultimo istante, e che oggi ci è noto come *Infanzia*, rimangono decine di fogli scritti a penna, quasi sempre su ambedue le facciate. Ogni singola frase è stata provata e riprovata piú volte. Le frasi piú brevi occupano spazi di rigo sempre piú stretti via via che si cala verso il margine inferiore del foglio, quasi che si trattasse di scrittura in versi: e invece l'effetto-imbuto è una ricerca di concentrazione, una conquista di lentezza, un convergere al punto dell'ascolto assoluto di sé: di una voce interiore cui corrisponda in pieno la pronunzia grafica.

Le frasi di Natalia Ginzburg procedono per esperimenti successivi di esecuzione: sono tentativi ripetuti decine di volte, nell'eseguire i quali la mente – la voce mentale interna – va avanti e indietro senza stancarsi come se dovesse arare un terreno fertile ma aspro. Vedere i suoi fogli scritti a mano comunica esattamente l'impressione di un'aratura: anche per la forza con cui la punta della penna (il fenomeno è piú vistoso ancora dagli anni Sessanta in poi, quando la Ginzburg usò regolarmente le biro) incide in profondità: può accadere che il foglio conservato in archivio, una volta separato dal mucchio di cui fa parte, tenda a richiudersi come una corolla, anche a cosí tanti anni di distanza: come se gli orli mirassero a convergere là dove lo sforzo di esprimere è stato piú strenuo.

Questi, che sono dettagli materiali, rinviano a un importante carattere interno della scrittura di Natalia Ginzburg. Si direbbe che esista un solco acustico attorno al quale si va muovendo l'avanti e indietro di ogni singola frase fin quando non arrivi a coincidere con quel solco (con quel solco che è preesistente, si direbbe: con il solco ideale) per l'intera sua lunghezza. È dunque una scrittura che risponde a due diverse leggi di sviluppo: una scrittura che riparte ogni volta da zero, e insieme una scrittura iterativa e bustrofedica: una scrittura guidata da una furiosa volontà sperimentale, da un istinto cognitivo di sopravvivenza, da un impulso all'aumento della vitalità espressiva, e che nello stesso tempo reca, visibile, lo stigma di una consapevolezza: di quanto ogni sforzo che facciamo si possa rivelare insufficiente comunque. È una scrittura che con grande fatica quotidiana insegue una musica immateriale e che in ogni segno inciso fonde insieme la carne e lo spirito.

Si può proporre anche un'altra metafora per la scrittura della Ginzburg, la cruna dell'ago dei Vangeli. Nel suo caso si tratta di una selezione intransigente dei materiali intellettuali, di un drastico sfoltimento delle cose che è possibile dire, e che vanno ridotte all'essenza: aggirate, accennate, alluse, omesse, nascoste, e riassorbite al fondo dei segni visibili del significato, le parole scritte. La metafora della cruna d'ago vuole dire che Natalia Ginzburg ha cercato, nella sua scrittura, una ricca povertà: per la cruna dovevano passare poche parole semplici, che fossero ricche di tutto ciò che avevano abbandonato prima, al di qua di quella cruna, e che pur essendo povere sprigionassero ricchezza dal modo di stare insieme: dalla loro sequenza, dalla curva che descrivevano, dal tono dell'emissione. Chi ha letto oggi i testi di *Un'assenza* non ha avuto sott'occhio i corrispondenti fogli scritti a mano: ha avuto quel filo di parole ricche essendo povere. Rimasto allora inutilizzato, anche il titolo *Né ricchi né poveri* era un oroscopo.

Questa digressione sulla scrittura partiva da una lettera privata che abbiamo potuto leggere perché intercettata e archiviata dalla polizia di una dittatura. Le *Notizie sui testi* mostrano fino a che punto il percorso dei racconti di Natalia Ginzburg sia intrecciato con la storia della sua epoca. Tuttavia, se in mancanza di altri documenti ci limitassimo a leggere i soli racconti d'invenzione della prima parte di questo libro, fino a *Mio marito* compreso (storia che pure fu scritta in tempo di guerra a Pizzoli, in un luogo d'internamento politico, e che pure venne ispirata da quel luogo), non sarebbe facile dedurne il clima storico circostante.

Sentire un clima, percepire e poter definire ciò che di giorno in giorno cambia o resta identico, può risultare difficile perfino a chi lo abbia attraversato. Poco dopo la fine della guerra, nei primi mesi del 1946, Adolfo Omodeo rievocò il ventennio durante il quale aveva collaborato con Croce mentre il fascismo occupava il potere:

> Gli anni passavano senza una loro immagine, senza un rilievo. Bisogna fare uno sforzo di memoria per stabilire in che cosa il 1930 differisse dal 1928, in che cosa il 1936 si differenziasse dal 1937. Anche i fatti piú rumorosi della cronaca dell'epoca non arrivano a venare il ricordo tenebroso degli anni della tirannide e la loro tristezza uniforme. Il passare del tempo veniva segnato solo dal crescere delle bambine di casa Croce, che scherzosamente io confrontavo a una nidiata di topolini nati in una biblioteca: le bambine diventavano ragazze, la prima passava a nozze poco dopo le onoranze che tutti gli sparsi amici italiani tributarono al Croce per il settantesimo natalizio, offrendogli una ristampa dell'*Aesthetica* del Baumgarten.

Sono le parole di uno storico, e suonano come la dichiarazione di resa della storiografia davanti alla parete di un'epoca vile. Anche in *Lessico famigliare* si legge a un certo punto che «Il fascismo non aveva l'aria di finire presto. Anzi non aveva l'aria di finire mai»; oppure, con piú spirito e con la voce di Alberto, il fratello piú prossimo per età a Natalia: «Che città noiosa Torino! Come ci si annoia! Non succede mai niente! Almeno una volta ci arrestavano!»

In *Lessico famigliare* mancano le date, gli anni non vengono mai detti. Succedono, o vengono menzionati, fatti di rilevanza pubblica che, conoscendo la storia, è possibile situare nel tempo. Pure, la fisionomia del tempo che si trasforma resterebbe riconoscibile anche in assenza di quei punti d'orientamento, e questo proprio grazie ai dettagli che Omodeo enumera in tono di sconfitta: le bambine che crescono, il matrimonio della piú grande, quel tale libro ricevuto in omaggio, ma soprattutto le parole del linguaggio intimo – il nido dei topolini nati in biblioteca. È proprio questo a rendere distinguibile e narrabile il tempo. La letteratura, insomma, può arrivare là dove la storiografia non arriva, o almeno dove non arriva un certo tipo di scrittura della storia. A leggere il *Lessico* si direbbe che Natalia Ginzburg avesse a disposizione una *palette* storiografica che le permetteva di conferire a ciascun anno la sua sfumatura. Ma per acquisire questo nuovo talento fu necessario che la storia non si limitasse a interferire nei suoi racconti: dovette, con la morte di Leone Ginzburg, penetrare con violenza nello scrivere.

Oltre a intitolare i versi che aprono la seconda sezione di questo libro, la memoria è una facoltà che a partire dal 1944 sarà presente – con la firma «Natalia Ginzburg», comparsa per la prima volta sotto quella poesia – in tutta l'opera successiva. Se aveva impiegato tempo a trovare la giusta posizione per mettersi di fronte alla realtà, fin dal principio Natalia seppe scegliere il punto per stare di fronte a sé stessa. Non mi sento di commentare *Memoria* e non mi sembrerebbe comunque opportuno farlo qui. Mi basta averla messa accanto agli altri scritti di *Un'assenza*: bisogna leggerla in sequenza con *Inverno in Abruzzo*, di cui viene solitamente ricordata la frase conclusiva, «Ma quello era il tempo migliore della mia vita e solo adesso che m'è sfuggito per sempre, solo adesso lo so». Ci si dovrebbe fermare anche sul suo penultimo capoverso:

C'è una certa monotona uniformità nei destini degli uomini. Le nostre esistenze si svolgono secondo leggi antiche ed immutabili, secondo una loro cadenza uniforme ed antica. I sogni non si avverano mai e non appena li vediamo spezzati, comprendiamo a un tratto che le gioie maggiori della nostra vita sono fuori della realtà. Non appena li vediamo spezzati, ci struggiamo di nostalgia per il tempo che fervevano in noi. La nostra sorte trascorre in questa vicenda di speranze e di nostalgie.

Subito dopo viene annunciata la morte di Leone nel carcere di Regina Coeli.

I testi di memoria che Natalia Ginzburg prese a pubblicare dopo la guerra furono diversi l'uno dall'altro ma sempre ben intonati, laddove nei racconti d'invenzione (*Le ragazze*, *Giorni avventurosi*) si avverte un falsetto che davvero appartiene all'epoca in cui apparvero: falsetto e non «lagna», come allora la definirono Bassani e Pavese, ciascuno per proprio conto ma con malizia concorde.

A eccezione di *La madre*, che è di fatto un romanzo iperdenso, nel dopoguerra la Ginzburg abbandona il racconto breve; pratica, anzi: s'inventa altri generi di scrittura che le corrispondono, mentre il passo narrativo si regola sulla misura del racconto «lunghetto», come lei lo definisce nel suo gergo di lavoro. A parte le 270 gremite pagine a stampa di *Tutti i nostri ieri* (1952), fra i testi narrativi che realizzò negli anni Cinquanta conosciamo due romanzi brevi compiuti – *Valentino*, del 1951, e *Sagittario*, del 1957 – e uno incompiuto, *Pierrot Lunaire*, anch'esso del 1957. Ma nel suo archivio sono presenti svariati torsi narrativi degli anni Cinquanta e primi anni Sessanta: e sono tutti, chiaramente, romanzi brevi incompiuti. Fra le sue carte non si è trovato nessun racconto breve completo e lasciato inedito.

Accanto alla memoria, la cronaca è il nuovo genere di scrittura praticato da Natalia Ginzburg nei primi anni del dopoguerra. Non durò a lungo, piú avanti ne vedremo le ragioni. Qui si può cominciare dal titolo *Volano i corvi su Matera*: questa specie volatile luttuosa è l'unica presente nel testo della Ginzburg. Pochi anni prima era uscito *Cristo si è fermato a Eboli* di Carlo Levi, dove invece si legge:

«Il cielo era pieno del volo nero dei corvi, e, piú in alto, delle grandi ruote dei falchi: ci si sentiva guardati di fianco dai loro occhi immobili e rotondi».

Corvi – ma piú in alto i falchi. La differenza ornitologica era anche una differenza di caratteri, e un altro differente contrasto sarebbe insorto tra la Ginzburg e Rocco Scotellaro che le fece da guida nei suoi paesi traducendole (come lui stesso ricorda nella pagina di taccuino riportata in appendice) le parole «che si dicono nei Sassi di Matera». Scotellaro parla di «terra acristiana di Lucania»: oltre a essere una definizione etnologico-religiosa è un'allusione al *Cristo* di Levi e alla nuova visitatrice venuta da Torino, che a parere di lui rischiò di vivere quel viaggio come se ripetesse l'itinerario dantesco protetta da una tuta ignifuga.

Il contrasto Ginzburg-Scotellaro riguardò ogni aspetto del loro rapporto e della loro comunicazione: fu antropologico, politico, linguistico e un poco, da parte di Scotellaro, amoroso. Le due cronache di Natalia noi possiamo leggerle attraverso gli occhi di lui che la osserva, e che non trova una giusta distanza da lei cosí come lei non la troverà rispetto ai luoghi visitati.

Esiste infatti un terzo contrasto, lampante, tra i due articoli che Natalia pubblicò su Matera: due intonazioni diverse, quasi che le rispettive sedi di pubblicazione – un rotocalco dai titoli di scatola alla ricerca di notizie a sensazione, un accigliato quotidiano di partito in una giornata con risonanze politiche, l'otto marzo – influenzassero direttamente la sua scrittura.

In *Volano i corvi su Matera* la Ginzburg sembra lasciarsi contagiare da una malattia professionale del giornalista italiano: al posto della sua asciuttezza c'è una secchezza che non le si addice. La durezza della sua voce percuote le persone e le cose che descrive piú che lo scandalo della loro esistenza mortificata.

In entrambi i suoi appunti (scritti a cinque anni di distanza) cosí come nei versi *Per la Natalia*, Scotellaro insiste sulla diversità, sul «mondo diverso già cresciuto», ossia adulto e socialmente evoluto, cui la Ginzburg apparteneva.

Malgrado la permanenza di tre anni a Pizzoli, si direbbe che fra Matera e Tricarico non fosse rimasta abbastanza a lungo per vederci chiaro. Il suo moto di ribellione, la sua intenzione di denuncia, sono evidenti e sinceri. Eppure, la rabbia verso l'ambiente «già cresciuto» da cui proviene (e dove il suo articolo sarà stampato e letto) si traduce contro la sua volontà in guizzi di scherno per l'altro mondo che tenta di descrivere: «ci sono giovani studenti con la faccia pustolosa che leggono Hemingway e Sartre e si tengono convulsamente al corrente di tutto». Finisce cosí il suo articolo.

Qualche settimana piú tardi, quando invece che per il settimanale «Omnibus» scrive per «l'Unità», il risultato è tutt'altro: quelle *Donne laggiú* sono sue simili, e sono individui cui viene rivolto uno sguardo frontale. Natalia ha infatti bisogno di individui e di una possibilità di empatia, e anche di una sede che dissuada la voce dal cercare un'eco. L'articolo di «Omnibus» è una lunga emissione di voce di testa, laddove quella rivolta alle donne è voce di petto: ne viene fuori un filo, ma ben intonato; dai contenuti retorici, patetici, partitici, ma sulla stessa linea d'altezza delle sue interlocutrici.

Vale la pena fermarsi ancora un momento sui due articoli di Matera, perché malgrado le stonature essi anticipano gli articoli politico-morali che la Ginzburg pubblicherà a partire dai primi anni Settanta commentando fatti della cronaca italiana e internazionale. Di questa serie ventura i testi lucani contengono due elementi: la convinzione morale e l'assenza di soluzioni. Ciò che la Ginzburg vide a Matera sul finire del 1947 non fu la miseria, ma la miseria come assurdità senza rimedio. Qui la sua vicenda personale s'intreccia ancora una volta con la storia civile del nostro paese.

Le due persone che nel dopoguerra Scotellaro elesse a proprie guide avevano avuto, in un passato recente, grande importanza nella vita di Leone e Natalia Ginzburg. In

L'uva puttanella Scotellaro cita espressamente Carlo Levi, che di Leone era stato compagno di lotta e, nel 1934, di carcere. In *Contadini del Sud* cita Manlio Rossi-Doria, che compagno di prigione per Ginzburg lo era stato dieci anni piú tardi, e fu tra gli ultimi ad averlo veduto vivo. Al principio di *Figlio del tricolore*, episodio che apre *Contadini del Sud*, Scotellaro riporta un brano dal discorso tenuto da Rossi-Doria al Teatro Stabile di Potenza l'8 ottobre 1947:

> in queste zone quella che c'è non si può chiamare agricoltura, ma pazzia. Ci sarebbe tutto da rifare, tutto da riordinare, perché è assurdo il vivere come lí si vive; è assurdo coltivare il grano come lo si coltiva; è assurdo trattare la terra come la si tratta; è assurdo tutto. Debbo dirvi che è proprio rispetto a queste zone che è piú difficile trovare una soluzione, indicare la strada da percorrere. Tanti prima di me se ne sono occupati, ed io continuamente ci vado pensando, ma una soluzione chiara non la so ancora vedere.

In quegli anni Natalia Ginzburg si stava forgiando nuovi generi sperimentali di scrittura, ma intanto trovava dei punti di origine, dei fondamenti al proprio discorso. Insieme con l'avvento della memoria, il piú importante è quello affidato a *Discorso sulle donne*.

Discorso sulle donne contiene le frasi piú lunghe che la Ginzburg abbia mai scritto. Sono elenchi vivaci; sono un catalogo di caratteri femminili, assegnabili all'uno o all'altro dei due tipi di donne che, secondo Cesare Garboli, agiscono nei racconti di Natalia: «ragazze che sanno valutarsi, far valere il sesso e far brillare il corpo, quindi capaci di muoversi con grande disinvoltura nel mondo maschile, spesso con gesti infallibili di attrici, come nella tarda Ginzburg; e ragazze impacciate, chiuse, introverse (come nei romanzi di prima maniera), ragazze dalle camicette di piombo e dalle sottane di piombo». Questa galleria di personaggi effettivi o potenziali è anche, in *Discorso sulle donne*, la Valle di Giosafat del genere femminile, il luogo dove sono riunite tutte le anime prima del giudizio universale, giudizio che Natalia Ginzburg in persona s'incarica di pronunziare assegnandole a un'unica sede, a quello che nel testo pubblicato si chiama il «pozzo», il «gran pozzo oscuro», e che nella prima stesura manoscritta aveva un nome al plurale, «buchi neri»: l'immagine di una paura infantile cresciuta fino all'età adulta.

Discorso sulle donne e *Memoria* si corrispondono e sono la trave portante di questo libro. Il fatto che le donne tendano a cascare prima o poi in un pozzo oscuro è «degno di commiserazione»: tuttavia, la dignità prevale sulla commiserazione. Ugualmente, il continuare nel tempo a sollevare quel lenzuolo per guardare quel viso è un gesto non di lutto bensí di attenzione. Nell'uno e nell'altro caso l'atteggiamento è il contrario dello stoicismo: non c'è procurata insensibilità al dolore, e non c'è ricerca della maggiore distanza possibile dalle occasioni di dolore (anche al prezzo di rinunciare a vivere). Non è stoica Natalia Ginzburg: accoglie e misura il dolore che le tocca in sorte. Può parere stoicismo, il suo, perché sono assenti il lutto e le lacrime. Non è stoicismo, è solitudine consapevole in mezzo agli altri, nel pieno della città affollata: «è necessario che l'infelicità non sia in noi un'interrogazione lagrimosa e ansiosa, bensí una consapevolezza assoluta, inesorabile e mortale». La Ginzburg lo scrive nella *Prefazione* ai *Cinque romanzi brevi* allorché viene a parlare di *È stato cosí*, racconto la cui radice si è nutrita – trasformandoli – degli stessi fatti che sono all'origine di *Memoria* e *Discorso sulle donne*.

Cosí come non ha nulla a che vedere con lo stoicismo, il *Discorso* non è nemmeno una confessione. Non solo perché mancano nel testo i propri casi personali, ma perché la Ginzburg non è mai disarmata, come il genere-confessione prescriverebbe: è, al contrario, disarmante e niente affatto confidenziale. Forse l'aggettivo appropriato è: intangibile. Soltanto lei stessa può scegliere le parole che la riguardano, e raccontarsi con quelle. Ogni racconto scritto è un qualcosa di oggettivo, un qualcosa di perenne e inespugnabile. Può anche essere nato da una vita simile alla nostra e in un mondo identico al nostro: ma una volta che sia compiuto nella sua forma avrà conquistato una dimensione altra, sarà entrato a far parte di un altro mondo che noi possiamo contemplare e basta. Con i fatti che ha esposto non abbiamo il permesso di prenderci la minima confidenza. Possiamo però condividerli in tutto e per tutto, accogliendoli nella nostra intimità: come capita a migliaia di lettori con i testi di Natalia Ginzburg, che non solo consultano come delle guide, ma che custodiscono gelosamente come se per davvero descrivessero i loro fatti personali.

Nel 1949 fermò la sua attenzione sul *Discorso* Ernesto de Martino, dedicandogli una lunga nota a piè pagina nel saggio *Intorno a una storia del mondo popolare subalterno*. La nota corredava un passo dove si criticava l'«atteggiamento dominante della cultura tradizionale di fronte alle forme culturali del mondo popolare subalterno», atteggiamento entrato ormai in crisi insieme con la classe sociale di cui era espressione.

Il saggio di De Martino apparve in «Società», trimestrale legato al Pci. Le vecchie classi dominanti stavano per essere sconfitte dal «moto di liberazione [che] abbraccia oggi centinaia di milioni di uomini semplici, oggetto di sfruttamento e di comando nella società divisa in borghesi e proletari». Alla testa di quel moto si era messo il solo paese – l'Unione Sovietica – nel quale il socialismo avesse vinto, e che alla vittoria avrebbe condotto «popoli coloniali e semicoloniali», «masse popolari», «strati subalterni». Tutti costoro andavano schierandosi «a fianco della frazione piú avanzata, piú cosciente e piú organizzata del movimento proletario». Sembra difficile, oggi, leggere qualcosa di piú datato e smentito dalla storia; ma proprio in quel punto si apriva la nota:

> Nel quadro di questa generale sollevazione del «mondo popolare subalterno» è da considerare il nuovo modo di farsi valere del «mondo delle donne», che finalmente sta uscendo dalle forme del «femminismo» tradizionale. In un eccellente articolo apparso su «Mercurio» (n. 36-39), NATALIA GINZBURG parla della «disgraziata e infelice stirpe delle donne» con un accento nuovo, quasi che esse formassero una civiltà loro e avessero una storia loro, con quel loro

continuo rischio di cadere «in un gran pozzo oscuro», in una sorta di misteriosa malinconia viscerale, immenso retaggio servile che rende cosí difficile il loro ingresso nel luminoso mondo della storia universalmente umana, con la sua fervorosa operosità laica. Che cosa sia propriamente questo «grande pozzo oscuro» che le minaccia, è stato già contemplato sul piano della storia della umana civiltà nel mio *Mondo Magico*: ma il fatto che qui si vuole sottolineare è che il «mondo delle donne», nel quadro generale del risveglio del mondo subalterno, comincia ad acquistare coscienza della propria situazione e delle contraddizioni che la caratterizzano, e con ciò si muove effettivamente sulla via della liberazione reale.

Il mondo magico era uscito da Einaudi l'anno precedente, inaugurando una «Collezione di studi religiosi, etnologici e psicologici» voluta da De Martino e da Pavese. Una delle idee portanti dell'opera si può sintetizzare come segue: la nostra presenza, la consistenza della nostra individualità, l'autonomia della nostra persona, la distinzione tra un io stabile e un mondo altrettanto stabile, tutto questo non è un dato: non è una premessa garantita e inalterabile dell'esistenza. Lo studio delle società appartenenti al «mondo magico» rivela, al contrario, una drammatica «fragilità della presenza», che è costantemente insidiata dal rischio di dissolversi. Ma c'è di piú: «Presenza garantita e mondo di cose e di eventi definiti si condizionano a vicenda: onde la crisi della presenza è anche la crisi del mondo nella sua oggettività. (...) Necessariamente connesso al rischio magico di *perdere l'anima* sta l'altro rischio magico di *perdere il mondo*».

Nel *Mondo magico*, dunque, Ernesto de Martino narra – da antropologo, da storico, da filosofo e da uomo politicamente schierato – il dramma di una presenza insidiata che lotta per riscattarsi e consolidare sé stessa. Si comprende bene il motivo del suo interesse per *Discorso sulle donne*, manifestato in un saggio che del *Mondo magico* voleva essere una postilla, un ponte verso nuove ricerche appena cominciate e una difesa contro le critiche di cui l'opera era stata bersaglio, tanto da parte di uno dei suoi maestri, Benedetto Croce, quanto da parte della sinistra comunista in cui De Martino all'epoca militava: critiche opposte nel colore politico eppure sovrapponibili nella loro essenza: l'aver tentato di fare la storia di qualcosa che alla storia è irriducibile, ed è bene che resti tale.

Le parole-chiave della nota a piè pagina dedicata al *Discorso* sono «accento nuovo» e «civiltà», che restano in piedi tra parole e idee finite in polvere. Ancora una volta era la voce a imporsi. De Martino credette di riconoscere in Natalia Ginzburg l'avanguardia di una lotta capace di esprimersi in un linguaggio rozzamente nuovo e irrecusabile. Un mondo subalterno e diverso parlava finalmente con voce propria. Era un momento di verità della presenza minacciata, la voce di un'autocoscienza che portava alla luce un problema esistenziale essendosi creata un linguaggio adeguato al rischio: un linguaggio coraggioso.

Il sottotesto di quella nota a piè pagina, se si tiene conto del manifesto politico da cui dipende, potrebbe suonare cosí: finalmente gli «uomini semplici» (anzi, le donne, «civiltà» a pieno titolo) possiedono un linguaggio adeguato alla realtà psicofisica del loro essere e alla storia cui partecipano, che è in movimento verso la loro liberazione. Ernesto de Martino non lo dice in maniera esplicita; ma si è imbattuto in un linguaggio rivoluzionario, la cui portata esorbita dalla dimensione politica pur senza trascurarla. Un linguaggio, per essere piú precisi, *all'altezza di una situazione rivoluzionaria*: efficace in virtú di una musicalità intellettuale che di primitivo ha solo l'apparenza.

Discorso sulle donne era un testo disperato ma asciutto, basti il confronto con la risposta di Alba de Céspedes a Natalia. Non c'era pianto, non c'era lutto. Anche questo deve aver colpito De Martino, già impegnato nella ricerca che lo avrebbe condotto alla pubblicazione di *Morte e pianto rituale*: di lí a poco avrebbe intrapreso le prime spedizioni in Lucania negli stessi paesi di Scotellaro già visitati dalla Ginzburg.

«Sfiducia nell'autorità. L'autorità non sarebbe mai stata nostra». Sono parole di Rocco Scotellaro, con le quali comincia un appunto per la sua autobiografia *L'uva puttanella*. Malgrado la sua ostinazione a lottare, Natalia Ginzburg le avrebbe potute sottoscrivere: qui potranno guidarci nella lettura dei testi forse piú sorprendenti tra quelli raccontati in *Un'assenza*, le tre cronache dalle fabbriche apparse sull'edizione torinese dell'«Unità» tra l'autunno del 1948 e l'inverno del 1951: il periodo piú cupo della guerra fredda, allorché la Democrazia cristiana aveva consolidato la propria egemonia dopo aver vinto le elezioni politiche del 18 aprile 1948 (si veda, in proposito, la pagina conclusiva di *Fiore gentile*). Paolo Spriano ha delineato cosí la situazione:

> chi risfoglia oggi i quotidiani del «dopo 18 aprile» prova un'impressione strana: a leggere, affiancate, le prime pagine de «l'Unità» e dell'«Avanti!» da un lato (quello sinistro) e le prime pagine de «La Stampa» o del «Corriere» dall'altro (...) ha quasi l'impressione che si stampino in nazioni diverse. Per i primi, i giornali comunista e socialista, il paese è tutto un panorama di lotte, di bisogni non soddisfatti, di scioperi, di scandali (...), di campagne per la libertà e per la pace insidiate. Per i giornali borghesi è una terra quieta, desiderosa anzi di maggiore ordine e svago, disturbata tuttavia da agitatori prezzolati o fanatici che istigano masse ignoranti, non ancora liberate dai loro istinti di violenza.

Inoltre, aggiunge Spriano, «tutta un'area sociale era tenuta fuori dell'orizzonte dei giornali borghesi». Su quei giornali non faceva mai notizia la piú grande fabbrica italiana, la Fiat. «E quanto succedeva dentro i cancelli era uno scandalo per la libertà e la dignità del lavoro».

Torino lotterà per salvare gli anziani Fiat dalla miseria! Disposto su due righe a dominare la terza pagina del venerdí 3 novembre 1950, questo titolo dell'«Unità» torinese copriva due articoli-intervista: *Gli invalidi* di Natalia Ginzburg e *A colloquio coi «vecchi»* di Italo Calvino. Nel periodo 1948-1955 le cronache militanti di Calvino da fabbriche, officine e risaie furono frequenti – «Forse non c'è stato nell'Italia degli Anni Cinquanta un altro intellettuale, diciamo un altro scrittore di quel livello, che si sia occupato come lui dell'operaio quale figura sociale concreta», annota Spriano –, ed ebbero quale ulteriore strumento di lotta la padronanza del vocabolario tecnico in uso negli ambienti visitati: un talento di natura, e un puntiglio volontaristico, che Calvino avrebbe mantenuto per tutta la vita, applicandolo a zone del sapere sempre piú vaste dopo il suo abbandono del Pci avvenuto nel 1957.

Nell'autunno del 1950 la Fiat aveva inviato una identica lettera circolare di licenziamento a 380 lavoratori vecchi, malati o invalidi. Per alcuni, che lavoravano dall'età di dieci anni, fin dalla fondazione dei primi stabilimenti, l'anzianità di servizio si avvicinava ai 70 (settanta) anni. Non avevano diritto alla pensione: l'azienda gli avrebbe «elargito» una liquidazione o corrisposto un mensile irrisorio. Senza nemmeno l'intenzione di provocare, Calvino definiva quei vecchi lavoratori licenziati «uomini che nella storia italiana hanno un'importanza almeno pari ai primi navigatori delle Repubbliche marinare, o ai Mille di Garibaldi».

La prosa dell'articolo di Calvino è rapida e fluida nella sua indignazione civile, e malgrado il linguaggio tecnico sia qui assente, la differenza di temperamento rispetto a Natalia, dirimpettaia nella stessa pagina, non potrebbe essere piú netta. Cosí come la forza di Calvino è la luce tersa della sua intelligenza, quella di Natalia consiste nell'umiltà e nel coraggio di capire poco e poco per volta, di dover prestare un'acuta e lenta attenzione per diradare le tenebre. Nel suo insieme quella pagina dell'«Unità» sviluppa una potenza di rappresentazione, e un'energia morale, ancora oggi difficilmente sostenibili, rafforzate come sono dalla cupezza dell'impaginazione e dalla sbavatura degli inchiostri poveri.

Natalia Ginzburg si rivela in pieno, in questa cronaca, quando passa dal descrivere gli operai invalidi al riflettere sulle parole e sul modo in cui vengono usate. La riflessione non finí con l'articolo del 3 novembre 1950. Nel suo archivio è conservato un testo manoscritto, privo di titolo, che appare compiuto: nove fogli piú un mezzo foglio con un brano da inserire piú un foglio coperto di appunti per singole frasi, poi incluse nel testo. Come sempre nei suoi testi manoscritti, non ci sono lezioni alternative lasciate aperte, e il filo del discorso si salda perfettamente al di là dei tagli, cancellature e correzioni. Si avvicendano e si sovrappongono due penne stilografiche, una nera e una azzurra.

Il testo ritrovato fu scritto certamente dopo le cronache operaie apparse sull'«Unità»; indizi interni ed esterni inducono a collocarlo non prima del 1952 e forse non troppo piú avanti. Qui ne trascriverò e commenterò via via i primi capoversi e le righe conclusive. Ecco l'inizio:

> Oggi di continuo si fa rimprovero agli scrittori italiani, per tutte le cose inutili che raccontano nei loro romanzi: gli si fa rimprovero che i loro romanzi siano sempre come lettere di un privato a un privato, senza uno sguardo aperto e coraggioso sulla grande realtà che ci abita accanto, che ci respira accanto: gli si chiede perché se ne stiano cosí ripiegati su se stessi, ciascuno in ascolto del proprio respiro, ciascuno a contare qualche granello di sabbia nella palma della sua mano. Gli si chiede perché non alzino mai gli occhi dalle palme delle loro mani, perché non vogliano distaccarsi dal loro piccolo universo ozioso, tedioso, perché non cerchino di conoscere la grande realtà della nostra collettività contemporanea: le officine, i cantieri, le miniere, l'universo laborioso degli operai. Gli si chiede perché non cerchino di raccontare la vita degli operai, cosí come si svolge ogni giorno all'interno delle fabbriche. In questo modo, si dice agli scrittori, i vostri libri potrebbero esser letti non solo dai vostri pochissimi amici, ma anche dagli operai.

Se davvero questo scritto va situato intorno al 1952, significa che è successivo all'abbandono del Partito comunista da parte della Ginzburg, la quale ne uscí come al principio del 1946 ci era entrata: seguendo l'esempio e i consigli del suo amico Felice Balbo, cattolico e comunista. Quello di lei fu un abbandono silenzioso, un mancato rinnovo della tessera annuale (si veda nell'*Appendice* il *Ritratto di Natalia Ginzburg* di Scotellaro).

Ora, se veramente la data è quella, si tratta di un testo singolare nella letteratura politica del dopoguerra italiano. In qualunque altro scrittore che negli anni Cinquanta affrontasse questi temi si avverte l'intenzione di collocarsi rispetto a un'ideologia, quella del Pci, che in un modo o nell'altro dominava l'ambiente culturale: collocarsi per aderire in piena convinzione, per argomentare qualche impercettibile distinguo rispetto alla «linea» ufficiale, per proclamare la propria dissidenza in nome di una diversa idea della sinistra, per combattere il comunismo con le armi piú varie – ma, a ogni modo, per collocarsi. In quegli anni la forza gravitazionale del Pci e delle sinistre perturbava tutti, attraendo o respingendo o influenzando traiettorie: tutti tranne lei Natalia. La tattica, l'ideologia, la bussola delle appartenenze: tutto questo per lei conta zero.

L'eccezionalità di questo inedito consiste innanzitutto nell'assenza di *self-consciousness* ideologica, nell'indifferenza per le regole del gioco che allora si giocava. In queste pagine la Ginzburg reagisce a un'accusa di scarso impegno politico, la stessa che ogni scrittore si sentiva rivolgere in quegli anni. Lei, però, è la sola a rispondere in termini politici assoluti: sollevandosi dal terreno degli schieramenti recintati e guardando all'insieme della società e della condizione umana.

Le uniche due preoccupazioni di Natalia sono l'aderenza delle parole al pensiero e il comunicare una verità incerta, ma di cui è convinta: con un'indipendenza che ha la sua radice nel linguaggio adoperato. Ed è come dire che, svincolato e assertivo quale ancora oggi si presenta ai lettori, questo scritto inedito anticipa gli articoli che a cominciare dall'ultimo scorcio degli anni Sessanta Natalia Ginzburg affiderà a grandi quotidiani nazionali come «La Stampa» e il «Corriere della Sera», e poi di nuovo – negli anni Ottanta – all'organo del Pci «l'Unità».

> Allora alcuni scrittori qualche volta si sono lasciati condurre all'interno delle fabbriche, hanno guardato da vicino le macchine, hanno rivolto delle domande agli operai. Qualcuno ha scritto solo un articolo di giornale, e qualcuno addirittura un romanzo: sí, abbiamo avuto di recente in Italia esempi di romanzi che si svolgevano tutti all'interno d'una fabbrica, che rappresentavano una fabbrica come una realtà vissuta dall'interno. Ma erano dei brutti romanzi, e non potevano essere letti da nessuno: né dagli operai, né da altri. Erano romanzi incommestibili. E se nella narrativa italiana questi esempi sono rarissimi, è perché gl'italiani sono in fondo persone di buon senso. Se riapriamo uno di quei rari romanzi, sen-

tiamo com'è ignobile soprattutto quell'accento di falsa naturalezza, di ipocrita simulazione di spontaneità, usato nel buttare avanti orgogliosamente gli strumenti degli operai come fossero nostre quotidiane parole. Oggi non è possibile scrivere di una fresatrice in un romanzo cosí come si scrive di un tavolo o di una sedia: non è possibile parlare di una fabbrica con la stessa spontaneità con cui parliamo d'un albero, d'un fiume, di una spiaggia. In verità una fabbrica ci sembra il contrario della fantasia: il suo mondo contrario, dove la fantasia non può vivere.

Sarebbe vano, qui perlomeno, cercare quali fossero i romanzi italiani di cui la Ginzburg sta parlando, anche perché non è detto che fossero stati pubblicati: è possibile che, come lettrice di manoscritti per Einaudi, lei stessa ne abbia bocciati alcuni. Ma certo il suo saggio sui romanzi di fabbrica è rimasto inedito cosí come all'epoca rimase inedito un romanzo di fabbrica e di paese (per metà ambientato fra gli operai di una metropoli industriale e per un'altra metà fra mare e campagna) che Italo Calvino scrisse tra il gennaio 1950 e l'estate 1951: un «faticato fallimento» (parole di lui) intitolato *I giovani del Po*, il cui difetto intimo era proprio quella falsa spontaneità, quella finta luce naturale, quella punitiva sordina che rendeva inerti dialoghi ed episodi intesi a esprimere benessere e libertà, ambientati com'erano sulle sponde di un fiume o nell'aperto dei campi.

In verità non ci siamo mai sentiti cosí lontani dalla realtà come in quelle nostre fugaci visite ad una fabbrica: mai ci siamo sentiti cosí futili e mortificati. Mai abbiamo sentito tanta tristezza come quando evocavamo in noi le parole per raccontare quello che avevamo visto all'interno di una fabbrica: perché non trovavamo in noi una sola parola che fosse pura e giusta, e anche limitandoci a voler scrivere solo un articolo di giornale, sentivamo che ogni parola che faticosamente strappavamo da noi era intrisa di retorica e di futilità: era subito ignobile. Ignobile, perché senza rispetto per gli operai, ignobile, perché senza radici: pescata ciecamente nel vuoto. E profondamente inutile a tutti.

La Ginzburg è troppo severa con i suoi articoli di fabbrica dove in ogni punto si avverte il pudore, la vergogna delle parole precise che non si sanno, che lo scrittore si vergogna e chiede scusa di non sapere, e dove in ogni punto si respira il rispetto per le persone e le cose descritte. Ma il giudizio suona inappellabile malgrado la stessa fisionomia delle pagine di giornale dove quei pochi articoli vennero stampati valga a testimoniare una verità, autentica perché mortificata e perché vissuta con animo solidale.

Nel prosieguo del saggio verrà evocato ciò che la Ginzburg definisce il «privilegio delle parole»: «Ne abbiamo ancora pochissime, ma pure ne abbiamo. Abbiamo dietro a noi la lunga tradizione delle parole, secoli di parole nate nell'ozio, nel libero fantasticare». Di qui ha origine il senso di colpa dello scrittore nei confronti degli operai (degli operai e non del partito politico che afferma di rappresentarli), i quali sono poveri persino di parole; ma di qui ha origine anche la consapevolezza che chi è scrittore non potrà che continuare a esserlo:

> E quando non scriviamo, quando camminiamo per le città, ci sentiamo colpevoli e mortificati, mortificati per il nostro mestiere, a disagio, ricchi di privilegi che non meritiamo, e ci sentiamo pesare addosso tutta la tristezza della sorte comune; sentiamo tutto il disagio del denaro che circola cosí stranamente, come un fiume malsicuro, sgorgato da fonti oscure e sordide, e appesta tutto quello che tocca; sentiamo vergogna e inquietudine passando accanto alle fabbriche, vergogna anche della pietà che sentiamo a pensare alla condizione degli operai. Non sapremmo esprimere che in termini futili questa pietà. Ma c'è una cosa che possiamo esprimere senza futilità, tutto quello che sappiamo di noi stessi: i pochi granelli di sabbia sulle palme delle nostre mani. Noi con onestà raccontiamo questi granelli di sabbia, cosí felici di raccontarli che questi granelli di sabbia ci sembra che si possano trasformare in un ricco suolo. E non è detto che dalle nostre piccolissime porzioni di verità non possa crescere un ricco suolo di verità sulla terra.

Fu questa la conclusione del saggio, e non dovette soddisfarla, visto che lo lasciò – per quanto si sa finora – inedito.

Un'assenza ha voluto rendere visibili due linee di evoluzione della voce di Natalia Ginzburg. Non sono linee continue: non lo è quella del racconto breve e non lo è il breve segmento di cronache, mentre i racconti di memoria appaiono e scompaiono a intermittenza. Questo libro è stato fatto anche per rendere visibile un bisogno di silenzio. E per mostrare che ogni scrittore è in realtà, nella sua coerenza, piú scrittori: anche uno scrittore circospetto e poco portato alle acrobazie quale Natalia Ginzburg è apparsa per lungo tempo. Ce lo mostra in maniera lampante la contiguità, nella prima parte, fra il monoblocco di *La madre* e il tritume di frasi visi voci gesti in *Domenica*. Tra gli ultimi due racconti d'invenzione corrono trent'anni esatti.

Domenica è un campione, o meglio una campionatura. In forma nucleare lo muove la stessa corrente dei racconti *Famiglia* e *Borghesia* (1977) o dei romanzi *Caro Michele* (1973) e *La città e la casa* (1984): con piú disorientata confusione, a dispetto della breve misura. *Domenica* è un frullato di motivi degli anni Settanta, con meno respiro che nei romanzi perché le frasi chiederebbero piú spazio, chiederebbero di poter ritornare in punti diversi – sotto altre luci, con altra intonazione – per fare gioco e trama e ritornello, cosí come accade nel teatro di Natalia o per l'appunto nei suoi romanzi. *Domenica* è saturo di particolari dalla traiettoria breve, che non arrivano a organizzarsi. Se *La madre* equivale a un romanzo iperdenso, *Domenica* è un romanzo accartocciato il cui colpo d'ala è nell'adagio beffardo del finale.

Un'assenza ha offerto al lettore alcune traiettorie della voce di Natalia Ginzburg, ma senza dimenticare che la cronologia di uno scrittore è una e che ogni scrittore fa piú cose insieme: tentativi disparati in simultanea, esperimenti che sparge intorno a sé senza essere sicuro che daranno frutti.

Nel 1958 Natalia Ginzburg provò a tenere un diario. Ritrovato anche questo nel suo archivio, è l'unico tentativo del genere che sia emerso. Durò una settimana, dal 21 al 27 marzo, e produsse le due pagine iniziali di un quadernone a righe. Sotto la data del 27 troviamo al primo posto un'annotazione:

A.C. dice che non si deve mai lasciar lí un racconto cominciato. Finirlo sempre, anche se si sa che è bruttissimo. Non ha tutti i torti; ma io non posso fare cosí. Tutta la mia vita è seminata di racconti cominciati e non portati a termine. Come una cattiva sarta, ho bisogno di sprecare la stoffa. Lavoro nel disordine, fra ritagli e scampoli che non saranno mai niente. Uno su mille, diventa un vestito.

Sotto il giorno 21 c'è un elenco di frasi tra virgolette, sentite dire e ricopiate:

«Mia figlia, che ha fatto Brera».
«Il signor Tolstòj».
«Manzoni, che era figlio delle corna».
«Io, per mio gusto, non leggo che libri di sinistra».
«Si salverà soltanto Mattei, la Edison e la Montecatini».
«E non c'è neppure il controllo delle nascite!»
«Bisognerebbe avere una tenuta in Rodhesia [*sic*], e dimenticare Dante Alighieri».
«I nostri figli venderanno concimi».
«Tenterò di farle portare un caffè. Ma è difficilissimo. Qui è tutto difficilissimo».
«Le solite due palme».
«Un cortile settecentesco, con un *Phagus Rubens*».
«Il mio amico L., quando viene a pranzo, ordina lui il menu. Quel giorno aveva ordinato polenta e spezzatino».

Non è Flaubert, naturalmente, Natalia non sta compilando un suo dizionario delle idee ricevute. Queste *frasi ricevute* sono sementi messe a dimora. Il diario del marzo 1958 è l'unica occasione per osservarle allo scoperto, prima che siano lungamente coltivate nel silenzio per poi riaffiorare in una commedia o un romanzo. Dopo di allora, a quanto sembra, la Ginzburg non sentí mai piú la necessità di segnarsele. Il loro insieme basta a tracciare lo schizzo di una classe media pretenziosa, velleitaria, incapace ancora di mostrarsi arrogante fino in fondo, ma che già si sente minacciata: e che, nel tentativo di nascondere la paura di scivolare in basso lungo la china della società, impugna armi italiane: spregiudicatezza recitata in superficie, cinismo autentico sotto la superficie, scetticismo senza nerbo di pensiero, ipocrisia del perdente che, nell'atto stesso di mettersi sotto i piedi la dignità, vorrebbe dare a intendere di saperla lunga. In breve, la furbizia del servitore della commedia dell'arte passata in eredità alla borghesia italiana piccola e media. In questa pagina di annotazioni è implicita la massima parte di quanto Natalia Ginzburg scriverà piú tardi: commedie, romanzi, interventi sui giornali.

Le due pagine del diario interrotto precedono di cinque anni *Lessico famigliare*, che è ugualmente un libro di frasi sentire dire e trascritte. Il diario, che Natalia incominciò con la volontà di portarlo avanti, finí subito. Il *Lessico*, che incominciò con l'idea di scrivere cinque o sei pagine su come si parlava nella sua famiglia, le esplose tra le mani e diventò un libro. Il contrasto rivela qualcosa sui rapporti tra voce, silenzio e parole nella Ginzburg.

Dietro la storia che *Lessico famigliare* racconta in piena luce – la storia di una famiglia torinese antifascista di origini ebraiche, lungo trent'anni circa – scorre una seconda storia tenuta in penombra, la storia di una voce che si fa adulta. Dietro il lessico della tribú Levi c'è il lessico della figlia venuta per ultima: la sua voce che si sviluppa, si arricchisce, trova un'intonazione, si fabbrica le parole e gli strumenti per conoscere la realtà. È una storia sotterranea d'amore e strazio, di empatia e avversione, d'ironia e ingegnosità, di beatitudine e astuzia. Una storia che trasforma in libertà di esprimersi i limiti di una condizione restrittiva: una *condizione di minorità*, per dirla con Kant e per accorgersi che Natalia impersona un *illuminismo carnale* che nessun manuale aveva potuto registrare prima della sua comparsa.

Per un paradosso che riguarda forse ogni narratore, le parole di Natalia vengono fuori dalla capacità di guardare con un'intelligentissima attenzione non verbale: le parole sono l'impronta biologica, il residuo vivo, di una percezione intraducibile del mondo.

Nel 1964 Pier Paolo Pasolini chiamò Natalia Ginzburg a fare la parte di Maria di Betania nel film *Il Vangelo secondo Matteo*. Maria di Betania viene fuori da una porta di pietra scolpita, discendendone la soglia ravvolta in un manto che le copre anche il capo. Con entrambe le mani regge un'anfora di metallo. È goffa ed esitante, ma convinta di ciò che sta per fare. Dall'anfora versa un liquido sul capo del Cristo, e col palmo della sinistra gli unge i capelli senza pronunciare parola. Nel massaggiare quella giovane capigliatura compatta il suo sorriso si apre e illumina il lungo viso ravvolto nel manto. I gesti sono goffi, materni e giusti, un ritegno le vieta di sorridere con pienezza. Lo farà dopo che il Cristo l'avrà difesa contro l'apostolo Giuda, che l'ha rimproverata per lo spreco di un unguento prezioso che poteva essere venduto per distribuire ai poveri: «In verità vi dico che per tutto il mondo, ovunque sarà predicato questo Vangelo, sarà pure raccontato in sua memoria quanto essa ha fatto».

Nella sceneggiatura del *Vangelo* Pasolini scrive che Maria di Betania avrà «una dolce faccia, giovanile e insieme materna». Il bianco e nero della pellicola che fu poi realizzata ci mostra un ovale dai lineamenti che, al di sotto del manto, appaiono nello stesso tempo fluidi e come intagliati in un legno duro.

La scena con Maria di Betania venne girata nei Sassi di Matera. Nel recensire il *Vangelo* Mario Soldati indicò che Carlo Levi era stato

> maestro o suggeritore a Pier Paolo nella scelta dell'ambientazione lucana, e in infinite altre sottili intenzioni e scelte. La Madonna da vecchia, nel *Vangelo*, è interpretata dalla madre dello stesso Pasolini. E cosí, nel grande quadro *La morte di Rocco Scotellaro*, che Levi dipinse per il padiglione lucano di *Italia '61*, la figura della madre di Rocco è modellata sulla vecchia madre di Levi stesso. Senza contare che Rocco è, in un certo senso, una reincarnazione di Cristo: un Cristo che è andato oltre Eboli, e nel quale Levi si identifica, proprio come Pasolini si identifica nel Cristo di Matteo. Le due madri vecchie che fanno da Madonne sono una spia abbastanza chiara di questa doppia identificazione.

La scena con quell'altra madre, Maria di Betania, non riuscí bene immediatamente. La prima volta che Natalia sbucò veloce dalla porticina di pietra ci fu un urlo: *Nooo!* «Natalia non si era tolta le scarpe, e le portava, visibilissime, sotto il costume».

La scena silenziosa del *Vangelo* di Pasolini (e ciò che le succede intorno) suggerisce tutto quello che ancora restava da sapere sulla voce di Natalia Ginzburg dopo aver letto le pagine di *Un'assenza*. Era una voce che taceva per poter ricominciare a parlare: «E poi scriverò anche il racconto *Vicenda*».

NOTA

La lettera di Montale a Barile è in Eugenio Montale, *Giorni di libeccio. Lettere ad Angelo Barile (1920-1957)*, a cura di Domenico Astengo e Giampiero Costa, Archinto, Milano 2002, p. 106. Di Eurialo De Michelis si cita la recensione all'*Antologia di Solaria* (apparsa nel 1937 presso Parenti, Firenze), «La Nuova Italia», Firenze, VIII (settembre 1937), 9, pp. 244-47. Del suo apprendistato da Svevo e Moravia la Ginzburg ha parlato in varie sedi: una per tutte, il saggio *Lettura di Landolfi* [«Paragone Letteratura», Firenze, XLI (giugno 1990), 484], in *Non possiamo saperlo. Saggi 1973-1990*, a cura di Domenico Scarpa, Einaudi, Torino 2001, pp. 157-69: 158.

La lettera manoscritta di Natalia Levi a Leone Ginzburg con timbro postale «Gressoncy-Saint-Jean 22 luglio 1936», intercettata e trascritta dalla Polizia fascista, è conservata a Roma presso l'Archivio centrale dello Stato, ministero dell'Interno, Direzione generale Pubblica Sicurezza, divisione Polizia Politica, fascicoli personali, *Ginzburg Leone*, busta 595, f. 38.

Il ricordo su *Valentino* proviene dalla conversazione radiofonica (1990) *È difficile parlare di sé. Conversazione a piú voci condotta da Marino Sinibaldi*, a cura di Casare Garboli e Lisa Ginzburg, Einaudi, Torino 1999, p. 119. Su *Delfini* si veda *Due domande di Cesare Garboli a Natalia Ginzburg. I «Diari» di Delfini*, «Notiziario Einaudi», luglio 1982, p. 6.

Sulle abitudini di scrittura si è citata un'intervista di Michèle Causse a Natalia Ginzburg, in Michèle Causse - Maryvonne Lapouge, *Écrits, voix d'Italie*, Des femmes, Paris [10 septembre] 1977, pp. 62-68.

Adolfo Omodeo pubblicò *La collaborazione con Croce durante il ventennio* nella rivista milanese «La Rassegna d'Italia», I (febbraio-marzo 1946), 2-3; il testo, uno degli ultimi prima della sua morte precoce (sarebbe mancato il successivo 28 aprile all'età di 57 anni), è ora nel postumo *Libertà e storia. Scritti e discorsi politici*, introduzione di Alessandro Galante Garrone, Einaudi, Torino 1960, dove il brano citato è a p. 497.

Di «lagna» Giorgio Bassani parla nell'articolo *Neorealisti italiani*, «Lo Spettatore Italiano», Roma, I (aprile 1948), 4, pp. 52-54, ora in *Opere*, a cura di Roberto Cotroneo, Mondadori, Milano 1998, pp. 1054-59. In Pavese, che molto teneva alla propria «lagna» in versi, la parola sottintende un giudizio agrodolce che coinvolge lui medesimo e la Ginzburg; è Cesare Garboli a riferire in merito, nelle pagine dedicate alla *Fortuna critica* che concludono il tomo II di Natalia Ginzburg, *Opere raccolte e ordinate dall'Autore*, Mondadori, Milano 1987, p. 1579.

Di «racconti lunghetti» Natalia parla in una lettera a Italo Calvino spedita da Roma poco prima del 17 maggio 1956, ora riprodotta negli apparati della nuova edizione a mia cura del volume *Valentino. Sagittario. La madre*, Einaudi, Torino 2011, pp. 145-46. *Pierrot Lunaire* apparve con l'indicazione «Romanzo incompiuto» in apertura del primo fascicolo di «Elsinore» (dicembre 1963, pp. 4-38), mensile romano diretto da Giuseppe Barillà nel quale Elena Croce ebbe un ruolo decisivo; fu lei che convinse la Ginzburg a pubblicarlo. Corvi e falchi sono in Carlo Levi, *Cristo si è fermato a Eboli* [1945], Einaudi, Torino 1990, pp. 45-46.

Sia *L'uva puttanella* sia *Contadini del Sud* furono pubblicati dopo la morte di Scotellaro, nel 1955 il primo, nel 1954 il secondo. Sono riuniti nel volume *L'uva puttanella. Contadini del Sud*, Laterza, Roma-Bari 2000, dove per Levi si rinvia in particolare alle pp. 73-74, e per il discorso di Rossi-Doria a p. 125.

Il brano di Garboli sulle donne nei racconti della Ginzburg proviene dalla sua prefazione al tomo I di Natalia Ginzburg, *Opere raccolte e ordinate dall'Autore*, Mondadori, Milano 1986, p. XXI; Garboli lo ha poi raccolto in *Scritti servili* (Einaudi, Torino 1989: il brano a p. 104) e nel successivo *Storie di seduzione* (ivi 2005, postumo ma allestito dall'autore: p. 60).

Di Ernesto de Martino si citano: *Intorno a una storia del mondo popolare subalterno*, «Società», Firenze, V (settembre 1949), 3, pp. 411-435 (la nota dedicata a *Discorso sulle donne* è a p. 419); *Il mondo magico. Prolegomeni a una storia del magismo* [1948], Bollati Boringhieri, Torino 1997, pp. 73, 118, 123. *Morte e pianto rituale nel mondo antico: dal lamento pagano al pianto di Maria* sarebbe apparso nel 1958 presso Boringhieri, Torino. Stese nel 1950, le prime *Note lucane* di De Martino riguardano «un breve soggiorno fra gli abitanti della Rabata, quartiere povero di Tricarico»: cfr. *Note lucane*, «Società», VI (dicembre 1950), 4, pp. 650-67.

Le parole di Scotellaro sull'autorità si leggono in *Uno si distrae al bivio*, a cura di Carlo Levi, Basilicata, Roma-Matera 1974, p. 97.

Si cita, di Paolo Spriano, *Le passioni di un decennio (1946-1956)*, Garzanti, Milano [settembre] 1986, pp. 115, 119, 19-20. Dei propri «faticati fallimenti» nel romanzo realistico-operaio Calvino parla nella *Nota introduttiva a «Gli amori difficili»* [1970], in *Romanzi e racconti*, edizione diretta da Claudio Milanini, a cura di Mario Barenghi e Bruno Falcetto, vol. II, Mondadori, Milano 1992, p. 1285. Calvino si risolse a pubblicare *I giovani del Po* solo in rivista, su invito di Pasolini: in «Officina», Bologna, numeri 8-12, tra il gennaio 1957 e l'aprile 1958. È ora incluso nel vol. III dei *Romanzi e racconti* (pp. 1011-126), che i medesimi curatori dei volumi precedenti licenziarono nel 1994.

In due diverse sedi la Ginzburg rivelò che la prima idea di *Lessico famigliare* riguardava un saggio di poche cartelle: l'autocommento *Una domanda a Natalia Ginzburg* («Corriere della Sera», 7 aprile 1963, p. 9) e l'intervista di Oriana Fallaci *Con molto sentimento* («L'Europeo», XIX, 925, 14 aprile 1963), in *Gli antipatici*, Rizzoli, Milano 1963, pp. 337-58. Entrambe le testimonianze sono trascritte nella mia *Cronistoria di «Lessico famigliare»*, pubblicata nel 1999 nell'edizione del *Lessico* apparsa negli «Einaudi Tascabili» (si vedano le pp. 217-18).

Pasolini, Carlo Levi, Scotellaro: si cita da Mario Soldati, *Il Vangelo di Pasolini* [«L'Europeo», Milano, XX, 996, 22 novembre 1964; poi in *Da spettatore. Un regista al cinema*, Mondadori, Milano 1973], in *Cinematografo. Racconti, ritratti, poesie, polemiche*, a cura di Domenico Scarpa, Sellerio, Palermo 2006, pp. 249-58. La sceneggiatura del film è in Pier Paolo Pasolini, *Per il cinema*, a cura di Walter Siti e Franco Zabagli, Mondadori, Milano 2001 (citazione da p. 623). Riferisce l'episodio delle scarpe Enzo Siciliano in *Campo de' Fiori*, Rizzoli, Milano 1993, p. 97.

Oltre la conclusione di queste pagine trascrivo un brano di Ernesto de Martino:

> Nella Camera del lavoro di Tricarico ho visto stasera una giovane contadina sillabare con grande pena un articolo di «Vie Nuove». Il suo indice scorre lentamente per i righi a stampa, fermandosi di tanto in tanto quando l'intoppo è piú grosso: il suo amorfo cantilenare subisce allora una sosta, ed io vedo soltanto le sue labbra muoversi a vuoto, nel tentativo disperato di ritrovare la via del suono articolato e di prorompere nella parola. A un certo punto, in occasione di uno di questi intoppi, ha scosso la testa contrariata, e mi ha chiesto: «A vi-cen-da. Che è A vi-cen-da?» Ho cercato di spiegarglielo. Mi ha guardato non molto persuasa, ha sospirato, e ha ripreso la lettura, o meglio la sua lotta disperata per rintracciare le sillabe nel rigo e qualche incerta associazione nella memoria.

> *Note di viaggio*, «Nuovi Argomenti», 2, maggio-giugno 1953, pp. 62-63.

Notizie sui testi

RACCONTI

Un'assenza (luglio 1933)

Un'assenza è il primo racconto vero che io scrissi. Avevo scritto, in precedenza, una profusione di poesie; e avevo incominciato molti racconti, fermandomi dopo le prime tre o quattro righe. Avevo anche scritto e portato a termine dei romanzi: ma in età infantile. Piú andavo oltre nell'adolescenza, e meno mi riusciva, non dico di portare a termine un romanzo, o un racconto, ma proprio di superare le prime tre righe. (...)

Tutti quei racconti cominciati e interrotti dopo quattro righe, avevano generato in me una totale sfiducia nella mia capacità di portare a termine qualcosa, per cui quando mi diedi a scrivere *Un'assenza* tremavo dalla paura di fermarmi prima della fine. Scritta *Un'assenza* non ricordo se lo giudicai un bel racconto, ma ero trasecolata dall'orgoglio e dallo stupore per averlo finito. Ricordo tuttavia che pensai ch'era un vero racconto, un racconto «per adulti» (pensai proprio cosí, «per adulti») e mi dissi che ero forse un «enfant prodige». Avevo diciassette anni. L'idea di essere forse un «enfant prodige» non mi colmò tuttavia di superbia e di giubilo, perché soffrivo per molte profonde mortificazioni e malinconie, fra cui quella di esser timida, di avere pochi amici e brutti vestiti e di essere una cattiva scolara. Scritta *Un'assenza* non guarii dalla timidezza, e nulla trapelò nel mio comportamento che tradisse l'alta opinione che m'ero fatta del mio scrivere. Ma devo dire a mio scorno che quest'idea segreta d'essere un «enfant prodige» io me la portai dentro per molti e molti anni, anche quando da un pezzo ogni traccia di prodigio e d'infanzia era svanita da me.

Con questi ricordi incomincia la *Prefazione* che Natalia Ginzburg scrisse nel novembre 1964 per il volume *Cinque romanzi brevi*, dove il racconto *Un'assenza* è datato «Torino, luglio 1933». Nata il 14 luglio 1916, proprio allora Natalia Levi (questo il suo cognome di nascita) compiva diciassette anni. «Dopo *Un'assenza* – continua la *Prefazione*, da cui saranno via via ripresi i brani che toccano direttamente i testi qui inclusi –, scrissi e portai a termine molti racconti. Qualche racconto potei pubblicarlo su riviste o giornali».

Firmato Natalia Levi, *Un'assenza* sarebbe stato pubblicato solo qualche anno piú tardi, nella rivista fiorentina «Letteratura» (a. I, n. 2, aprile 1937-XV, pp. 73-77) fondata e diretta da Alessandro Bonsanti; nel 1933, per quanto se ne sa, l'autrice preferí concentrare su altri e successivi racconti i primi tentativi di pubblicazione. È anzi possibile che quella del luglio 1933 fosse solo una prima stesura di *Un'assenza*, soddisfacente per la sua completezza ma non per la qualità. Si spiegherebbe in questo modo la lettera (manoscritta, come tutte quelle di Natalia che saranno citate d'ora in avanti) che mandò ad Alberto Carocci il 27 novembre 1936. Come vedremo, Carocci era stato il primo a pubblicarle un racconto. In quell'autunno 1936 aveva appena fondato a Firenze una nuova rivista, «La Riforma Letteraria», di cui divideva la direzione con Giacomo Noventa, pseudonimo di Giacomo Ca' Zorzi. Il primo fascicolo, datato 31 ottobre, lo spedí sia a Leone sia a Natalia, la quale gliene diede ricevuta qualche settimana piú in là:

> Caro Carocci, scusi se le rispondo con tanto ritardo. Tanto io che Leone abbiamo ricevuto il primo numero della «Riforma», e Leone m'incarica di dirle: che non si abbona alla rivista perché è troppo povero; che la ringrazia per avergli offerto di collaborare. Del resto, credo che le scriverà direttamente. (...)
>
> Le mando un racconto che ho scritto nell'agosto scorso. Spero che le piacerà. Mi rincresce che non sia copiato bene. Molti saluti amichevoli.
>
> Natalia Levi

Schietta, affettuosa, ansiosa, la replica di Carocci è del 1° dicembre:

> Cara Natalia, grazie del racconto che è bello: anzi il Suo piú bel racconto anche se per un verso il piú difettoso. La parte piú bella mi pare la solitudine del protagonista dopo il ritorno alla propria casa. La piú difettosa il discorso del moribondo. Questo discorso che è prospettato in uno scorcio, ha invece l'aria un po' documentaria, e come tale stupisce per l'inverosimiglianza del tono: forse Lei potrebbe accentuarne il vero carattere con pochissime modificazioni.
>
> Ha ricevuto la R.L.? non mi dice nulla: segno che non Le è piaciuta?
>
> Mi mandi a leggere via via quello che scrive. Non sa che sono il suo affezionato editore?
>
> Cordialmente Alberto Carocci

Una settimana piú tardi, il 9 dicembre, Leone Ginzburg scrisse a sua volta a Carocci manifestandogli il proprio parere sulla «Riforma»: drasticamente negativo, soprattutto sui testi e sullo stile intellettuale del condirettore Noventa. Dopodiché chiese all'amico la ragione dello «sdoppiamento» tra le riviste di Firenze: aveva infatti ricevuto la pubblicità di «Letteratura», il nuovo periodico di Bonsanti (ex socio di Carocci nella precedente rivista fiorentina «Solaria»), «che dovrebbe uscire trimestralmente presso i medesimi vostri editori». Carocci gli rispose il 12, dispiaciuto per il giudizio dell'amico ma fermo sulle proprie ragioni: si augurava che i numeri successivi della rivista avrebbero fatto cambiare parere a Ginzburg. Quanto a «Letteratura», era tutt'altra cosa dalla sua «Riforma»: «essa vuol essere e sarà una continuazione della parte piú letteratesca di Solaria: niente colpi di testa, in un mondo ove tutto è stato già fatto e non resta che amministrare giudiziosamente: tutto si svolgerà nel migliore dei modi nel migliore dei mondi letterari possibile».

Né Leone Ginzburg né Natalia Levi dovettero sentirsi troppo convinti da quella catena di frasi legate dai due punti. La linea argomentativa non dovette sembrargli solida, cosí come il giudizio sul racconto *Solitudine* (era questo, ora, il titolo di *Un'assenza*) non suonava incoraggiante. Carocci suggeriva di riscrivere. Ma una volta staccatasi da un suo racconto o romanzo, la Ginzburg si dichiarerà sempre incapace di correggerlo a freddo. Essere riuscita a rielaborare nell'agosto del 1936 – se davvero andò cosí – il suo primo racconto «adulto», terminato nell'estate di tre anni prima, era già un'impresa; ma ci tornò su una terza volta, concentrandosi probabilmente sull'episodio del «moribondo» (in realtà, un suicida svogliato). Poi, nei primi giorni del 1937, la decisione:

giovedí 7 gennaio.

Caro Carocci. Le scrivo ancora a proposito di una mia novella (Solitudine), se ne ricorda? Devo ancora dirle grazie del giudizio che lei mi ha dato sulla novella, e che mi convince. Ho anche cercato di cambiare quelle parti che chiama difettose, ma poi ho capito che i mutamenti che potevo fare erano superficiali, e se c'è un errore, esso è profondamente incastrato nell'anima stessa della novella. D'altronde, dalle sue parole mi son resa conto che senza un rivolgimento sostanziale, per me impossibile, la novella non le sembra da pubblicarsi, e perciò ne dispongo diversamente.

La prego di credere alla sincera amicizia e alla gratitudine che ho per lei, che è stato il mio primo editore. Molti affettuosi e cordiali saluti.

Natalia Levi

Sul foglio manoscritto di Natalia si legge, nella calligrafia di Carocci, l'annotazione a lapis rosso «risp. 9/1/37», ma la replica è andata perduta. Carocci provò certo a correggere il tiro specificando che, malgrado i difetti, avrebbe ugualmente pubblicato *Solitudine* sulla «Riforma Letteraria». Troppo tardi: la lettera conclusiva di Natalia Levi è del 21 gennaio.

Caro Carocci, non mi voglia male se non ho capito niente: dal contesto della sua lettera m'era parso che quel racconto (Solitudine) non le piacesse e non le sembrasse pubblicabile: quando lei mi ha scritto la scorsa settimana, era tardi, e ne avevo ormai già disposto diversamente. La prego di non offendersi e di scusarmi: del resto, le chiederò scusa anche a voce, perché forse verrò tra pochi giorni a Firenze. Arrivederci dunque.

Natalia Levi

Solitudine tornò al titolo *Un'assenza* e fu dunque stampata nel secondo numero di «Letteratura», che come si è appena visto fu idealmente rivale della «Riforma Letteraria»: quel fascicolo dell'aprile 1937 ospitava racconti di Comisso e di Delfini, nuove traduzioni da Eliot eseguite da Luigi Berti e Mario Praz, poesie di Guglielmo Petroni, saggi critici di Sergio Solmi, di Carlo Emilio Gadda e di Silvio Guarnieri, appunti inediti di Stendhal, un abbozzo postumo di Renato Serra per un saggio su Pascoli. È purtroppo perduta la corrispondenza di Leone Ginzburg e di Natalia Levi con Bonsanti, il quale fu costretto a distruggere, durante la guerra, i documenti relativi ai rapporti tra i collaboratori di origine ebraica e le riviste da lui condotte.

Dopo la prima uscita in «Letteratura», *Un'assenza* fu incluso nella seconda edizione dell'opera di esordio della scrittrice, ossia il romanzo breve *La strada che va in città*, uscito da Einaudi nei primi giorni del 1942 con lo pseudonimo Alessandra Tornimparte, che Natalia Levi (sposata dal 1938 con Leone Ginzburg) fu costretta ad assumere a causa delle leggi razziali fasciste. La ristampa aumentata di quel suo primo libro uscí presso la sede romana di Einaudi nel marzo 1945, a guerra non ancora finita. Il titolo era diventato *La strada che va in città e altri racconti*, il nome in copertina era Natalia Ginzburg, *Un'assenza* si leggeva alle pagine 111-22, con la data «Luglio 1933» in calce. A *Un'assenza* seguivano gli altri due racconti brevi *Casa al mare* e *Mio marito*.

Un'assenza fu successivamente ripreso in *Cinque romanzi brevi*, Einaudi, Torino (15 dicembre) 1964, pp. 369-74, in apertura della sezione *Racconti brevi*, dove seguono *Casa al mare*, *Mio marito* e *La madre*. Lo si legge anche alle pp. 171-77 delle *Opere raccolte e ordinate dall'Autore*, con prefazione di Cesare Garboli, 2 tomi, I, «I Meridiani», Mondadori, Milano (febbraio) 1986; qui la sezione *Racconti brevi* – che comprende, nello stesso ordine ma senza date in calce, gli stessi quattro testi del volume *Cinque romanzi brevi* – è collocata dopo i romanzi *La strada che va in città* e *È stato cosí*.

Settembre (settembre 1933)

Nel 1963 la Ginzburg raccontò a Oriana Fallaci che un giorno suo fratello Mario entrò in camera sua dicendole:

> «Dammi la novella che la faccio leggere a Benedetto Croce». Io gliel'ho data e poi sono andata di là a vedere Benedetto Croce che era questo Ginzburg tutto nerissimo e brutto. Ginzburg mi ha detto che la novella gli piaceva e l'avrebbe mandata alla rivista «Solaria» che si stampava a Firenze. Infatti la mandò e cosí conobbi questo Ginzburg che aveva ventiquattr'anni ma ne dimostrava molti di piú, serio e accigliato com'era.

Libero docente di letteratura russa all'università di Torino, impegnato in attività antifasciste fra l'Italia e la Francia, Leone Ginzburg avrebbe fondato nel novembre di quell'anno, con il suo amico Giulio Einaudi, una nuova casa editrice: e fin dall'estate aveva proposto ad Alberto Carocci di stampare «Solaria» con il marchio Einaudi. Del progetto editoriale gli aveva parlato per la prima volta durante le vacanze, a Fiumetto, in Versilia. Il 17 ottobre 1933 tornò a scrivergli da Torino; gli chiedeva, tra altre cose, notizie delle poesie di Cesare Pavese, che gli aveva trasmesso un anno prima perché fossero pubblicate nelle Edizioni di «Solaria». Ma Ginzburg aveva un'altra novità da comunicargli:

> Per la rivista ti sto facendo un regalo: t'ho scoperto uno scrittore. Sei contento? Natalia Levi la conosci, è la sorella di Paola Olivetti, ha diciassette anni, e la bocciano a tutte le sessioni d'esame in matematica. I suoi versi, di cui forse hai sentito parlare, erano curiosi, ma brutti, cioè letterari. La novella che ti accludo, e un'altra novella che ho letto, ma non mi pare pubblicabile, denotano, invece, una maturità artistica, una concretezza d'invenzione, una capacità di distacco, e insieme un'umanità, certo notevolissimi. Credo che mi ringrazierai. Io odio i fanciulli prodigio: da cinque anni in su, ho sempre avuto la penna in mano, ma non credo d'essere mai stato un mostro, né ammetto che altri lo siano impunemente. Natalia Levi mi pare uno scrittore, non un mostro.

Leone Ginzburg aveva quindi letto perlomeno due racconti di Natalia Levi: e aveva ritenuto opportuno proporne per la pubblicazione uno solo, mentre l'altro non gli pareva maturo. I titoli non sono menzionati né nelle lettere di Ginzburg né in quelle di Carocci, ma un dettaglio induce a supporre che il racconto mandato a Carocci fosse proprio *Settembre*, anch'esso – come si vedrà – alla sua prima stesura.

Nel 1933 Natalia Levi redigeva insieme con l'amica Bianca Debenedetti (che ritroveremo in *Luna pallidassi* quarant'anni piú tardi, con il suo prenome anagrafico) una rivista scritta interamente a mano: «Il Gallo». Sulla pagina-frontespizio, un disegno appena accennato, il profilo di una testolina di pulcino da cui è assente il minimo tratto gallesco. Nel sommario si alternano tre testi di Bianca Debenedetti e tre di Natalia, che li firma con l'iniziale «N.»: la novella *Settembre*, che reca in calce l'indicazione «Settembre 1933. N.»; i versi *Delirio*, del luglio 1931; il saggio *Dire la verità*, che è privo di data e occupa una sola pagina. Il fascicolo conta venti fogli.

Si può ritornare alla provocazione di Leone Ginzburg nei confronti di Carocci (provocazione che la stessa Natalia avrebbe implicitamente raccolto nel testo autobiografico del 1964, là dove parla di «enfant prodige»), il quale tardava a reagire. Ginzburg gli scrisse a rincalzo il 7 novembre 1933: «Caro Carocci, aspetto sempre la lettera che m'hai promesso, e fra l'altro anche il tuo giudizio, immagino favorevole, sulla novella di Natalia Levi». Seguiva la proposta di affidare «Solaria» alla nuova casa editrice di Giulio Einaudi che si sarebbe costituita a Torino di lí a una settimana, il 15 novembre. Carocci finalmente rispose, il 10 novembre; ma la fretta lo portò a sbagliare il mese, datando al 10 ottobre la sua lettera dattiloscritta. L'alleanza editoriale Solaria-Einaudi non era destinata a realizzarsi, ma gran parte di quella lettera tardiva era dedicata all'altro argomento su cui Ginzburg lo aveva sollecitato:

> La novella di Natalia Levi mi pare veramente notevole. Ho provato piacere a leggerla, e questo piacere non mi è stato smentito dal ripensarci su, dopo, ciò che è un buon segno. Forse nel mio divertirmi c'era anche, diavolo, chi sa perché m'è venuta questa idea, il sospetto di osservare un ritratto dal vero; non so da che cosa mi venisse questa impressione, probabilmente dal tono stesso della novella. Quanto a pubblicarla in Solaria, vorrei vedere in seguito qualche altro scritto della Natalia Levi; insomma, avere la certezza che è uno scrittore nuovo sul quale possiamo puntare e che saprà correre piú di una corsa. Non disapprovare questa mia cautela; qualche altra volta mi è successo di pubblicare uno scritto che mi era piaciuto, e poi mi sono accorto che non era che un campione ma che la botte non dava di quel vino.
>
> Questo ti prego di presentarlo alla Natalia nel modo che crederai meglio. Ho stima di lei, e simpatia, molta, e vorrei che nel comunicarle la mia risposta tu glie lo facessi capire.

L'idea che il racconto fosse preso dal vero avvalora l'ipotesi – avanzata in un modo tra maldestro e malizioso – che si trattasse di *Settembre*; piú difficile immaginarlo per *Un'assenza*, dove si muovono personaggi appartenenti a una generazione, e a un ambiente sociale, che Carocci sapeva diversi da quelli di Natalia Levi. Carocci si mostrò cauto sulla pubblicazione benché conoscesse personalmente quella ragazza avendola incontrata in Versilia con la sorella maggiore Paola – sposata allora con Adriano Olivetti –, la quale lavorava come segretaria per lui e per «Solaria». A Firenze, inoltre, Carocci conosceva anche una zia di Natalia: Drusilla Tanzi, sorella di sua madre Lidia Tanzi e legata a Eugenio Montale, che in «Solaria» esercitava un influsso autorevole. Ma Natalia non s'era rivolta a Montale per pubblicare.

Ginzburg scrisse il 19 novembre approvando la condotta di Carocci:

> Alla Natalia Levi ho semplicemente letto per telefono la parte della tua lettera che la riguardava. Ne è rimasta piú che soddisfatta, orgogliosa. Infatti non potevi prenderla piú «sul serio» di cosí. Io ritengo che lo meriti appieno. Il tuo scrupolo – di voler rivelare non una novella, ma uno scrittore al tuo pubblico – è giusto. Spero di mandarti fra breve un paio d'altre cose, che ti convinceranno. Comunque sono lieto che tu voglia riservare a Solaria la primizia, sia pure tenendola per ora nel cassetto.

E poi aggiungeva, in un poscritto: «La novella della Natalia è tutta "inventata": fra le sue qualità secondarie questa Fabulierenlust mi pare la piú notevole». *Secondaria* a parere di Ginzburg la brama dell'inventare in Natalia, perché i suoi pregi autentici erano il tono, il ritmo, il linguaggio, l'unghiata del narratore. Il testo di *Settembre* cosí come si presenta nel «Gallo» è riportato nell'*Appendice*.

Settembre non apparve dunque in «Solaria». Ai lettori il racconto giunse due anni piú tardi, nella versione scorciata qui riprodotta a testo. La via che lo condusse alla pubblicazione s'intrecciò con altre vicende: il 15 marzo 1934 Leone Ginzburg fu arrestato a Torino per attività antifascista, e da quel momento in poi Natalia Levi dovette presentarsi da sé come scrittrice. Tra le persone che frequentavano la casa torinese di sua sorella Paola c'era Mario Soldati.

> Mi chiese cosa facevo. Gli dissi che facevo il liceo. Qualcuno disse che scrivevo racconti. Chiese di leggerli. Avevo con me quei racconti, in un quaderno, dentro la mia cartella nell'ingresso. La cartella l'avevo con me perché ero venuta là direttamente da scuola. Il quaderno l'avevo sempre con me. Credo che me lo portavo sempre dietro nella speranza che qualcuno mi chiedesse di leggerlo.

Per una ironia della storia, l'incontro (qui rievocato dalla Ginzburg a molti anni di distanza, nel 1970) si può datare con precisione grazie a una lettera che Natalia scrisse a suo fratello Mario, sfuggito all'arresto da parte della polizia fascista riparando in Svizzera e poi in Francia: infatti, il 13 marzo 1934 era stato fermato al posto di frontiera di Ponte Tresa, e solo per una casualità le guardie italiane avevano scoperto, nell'automobile su cui viaggiava con l'amico Sion Segre, materiale di propaganda antifascista. Mario Levi riuscí a scappare lanciandosi nelle acque del fiume Tresa, e raggiunse a nuoto la sponda elvetica. Segre fu preso; grazie alla sua cattura si poté risalire ad alcuni membri dell'associazione clandestina Giustizia e Libertà: tra i quali Leone Ginzburg, arrestato due giorni piú tardi.

Da quel momento in poi, la polizia politica intercettò e *revisionò* (è il termine tecnico che ricorre negli incartamenti riservati) tutta la corrispondenza della famiglia Levi prima di farla proseguire verso i destinatari, alcuni dei quali ignari del filtro. Ogni singola lettera veniva fotografata oppure ricopiata – spesso, in tal caso, s'introducevano errori di ortografia e fraintendimenti di nomi, toponimi, titoli di opere –, archiviandola nei fascicoli del ministero dell'Interno intestati alle persone sotto sorveglianza. I fascicoli, tra cui quello di Mario Levi che contiene i documenti qui trascritti, si sono conservati fino a oggi.

Alla lettera di Natalia che interessa in questo frangente toccò la copiatura dattiloscritta. Era datata soltanto «Mercoledí»: il mercoledí 17 aprile 1935. Dall'arresto di Segre e di Ginzburg era passato un anno. Mario Levi risiedeva in quel momento a Courpière, in Alvernia. Natalia gli scrisse dopo un lungo silenzio reciproco: «Mi pubblicheranno una novella su Solaria, non so quando. Ho corretto le bozze». Di questa novella, che è *Giulietta*, si dirà piú avanti; la lettera prosegue: «Dalla Paola l'altro giorno c'era Soldati, lo conosci Soldati? È molto simpatico e abbiamo fatto amicizia. Mi ha regalato tante foto di attori». Soldati era conosciuto, all'epoca, come critico d'arte e come sceneggiatore cinematografico. Di lí a due mesi sarebbe apparsa la sua prima opera narrativa, *America primo amore*. Natalia ricambiò il dono delle fotografie affidandogli i suoi racconti manoscritti.

> Lui partiva, e promise di leggere il mio quaderno in viaggio. Qualche giorno dopo, mi mandò un telegramma. I miei racconti gli sembravano belli. Ne fui felice. Quel telegramma per molto tempo lo conservai, sgualcito, in una scatola, fra altri oggetti che stimavo preziosi. Era il primo telegramma che avessi mai ricevuto; e per molti anni ancora rimase l'unico.

Nella sua memoria del 1970 la Ginzburg non dice quali racconti avesse letto Soldati. Un particolare decisivo si apprende da un'intervista radiofonica del 1990, dove è ricostruito a memoria il testo di quell'antico telegramma: «c'era scritto: "sue novelle bellissime, anche *Settembre*, auguri" – non so, "saluti". E a me questo telegramma mi ha fatto un gran piacere, e mi ricordo che io gli avevo detto "sí, c'è un racconto che si chiama *Settembre*, ma è brutto"».

Se il telegramma è andato smarrito, il fascicolo poliziesco di Mario Levi ci conserva anche una lettera di Mario Soldati a Natalia, spedita dall'Hotel Manin di Milano poco dopo il loro primo incontro: «Cara Natalia, non sono potuto venire a Torino mercoledí. Spero di poter venire domani, e allora le telefonerò subito. Avverta, per piacere, se ha occasione di vederlo, anche Carlo. Arrivederci. Soldati». Il mercoledí di cui Soldati parla (e in cui scrive la breve lettera) è lo stesso 17 aprile della lettera di Natalia a Mario, mentre «Carlo» è Carlo Levi, che a sua volta sta per entrare forzosamente in questa vicenda.

Il nuovo incontro torinese non ci sarebbe stato, non subito. Soldati portò con sé il quaderno di Natalia, lesse, inviò il telegramma oggi perduto: dopodiché, passò *Settembre* al quotidiano genovese «Il Lavoro», cui collaborava assiduamente. La novella fu pubblicata il 2 maggio 1935 in terza pagina, nella redazione riprodotta nel presente volume, scorciata di alcuni quadri rispetto al testo primitivo. Nove giorni piú tardi Natalia scrisse di nuovo a Mario: «Mi hanno pubblicato una novella sul Lavoro come vedi. Me la pagheranno cento lire. Mi piacerebbe comprarmi un vestito. Sono i primi denari che guadagno».

La vigilanza imperterrita della polizia ha ribattuto a macchina per noi anche la risposta di Mario Levi, in data 23 maggio; contiene un giudizio franco, affettuoso e intelligente su *Settembre*:

> La tua novella mi è piaciuta solo nella prima parte, la seconda parte è un po' forzata e quasi di maniera anche prima di arrivare alla scena, abbastanza inaspettata, della fine. Per quanto riguarda questo episodio non so se hai fatto bene a mettercelo. Se avessi messa una semplice passeggiata nel giardino, magari con i pensieri della ragazzona senza tanta brutalità e soprattutto senza tanta certezza o fare anche niente [*sic*] mi pare che sarebbe stata migliore. Tutto l'elemento sensuale era già sottinteso e del resto è sottinteso sempre quando si parla un po' di sincerità e di verità, e mi pare che una certa delicatezza con cui scrivi si adatti male alla tragedia greca. Del resto anche dal punto di vista di una semplice malizia artistica mi pare che è molto piú abile di lasciare tutto ambiguo e indeciso: se uno vuole prendersi la responsabilità di pensar male, faccia pure, io non ne so niente. Spero di averti fatto capire presso a poco che cosa intendo dire. Inoltre avrei lasciato stare per esempio: i pantaloni bianchi, il tennis, elementi che mi sembrano aggiunti soltanto per fare un certo ambiente abbastanza artificiale e per darti una certa disinvoltura mentre scrivi, meglio ancora per "staccare" il personaggio dall'autore. (...)
>
> Cara Natalia scrivimi presto mandami delle novelle non ce l'avere con me anche se ho sempre qualche cosa da dire.

Alla metà di maggio Mario Soldati fu nuovamente a Torino. Era ospite in casa dei genitori di Carlo Levi, in via Bezzecca. Levi stava dipingendo per lui la copertina di *America primo amore*: il profilo di una diavolessa, nuda e di curve opulente, sdraiata a occhi chiusi e braccia spalancate, le mani intrecciate dietro la nuca, offerta fino al solco delle ascelle e temibile per le sue minuscole corna e per la chioma elettrizzata. Il contorno del suo corpo disteso riproduceva il contorno degli Stati Uniti d'America: ripetuta poco piú in alto, in una proiezione diafana e sommaria, la sagoma faceva balzare agli occhi la genialità dell'idea erotico-cartografica di Levi – tantopiú che, all'interno di questa seconda morbida linea azzurrina, una fila di sgorbiature ben piazzate faceva svettare l'intero skyline di New York City. Su tutto spiccavano, in pingui lettere rosso fuoco, il nome dell'autore, il titolo dell'opera, la denominazione dell'editore Bemporad.

Dilungarsi su questa immagine era necessario: sull'alba del 15 maggio 1935 l'ospite Soldati fu svegliato dai rumori della perquisizione che la polizia stava conducendo in casa Levi. Come il suo amico Leone Ginzburg, anche Carlo Levi era, a Torino, un dirigente di Giustizia e Libertà. Prima di avviarsi al carcere, la perquisizione andava eseguita anche nel suo studio di pittore, all'ultimo piano di un edificio in piazza Vittorio. Andò anche Soldati: e lí, nello studio, Levi poté terminare con mano ferma la copertina di *America primo amore* mentre gli agenti frugavano dappertutto. Levi era già stato incarcerato nel 1934, anche lui in seguito al fermo di Sion Segre, ma poi rilasciato per insufficienza di indizi. Ora lo fermavano nuovamente, in una giornata che avrebbe fatto registrare decine di perquisizioni e di arresti, e che avrebbe annientato la cospirazione antifascista torinese.

Oltre che delle indagini svolte in proprio, la polizia fascista si era avvalsa di una spia. Era uno scrittore di successo: firmava «Pitigrilli» i suoi romanzi, che avevano titoli come *Cocaina* e *Mammiferi di lusso*, ma il nome all'anagrafe era Dino Segre. Era cugino di Sion Segre. Grazie alla parentela, grazie alla notorietà, grazie anche ad alcuni guai (non politici) in cui era incappato a sua volta, anni prima, con un gerarca fascista, venne accolto nelle case dei cospiratori, ebbe la fiducia delle loro famiglie, e poté agire addirittura all'interno di Giustizia e Libertà spingendo il suo raggio d'azione fino a Parigi, dove viveva in esilio il fondatore di GL, Carlo Rosselli.

Con la sigla «fiduciario 373» o con nomignoli come «Pericle» e «Pilli», Pitigrilli era dunque una spia dell'Ovra, la polizia segreta del regime. Se nel marzo del 1934 Mario Levi aveva eluso la cattura, la sua fuga aveva propiziato, oltre quelli di Sion Segre e poi di Leone Ginzburg, l'arresto di Giuseppe Levi, docente di Istologia all'università di Torino e padre di Mario e di Natalia. Quando mise piede in casa Levi per offrire consiglio ai familiari dell'arrestato, Pitigrilli figurava già nel libro-paga dell'Ovra; ma su questo punto Natalia Ginzburg mantiene un completo silenzio nel tracciare il suo ritratto in *Lessico famigliare*.

> Pitigrilli arrivò dunque a casa nostra. Era alto, grosso, con lunghe basette nere e grige, con un grosso paltò chiaro che non si tolse, sedendo in poltrona gravemente, e parlando a mia madre con tono austero, con accento di composto cordoglio. Era stato in carcere una volta, anni prima, e ci spiegò ogni cosa: i cibi che si potevano far avere ai detenuti in certi giorni della settimana, e come bisognava, a casa, sgusciare noci e nocciole, sbucciare le mele, gli aranci, e tagliare il pane a fettine sottili, perché in prigione non era possibile avere coltelli. Ci spiegò ogni cosa: e poi si trattenne ancora a conversare garbatamente con mia madre, le gambe accavallate, il grande

paltò sbottonato, le folte sopracciglia aggrottate sulla fronte. Mia madre gli disse che io scrivevo novelle; e volle che io gli mostrassi un mio quadernetto, dove avevo ricopiato, in accurata calligrafia, le mie tre o quattro novelle. Pitigrilli, sempre con quella sua aria misteriosa, altera e contristata, lo sfogliò un poco.

Poi arrivarono Alberto e Vittorio; e mia madre li presentò a Pitigrilli tutt'e due. E Pitigrilli uscí in mezzo a loro, sul corso re Umberto, col suo passo pesante, l'aria altera e contristata, il grande e lungo paltò sulle spalle.

Alberto, che studiava medicina, era il penultimo dei cinque fratelli Levi (era nato sette anni prima di Natalia, la piú giovane della famiglia), mentre Vittorio era Vittorio Foa: era toccato a lui, dopo la cattura di Leone Ginzburg, il ruolo di responsabile nel nucleo torinese di GL. Quanto ad Alberto Levi, anche lui membro attivo di GL, dovette essere felice di quella presentazione, essendo un lettore accanito dei romanzi di Pitigrilli e un collezionista di «Le grandi firme», la rivista di Pitigrilli di cui teneva in camera la raccolta «legata in grossi fascicoli nei suoi scaffali, insieme ai libri di medicina».

Nella sua reticenza, Natalia Ginzburg tronca la scena su quel terzetto di personaggi che si allontanano lungo il corso re Umberto: ma, proprio a partire dalla presentazione di cui si era incaricata sua madre, Pitigrilli cominciò a tessere la rete di infiltrazioni e delazioni che a partire dall'alba del 15 maggio 1935 avrebbe stroncato il ramo torinese di Giustizia e Libertà. Anche Alberto Levi e Vittorio Foa furono arrestati. Alberto finí per un anno al confino di Ferrandina, in Lucania, non lontano dai luoghi assegnati nello stesso frangente a Carlo Levi; condannato a quindici anni dal Tribunale Speciale, Foa ne trascorse in carcere otto, fino al crollo del regime di Mussolini.

Pochi mesi dopo quel 15 maggio, in «Le grandi firme» del 1° ottobre 1935 apparve una versione di *Settembre* di Natalia Levi con poche varianti rispetto a quella uscita nel «Lavoro». La si leggeva a poche pagine di distanza dalla terza puntata del nuovo romanzo di Pitigrilli, *Dolicocefala bionda*. Dal carcere di Civitavecchia, cosí scriveva Leone Ginzburg a Natalia il 19 ottobre:

> Pubblicare ti fa bene, anche se non pubblichi il meglio di quello che hai fatto (p. es. Settembre, che neppure nel rifacimento del «Lavoro» mi persuade del tutto). Non vorrei però che tu seguitassi a pubblicare sulle «Grandi firme» (questa volta il caso è diverso, perché hanno riprodotto una novella già stampata altrove): quella collaborazione ti classificherebbe in una categoria di mestieranti della penna, nella quale non hai nessuna ragione di entrare.

La prima pubblicazione a stampa di *Settembre* – qui ripresa a testo – avvenne dunque nel quotidiano «Il Lavoro», Genova, 2 maggio 1935, p. 3, occhiello «Le novelle del LAVORO»; la novella fu poi ripubblicata nel settimanale «Le grandi firme», Torino, XII, 271, 1° ottobre 1935, pp. 23-25. Il testo delle «Grandi firme» è stato riproposto da Anna Nozzoli in *«Lessico famigliare» e altre storie torinesi (in appendice la novella «Settembre»)*, «La Rassegna della Letteratura Italiana», XCVIII, serie VIII, 1-2, gennaio-agosto 1994, pp. 205-16; già presentato al convegno internazionale di San Salvatore Monferrato (14-15 maggio 1993), questo saggio è incluso nei relativi atti: *Natalia Ginzburg: la casa, la città, la storia*, a cura di Giovanna Ioli, Edizioni della Biennale «Piemonte e Letteratura», San Salvatore Monferrato 1995, pp. 43-58. Con il titolo *«Lessico famigliare» e altre storie torinesi* e con una nota bibliografica integrativa il saggio è ora in Anna Nozzoli, *Voci di un secolo. Da D'Annunzio a Cristina Campo*, Bulzoni, Roma 2000, pp. 357-84.

I bambini (1934)

Dopo il parere positivo ma interlocutorio di Carocci su *Settembre*, le comunicazioni con Ginzburg s'interruppero per alcuni mesi. Fu Ginzburg a rifarsi vivo, il 19 febbraio 1934: «Secondo il patto, ti mando un'altra novella di Natalia Levi. Spero che ti interesserà. Non so se basterà a convincerti della pubblicabilità della prima. In ogni modo, è uno scrittore che non vorrei sfuggisse al tuo fiuto d'editore». Anche in questo caso la replica si fece aspettare, fino al 5 marzo. Questa volta però c'era un'ottima ragione:

> Caro Ginzburg, ho tardato a risponderti nella speranza di farti una sorpresa: mandarti nella lettera le bozze del racconto di Natalia Levi. Non ho potuto perché il numero è già sopra le 90 pagine e Parenti si raccomanda (giustamente, poveretto) di fare economia. Tuttavia le avrai presto. Ti prego di dire alla Natalia che il racconto mi è piaciuto; aggiungile che è piaciuto anche a Bonsanti che l'ha letto. Raccomandale (cioè no, non raccomandarle nulla: volevo aggiungere, raccomandale di farci fare onore alla nostra firma in avvenire; ma mi accorgo che potrebbe sembrare una scortesia, mentre io volevo semplicemente fare uno scherzo) dunque non aggiungere raccomandazioni.

Carocci (e con lui Alessandro Bonsanti, che di «Solaria» era stato condirettore fra il 1930 e il 1932) aveva quindi accettato il racconto spedito da Ginzburg due settimane prima: *I bambini*. La rivista cominciava ad accumulare ritardo rispetto alle date indicate in copertina, al punto che ai primi di marzo le bozze del fascicolo di gennaio-febbraio non erano ancora licenziate. La novella di Natalia Levi avrebbe fatto il suo corso fino alla pubblicazione; ma dieci giorni dopo la lettera di Carocci, il 15 marzo 1934, l'arresto di Ginzburg spezzava molti fili. Tradotto a Roma, processato dinanzi al Tribunale Speciale, sarebbe stato condannato a quattro anni di carcere. Il 10 marzo aveva fatto in tempo a mandare a Carocci un'ultima lettera di rallegramenti:

> Caro Carocci, Natalia era cosí contenta, che faceva piacere, a vederla, la consapevolezza d'aver contribuito in qualche modo alla sua gioia. Ti ringrazio, ma son sicuro che non avrai a pentirti di questa nostra scoperta: forse te l'ho già ripetuto troppe volte; senonché la novella, che oggi t'accludo, ed era già qui sul mio tavolo in una busta col tuo indirizzo da una decina di giorni, sarà, in proposito, ancora piú eloquente di me. In Giulietta c'è, a mio avviso, una maggiore umanità, una libertà che non è solo fantastica, ma anche morale. Natalia ti esprime a mio mezzo la sua profonda gratitudine: credo che non oserà scriverti se non avrà, per lo meno, il pretesto delle bozze da rimandarti corrette.

I bambini fu dunque la prima pubblicazione in assoluto di Natalia Levi. Apparve in «Solaria», annata IX, alle pagine 66-72 del fascicolo 1, datato gennaio-febbraio 1934-XII ma entrato in circolazione ai primi di giugno. Quel numero – memorabile perché contiene il primo saggio che Gianfranco Contini abbia dedicato a Gadda: *Carlo Emilio Gadda, o del pastiche* – ebbe in apertura un saggio di Glauco Natoli sul *De l'amour* di Stendhal, mentre il racconto di Natalia (il cui titolo fu indicato erroneamente, ma solo in frontespizio, come *Bambini*) era preceduto e seguito, rispettivamente, da testi di Giuseppe Lanza e di Enrico Morovich.

I bambini fu incluso piú tardi nella *Antologia di Solaria* (apparsa presso Parenti, Firenze, con finito di stampare 18 febbraio 1937: pp. 231-36) dopo che la rivista, come si vedrà qui di seguito, aveva cessato le pubblicazioni.

Mancando il manoscritto, il confronto tra «Solaria» 1934 e il testo dell'*Antologia* permette di reintegrare una parola saltata al terzo rigo (con testa > con la testa) e di eseguire una normalizzazione al quarto rigo del secondo capoverso (di essere i soli > d'essere i soli). Questi ritocchi vanno certamente recepiti in quanto si sa (da una lettera inedita di Natalia a Carocci, databile al maggio 1936) che l'autrice corresse le bozze del testo da riproporre nell'*Antologia*. In questa sede sarà piú utile notare l'uso dei quattro punti sospensivi nei testi giovanili di Natalia, cosí come la persistenza della forma letteraria *susurrare*, in seguito abbandonata, a differenza di altre grafie oggi cadute in disuso come *famigliare* o *lagrime* ma costanti in tutta la sua opera.

Giulietta (febbraio 1934)

Prima del suo arresto, Leone Ginzburg aveva dunque preparato la via per il secondo passo della nuova scrittrice – «questa nostra scoperta», come finalmente poté scrivere all'amico il 10 marzo 1934 inviandogli il dattiloscritto di *Giulietta*, che avrebbe trovato posto nell'ultimo fascicolo stampato da «Solaria»: anno IX, numero doppio 5-6, settembre-dicembre 1934-XIII. Sotto la data ufficiale si leggeva, a caratteri minuti, l'avvertenza «pubblicato il 31-3-36», ossia diciotto giorni dopo che Leone Ginzburg era stato liberato dal carcere di Civitavecchia; la pena gli era stata dimezzata grazie a un indulto. Quando ancora si trovava nelle Carceri Giudiziarie di Roma, Carocci – di professione avvocato – gli aveva scritto una lettera indirizzandola con orgoglio al «Prof. Leone Ginzburg». Era il 15 dicembre 1934.

> Caro Ginzburg, ho avuto buone notizie tue dall'avvocato tuo difensore, ed è cosí che ho saputo che tu puoi ricevere posta. Se sapessi che puoi anche tenere libri, ti manderei qualcosa da leggere, non foss'altro Solaria e le sue edizioni. Con quest'anno la rivista cesserà le pubblicazioni; restano ancora da stampare tre numeri, e questi usciranno tutti con ritardo rispetto alla data che portano, in modo da essere pubblicati nel 1935. Uscirà un altro racconto della Natalia (uno è uscito nella scorsa primavera) e, in volume, le poesie di Pavese. So che questo ti farà piacere.

Come s'è visto dalla data dell'ultimo fascicolo, i ritardi di «Solaria» sarebbero stati piú cospicui. Dalla lettera del 17 aprile 1935 al fratello Mario (vedi, sopra, la scheda su *Settembre*) sappiamo che fin da allora Natalia Levi aveva corretto le bozze di *Giulietta*. La fine di «Solaria» era di pubblico dominio. In una data non registrata, ma successiva al 17 marzo 1935, la madre di Natalia, Lidia Tanzi, scriveva al figlio Mario informandolo che «alla Natalia pubblicano un'altra novella ma sarà l'ultima perché Lolaria non esce piú, credo sia fallita». Il *Lolaria* si deve al fatto che anche questa lettera fa parte di quelle trascritte e revisionate dalla polizia. E forse si riferisce a *Giulietta* il breve parere di Mario Levi nella sua lettera a Natalia da Courpière, 22 aprile 1935: «La tua ultima novella che mi hai mandato non è certo delle migliori che hai scritte, ma anche il tema era anche piú difficile e piú impegnativo».

Quanto infine alle poesie di Cesare Pavese, di cui Carocci informava Ginzburg, tra intoppi di censura, ripensamenti d'autore, lungaggini di composizione e bozze mai abbastanza corrette, sarebbero apparse solo nei primi giorni del 1936 con il titolo *Lavorare stanca*. Pavese le ricevette a Brancaleone Calabro dove si trovava a sua volta confinato per antifascismo. La retata del maggio 1935 aveva coinvolto anche lui.

Frattanto, ignorando che Leone Ginzburg era riuscito a spedire *Giulietta* a Carocci pochi giorni prima del suo arresto, Natalia gli inviò la stessa novella con un messaggio affidato a un mezzo foglio color grigiazzurro scritto per lungo. Per la prima volta, la scrittrice prendeva la parola in prima persona; siamo alla fine del 1934:

Sabato, 8 dicembre.

Gentile avvocato. Le mando due novelle. Spero che si divertirà a leggerle e non sarà pentito d'avermi pubblicato l'altra in Solaria, quella volta. Spero di essere uno scrittore davvero.

Mando intanto anche la mia quota d'abbonamento a Solaria per l'anno venturo. Non ho mai fatto un vaglia e spero che non ci sarà nessun pasticcio. Molti saluti a lei e anche a sua moglie, se si ricorda di me. Ma è passato moltissimo tempo.

Natalia Levi

Carocci le rispose quattro giorni piú tardi, il 12 dicembre:

Gentile signorina, grazie di aver pensato a Solaria. La prima delle due novelle, Giulietta, già la conoscevo perché me l'aveva mandata a suo tempo Ginzburg a leggere. Mi sembra la migliore delle due, la piú risolta. Nell'altra mi convince poco l'ultima parte. Se Lei è d'accordo pubblicherei dunque Giulietta in uno dei prossimi numeri.

Eva ricambia i Suoi saluti. Speriamo di vederLa presto a Firenze. Cordialmente Suo

Alberto Carocci

Nell'archivio Carocci presso la Fondazione «Primo Conti» di Fiesole sono conservati i cinque fogli dattiloscritti di *Giulietta*, datati «Febbraio 1934» e con firma autografa Natalia Levi. Li accompagna il testo dell'altro racconto, mai pubblicato: *Tradimento*, con data «giugno 1934».

Tradimento (giugno 1934)

Inedito. Otto fogli dattiloscritti con pochi e poco significativi ritocchi autografi, data «giugno 1934» (il 4 è soprascritto a un 5 palesemente erroneo) e firma autografa «Natalia Levi». Archivio della Fondazione e Museo Primo Conti, Fiesole, *Fondo Carocci*.

Gli interventi si sono limitati a rendere coerente l'applicazione dei trattini didascalici nei dialoghi, e a correggere in *smoking* l'ortografia «smocking» dell'originale.

Ritorno (novembre 1935)

La data «novembre 1935» e la firma «Natalia Levi» si leggono in fondo al manoscritto di *Ritorno*, conservato a Bologna nell'Archivio Eredi Ginzburg (di qui in avanti AG). Il manoscritto consta di un foglio singolo, piú due fogli interi da quattro facciate, tolti da un quaderno a righe di quinta elementare (il foglio singolo è stato strappato via accuratamente, laddove i due fogli interi recano i segni della spillatura). La scrittura è in stilografica azzurra, le facciate sono numerate da 1 a 10. Sulle facciate 2, 4, 6, 8 e 10 sono stati apposti i timbri e i visti di censura del carcere di Civitavecchia, dove Leone Ginzburg fu recluso dalla seconda metà del dicembre 1934 al 13 marzo 1936. In una lettera dal carcere di Civitavecchia in data 3 dicembre 1935, Leone Ginzburg si rammaricava con Natalia

> per non aver potuto leggere la tua novella «Ritorno». Il fatto, che le leggerò poi tutte in fila nel famoso quaderno, non m'impedirebbe di trovare un sapore inconfondibile alle tue novelle, che deriverebbe loro dall'ambiente specialissimo in cui mi trovo; il mio non sarebbe tanto un giudizio, quanto un modo d'accostarmi insospettatamente a un frammento della tua vita operosa: qui tutto diventa documento, e si interpreta; per di piú, ci si abitua a documentarsi all'infuori d'ogni consuetudine metodica.

Del quaderno dove Natalia andava ricopiando in bella i racconti che le riusciva di completare si è già parlato a proposito di Mario Soldati e di *Settembre*. Proprio da quel quaderno forse, con un gesto di tenera attenzione, Natalia Levi staccò i fogli che contenevano *Ritorno* e li spedí a Civitavecchia. Manca, tra le lettere di Leone a Natalia finora note, quella con le sue reazioni al ricevere e al leggere la novella.

Il testo di *Ritorno* qui accolto è quello pubblicato sulla terza pagina del quotidiano genovese «Il Lavoro» il 7 maggio 1936, con occhiello «Le novelle del LAVORO» e firma Natalia Levi. Si ignora se anche in questo caso il tramite fu Mario Soldati, o se Natalia fece da sé. Il racconto è stato ripreso da Luigi Surdich nel suo saggio *Da Natalia Levi a Natalia Ginzburg (In appendice la novella «Ritorno»)*, in *Natalia Ginzburg: la casa, la città, la storia* cit., pp. 5-34.

Casa al mare (giugno 1937) – *Mio marito* (maggio 1941)

Le vicende di questi due racconti distanziati di circa quattro anni sono cosí intrecciate da rendere opportuna una ricostruzione congiunta. Ecco il brano che li riguarda nella *Prefazione* 1964 a *Cinque romanzi brevi*.

> *Un'assenza*, *Casa al mare* e *Mio marito* sono soltanto tre dei numerosi piccoli racconti che scrissi fra i diciassette e i ventidue anni. Quando scrissi *Casa al mare* mi parve d'aver raggiunto l'apice della freddezza e del distacco. Non sognavo che la freddezza e il distacco, e quel racconto mi sembrava ammirevole: eppure qualcosa in tutto quel distacco mi disgustò. Per sembrare un uomo avevo addirittura finto, in quel racconto, d'essere un uomo: cosa che non ho mai piú fatto e che non rifarò mai. Avevo però scoperto la prima persona, il grande piacere di scrivere in prima persona, piacere a me sconosciuto fino a quel giorno. *Mio marito* lo scrissi di nuovo in prima persona ma si trattava, questa volta, di una donna: avevo

però pensato una donna quanto piú possibile diversa e lontana da me. A quel tempo (...) guardavo sempre le persone pensando che le avrei messe in un racconto. Dopo aver scritto *Mio marito* mi accorsi che il medico di quel racconto assomigliava come una goccia d'acqua, nei tratti, al medico dei miei bambini: persona che avevo guardato senza mai pensare che potevo metterlo in un racconto. S'era insinuato nel racconto senza che io lo sapessi. Mi accorsi allora che entravano nei miei racconti non quelli che io decidevo che dovessero entrarvi, ma altri che avevo guardato con occhio distratto. Quel medico, l'avevo guardato distrattamente pensando solo di servirmene come medico, e non come personaggio: e cosí capii che lo sguardo non distratto che io davo agli esseri umani, proponendomi di usarli per il mio mondo poetico, in un certo senso li sciupava, li avvizziva e li rendeva inservibili come personaggi; quello sguardo non distratto, ma utilitario e interessato li consumava, logorando in essi immediatamente ogni vita poetica. Entravano invece, non richiesti, altri su cui il mio sguardo s'era appena posato o su cui s'era posato, come nel caso di quel pediatra, intensamente ma per dei motivi che non concernevano per nulla il mio scrivere.

Mio marito lo scrissi nel maggio del '41, a Pizzoli, paese della campagna abruzzese. In vita mia non avevo mai abitato in campagna. Avevo soggiornato sí in campagna ma per villeggiatura. Pizzoli era un luogo di confino e vi andai quando l'Italia entrò in guerra. Ci rimasi tre anni. Avevamo una casa sulla piazza del paese e dalle finestre, di là dalla piccola piazza dove c'era una fontana, vedevo orti, colline e pecore. Le donne con gli scialli neri che ci sono nel racconto *Mio marito* eran quelle che passavano e ripassavano, in groppa agli asini, lungo i sentieri che salivano alle colline o scendevano, tra le vigne, giú al fiume. Il grido acuto che incitava gli asini echeggiava costantemente su quei sassosi sentieri, grido gutturale e rauco, e mi chiedevo come avevo fatto a vivere per tanti anni senza sapere che esistesse quel grido. Potevo riandarmene via dal paese quando volevo, perché non ero io confinata, bensí mio marito, ma non era facile per me partire e non m'allontanai di là se non due o tre volte e per pochi giorni, in tre anni. Quel paese lo amavo e lo detestavo. Avevo sempre una nostalgia pungente di Torino, città dov'ero cresciuta e che m'era sempre parsa stupida e piatta, e che ora vedevo bellissima nel ricordo, con i larghi viali dove i tram passavano dondolando e scampanellando, e dove quell'acuto grido gutturale, amato e detestato, non si udiva mai.

Negli anni tra *Casa al mare* e *Mio marito* la vita di Leone e Natalia si trasformò profondamente. Si sposarono il 12 febbraio 1938 grazie allo stipendio mensile che Leone percepiva da Giulio Einaudi, dal momento che lo affiancava ormai a tempo pieno nella casa editrice. Ai due fondatori si era unito Pavese. Nascevano nuove collane: i «Saggi», i

«Narratori stranieri tradotti», la «Nuova raccolta di classici italiani annotati». Dopo aver scontato la condanna, Ginzburg rimaneva un sorvegliato speciale; non faceva piú politica attiva e non poteva collaborare a riviste e giornali con la propria firma. Era nato a Odessa nel 1909; nell'autunno 1938 l'entrata in vigore delle leggi razziali gli tolse la cittadinanza italiana che aveva acquisito con decreto regio dell'8 ottobre 1931. A partire dal 5 gennaio 1939 Leone Ginzburg risultava uno «straniero di razza ebraica», pregiudicato per delitti contro lo Stato.

Nell'aprile 1939 e nell'aprile 1940 nacquero a Torino Carlo e Andrea, i primi due figli di Leone e Natalia. Era intanto scoppiata la guerra; nel giugno 1940, con l'intervento dell'Italia a fianco della Germania, l'ebreo straniero Leone Ginzburg veniva sottoposto alla misura dell'internamento per l'intera durata del conflitto. Fu destinato a Pizzoli, in provincia dell'Aquila, dove giunse il 13 giugno 1940. In attesa dell'autorizzazione a raggiungerlo, Natalia si trasferí con i due bambini ad Alpino, nei pressi di Stresa, in una casa di proprietà della famiglia Olivetti. Di lassú scrisse a mano, a matita, il 13 settembre, su un foglio di quaderno di quinta elementare, una lettera a Pavese. Era indirizzata all'alloggio privato dell'amico e collega di Leone: «via Lamarmora 25 (o 35)» come scrisse la Ginzburg sulla busta essendo incerta sul civico, che era il 35. Natalia e Pavese si davano del *lei*.

> Caro Cesare. Le mando la mia novella come le avevo dichiarato. Noi verremo a Torino martedí [17 settembre, *ndr*] per un breve periodo, poi andremo a stare a Firenze, dove prenderemo la casa per un trimestre. Qui il vecchio con la barba bianca e gocciolante d'olio vuol chiudere casa. E perciò ce ne dobbiamo andare. Conservi la copia della mia novella perché gliela chiederò. Le auguro di sposare «la vigna che piace» e di vivere sano e felice.
>
> Natalia

La novella cui Natalia allude è probabilmente *Casa al mare*, completata a Torino nel luglio 1937 e non ancora pubblicata. Allo stesso racconto, forse, alludeva anche un passaggio della lettera con cui il 5 marzo 1936, dal carcere di Civitavecchia, Leone Ginzburg annunciava a Natalia che la sua scarcerazione sarebbe avvenuta il 13 marzo. Dedicate a una imprecisata «novella di piú ampio respiro», queste poche righe di teoria e tecnica narrativa si attagliano a *Casa al mare*, una cui prima stesura potrebbe dunque risalire al primo scorcio del 1936:

> Sono proprio contento che tu abbia fatto quella novella di piú ampio respiro: ci dovevi giungere. Sembra una particolarità tecnica vedere le cose dal punto di vista d'un personaggio solo o di parecchi; invece non è: può essere, a volte, necessità estetica connaturata con il carattere inconfondibile di un'opera particolare; ma se è abitudine di chi scrive, in ogni occasione, è indice di poco sforzo di penetrazione nella vita morale dei personaggi.

Nell'autunno del 1940 la sosta a Firenze di Natalia e dei due bambini fu piú breve del previsto: la famiglia poté raggiungere Leone Ginzburg a Pizzoli già il 13 ottobre. I contatti con gli amici di Torino e delle altre città non s'interruppero ma si fecero piú radi. Leone non prese l'iniziativa di scrivere a nessuno, non volendo compromettere i destinatari. Mantenne invece i rapporti di lavoro con Einaudi e con Laterza, e con il filologo Santorre Debenedetti che era stato il suo maestro negli anni dell'università e ora dirigeva per Einaudi la «Nuova raccolta di classici italiani annotati». Piú tardi, nel giugno 1941, sarebbe ripresa la corrispondenza con Benedetto Croce, cui Ginzburg era legato da stima affettuosa. A ogni modo era sempre lui, Leone, a tenere il filo fra l'internamento abruzzese e il mondo esterno, raccontando agli amici di sé, di sua moglie, del loro lavoro, di come i loro bambini crescevano. L'8 maggio 1941 scrisse ad Alberto Carocci che Natalia «sta lavorando adesso a un grosso novellone (quando i bambini sono a letto)»: si trattava di *Mio marito*.

Se Leone era giustamente cauto, Natalia volle a un certo punto ripristinare il contatto con Bianca Debenedetti (si veda, sopra, la scheda su *Settembre*). La prima lettera conservata è del 30 marzo 1941. Nella successiva, senza data, Natalia le racconta: «Adesso sto scrivendo una novella, di cui ignoro ancora il titolo. Sembra che sarà piuttosto lunga». Nella quarta lettera, anch'essa priva di data, avrebbe detto di piú:

> Ho tardato a risponderti perché sto scrivendo una novella. Forse te la manderò quando l'avrò finita. Sono cinque sere che la scrivo, dalle nove quando i bambini sono addormentati fino all'una o alle due. Sono nella sala da pranzo, sul cui soffitto è dipinta un'aquila. Per tutta la giornata vivo aspettando la sera, per poter riprendere a scrivere. La novella è intitolata «Mio marito» e sembra che venga abbastanza lunga. Oggi piove, e siamo rimasti in casa.

Terminata *Mio marito*, Natalia la spedí a Bianca, che all'epoca si era trasferita da Torino a Ginevra, dove aveva fatto conoscenza con un «professore» – in una delle lettere la Ginzburg ne trascrive come «Ziegler» il cognome – che va identificato in Henri de Ziégler (1885-1970), docente di letteratura italiana nell'ateneo ginevrino. Giunsero a Pizzoli i primi pareri dell'amica. Natalia le rispose il 22 luglio:

> Mia carissima Bianca. Ho ricevuto, ieri e oggi, le tue due lettere. La prima mi ha sconfortato perché la mia novella non era piaciuta a Hans. La seconda mi ha rallegrato. I giudizi del professore sono quelli che io desideravo nel mio cuore. Le tue lettere a lui sono tutt'e due bellissime e stranamente commoventi. Se fossi tu a tradurre la mia novella io sarei molto contenta. Se però te ne manca il tempo, la potrebbe forse tradurre Fanny May. Ma insomma fa'

tu. Io potrei poi vedere le bozze. Se uscisse «Mio marito» io sarei piú contenta, perché, dopo tutto, mi sembra migliore dei «Bambini» piú matura e piú impegnativa. Ancora una volta ti ringrazio di quello che fai per me. È inutile che ti dica che tutte queste cose mi sembrano meravigliose, straordinarie.

Si parlava, dunque, di tradurre in francese la vecchia novella *I bambini*: fu probabilmente pubblicata, come risulta da lettere successive, in una sede che è tuttora ignota. Su *Mio marito* Bianca trasmise altri giudizi di lettura: risulta da una successiva lettera di Natalia, da collocare verso la fine dell'agosto 1941 perché scritta nell'imminenza di una visita a Pizzoli di suo padre Giuseppe Levi, visita che il ministero dell'Interno autorizzò il 22 agosto.

Mia cara Bianca. Ti ringrazio delle tue lettere e ti ringrazio d'aver dato la mia novella a tante persone diverse com'era mio desiderio. Come già ti ho detto, io soffro molto di non poterla far leggere a nessuno e sono avida di giudizi, buoni o cattivi. Ti ringrazio d'aver fatto questo per me. (...)

Sono contentissima che «Mio marito» ti sia piaciuta. Mi pareva che dovesse piacerti, ma non ne ero sicura. (...) L'ho mandata anche a Cesarino, ma non so se a lui piacerà. Ti prego, falla leggere a piú gente che puoi – senza seccare nessuno, naturalmente. Forse ti sembrerà buffo che io lo desideri tanto. Ho paura di sembrarti un po' buffa. Quello che mi ha fatto piú piacere è stato il giudizio della tua mamma, perché era proprio quello che volevo che qualcuno dicesse (quello a cui speravo rassomigliasse). Alla famiglia presso la quale vivi naturalmente non darla.

Si tornava a parlare della eventuale traduzione di *Mio marito* in una rivista della Svizzera francofona. Natalia trasmise a Bianca un consiglio di Leone: cercare, per *Mio marito*, anche una rivista svizzera di lingua tedesca, o magari «qualche grosso giornale di Zurigo».

È possibile, ma non è sicuro, che «Cesarino» fosse Pavese; il suo nomignolo per gli amici era «Cesarito» ma può darsi che Natalia – con la quale, come sappiamo, vigeva il *lei* – gliene avesse dato uno diverso, che adoperava confidenzialmente con altri. Di una ulteriore persona nominata nella corrispondenza – «Fanny May era un'assidua frequentatrice di casa Ferrero e modesta collaboratrice di giornali e riviste» – e di qualche ulteriore dettaglio si ha conoscenza grazie a una lettera che Bianca scrisse a Natalia quarantasei anni piú tardi, il 27 luglio 1987. Aveva ritrovato in un armadio di casa sua, a Torino, «la versione francese de "I bambini" e "Mio marito". Di "Mio marito" c'era il testo italiano battuto a macchina fitto fitto non so se da te, ma certo con alcune (pochissime) correzioni di tua mano, e due versioni in francese, spaziate, di cui una con le correzioni di Leone».

Nel ritrovare quelle carte dopo cosí tanto tempo Bianca aveva anche riletto il volume *Cinque romanzi brevi*: «Ricordo "Settembre" – perché non c'è?»

A Pizzoli, sul finire dell'estate 1941, Natalia cominciò a scrivere il suo primo romanzo *La strada che va in città*. Nel frattempo, prima anzi che la stesura della *Strada* si avviasse, i racconti affidati a Pavese facevano il loro cammino: fosse o non fosse lui il «Cesarino» della lettera a Bianca, a quel punto era in possesso non solo di *Casa al mare* ma anche di *Mio marito*, e s'impegnò a collocarli:

> Ora devo farLe una proposta. Una giovane scrittrice che a suo tempo pubblicò su «Solaria» mi ha affidate certe novelle che vorrebbe firmare con pseudonimo (Lei capisce che si tratta di razza). Avrebbe difficoltà a esaminare qualcuna di queste novelle e magari pubblicarne? A me paiono cose molto fini. Un Suo cenno di benestare e Le manderò qualche saggio.

Questa lettera di Pavese è del 25 agosto 1941, il destinatario è Giambattista Vicari, direttore del mensile romano «Lettere d'oggi». Sulla rivista Pavese stava pubblicando a puntate il romanzo breve *La spiaggia*. La risposta dovette essere positiva se quattro giorni piú tardi Pavese poté passare all'azione:

> Caro Vicari,
>
> Le mando due novelle della *Tornimparte*. Sia che decida di usarle, sia che voglia restituirle, ne scriva a Natalia Levi (in Ginzburg) – Piazza Umberto I – Pizzoli (Aquila).
>
> Essa è moglie di un internato, ma per conto suo illibata. Le potrà anche scrivere, se le piacesse lo stile ma non gli argomenti, di mandarLe qualche altro pezzo. So che ne ha dei notevoli.

«Tornimparte era un posto dove si spedivano i bauli», ricorderà la Ginzburg in un'intervista del 1989. Lo pseudonimo era stato scelto: il nome di un paese nei paraggi di Pizzoli. Già il 20 settembre Leone Ginzburg poté sollecitare notizie, scrivendo impersonalmente alla casa editrice Einaudi: «Vogliate dirmi se avete raggiunto qualcosa nella pratica "Ansedonia"». «Ansedonia» era stato il nome della rivista di Vicari prima della trasformazione in «Lettere d'oggi». Seguendo Ginzburg a ruota, Pavese si rivolse a Vicari il 28 settembre: «Caro Vicari, Le sarei grato se mi scrivesse due parole sulla Tornimparte – che cosa avete concluso e via dicendo. Si è poi messo in corrispondenza con lei?». Vicari rispondeva anche lui con rapidità, il 4 ottobre; avrebbe pubblicato la Tornimparte perché la giudicava «una scrittrice *forte*, sicura». Non diceva, però, cosa avrebbe stampato.

A Pizzoli, intanto, Natalia scriveva la *Strada*. Il lavoro procedeva già da qualche settimana quando, il 2 ottobre, Leone scrisse all'amico Carocci – che in marzo aveva creato a Firenze una terza rivista, «Argomenti» – una lettera manoscritta che risulta leggibile a dispetto di qualche sbiancatura nella fotocopia (le integrazioni congetturali saranno qui tra parentesi quadre). Il romanzo cui Ginzburg allude nel testo è *Le memorie inutili* di Arturo Loria, pubblicato a puntate con lo pseudonimo Alfredo Tittamanti (anche Loria era ebreo) dal numero 3 di «Argomenti», maggio 1941, fino al 7-8 del settembre-ottobre.

> [A]spetto con impazienza il prossimo numero di «Argomenti», che [sup]pongo imminente. Il romanzo che vieni pubblicando (e che si [legge] assai volentieri, ma non ha il fascino singolare dei racconti pi[care]schi dell'autore) è già a buon punto? Perché c'è una scrittrice di m[ia co]noscenza che ha una mezza voglia di mandarti un racco[nto] che per il suo carattere poco «ameno», cioè molto «morale», potrebbe [dif]ficilmente trovare collocamento altrove: a me pare una cosa p[rege]vole, ma il mio giudizio, si sa, può anche essere parziale.

Piú che a *Mio marito* – il «grosso novellone» di cui aveva fatto cenno a Carocci l'8 maggio –, si direbbe che qui Leone Ginzburg stia parlando precocemente di *La strada che va in città*. Il nuovo racconto in corso di stesura non aveva ancora un titolo, né si potevano prevedere le sue dimensioni finali; ma può darsi che Leone, previdente, già meditasse di pubblicarlo a puntate in «Argomenti» una volta concluse le *Memorie inutili* di Loria. Poche settimane piú tardi, però, il testo completo della *Strada* avrebbe suggerito una soluzione diversa.

Da Torino, Pavese continuava a seguire la pubblicazione (anch'essa a puntate) della sua *Spiaggia* in «Lettere d'oggi», e a vigilare sulla sorte di Natalia. In un primo momento Vicari doveva aver ritenuto *Mio marito* non pubblicabile, scegliendo perciò *Casa al mare*; ma in una lettera oggi perduta diede invece via libera, contro ogni aspettativa, a entrambi i racconti. Laddove Vicari era riuscito a superare (non si sa come) l'ostacolo della censura, Leone Ginzburg – che ignorava questa novità – rimaneva convinto che sia *Mio marito* sia *La strada che va in città* sarebbero entrati in urto con la morale corrente. Ciò detto, era ormai chiaro che il primo era un «novellone», per quanto «grosso» e per quanto difficile da collocare, mentre il secondo si era configurato come un romanzo a pieno titolo: e dato che la sua stesura era quasi completata, poteva aspirare alla pubblicazione presso la casa editrice che Leone aveva creato con Giulio Einaudi, e presso la quale il suo amico Pavese aveva esordito qualche mese prima come romanziere con *Paesi tuoi*, inaugurando una nuova collana dedicata ai narratori contemporanei.

Ignaro che «Lettere d'oggi» avesse accolto anche *Mio marito*, Ginzburg si rivolse a Carocci proponendogli nuovamente, a otto anni dalla prima occasione, un testo narrativo di Natalia Levi: che era ormai sua moglie ma che non poteva esibire nessuno dei suoi due cognomi. Per quanto scettico sulla possibilità di vederlo pubblicato, spedí dunque *Mio marito*. Poco piú tardi giungevano a Pizzoli, per il tramite di Pavese, le buone notizie da Vicari su ambedue i racconti, sicché Ginzburg scrisse il 3 novembre alle edizioni Einaudi chiedendo di sapere «se la novella prescelta questa volta da "Lettere d'Oggi" è "Casa al mare" o "Mio marito": la seconda potrebbe infatti essere collocata eventualmente altrove». Pavese, che cominciava a essere stufo dell'incarico accollatosi, se ne sfogò con Vicari l'8 novembre: «Anche la Tornimparte è fastidiosa. Adesso vuol sapere se di lei si stamperà il *Marito* o la *Casa al mare*. Credo che a quest'ora le avrà già scritto direttamente la Redazione, e quindi non insisto».

Il 26 novembre Vicari comunicò a Pavese che optava per *Mio marito*. La sua decisione avrebbe precluso l'opportunità con Carocci che, avendo letto quel racconto, doveva essersi dichiarato disponibile a stamparlo in «Argomenti». Proprio quel giorno, però, la famiglia Ginzburg lasciava Pizzoli per Torino, dove sarebbe giunta l'indomani: Leone Ginzburg aveva chiesto e ottenuto un permesso di cinque giorni per sottoporsi a cure oculistiche. Al loro arrivo i Ginzburg si occuparono per prima cosa dei racconti di Natalia. Ne è prova evidente la successiva lettera di Pavese a Vicari, scritta in fretta e furia (e senza che ne trapelasse ombra di fastidio; anzi) quello stesso 27 novembre.

> Caro Vicari,
>
> ho la Sua del 26 novembre. Le scrivo al volo per fermare, se sono in tempo, la composizione di *Mio marito* della Tornimparte, che avendomi Lei detto che escludeva avevo nel frattempo fatto leggere ad altri. Succede che questo *Marito* è parso adatto ad «Argomenti» e vorrei, per fare un piacere all'autrice, che qui uscisse. Se Lei è ancora in tempo stampi *Casa al mare*; la Tornimparte Le avrà una riconoscenza eterna e Le promette novelle future e forse un romanzetto per la collezione.
>
> Mi mandi quindi, se si può ancora, *Mio marito*, e poi a suo tempo le bozze di *Casa al mare* che tengo a correggere per un riguardo all'autrice.

La risposta fu positiva, ma l'invio di *Mio marito* ad «Argomenti» restò ugualmente in sospeso: Giambattista Vicari aveva lasciato libero il racconto, ma la redazione di «Lettere d'oggi» tardava a restituirne il manoscritto. Fra ritardi della posta e intralci di censura – com'è ovvio, la corrispondenza degli internati era sotto controllo –, *Mio marito* impiegò settimane per giungere a Pizzoli, idem per il fascicolo di «Lettere d'oggi» che conteneva, sí, un racconto di Alessandra Tornimparte, ma senza che l'autrice fosse giunta a sapere con certezza quale. Finalmente, con una lettera oggi perduta, Pavese avvisò i Ginzburg di aver visto con i propri occhi *Casa al mare* nella rivista di Vicari: e il 24 dicembre Leone poté scrivere a Carocci sciogliendo la riserva su *Mio marito*.

L'ironia della storia – la storia con la esse grande – decretò che il prolungato sforzo diplomatico-editoriale si rivelasse inutile. La pubblicazione di *Mio marito* era in programma per il numero 10 di «Argomenti», del quale si erano già tirate le bozze: ma la rivista fu soppressa dopo il numero 9 del novembre 1941, a causa di un articolo di Luigi Einaudi sgradito al regime fascista. Il 31 dicembre 1941, appena sette giorni dopo la lettera risolutiva di Leone Ginzburg, Carocci si vide costretto a spedire una circolare agli abbonati della rivista per informarli della cessata pubblicazione e per chiedere lumi sul loro credito di Lire 4 «corrispondenti al fascicolo di dicembre che non possiamo spedirvi».

Per ulteriore ironia Ginzburg non ricevette subito quella circolare, e in una lettera successiva (anch'essa perduta) tornò a chiedere lumi a Carocci, che gli rispose il 22 gennaio 1942: «ma come è possibile che non ti sia giunta una mia lettera di qualche tempo fa, o una circolare di Argomenti di questi giorni? In ambedue era l'annuncio che la rivista è stata soppressa». Ne era al corrente Vicari, il quale si affrettò a proporre nuovamente la pubblicazione di *Mio marito* ad Alessandra Tornimparte.

Se le lettere partivano e qualche volta, sia pure con ritardo, arrivavano, in quelle settimane le stampe – bozze o fascicoli di rivista – avevano un percorso piú aleatorio. Si ignora in quale giorno preciso dell'inoltrato gennaio 1942 pervenne finalmente agli internati di Pizzoli il fascicolo di «Lettere d'oggi» dell'anno terzo, serie terza, numero doppio 9-10 dell'ottobre-novembre 1941-XX, che ospitava la quinta puntata de *La spiaggia* di Pavese e – poco oltre, alle pagine 27-32 – il racconto breve *La casa al mare*, con l'aggiunta di un articolo determinativo nel titolo e con la firma «Alessandra Tornimparte» stampata per la prima volta in assoluto. Ma nel gennaio 1942 lo pseudonimo compariva anche, ormai, sulla copertina del romanzo *La strada che va in città* pubblicato da Einaudi nei «Narratori contemporanei».

Mio marito uscí poco piú tardi in «Lettere d'oggi»: nel fascicolo del marzo-aprile 1942-XX (s. III, a. IV, n. 2-3, pp. 40-50), sempre a firma Alessandra Tornimparte. La sua pubblicazione era finalmente un fatto compiuto, salvo che per il nome dell'autrice. Ma la storia, dopo quei tre anni di esilio, aveva ripreso a correre.

Nell'estate 1943, subito dopo la caduta di Mussolini, Alberto Carocci fece (con l'aiuto del suo collaboratore Raffaello Ramat, appena liberato dalle carceri di Firenze) un tentativo per resuscitare «Argomenti». Agli abbonati spedí una nuova lettera circolare dove manifestava l'intenzione di riprendere le pubblicazioni stampando il decimo numero della rivista bloccato dalla censura, le cui bozze giacevano tuttora inutilizzate. Leone Ginzburg, che tardava a ottenere dal nuovo governo il permesso di abbandonare Pizzoli e l'internamento, gli fece i suoi auguri per l'iniziativa il 4 agosto, aggiungendo:

> Natalia pubblicherebbe molto volentieri su «Argomenti» la sua novella Mio marito; ma il guaio è che l'ha già pubblicata l'anno scorso, firmando Alessandra Tornimparte, su «Lettere d'oggi», la rivista di Vicari. La ripubblicheresti tu col nome vero? Natalia ci

terrebbe, ma non osa chiedertelo. Non so se la rivista di Vicari esiste ancora, perché Natalia l'ha poi persa di vista. Comunque, ella ti promette per «Argomenti» il primo racconto che scriverà e si adatti come tono alla rivista. Adesso non ha niente di pronto, e per un paio di mesi non credo che potrà lavorare di fantasia (traduce, ma è minor fatica), perché ha molto da fare con la piccola Alessandra, che sta allattando.

Alessandra Ginzburg, terza figlia di Leone e Natalia, era venuta alla luce all'Aquila il 20 marzo 1943: anche il primo elemento dello pseudonimo Alessandra Tornimparte acquisiva una quota di verità. E ora, a pochi mesi di distanza, Mussolini era caduto e *Mio marito* era sul punto di comparire una seconda volta, su una rivista diversa ma con il nome autentico dell'autrice. Le bozze erano pronte da due anni: otto fogli nitidissimi, senza errori (salvo uno: essenziale, come vedremo subito), solo con un segno a penna nei punti di corrispondenza fra gli inizi di pagina del manoscritto originale e il testo a stampa.

Carocci ottenne dal governo Badoglio l'autorizzazione a diffondere il fascicolo 10 di «Argomenti», la cui uscita era programmata per il 10 settembre 1943: ma l'armistizio dell'8 settembre costrinse i redattori a nascondere ancora una volta il materiale già composto e anzi – con l'eccezione di due soli sedicesimi – digià stampato. Ultima beffa della storia, le bozze di *Mio marito* recuperate trentacinque anni piú tardi negli archivi di Carocci portavano ancora il nome Alessandra Tornimparte. Erano quelle del 1941: in vista della nuova pubblicazione non si era arrivati a correggerle. Piú giusto cosí, forse: il nome Alessandra Tornimparte scompariva con il regime che ne aveva imposto l'uso.

Dopo la prima pubblicazione in «Lettere d'oggi», *Casa al mare* fu incluso nella citata edizione 1945 di *La strada che va in città e altri racconti*, pp. 123-37, datato in calce «Giugno 1937». Successivamente confluí in *Cinque romanzi brevi* cit., pp. 375-81, dove l'autrice fornisce le coordinate «Torino, luglio 1937», e nelle *Opere raccolte e ordinate dall'Autore*, tomo I cit., pp. 178-86.

Anche *Mio marito* fu poi ripreso in *La strada che va in città e altri racconti* (pp. 139-63, data in calce «Maggio 1941», terzo e ultimo dei racconti inclusi nell'edizione 1945), in *Cinque romanzi brevi* (pp. 383-395, con le coordinate «Pizzoli (Abruzzo), maggio 1941») e in *Opere raccolte e ordinate dall'Autore*, tomo I cit., pp. 187-202.

Il maresciallo (marzo 1938)

La data «marzo 1938» si legge in fondo al manoscritto piú antico di *Il maresciallo* presente in AG: due fogli protocollo a righe da quattro facciate ciascuno, scritti con stilo nera fino al termine dell'ottava e ultima facciata, con numerose cancellature, pentimenti e soprascritture (incertezze che trovano tuttavia una risoluzione immediata, in fase di scrittura corrente), e con la data al fondo. Su ambedue le facciate del primo foglio, e sull'ultima del secondo, una piccola bruciatura di sigaretta. Il racconto fu pubblicato molti anni piú tardi, con varianti cosí lievi rispetto a questa prima stesura che non mette conto registrarle.

In AG si conserva un'altra stesura manoscritta, a penna stilografica nera ma stavolta in pulito: la si legge su fogli di quaderno identici a quelli che contengono la stesura di *Viaggi sul carro* (vedi, sotto, la scheda relativa). Si tratta però in questo caso di un fascicoletto di sedici facciate, di cui bianche le due iniziali e la sedicesima e ultima; il testo occupa dunque tredici facciate di quaderno.

Questo secondo manoscritto corrisponde al testo quale fu pubblicato per la prima volta: nella rivista «Comunità», fondata a Ivrea da Adriano Olivetti, che aveva allora periodicità settimanale: *Il maresciallo* apparve nel n. 22 della seconda annata, 1° novembre 1947, p. 4: ovviamente, con la firma Natalia Ginzburg che si ritrova in tutti gli scritti successivi (si veda anche, sotto, la scheda della poesia *Memoria*).

Il maresciallo fu riproposto in «l'Unità», edizione piemontese, 29 luglio 1951, p. 3, con alcuni tagli di chiara origine redazionale. La versione integrale originaria è stata successivamente ripresa, con poche ulteriori varianti di scarso rilievo, in *Racconti italiani 1965*, volume-strenna per gli abbonati al mensile «Selezione dal Reader's Digest», Milano 1964, pp. 25-32. È questa la redazione qui messa a testo, e a quest'ultima apparizione del racconto sono da ricondurre i due ulteriori testimoni presenti in AG: *a*) un manoscritto incompleto su quattro fogli da lettera, numerati. Sul quarto foglio, dall'ultima frase parte una freccia diretta al fondo della pagina, a indicare la prosecuzione qui mancante; *b*) otto fogli dattiloscritti con correzioni autografe. Negli ultimi due fogli è corretta a penna anche la numerazione, soprascrivendo un 5 e un 6 alle cifre dattiloscritte 7 e 8. I due ultimi fogli si rivelano essere perciò la continuazione del manoscritto incompleto descritto in *a*). Il testo *b*) è firmato e datato «1939», ma risulta piú attendibile, com'è evidente, la data del primo manoscritto.

Passaggio di tedeschi a Erra (maggio 1945)

«Mercurio», Roma, II, 9, maggio 1945, pp. 35-41. Per notizie sulla rivista si rinvia, sotto, alla scheda su *Memoria*. Vale la pena trascrivere il breve testo redazionale collocato in epigrafe al racconto: «NATALIA GINZBURG è nata a Palermo il 14 luglio 1916. Sotto lo pseudonimo di Alessandra Tornimparte ha pubblicato: *La strada che va in città* (1942). Un'altra edizione di questo libro è uscita in questi giorni con il nome dell'autrice e l'aggiunta di tre racconti».

In traduzione francese, ma con il titolo *Tedeschi in Italia*, il racconto apparve sul settimanale comunista parigino «Action»: a. I, n. 45,

13 juillet 1945, p. 10, con una illustrazione di Mireille Miaille *alias* Glodek. Il direttore della rivista, che si firmava Victor Leduc (era di origine ebraica, Valdemar Nechstein il nome all'anagrafe), era allora legato a Jeanne Modigliani, che durante la guerra, per breve tempo, era stata sposata con Mario Levi, come si racconta in *Lessico famigliare*:

> Negli anni della guerra che non l'avevamo rivisto, Mario s'era sposato. La notizia del suo matrimonio arrivò ai miei genitori poco prima della fine della guerra; s'era sposato, raccontò qualcuno, con la figlia del pittore Amedeo Modigliani. (...)
>
> Finita la guerra, arrivò da Mario una lettera, poche laconiche righe. Diceva che s'era sposato per ragioni connesse con la sua residenza in Francia, e s'era già divorziato.

Jeanne, che con Mario aveva partecipato alla Resistenza francese nelle file comuniste, fu la segretaria di redazione di «Action». Il 27 novembre 1946 cosí scriveva Andrea Caffi – amico fraterno e sodale politico, negli anni Trenta, di Mario Levi – a Nicola Chiaromonte: «Jeanne Mod.[igliani] doit encore y travailler [ad «Action»] comme secrétaire, et la sœur de Mario y a donné quelques nouvelles... (concourant avec Clara Malraux)». L'ultima persona nominata è Clara Goldschmidt, prima moglie di André Malraux.

Con il titolo *Il passaggio dei tedeschi da Erra* il racconto fu riproposto in «l'Unità», edizione piemontese, 14 giugno 1951, p. 3; con titolo *Nazisti a Erra* in «l'Unità», edizione di Roma, 16 giugno 1951, p. 3; con titolo *Quando i tedeschi passarono da Erra* in «l'Unità», edizione di Milano, 6 luglio 1951, p. 3.

In AG si conserva un dattiloscritto in pulito, cinque fogli.

Le ragazze (11 agosto 1946)

Presso l'Archivio Einaudi, nell'incartamento di Angela Zucconi (amica di Natalia nonché deuteragonista di *Le scarpe rotte*: si veda, sotto, la scheda relativa), è conservata copia di una lettera del 17 giugno 1946 che, pur essendo priva di firma, è di Pavese: per la sfottente brevità e per il fatto che Pavese lavorava, in quel periodo, nella sede Einaudi di Roma. A Torino era salito poco piú di due settimane prima per votare, il 2 giugno 1946, alle prime elezioni politiche del dopoguerra, che furono abbinate al referendum istituzionale monarchia-repubblica. Ecco la lettera:

> Cara Angela,
>
> Natalia che ho visto a Torino, che sta bene ed è diventata comunista, mi prega di mandarLe il Proust in grazioso omaggio.
>
> A presto.

«Il Proust» era la traduzione, firmata da Natalia Ginzburg, di *La strada di Swann*, uscita in aprile nei «Narratori stranieri tradotti», collana progettata nove anni prima dallo stesso Pavese e da Leone Ginzburg. Venendo infine alla politica, Natalia scelse il Pci in quelle elezioni generali, le prime nella storia d'Italia in cui le donne poterono esercitare il diritto di voto.

Le ragazze apparve in «l'Unità», edizione piemontese, 11 agosto 1946, p. 3. Dal 30 maggio 1945 l'organo del Partito comunista italiano era diretto a Torino da Amedeo Ugolini, che sarebbe rimasto in carica fino al 3 novembre 1946.

Giorni avventurosi (1° settembre 1946)

«l'Unità», edizione piemontese, 1° settembre 1946, p. 3.

Viaggi sul carro (9 marzo 1947)

«l'Unità», edizione piemontese, 9 marzo 1947, p. 3. Alla direzione era subentrato Ottavio Pastore, in carica fino al 22 giugno 1948.

Il manoscritto presente in AG consta di due fogli sciolti, tipo quaderno a righe di quinta elementare ma senza traccia di spillatura metallica, scritti a penna stilografica nera su tutte e quattro le facciate, ai quali segue un foglio singolo, scritto sul solo *recto*, per un totale di nove pagine. Il testo, pressoché in pulito, corrisponde a quello a stampa.

La madre (novembre 1948)

Nella *Prefazione* 1964 a *Cinque romanzi brevi* le poche informazioni su *La madre* sono di carattere intimo, legate a quelle sul romanzo breve *È stato cosí*, uscito da Einaudi nel giugno 1947 con dedica «A Leone». Scrive Natalia Ginzburg:

> Qualcuno quando uscí quel racconto mi disse: «Se tu fossi piú felice, avresti scritto un racconto piú bello». Tacqui perché pensavo che era vero. Era sí vero ma era anche piú vero che non si trattava per me di diventare meno infelice, ma di riuscire a scrivere a malgrado della mia infelicità e senza curarmene, senza lasciare che intorbidasse e ammalasse le cose che scrivevo. Ma per riuscire a questo è necessario che l'infelicità non sia in noi un'interrogazione lagrimosa e ansiosa, bensí una consapevolezza assoluta, inesorabile e mortale.
>
> Negli anni che seguirono, a poco a poco io smisi di pensare allo scrivere. Ci pensavo soltanto quando scrivevo. Scrissi *La madre* nel '48, *Valentino* nel '51. Scrissi questi due racconti senza che prima mi flottasse nulla in testa, nulla. Vivevo – e vivo – senza idee di racconti.

La tabella con cui comincia la *Prefazione* 1964 offre coordinate piú precise: «Torino, novembre 1948», segno che l'autrice arrivò a consegnare *La madre* appena in tempo perché fosse pubblicato nell'*Antologia Einaudi 1948*, un volume-strenna il cui finito di stampare è del 22 dicembre e la cui cura si deve in tutto e per tutto a Pavese benché il suo nome non compaia. Il testo è corredato di una foto in b/n della Ginzburg, scattata alla cerimonia del premio Due Cicogne - Bagutta assegnatole per *È stato cosí*, e di una presentazione da attribuirsi anch'essa a Pavese:

> NATALIA GINZBURG è nata a Palermo, ma è cresciuta a Torino, dove risiede tuttora. I suoi primi racconti uscirono sulla rivista «Solaria».
>
> Nel '42 fu pubblicato presso Einaudi *La strada che va in città*, un romanzo breve, sotto il [*sic*] pseudonimo di Alessandra Tornimparte, motivato da ragioni politiche. È la storia d'una ragazza di famiglia povera, che vive in una casa sulla strada maestra a poche miglia dalla città. I personaggi del racconto non sono né campagnoli né cittadini, ma di questi e di quelli assommano le qualità deteriori, la grettezza, le meschine ambizioni, la miseria morale.
>
> Un secondo romanzo breve, *È stato cosí*, esce ancora presso Einaudi nel '47. Racconta di una giovane donna che ha ucciso il marito e ripercorre col pensiero le circostanze che l'hanno spinta a quel gesto. La storia è narrata in prima persona, in un'allucinante e tuttavia fredda e lucidissima rievocazione *in extremis*, e ha pagine d'intensa drammaticità. Di questi due romanzi di Natalia Ginzburg uscirà presto la traduzione in America, presso l'editore Doubleday.
>
> In essi, come nei racconti che la scrittrice è venuta via via pubblicando su giornali e riviste, si notano i segni di una personalità artistica fortemente caratterizzata, d'una piena padronanza della materia narrativa, d'una sensibilità moderna. Se, come tutti, ella attinge al pozzo della sua esperienza piú riposta e interiore, non cede alla facile lusinga dell'autobiografismo che è la debolezza piú comune della narrativa femminile.

A questa scheda segue una singolare rassegna critica bipartita: dopo un giudizio favorevole di Aldo Camerino su *È stato cosí* si leggono, sotto la rubrica «L'altra guancia», due severe annotazioni sullo stesso romanzo, di Arrigo Cajumi e della rivista vicentina «Il Segno». *La madre* occupa le pp. 164-74 dell'*Antologia Einaudi*; accompagna il titolo la dicitura «racconto inedito», in corsivo entro parentesi.

Il manoscritto in AG si compone di sette fogli protocollo a righe scritti a stilo nera su entrambe le facciate, numerate da 1 a 14. È praticamente in pulito, tranne pochissime e brevi inserzioni, e poche incertezze o pentimenti, visibilmente risolti in corso di scrittura (o, piuttosto, di trascrizione da una precedente brutta copia, non conservata).

Il racconto fu riproposto nella rivista «Comunità», ora mensile; apparve nel numero 19 (anno VII, giugno 1953) alle pp. 54-57, illustrato da una *Immagine invernale* di Paul Klee. Nel 1957 Natalia Ginzburg lo incluse nel volume *Valentino*, che comprendeva in apertura il racconto omonimo, in chiusura *Sagittario* e – in posizione mediana, alle pagine 73-93 – *La madre*, che recava in calce la data «Novembre 1948». La raccolta *Valentino* fu il numero 80 della collana Einaudi «I coralli», con finito di stampare 25 giugno 1957; in copertina, un particolare da *Après le déjeuner* di Pierre Bonnard. *La madre* fu poi ripreso in *Cinque romanzi brevi*, pp. 397-407, e in *Opere raccolte e ordinate dall'Autore*, tomo I cit., pp. 203-15.

La madre è stato anche accolto in ambedue le edizioni dell'antologia *Racconti italiani del Novecento* curata da Enzo Siciliano per «I Meridiani» Mondadori: nella prima, apparsa nell'ottobre 1983, lo si legge alle pp. 1008-21, preceduto da un breve profilo critico dell'autrice (p. 1007), mentre nella successiva edizione in tre volumi, del settembre 2001, si trova alle pp. 656-68 del secondo volume, preceduto anche qui (p. 655) dal profilo critico stilato dal curatore.

Domenica (23 luglio 1978)

«La Stampa», Torino, 23 luglio 1978, p. 3. Il direttore del giornale era, in quel momento, Arrigo Levi. La Ginzburg aveva collaborato con «La Stampa» una prima volta, per pochi mesi, nel 1963, sull'onda del successo di *Lessico famigliare*, e piú a lungo e regolarmente – su invito dell'allora direttore Alberto Ronchey – tra l'ultimo scorcio del 1968 e la primavera del 1973, quando passò al «Corriere della Sera» diretto da Piero Ottone (si veda, sotto, la scheda di *Luna pallidassi*). Tornò alla «Stampa» nel novembre 1977, coprendo la rubrica di critica televisiva e scrivendo articoli di terza pagina e commenti a fatti di politica e società, e continuò a collaborarvi fino alla sua scomparsa, nel 1991.

In AG è presente un manoscritto a biro nera, in una cartellina intestata *manoscritti (Luna pallidassi e Domenica)*. Il racconto occupa sette fogli numerati; tre ulteriori fogli (1bis; 3bis; 4 bis) contengono brevi aggiunte, sempre manoscritte. Il testo è pressoché in pulito.

MEMORIE E CRONACHE

Memoria (8 novembre 1944)

Memoria è il piú antico degli scritti che Natalia Ginzburg abbia voluto corredare, al momento di pubblicarlo, con la data precisa in cui lo aveva composto. Anche in alcune delle opere narrative uscite in seguito (a cominciare dalla nuova edizione dell'opera di esordio:

La strada che va in città e altri racconti, marzo 1945) compare il periodo di stesura in calce a ciascun racconto. Il particolare della datazione non è irrilevante. Si lega alla perdita di Leone Ginzburg, morto a Roma nel braccio tedesco di Regina Coeli nella notte tra il 4 e il 5 febbraio 1944 in conseguenza delle torture subíte. Consumato questo evento, si direbbe che il tempo prenda a camminare in modo diverso, e che in questo specifico caso s'imponga la necessità di fissare il testo, tanto per chi l'ha scritto quanto per gli altri che lo leggeranno, a un giorno del calendario che apra uno spiraglio tra ciò che è intimo e ciò che è pubblico, e che piú banalmente abbia una funzione di memorandum, la cui corrispondenza con il titolo del testo – *Memoria* – rende possibile leggere una scolpitura di versi come se fosse anche una pagina di diario.

In verità (e lo si è visto appunto in queste *Notizie sui testi*) Natalia Ginzburg usava datare anche i propri scritti giovanili o addirittura puerili: nei suoi quaderni dell'adolescenza si incontrano poesie con l'indicazione della data, cosí come recavano una data i testi del «Gallo» (a cominciare da *Settembre*, dove il mese di composizione coincide con quello evocato nella storia), e cosí come erano datate le novelle manoscritte o dattiloscritte spedite in lettura ad Alberto Carocci.

Ma è facile accorgersi che a quel tempo la data veniva segnata con animo diverso: era la fase della scoperta di sé, dell'apprendistato, del progredire a un traguardo intermedio che perciò meritava segnare sui fogli. Aggiungere la data non era un gesto professionale; era, per Natalia, un segno di affetto verso sé stessa. Ed era un promemoria, quando ancora non serviva possedere una memoria. Quelle date di accompagnamento erano destinate a essere tolte al momento della stampa in rivista, dove difatti non compaiono. In quegli anni di gioventú, cadenzati (il brano è trascritto qui sopra, nella scheda su *Casa al mare* e *Mio marito*) dai «numerosi piccoli racconti che scrissi fra i diciassette e i ventidue anni», il tempo del calendario è uno slancio, è un movimento di esplorazione, è un arrampicarsi per scoprire cosa c'è lassú. Con *Memoria*siamo ormai al 1944, e con la data «8 novembre» in calce a quei ventidue versi il tempo ha segnato un punto definitivo lungo la linea della vita. Si continuerà a procedere, ma senza piú perderlo di vista.

Memoria è, per quanto si sa, il piú antico degli scritti che l'autrice abbia firmato «Natalia Ginzburg». Anche *Inverno in Abruzzo*, che è l'antefatto di *Memoria*, è attribuito all'«autunno 1944»; fu però stampato nel marzo successivo. *Memoria* apparve sul finire del 1944, quando era già uscito frattanto, nell'edizione romana del quotidiano del Partito d'Azione «L'Italia Libera», un articolo che recava il nome Natalia Ginzburg: *I nostri figli*, 22 novembre. Anche questo articolo ha legami visibili e intimi con *Memoria*, per l'argomento e perché affidato al giornale che Leone Ginzburg diresse fino al giorno del suo arresto, 20 novembre 1943, quando fu catturato appunto nella tipografia clandestina che stampava «L'Italia Libera». Diffusa poco piú tardi di *I nostri figli*, la poesia *Memoria* rimane il testo primo e primario di Natalia Ginzburg.

Stampando *Memoria* in questo volume – ed è la prima volta, come già detto nella *Nota del curatore*, che ciò avviene entro un'opera della Ginzburg – si è lasciata intatta non soltanto, com'era ovvio, la data al fondo, ma anche la breve presentazione aggiunta dalla rivista «Mercurio». Il documento di nascita di questo definitivo nome d'autore andava dato per estratto, nella sua integrità. Quelle poche righe in corsivo al piede della pagina 165 del quarto fascicolo di «Mercurio. Mensile di politica, arte, scienze», datato dicembre 1944, ricevevano ulteriore significato dall'avvertenza stampata nel controfrontespizio: «In questo numero speciale di "Mercurio" sono stati eccezionalmente accolti articoli firmati con pseudonimi: ciò è dovuto a riserbo degli autori e al fatto che taluni di essi sono tuttora impegnati nella guerra partigiana». Alla necessità di tenere nascosti i nomi degli scrittori-combattenti corrispondeva il nome di uno scrittore – Natalia Ginzburg – che per la prima volta poteva presentarsi a viso aperto, senza cautele né finzioni, avendole già scontate negli anni della legislazione razzista con lo pseudonimo Alessandra Tornimparte.

«Mercurio», che durò dal 1944 al 1948, era stampata in quel momento dall'editore romano Darsena. L'aveva fondata, e la dirigeva, Alba de Céspedes, affiancata dal redattore capo Gino De Sanctis. Quel quarto fascicolo, 320 pagine, fu il piú notevole apparso nei suoi cinque anni di vita. Sopra la copertina, una spaziosa fascetta annunciava il «numero speciale», mentre uno strillo ribadiva: «Questo numero è dedicato alla resistenza del popolo italiano all'oppressione tedesca». Seguiva, sempre sulla fascetta, l'elenco completo dei collaboratori. Vi figuravano tra gli altri Corrado Alvaro (in apertura, con i fogli di un diario tenuto fra il luglio 1943 e il giugno 1944), Mario Berlinguer, Alberto Savinio, Giacomo Debenedetti (con la cronaca *16 ottobre 1943*, data del rastrellamento nazista nel ghetto di Roma: 1024 ebrei italiani deportati ad Auschwitz), Aldo Garosci (con la testimonianza *Un mese e mezzo con Giaime Pintor*), Guido Calogero, Paola Masino, un G.P. che era Guglielmo Petroni (il quale descriveva, in *Via Tasso n. 145*, il luogo di tortura allestito a Roma dalla Gestapo), Alba de Céspedes (anch'essa con *Pagine dal diario*), Palma Bucarelli, Vasco Pratolini con la cronaca di Resistenza *Settore Flaminio Ponte Milvio*, Corrado Govoni, Alberto Moravia con le memorie del periodo trascorso in clandestinità, in compagnia di sua moglie Elsa Morante, nelle campagne laziali, Giorgio Bassani con i versi *Cena di Pasqua*, Gianna Manzini, Carlo Muscetta (che con *La sventurata «Italia Libera»* rievocava anche il contributo di Leone Ginzburg quale direttore del foglio clandestino del Partito d'Azione), Irene Brin, Anna Garofalo, Toti Scialoja (*I pittori difendono la città*), Guido Piovene, Eugenio Montale (che a «Mercurio» affidava *Due poesie*: i *Madrigali fiorentini* trasfiguranti il sanguinoso intermezzo del capoluogo toscano tra l'occupazione tedesca e il giorno della liberazione; le date erano qui promosse a titolo: *11 settembre 1943* e *11 agosto 1944*), Arrigo Benedetti, Maria Bellonci, Franco Calamandrei, Sibilla Aleramo, Libero Bigiaretti, infine Massimo Bontempelli con il breve saggio *Insegnamento del '44*. Disegni e fregi erano firmati da Bartolini, Ciarrocchi, Gentilini, Guttuso, Leoncillo, Mafai, Scialoja, Stradone, Urbani e Vespignani. Non tutti i collaboratori potevano vantare un curriculum politico limpido rispetto al regime di Mussolini: e benché l'argomento non si possa discutere in queste pagine di servizio, una segnalazione era opportuna.

Memoria apparve dunque in «Mercurio», a. I, n. 4, dicembre 1944, p. 165. In seguito fu riproposta in un numero imprecisato di sedi – tra cui molte antologie per le scuole –, impossibili da censire nella loro completezza. Risultano finora, limitandosi alle pubblicazioni di carattere non scolastico e apparse in vita dell'autrice:

«L'Italia Libera», Roma, 5 febbraio 1946, p. 3, con il titolo *In memoria di Leone Ginzburg*. La ristampa coincise con il secondo anniversario della scomparsa di Ginzburg;

«Il lunedí», Padova, 25 febbraio 1946, p. 3;

«Milano-sera», 8-9 marzo 1951, p. 3, con il titolo *Ricordo del marito ucciso* e in occasione della Giornata della donna;

Luisa Sturani, *Antologia della Resistenza*, con una introduzione di Augusto Monti, Centro del Libro Popolare, Torino 25 aprile 1951 (la data si legge per esteso in frontespizio), p. 265. Da segnalare che Luisa Sturani, sposata con il pittore Mario Sturani, era la figlia di Monti, ossia il maestro di Leone Ginzburg e di tutta la generazione di intellettuali torinesi che avevano frequentato il Ginnasio-Liceo D'Azeglio;

Antologia poetica della Resistenza italiana, a cura di Elio Filippo Accrocca e Valerio Volpini, Landi, San Giovanni Valdarno (Fi) 1955, pp. 117-18;

«Resistenza-GL», Torino, XVIII (1964), 2, febbraio, p. 5, con il titolo *In ricordo del marito ucciso*. Le pagine centrali erano dedicate al ventesimo anniversario della scomparsa di Ginzburg e alla pubblicazione dei suoi *Scritti*, raccolti da Einaudi a cura di Carlo Ginzburg e Domenico Zucàro, con una introduzione di Norberto Bobbio parzialmente anticipata dalla rivista e accompagnata, oltre che dai versi di Natalia Ginzburg, da scritti di Augusto Monti e di Sandro Galante Garrone, e dalla riproduzione fotografica della lettera autografa che Ginzburg scriveva l'8 gennaio 1934 a Ferdinando Neri, preside della Facoltà di Lettere e Filosofia dell'Università di Torino, per annunciargli l'intenzione di non prestare quel giuramento di fedeltà al regime fascista che una legge appena approvata imponeva anche ai liberi docenti, ruolo ricoperto da Ginzburg per la letteratura russa;

«La Fiera letteraria», Roma, XLVII (1971), 11, 25 aprile, dedicò cinque pagine al tema «Antifascismo e liberazione», proponendo nella quinta e conclusiva (p. 8) poesie di Giorgio Bassani, Attilio Bertolucci,

Alfonso Gatto, Paola Masino e Antonio Russi apparse in «Mercurio» negli anni 1943-45: *Memoria* fu inclusa in questa pagina;

«La tartaruga. Quaderni d'arte e letteratura a cura di Plinio De Martiis», Roma, 7, maggio 1990, p. 55. La rivista aveva un prevalente carattere antologico: i testi originali erano in minoranza;

Memoria non figura invece nei due tomi delle *Opere* allestite dall'autrice per i «Meridiani» Mondadori.

Inverno in Abruzzo (autunno 1944)

«Aretusa», Roma, II, 7, marzo 1945, pp. 52-55. Dirigeva allora la rivista Carlo Muscetta, legato fin dal 1933 a Leone Ginzburg da fraterna amicizia: insieme avrebbero curato la pubblicazione clandestina dell'«Italia Libera», edizione di Roma, e insieme sarebbero stati arrestati dai fascisti il 20 novembre 1943 e imprigionati a Regina Coeli.

«Aretusa» è stata definita «la prima rivista dell'Italia liberata». Fu fondata a Napoli nel marzo 1944 da un fedele collaboratore di Benedetto Croce, l'italianista Francesco Flora, coadiuvato dalla primogenita del filosofo Elena e dal marito di lei, lo storico Raimondo Craveri; segretario di redazione era il giovane anglista Gabriele Baldini che piú tardi, nel 1950, avrebbe sposato Natalia Ginzburg. Nel primo anno di vita «Aretusa» venne stampata presso il libraio-editore napoletano Gaspare Casella; poi, a partire dal settimo numero che ospitava *Inverno in Abruzzo*, «Aretusa» migrò a Roma dove ebbe Muscetta direttore e De Luigi editore.

Inverno in Abruzzo fu riproposto alle pagine 7-8 del fascicolo *Premio Letterario Viareggio 1947*, stampato nella medesima città con la data 15 agosto – giorno dell'assegnazione ufficiale – presso lo Stabilimento tipografico F. Azzaro, lo stesso che qualche tempo prima aveva stampato la rivista «Darsena nuova» (si veda, sotto, la scheda di *Estate*). Nel 1947 il premio Viareggio andò alle *Lettere dal carcere* di Gramsci, pubblicate da Einaudi: un riconoscimento postumo, in deroga al regolamento. Si trattava della seconda edizione del dopoguerra; fondato nel 1929, il Viareggio era stato assegnato per la prima volta l'anno successivo. Il fascicolo pubblicato nel 1947 conteneva scritti del presidente Leonida Rèpaci e di altri giurati quali G. B. Angioletti, Antonio Baldini, Massimo Bontempelli, Alberto Colantuoni, Giacomo Debenedetti (che vi ripropose l'elzeviro dedicato alcuni mesi prima all'opera premiata: *Gramsci uomo classico*), Elpidio Jenco, Concetto Marchesi, Carlo Salsa, Manara Valgimigli. Contribuirono anche tre degli autori in competizione: oltre la Ginzburg, che presentava il romanzo breve *È stato cosí*, anch'esso stampato da Einaudi, Alberto Moravia (*La romana*, Bompiani) ed Enrico Pea (*Malaria di guerra*, Garzanti).

Due anni piú tardi *Inverno in Abruzzo* fu ripreso nella rivista «Galleria», stampata a Caltanissetta da Salvatore Sciascia editore: apparve nel numero doppio 2-3 (ottobre-dicembre 1949, pp. 79-82) della prima annata, il cui direttore era Calogero Natale che di lí a poco passò la mano a Leonardo Sciascia, omonimo dell'editore.

Inverno in Abruzzo fu poi scelto per aprire la raccolta *Le piccole virtú*, Einaudi, Torino (12 novembre) 1962, pp. 15-21; nell'*Avvertenza* preliminare del libro, datata «Roma, ottobre 1962», compare l'indicazione «scritto a Roma nell'autunno 1944, pubblicato in "Aretusa"». Il testo è anche in *Opere raccolte e ordinate dall'Autore*, tomo I cit., pp. 787-92, e nell'antologia *Aretusa prima rivista dell'Italia liberata. Seconda serie: 1945-1946*, a cura di Raffaele Cavalluzzi, Palomar, Bari 2001, pp. 107-11.

Cronaca di un paese (9 gennaio 1945)

«L'Italia Libera», Roma, III, 7, 9 gennaio 1945, p. 2. «Redattore responsabile» dell'organo del Partito d'Azione era in quel momento il triestino Bruno Pincherle.

In AG si conservano due dattiloscritti del testo con correzioni autografe. Entrambi sono posteriori – non di molto, si direbbe – alla prima pubblicazione in «L'Italia Libera» in quanto il primo, di cinque fogli numerati, reca in calce l'indicazione, biffata a stilografica nera, «(Dall'Italia Libera del 9-1-'45)». In questo primo dattiloscritto le correzioni a stilo nera riguardano in molti casi gli accapo (con i quali il dattilografo si era concesso molte libertà: la Ginzburg restaura quelli digià fissati nel testo dell'«Italia Libera») e svariati ritocchi ortografici (che viceversa superano il testo pubblicato nel giornale). Il secondo dattiloscritto, di tre fogli in pulito, numerati, presenta pochissimi ritocchi a biro azzurra e recepisce tutte le correzioni del precedente dattiloscritto: su di esso si è deciso di correggere il testo a stampa del 1945.

Dopo la prima pubblicazione in «L'Italia Libera» il testo fu ripreso, con il titolo *Cronaca d'un paese*, in «l'Unità», edizione piemontese, 7 dicembre 1948, p. 3. Fu ancora riproposto, a cura di David Ward, a corredo del suo volume *Antifascisms. Cultural Politics in Italy, 1943-46. Benedetto Croce and the Liberals, Carlo Levi and the «Actionists»*, Farleigh Dickinson University Press, Madison-Teaneck (NJ) e Associated University Presses, London 1996, pp. 201-4; lo stesso Ward lo ha ulteriormente incluso, insieme con il suo saggio *Natalia Ginzburg's Early Writings in «L'Italia libera»*, nel collettaneo *Natalia Ginzburg. A Voice of the Twentieth Century*, a cura di Angela M. Jeannet e Giuliana Sanguinetti Katz, University of Toronto Press, Toronto-Buffalo-London 2000, pp. 46-62 (*Cronaca di un paese* è in appendice al volume, pp. 234-37, dove la data di apparizione in «L'Italia Libera» è indicata erroneamente come 2 gennaio 1945).

Contadini (1945)

«Aretusa», II, 12, luglio-agosto 1945, pp. 64-67.

Incluso nell'antologia *Aretusa prima rivista dell'Italia liberata* cit., pp. 113-16. Riproposto in «Forum Italicum», XXXVII, 2, Fall 2003, pp. 530-33, a corredo del saggio di Franco Vitelli, *Natalia Ginzburg tra Scotellaro e Carlo Levi*, pp. 534-37.

Le scarpe rotte (autunno 1945)

«Il Politecnico», Milano, 16, 12 gennaio 1946, p. 4, con l'indicazione «racconto di Natalia Ginzburg». Fondata e diretta da Elio Vittorini, la rivista era pubblicata da Einaudi.

L'amica del racconto è Angela Zucconi. Grazie a una presentazione di Roberto Bazlen aveva trovato lavoro nella prima sede romana di Einaudi in via Claudio Monteverdi 18, al Pinciano:

> Cercavo di scuotermi e con la scusa di chiedere qualche consiglio andavo a trovare in una stanzetta silenziosa, che dava su un cortile, Natalia Ginzburg, che allora era soltanto la vedova di Leone. Natalia mi fece prendere (inutilmente) confidenza con quel lavoro e mi fece fare amicizia con gli altri redattori importanti, quelli che davano del tu a Giulio Einaudi e frequentavano la sua casa: Pavese, Felice Balbo, Franco Rodano, Giolitti. Alla fine della giornata di lavoro si andava qualche volta a bere il vino in un'osteria vicino a Ponte Milvio.

Nel volume di memorie da cui provengono queste righe (*Cinquant'anni nell'utopia, il resto nell'aldilà*, l'ancora del mediterraneo, Napoli 2000) Angela racconta che Natalia abitava allora in via Balbo, in una pensione della YWCA, con la madre e la sorella di Leone Ginzburg. Piú tardi si trasferí da Angela in un appartamento in via Cola di Rienzo, «al quinto piano in quei mesi senza ascensore». Lassú si svolge *Le scarpe rotte*.

Le scarpe rotte fu incluso in *Le piccole virtú* alle pp. 22-25, subito dopo *Inverno in Abruzzo*; nella già citata *Avvertenza* la Ginzburg indica che fu «scritto a Roma nell'autunno 1945». È incluso anche in *Opere raccolte e ordinate dall'Autore*, tomo I cit., pp. 793-95.

Estate (1946)

La rivista «Darsena Nuova», sottotitolo «Rassegna Storia e Arte e Uomo» fu fondata a Viareggio da Silvio Micheli. Il primo numero, stampato dall'editore Tatra, uscí nel dicembre 1945. Micheli stava per pubblicare con Einaudi il romanzo *Pane duro*, e tra i primi lettori della rivista vi furono i suoi interlocutori presso la casa editrice: Cesare Pavese e Natalia Ginzburg. Tutti e due accettarono di collaborare, Pavese ne avrebbe criticato il carattere indefinito, l'aria provinciale e la bruttezza grafica.

Estate apparve nel fascicolo 1 della seconda annata: marzo 1946, pp. 9-10. In quei mesi, nella corrispondenza che la Ginzburg intratteneva con Micheli in merito a *Pane duro* e a un nuovo manoscritto intitolato *Falansterio*, s'introdusse una nota di confidenza tra due persone che fanno lo stesso mestiere. La lettera da cui si riporta un lungo brano, datata «31 gennaio», è del 1946; Natalia ringrazia per l'assegno che ha ricevuto (certamente relativo a *Estate*) e per il giudizio che Micheli gliene ha scritto (andato perduto), dopodiché svolge considerazioni che riguardano gran parte dei testi incontrati finora:

> Giorni fa le ho mandato una copia della *Strada che va in città*. È un libro che tante volte mi piace, ma tante volte mi sembra futile e freddo. Dei tre racconti che ho aggiunto nella seconda edizione, il primo – *Un'assenza* – l'ho scritto a diciassette anni e si può dire il primo racconto della mia vita, e mi è caro per questo. Magari non andava messo lí dentro. L'ultimo – *Mio marito* – invece mi sembra bello, meglio della *Strada che va in città*. Allora facevo i racconti con personaggi quasi tutti inventati. Adesso invece mi sono stancata un po' di inventare. Chi sa se è male o bene.
>
> Io so scrivere molto bene. So fare delle belle frasi, una dopo l'altra, con un ritmo anche. Ma adesso invece m'è venuta voglia di fare delle brutte frasi. Chi sa che cosa vuol dire. Dev'esser quello che di solito si chiama una svolta. Ho perso un po' il gusto d'inventare storie. Adesso m'è venuta voglia di parlare delle mie proprie scarpe.

Alla risposta di Micheli (anch'essa perduta) la Ginzburg replicò scrivendo sul foglio la data completa, 26 febbraio 1946.

> Le sono molto grata della lettera che m'ha scritto. Le sono grata e mi sembra che abbia capito tutto, mi sembra di non aver parlato invano. Pavese dice che soltanto le lodi aiutano a scrivere, le critiche non servono a niente: non è vero, ma c'è anche del vero: ma a me le sue critiche – riguardo al limite etico-sociale – hanno fatto un'impressione profonda. È vero. Io ho questo limite. Non vedo come potrò liberarmene, ma so che dovrò liberarmene in qualche modo. Poi c'è un altro limite ed è la mia stupidità. Tante volte mi sento cosí stupida che non so come farò a scrivere. Tanti uomini che conosco, e anche qualche donna, ragionano bene. Io invece ragiono sempre male quando parlo. Di politica non ci capisco niente ed è triste. Quando mi provo a fare la recensione di un libro, a dire delle cose con la logica, non mi vien fuori niente. Spero che non darà un'interpretazione frivola a questa cosa che ho scritto. Non mi è mai riuscito d'imparare la geografia né la storia. Cosí ho come una nebbia nel cervello per tante cose. (...)

Leone non era mio fratello. Era mio marito. Siamo stati insieme quasi sei anni. Abbiamo avuto tre figli. Ho tre figli, uno di sette anni, uno di sei anni, e una bambina di tre. La bambina è nata al confino, dove noi siamo stati durante tutta la guerra, fino al '43. Leone era il contrario di me. Lui sapeva tutto, tutto di un paese, tutto di tutte le cose, come sono nella realtà. Però gli piaceva molto stare con me. Si divertiva a parlarmi. Siamo stati tre anni al confino, durante la guerra, e lui non aveva amici, non aveva nessuno con cui parlare, ma diceva che non gl'importava niente di non avere amici, perché io ero il suo amico, e gli bastava. E cosí siamo stati molto bene insieme. Molto felici insieme. Io ero felice ogni giorno. Quel tempo mi sembra tanto lontano. Quasi un'altra vita. Mi restano i bambini. Ma ci vorranno ancora molti anni prima che si possa parlare. Dieci, quindici anni. Io adesso ho ventinove anni. Vorrei averne quarantacinque. Il tempo che c'è in mezzo è il piú difficile da passare. Le mando una poesia che ho scritto. Non è per «Darsena nuova». È già uscita in «Mercurio» l'anno scorso. Gliela mando solo cosí, perché lei mi ha chiesto che cos'era Leone per me, e mi pare d'averlo detto in questa poesia.

Le due lettere e il racconto *Estate*, che Natalia Ginzburg non ripropose mai in volume, furono recuperati da Cesare Garboli, che li ristampò insieme con la poesia *Stagioni*, risalente al gennaio 1941 e apparsa nel n. 3 di «Darsena Nuova», maggio 1946: Natalia Ginzburg, *Due lettere inedite del 1946 e due scritti dimenticati*, in «Paragone Letteratura», Firenze, XLIII, 508-510, giugno-agosto 1992, pp. 132-34. Nella sua nota ai testi (pp. 126-27), Garboli raccomandava ai lettori «soprattutto il racconto, di ritmo velocissimo ma anche concepito, con bellissima contraddizione, in forma di adagio disperato, lo si legge a distanza di tanti anni con forte emozione». Le due lettere, aggiungeva, «ne sono, per cosí dire, le *razos*, i commenti».

Sull'episodio narrato in *Estate* possediamo la testimonianza di Angela Zucconi, che vi compare come «Giovanna». Il brano si salda con quello riportato, sopra, nella scheda su *Le scarpe rotte*:

> «Perché l'hai fatto?» È la prima domanda disperata che si rivolge a chi è stato appena strappato alla morte voluta. Ma nessuno se ne uscí con questa domanda. Il gesto di Natalia era cosí naturale per tutti, anche per me che la conoscevo appena. Di quelle mie visite a Natalia ricordo un corridoio buio dove prima d'entrare in camera c'erano sussurri e intese tra la vecchia suocera e la cognata. Poi mi fermavo accanto al letto di Natalia e mi facevo raccontare dei suoi bambini lontani e della sua famiglia a Torino. Cosí maturò a un certo punto la proposta che io le feci di trasferirsi a casa mia a via Cola di Rienzo finché le sarebbe stato possibile riunirsi con loro.
>
> Mi è rimasto impresso il giorno in cui Natalia fu pronta a lasciare la pensione di via Balbo. La tenevamo sotto braccio io e Pavese. Non

c'erano ancora mezzi di trasporto pubblici e di quel lungo percorso a piedi mi è rimasto impresso, come nella visione di un cannocchiale rovesciato, solo la nostra uscita alla luce del tunnel del Tritone.

Dopo le prime due pubblicazioni del 1946 e del 1992, *Estate* fu incluso nel volume *Cinque romanzi brevi*, nuova edizione a cura di Cesare Garboli, Einaudi, Torino 1993, pp. 409-12, dove chiude la sezione *Racconti brevi* con infrazione alla cronologia (*La madre* è del novembre 1948). Lo si legge anche nel volume *Darsena Nuova. Ristampa anastatica dei cinque numeri 1945-1946*, saggi di Stefano Bucciarelli, Mario Casagrande, Marcello Ciccuto, Baroni, Viareggio-Lucca 1996. Sul carteggio Ginzburg-Micheli si veda anche, infine, Luigi Surdich, *Da Natalia Levi a Natalia Ginzburg* cit.

In AG è presente un dattiloscritto incompleto, due fogli. La copia, abbandonata in tronco al punto dell'acquisto del sonnifero in farmacia, presenta pochi ritocchi autografi. La parte di testo conservata è identica a quella pubblicata.

Volano i corvi su Matera (9 febbraio 1948)

«Omnibus», Milano, III, 6, 9 febbraio 1948, p. 6. Il sommario recita: «Panorama di una miseria che dura da secoli: chi è stato a Vercelli o a Casale a fare il soldato ci ripensa come a una irraggiungibile terra promessa». La redazione colloca in epigrafe all'articolo l'indicazione in corsivo «*Matera, febbraio*», qui eliminata perché fittizia oltreché apocrifa: Natalia Ginzburg, come si evince dai testi di Rocco Scotellaro nell'*Appendice*, era stata a Matera sul finire del 1947. Direttore del settimanale «Omnibus» era Salvato Cappelli.

Nell'*Appendice* si propongono i testi di Scotellaro legati ai suoi incontri con la Ginzburg.

Il saggio di Franco Vitelli *Natalia Ginzburg tra Scotellaro e Carlo Levi*, già citato, sopra, nella scheda su *Contadini*, accenna alle polemiche suscitate da *Volano i corvi*; scrisse piú tardi la Ginzburg a Scotellaro: «Quelli del *Sud letterario* si sono terribilmente arrabbiati con me; s'impicchino». Su questo punto, finora, le ricerche in emeroteca non hanno dato esito.

Molti anni piú tardi la Ginzburg, che per due anni (dal novembre 1975 all'ottobre 1977) tenne sul «Corriere della Sera» la rubrica «Visto in TV», dedicò un articolo (*Speranze e delusioni del Sud di Scotellaro*, 29 ottobre 1976, p. 19) alla trasmissione *L'uva puttanella*, a cura di Gabriele Palmieri, Roberto Sbaffi e Federico Scianò. Il suo ricordo di Scotellaro si condensò in due righe: «Era piccolo di statura, sembrava un bambino. Aveva una testa incoronata di riccioli color rosso e un viso rotondo e infantile, pallido, lentigginoso».

Donne laggiú (7 marzo 1948)

«l'Unità», edizione dell'Italia Settentrionale (Milano), 7 marzo 1948, p. 3. Dirigeva in quel momento la testata Renato Mieli.

Per il Congresso del Mezzogiorno si veda, sotto, la scheda sul *Ritratto di Natalia Ginzburg* di Rocco Scotellaro.

Infanzia (13 giugno 1948)

Una lunga infanzia, in «l'Unità», edizione piemontese, 13 giugno 1948, p. 3.

In AG si conserva un dattiloscritto di cinque fogli numerati, privo di data e di firma, e con il titolo *Infanzia*, che per la qualità della carta e del nastro si può far risalire al periodo della composizione. Contiene pochissimi ritocchi manoscritti, uno dei quali riguarda un accapo: e proprio gli accapo presentano, nel giornale, alcune difformità rispetto al dattiloscritto. Si è dunque seguito quest'ultimo adottandone anche il titolo. Un secondo manoscritto di nove fogli numerati, senza titolo, in pulito, appare piú tardo ma è conforme al precedente, a conferma della distribuzione degli accapo recepita a testo.

Il gioco del «parlare di notte» torna nel saggio che conclude (dandole anche il titolo) la raccolta di scritti non narrativi *Vita immaginaria*, pubblicata da Mondadori nell'ottobre 1974.

Infanzia riapparve, con il titolo *Bambina*, in «l'Unità», edizione romana e edizione dell'Italia Settentrionale (Milano), 6 marzo 1949, p. 3; in quest'ultima è corredato dall'occhiello «Il racconto della domenica». Con il titolo *Bambina* è stato riproposto in *Gli scrittori e l'Unità. Antologia di racconti 1945-1980*, a cura di Guido Vicario, Editrice l'Unità, Roma (12 novembre) 1983, pp. 213-16. Infine, con il titolo *Il giardino e la bimba Natalia*, in «l'Unità», Roma, 10 giugno 1995, p. 2.

Discorso sulle donne (1948)

«Mercurio», V, 36-39, marzo-giugno 1948, pp. 105-10.

In AG si conserva una copia dattiloscritta su sette fogli, eseguita probabilmente in vista dell'inclusione del *Discorso* in *Le piccole virtú*. La Ginzburg si mostrò incerta fin dal principio su questa possibilità, come testimonia un brano della lettera (senza data, ma assegnabile alla primavera 1962) con cui affidava a Giulio Bollati i testi e un primo indice del futuro libro: «Dovreste magari leggerli e vedere quelli che non vanno. Ho fatto un elenco dei "sicuri" e dei "dubbiosi". (...) Sono molto incerta soprattutto se includere i due saggi chiamati "Discorso sulle donne" (del '47) e "Fine della giovinezza" (del '57)». E in una lettera successiva, ancora a Bollati, inviandogli altro materiale, ripeteva: «Preferirei tutto sommato fare un libro piccolo ma buono. Perciò ti pregherei di guardare quegli altri saggi che ti avevo mandato prima e dirmi se ne toglieresti qualcuno». Infine, in una terza lettera senza data, ma risalente al principio dell'estate 1962, interpellò Calvino: «Quei saggi, li mettereste tutti, o alcuni li trovate troppo stupidi?» E l'11 luglio Calvino – che nel risponderle si espresse su quasi ogni singolo testo – fece osservare che «*Discorso sulle donne* ha passi deboli e invecchiati, ma è in gran parte divertentissimo». Natalia rifletté, raccolse pareri e riscrisse a Calvino (prima del 26 luglio, data di una controreplica di quest'ultimo):

> mi sono un po' consigliata con mio figlio Carlo, persona dura, intransigente e severa. Lui trova che non dovrei mettere «Discorso sulle donne», troppo stupido, e nemmeno «Fine della giovinezza», troppo imbecille. Io non so se abbia ragione, mi sembrava che anche quei due saggi avessero una qualche ragione d'essere. Ma ora mi sono venuti dubbi. Forse è meglio che sia un libretto piccolo ma tutto bello.

Discorso sulle donne non entrò in *Le piccole virtú*.

In AG è presente anche uno dei manoscritti originali: 24 mezzi fogli non numerati, scritti a mano in verticale ossia lungo il lato corto. I mezzi fogli sono il retro di bozze di un trattato scientifico, corrette dal padre di Natalia, Giuseppe Levi. In testa al primo foglio, il titolo *Discorso sulle donne*. La stesura avvenne con una penna stilografica nera, mentre con un'altra stilografica, dall'inchiostro piú acquoso, fu eseguita una parte delle correzioni. La piú notevole riguarda il luogo in cui cadono le donne: dove nel testo definitivo si legge «pozzo», o «pozzo oscuro», era scritto in un primo momento «buchi neri» lungo tutto il testo. La correzione avvenne in una fase di revisione chiaramente successiva al completamento della stesura. Si nota infatti anche l'intervento di una matita, che corregge in «pozzo» l'ultima occorrenza di «buchi neri»: è sull'ultimo mezzo foglio e doveva essere sfuggita a una prima rilettura.

Il testo del manoscritto (non datato: scrivendo a Bollati la Ginzburg assegna il *Discorso* al 1947, ma sono troppo frequenti in lei gli errori nella datazione dei propri testi, per cui è preferibile attenersi all'anno di stampa) ha molti pentimenti, molte cancellature in corso di scrittura, biffature di brani anche lunghi, i quali però vengono di solito rimodellati nello stile e collocati in punti successivi del testo. L'insieme sembra indicare una composizione avvenuta pressoché di getto, o per flussi prolungati. Sono quasi assenti i brani, o concetti, eliminati del tutto dalla stesura finale. Il piú notevole è al primo foglio: là dove si parla di «belle frasi ben studiate e girate bene» è stata cancellata questa continuazione: «era un modo di scrivere molto diverso da come uno parla». Un'altra idea abbandonata è al foglio 11, dove si parla delle donne che girano i paesi. Il brano che le riguarda è stato spostato piú avanti, ma tralasciando la frase «È difficile dunque che le donne riescano a girare i paesi eppure se lo facessero potrebbero scoprire cose importanti e utili che sfuggono agli occhi d'un uomo».

Piú in generale, da alcune sconcordanze o sovrapposizioni del testo tra la fine di un foglio e il principio del successivo, e da alcune mezze facciate lasciate in bianco e biffate, si deduce l'esistenza di ulteriori fogli poi eliminati, sicché questa stesura superstite non è, o non è del tutto, una prima stesura. D'altronde, per quanto il testo si raccordi e si saldi perfettamente al di là delle varie cancellature, alcune poche varianti rispetto al testo stampato in «Mercurio» testimoniano che, dopo la battitura a macchina o in bozze, la Ginzburg apportò qualche ulteriore correzione.

Merita un ultimo sguardo il dattiloscritto in pulito di sette fogli numerati, databile al 1962, in quanto è conforme alla stampa in rivista 1948 ma presenta alcune correzioni manoscritte che la superano. Nella primitiva intenzione di includere il *Discorso* in *Le piccole virtú*, la Ginzburg fece dunque sporadici ritocchi alla punteggiatura e al testo. Il piú notevole riguarda l'aggettivo che qualifica il «guaio» delle donne, *grande* invece che *grosso*. Tuttavia, in presenza di una «ultima volontà dell'autore» che non ebbe il crisma della stampa, e per il valore documentale del testo di «Mercurio», si è scelto qui di riprodurre la versione del 1948.

L'articolo sulle donne che Natalia Ginzburg aveva scritto «subito dopo la liberazione» è *La donna*, apparso in *Il presagio. Almanacco Mondadori per il 1945*, a cura di Mario Vinciguerra. La casa editrice Mondadori stampò questo volume a Roma, presso il Poligrafico dello Stato, nell'aprile 1945. *Le donne* occupava le pagine 87-93; non è stato piú ristampato. Vinciguerra (1887-1972), studioso di storia e di letteratura legato a Gobetti e a Croce nonché importante giornalista di area liberale, a metà degli anni Trenta condivise con Leone Ginzburg il carcere di Civitavecchia. Delle loro conversazioni rimane traccia nel suo volume *Romanticismo. Discussioni attuali*, seconda edizione con l'aggiunta di una *Nota*, Laterza, Bari 1947, pp. 122-23.

Nel fascicolo di «Mercurio» che ospita il *Discorso* segue immediatamente, alle pp. 110-12, una *Lettera a Natalia Ginzburg* di Alba de Céspedes, direttrice della rivista: in *Appendice* la trascrizione integrale. Il fascicolo 36-39 di «Mercurio» fu l'ultimo pubblicato; in quest'ultima fase era caporedattore Agostino degli Espinosa, mentre la stampa era affidata congiuntamente alle Edizioni Aspra di Giuseppe Fiorentini e alle Arti Grafiche Italiane di Arturo Colla.

Discorso sulle donne è stato riproposto, con la replica di Alba de Céspedes, in «Tuttestorie. Racconti, letture, trame di donne», Roma, 6-7, dicembre 1992, pp. 58-61, dopodiché è stato incluso in due antologie: *Il pozzo segreto. Cinquanta scrittrici italiane*, presentate da Maria Rosa Cutrufelli, Rosaria Guacci, Marisa Rusconi, Giunti, Firenze 1993, pp. 27-32 (segue la lettera di replica, pp. 33-36); *Ciao Bella. Ventun percorsi di critica letteraria femminile oggi*, a cura di Rosaria Guacci e Bruna Miorelli, Lupetti - Piero Manni, Milano 1996, pp. 175-179 (lettera di replica alle pp. 179-82; lo scambio è preceduto dal testo di Anna Maria Crispino *Un prezioso regalo*, pp. 173-75). Da segnalare un saggio di Nadia Cannata Salamone: *A proposito del «Discorso sulle donne» di Natalia Ginzburg*, in «The Italianist», Reading-Cambridge-Leeds, 17, 1997, pp. 274-79; anche in questa sede è ripreso, alle pp. 280-83, lo scritto di Natalia Ginzburg.

Alla fabbrica «Alluminium» si vive come cent'anni fa (21 ottobre 1948)

«l'Unità», edizione piemontese, 21 ottobre 1948, p. 3.
Dal 23 giugno di quell'anno era direttore Mario Montagnana, che sarebbe rimasto in carica fino all'11 ottobre 1952.

Gli invalidi (3 novembre 1950)

«l'Unità», edizione piemontese, 3 novembre 1950, p. 4.

Visita alle Ferriere (26 gennaio 1951)

«l'Unità», edizione piemontese, 26 gennaio 1951, p. 3.

La casa (9 maggio 1965)

Con il titolo *La casa fantasma*, in «Il Giorno», Milano, 9 maggio 1965, p. 11. Il direttore del quotidiano era Italo Pietra, mentre le pagine culturali del quotidiano erano curate da Alfredo Barberis e da Pietro Bianchi, con la supervisione di Paolo Murialdi.

Nella primavera 1945 la sede romana di Einaudi era stata trasferita in via Uffici del Vicario 49.

Con il titolo d'autore *La casa* il racconto fu ripreso nel quindicinale «Romanzi e racconti», Firenze, II, 14, 24 maggio 1966, pp. 57-72 (dove la redazione introduce un errore di ortografia nel tipo dell'automobile: una «Spyder»). Fu infine raccolto in apertura di *Mai devi domandarmi*, Garzanti, Milano (12 novembre) 1970, pp. 9-29, con data «ottobre '65», cosí come nella nuova edizione aumentata dell'opera: Einaudi, Torino (aprile) 1989, pp. 3-18, con identica datazione. *Mai devi domandarmi* è anche in *Opere raccolte e ordinate dall'Autore*, prefazione di Cesare Garboli, tomo II, Mondadori, Milano (marzo) 1987, dove *La casa* si legge alle pp. 7-22, con data «9 maggio '65».

La paura (16 maggio 1965)

Negli anni della guerra Vittorio Giorgi era un giovane muratore comunista: nato nel 1912, sarebbe mancato nel 2009 a novantasette anni di età. A Pizzoli, dove viveva, strinse amicizia con i Ginzburg durante il loro internamento. Sarebbe stato piú tardi sindaco di Pizzoli (dal 1956 al 1977) e deputato del Pci per due legislature, 1958-1968. All'età di novant'anni Giorgi affidò il proprio ricordo della partenza di Natalia Ginzburg e figli da Pizzoli a una conversazione con Mario Baudino, pubblicata in «La Stampa» (6 marzo 2002, p. 23) con un titolo non felice, *Io Churchill tu Leone*. Si riporta qui un brano dell'articolo; a parte i vari dettagli fino a quel momento ignoti sul piano di fuga, la data dell'11 novembre come giorno della partenza da Pizzoli è certamente errata, mentre è giusta quella del primo novembre indicata dalla Ginzburg:

> Il 22 settembre, a Pizzoli, si devono prendere decisioni importanti: come salvare gli ebrei «internati»? Leone gli scrive [a Giorgi] da Roma chiedendogli di far andare via la sua famiglia, lui inventa una soluzione che sembra quasi una beffa. Grazie a un'amica convincono i tedeschi a dare un passaggio sul loro camion che ogni giorno va a Roma a «una signora con tre figli».
>
> Il pericolo che madre e bambini siano riconosciuti è ridotto dal fatto che l'automezzo parte alle sei del mattino, quando è ancora buio. È l'11 novembre, il camion è parcheggiato poco lontano dalla casa del muratore. Ma tarda maledettamente, per qualche motivo, a mettersi in moto. Il cielo piano piano si schiarisce, l'ansia cresce. Alle sette meno un quarto finalmente i tedeschi partono. «Andò tutto bene, qualcuno pensò che il comandante, forse austriaco, forse antinazista, aveva capito e chiuso un occhio. Dicono anche che poi sia stato fucilato ad Ancona dai suoi camerati, ma è una voce che non siamo mai riusciti ad appurare». Non vennero salvati solo i Ginzburg, ma tutti gli ebrei di Pizzoli, ad eccezione di due donne anziane che non se la sentivano di muoversi. Natalia Ginzburg dedica poche righe a questo episodio in *Lessico famigliare*, e non cita Giorgi. Lui però ricorda anche i minimi particolari, il tonfo al cuore, l'ansia di un momento decisivo. E anche quel che gli sussurrò la Ginzburg, prima di partire: «Qualunque cosa succeda di' a Leone che abbiamo fatto il nostro dovere».

Il brano che segue è ripreso, rispettandone la punteggiatura, da un dattiloscritto di 18 pagine intitolato *7 dicembre 1991. Natalia e Leone Ginzburg nella memoria individuale e collettiva di Pizzoli. Testimonianza di Vittorio Giorgi*.

> Leone, da Roma, verso la fine di ottobre, mi fece sapere tramite Natalia che la permanenza dei suoi familiari a Pizzoli era diventata pericolosa e che, pertanto, bisognava pensare subito al modo come allontanarli da Pizzoli e possibilmente riportarli a Roma.

Ci riunimmo subito a casa di Natalia assieme al professor Mura un ex ufficiale, e membro del comitato di liberazione comunale con l'obiettivo di mettere in atto le direttive di Leone. Come prima cosa prendemmo le misure necessarie per impedire a chiunque, esclusa Natalia, di conoscere la residenza romana di Ginzburg.

La situazione si presentava preoccupante. Eravamo vicino alla linea del fronte. Controlli e posti di blocco si incontravano dovunque ed era difficile superarli senza correre seri rischi. Alla fine concordammo all'unanimità che, non vi era altra soluzione se non quella di tentare di farla in barba ai tedeschi, servendosi del loro automezzo che da Pizzoli ogni giorno raggiungeva Roma.

Il piano riuscí perfettamente grazie ad un amico presso il comune, ed in modo particolare grazie al coraggio di una giovane donna pizzolana, legata da amicizia sincera e profonda con la famiglia Ginzburg, in particolare con Natalia.

Fu lei in particolare a farsi carico di avvicinare i tedeschi facendo passare, quella di Natalia, come una famiglia di sfollati bisognosa di raggiungere Roma.

La giovane donna era Pia Fabrizi, figlia della proprietaria dell'Albergo Italia di Pizzoli. A suo nome Natalia aveva talvolta riscosso, nel periodo dell'internamento, somme versate da Einaudi per diritti d'autore o lavori editoriali.

In AG sono conservate varie stesure del testo:

a) il primo nucleo di *La paura* sembra essere un dattiloscritto di tre fogli numerati con interventi autografi a biro azzurra. Reca il titolo, pure autografo, *Nel pomeriggio del 9 settembre*. Descrive, anticipandoli di un giorno, i fatti del 10 settembre pomeriggio. Inedito, è trascritto integralmente nell'*Appendice*;

b) un manoscritto di sette fogli a biro azzurra, numerati e con titolo (cancellato) *Fuga dal paese*. Salvo poche varianti, che toccano poche parole o espressioni e che non mette conto registrare, il testo corrisponde a quello a stampa; questo manoscritto b) è anzi servito quale base per la stesura dattiloscritta c) salvo oscillazioni che toccano, ancora una volta, un numero limitato di parole o espressioni, e che corrispondono al testo definitivo in b) per trovarsi mutate in c) o viceversa. Due le varianti notevoli, che oltretutto confermano il nesso tra b) e c). Al foglio 6, dopo la frase «la morte ci avrebbe colto proprio là (...) fra le capre, le rocce e le montagne», invece del punto fermo di fine capoverso c'è una virgola dopo cui la frase prosegue cosí: «si chiudeva la trappola mortale da cui nessuno ci poteva salvare». L'altra variante riguarda il finale: dopo le parole conclusive «certo non l'avrei riveduto con gli occhi d'allora», il testo prosegue: «Come arrivai a Roma, e come andarono le cose per me, è una storia che racconterò un'altra volta», ma questa frase è stata cancellata con la stessa biro usata per la stesura;

c) è un dattiloscritto di nove fogli numerati, privo di titolo ma con firma autografa. Autografi sono anche i ritocchi di singole parole ed espressioni: il risultato corrisponde nella maggioranza dei casi al definitivo testo a stampa, salvo le già indicate oscillazioni tra b) e c). Autografi, infine, sono i tagli che interessano, in parte o per intero, svariati capoversi del testo a cominciare da quello iniziale: come se, nell'affidare a un dattiloscritto – che, va ricordato, non era mai Natalia Ginzburg ad approntare, bensí una copisteria – la lezione definitiva del suo scritto, l'autrice ne andasse anche predisponendo una redazione piú sintetica, concentrata sui fatti concreti piú che sugli stati d'animo e sui dettagli marginali. Si può formulare l'ipotesi che la testata cui era destinato il testo, ancora privo di titolo, le avesse comunicato in un secondo momento l'assegnazione di uno spazio piú limitato del previsto. La pubblicazione, che fu invece integrale, si discosta dal dattiloscritto (dei cui tagli, dunque, non si tenne alcun conto) solo per pochi accapo, e per due punti dove le frasi cassate non si ritrovano nel testo a stampa. Le due varianti sono le stesse di b) salvo una ulteriore differenza. Al foglio 7, la frase «si chiudeva la trappola mortale da cui nessuno ci poteva salvare» è cancellata come in b) con la stessa biro azzurra con cui sono stati eseguiti tutti i tagli e ritocchi. Nel finale, invece, se è ugualmente cancellata come in b) la frase «Come arrivai a Roma, e come andarono le cose per me, è una storia che racconterò un'altra volta», il testo prosegue dopo la cancellatura, chiudendosi su un'ultima frase autografa che – attestata solo in c) – non è cassata ma non sarà recepita nella versione a stampa: «Quanto agli altri internati, alcuni si nascosero e si salvarono, altri rimasero e furono individuati e arrestati, li portarono via e non se ne seppe piú nulla».

d) un dattiloscritto senza titolo né firma, nove fogli numerati, con poche correzioni manoscritte a biro azzurra, che toccano singole parole o la disciplina degli accapo. Vi sono segnati tra parentesi quadre – ma senza procedere alla cassatura – i medesimi blocchi di testo che in c) sono oggetto di taglio. Anche i ritocchi di parole ed espressioni, laddove eseguiti, coincidono con ritocchi presenti in c);

e) un dattiloscritto di otto fogli numerati, in pulito, privo di titolo, data e firma. Il testo corrisponde a quello a stampa.

Con il titolo *Ritorno a Roma* il testo apparve per la prima volta in «L'Europeo», Milano, XXI, 1018, 16 maggio 1965, pp. 44-45. Poi, con il titolo *La paura* (qui recepito), in «Illustrazione Igea. Rivista bimestrale di letteratura & scienza», Catania, X, 22, aprile-maggio 1967, pp. 585-89.

«L'Europeo», allora diretto da Giorgio Fattori, pubblicò la memoria di Natalia Ginzburg come elemento della serie *La guerra in Italia raccontata dagli italiani*, inaugurata il 18 aprile 1965, sul n. 1014 del settimanale, da Giuseppe Berto con *Il 25 luglio nel Texas*, e proseguita con scritti di Leonardo Sciascia, Domenico Rea, Luciano Bianciardi, Cesare Zavattini, Carlo Cassola, Giovanni Arpino. Il testo del settimanale fu poi riproposto, con una breve presentazione di chi scrive e sotto il titolo *Natalia Ginzburg: fuga dai nazisti sul camion dei tedeschi*, in «La Stampa», 9 luglio 2006, p. 28. «Illustrazione Igea», diretta da Jole Auci, era invece *house organ* degli stabilimenti farmaceutici Lederle.

La pigrizia (5 gennaio 1969)

La pigrizia nacque come un progetto di scrittura intima diverso da quello che conosciamo. Tra gli abbozzi manoscritti che portano questo titolo, e che testimoniano una lunga durata di tentativi, il piú remoto è forse il seguente, a biro azzurra. Se ne trascrive il capoverso iniziale:

> Sono diventata col tempo sempre piú pigra; e scrivo solo se ho voglia di scrivere. Una volta, quando ero piú giovane, scrivevo ogni giorno, pensando che cosí si dovesse fare, che cosí dovessero fare gli scrittori; ma pensavo, allora, che gli scrittori fossero una razza a parte, con dei diritti e dei doveri speciali. Andando avanti negli anni ho smesso di pensare che esistessero questi diritti e questi doveri; e mi son detta che in verità gli scrittori si dividono in due specie, quelli che devono scrivere tutti i giorni e quelli che non devono scrivere quasi mai: quasi mai, e cioè soltanto quando si svegli in loro una precisa e determinata volontà. Ma per questa seconda e certo meno fortunata specie di scrittori, resta il problema del tempo inutile, cioè del tempo in cui non si scrive.

Quando la Ginzburg abbozzò questa prima *Pigrizia* aveva appena firmato un contratto con «La Stampa», che la impegnava a fornire un certo numero di elzeviri all'anno. Era la prima volta che le accadeva con un grande quotidiano, avendo inoltre completa libertà nella scelta del tema. Ci rifletté, e cambiò direzione al suo articolo: ritornò con la memoria alla prima volta che la scrittura era diventata per lei un mestiere, con orari regolari e con obblighi. Raccontò l'inizio del suo lavoro nella sede Einaudi di Roma.

In AG sono tre i fogli manoscritti che testimoniano la primitiva impostazione di *La pigrizia*, due dei quali scritti su entrambe le facciate. Sono conservati insieme con altri 20 fogli, e anche qui 18 di essi sono coperti su entrambe le facciate, con penne biro differenti: in un foglio di quest'ultimo gruppo, una delle facciate contiene un abbozzo della prima idea sugli scrittori che scrivono sempre o quasi mai, mentre il rovescio è di appunti per l'articolo definitivo, a riprova della mutazione di progetto.

L'elaborazione fu prolungata: molti, diversi, ripetuti tentativi di scrittura delle pagine iniziali, di ciascun singolo brano del testo, di frasi isolate, di immagini da asciugare, di descrizioni da mettere a fuoco. Scorrendo queste pagine si apprende che Natalia aveva studiato il francese da piccola con sua madre; che «pur avendo frequentato un breve periodo, a Torino, una scuola di dattilografia, non avevo imparato a scrivere a macchina»; che von Horváth era morto «mentre usciva da un cinema dove aveva visto *Biancaneve e i sette Nani*»; che *Gösta Berling* Natalia l'aveva «letto nell'infanzia e, credo ingiustamente, detestato»; che in casa editrice lavorava «senza mai alzare gli occhi a guardare, fuori dalla finestra, un alberetto di mandarini»; infine, che il formaggio Roma «era un formaggio rettangolare, venato di verde» o (descrizione alternativa) «rettangolare, rivestito di carta d'argento, che sapeva di sapone». C'è anche un esame di sé, poi cassato, che è opportuno recuperare: «Sentivo che quello che mi aveva rovinato era stata sempre l'indulgenza: l'indulgenza dei miei genitori, che non mi avevano costretto a studiare seriamente; l'indulgenza degli amici e delle persone che mi avevano voluto bene, che mi avevano accettato com'ero, senza chiedermi e senza impormi nulla».

L'amico che assunse Natalia a mezzo tempo era Carlo Muscetta. Negli abbozzi del testo troviamo, di lui, ulteriori quanto frammentari tentativi di descrizione che vale la pena salvare: «la sua faccia di bambino cinese, dolce e pallida come il burro», gli occhi che «scintillavano con un'astuzia che era insieme maligna e dolce».

In AG si conservano inoltre: a) una stesura completa ma non ancora definitiva: cinque fogli manoscritti a biro nera, titolo *La pigrizia*, numerati salvo l'ultimo; il primo contiene, sul verso, appunti su singoli brani; b) un successivo manoscritto a biro nera, con titolo, cinque fogli numerati, con poche correzioni e cancellature di brevi segmenti testuali, ma ancora lontani dal testo a stampa.

Con il titolo *L'uscita dalla pigrizia* il testo apparve in «La Stampa», 5 gennaio 1969, p. 3. Occhiello: «Il lavoro in una casa editrice». Poi, con il titolo definitivo e la data «gennaio '69», in *Mai devi domandarmi* cit., pp. 36-43, e successivamente nel citato secondo tomo delle *Opere raccolte e ordinate dall'Autore* (pp. 28-33) e nella nuova edizione 1989 di *Mai devi domandarmi* (pp. 24-29): di qui si riprende il testo.

Nel 1970, raccogliendo *La pigrizia* nella *princeps* di *Mai devi domandarmi*, la Ginzburg aveva introdotto lievi varianti, reintegrando alcuni brevi passaggi tagliati da «La Stampa». Inoltre, di François Villon figuravano nel giornale solo i primi due tra i versi citati. Nel giornale e nell'edizione 1970 di *Mai devi domandarmi* (cosí come nei manoscritti) il nome dell'autore di *Jeunesse sans Dieu* appare come «Odon de Norvath»; la correzione in «Ödön von Horváth» fu apportata quando, nel 1987, il testo confluí nel secondo «Meridiano» Mondadori delle *Opere*.

La mia psicanalisi (16 marzo 1969)

In AG sono presenti sei abbozzi di stesura, scritti con biro di vari colori, spesso su entrambe le facciate dei fogli adoperati. Tutti sono lontani dal testo a stampa, tutti sono incompleti. I quattro di cui si conserva l'*incipit* hanno già il titolo *La mia psicanalisi*. Si ricopiano

– senza documentare le cancellature e correzioni in corso di stesura, trascurando le quali il testo fila senza intoppi – le prime due facciate della stesura piú remota, il cui contenuto scomparirà quasi del tutto nel testo a stampa.

> In un momento molto buio della mia vita ricorsi alla psicanalisi. Era l'immediato dopoguerra e mi trovavo a Roma. Roma era in quegli anni tanto diversa da quello che è oggi, che la ricordo come una città perduta. Abitavo in Prati e mi svegliava al mattino uno scampanio di pecore. Greggi di pecore irrompevano al mattino presto nella città. Raggiungevo a piedi l'ufficio in cui lavoravo, che si trovava nei pressi di piazza Colonna. C'erano pochi autobus e si circolava a piedi. Oppure si potevano prendere delle camionette, coperte di teloni che mandavano odore di stalla, e sgangherate e traballanti come carrette. L'amica con la quale abitavo mi suggerí di muovermi in bicicletta. Lei stessa usava la bicicletta per muoversi e trovava che l'andare a piedi va bene solo per chi ha cose piacevoli da pensare ed è su di spirito. Aveva in cantina una bicicletta che non usava e la tirò fuori per me. Era una bicicletta grossa e nera, con un campanello arrugginito e rauco. Questa amica tendeva a suggerirmi di fare le cose che lei stessa faceva e io tendevo a ubbidirla. Siccome lei stessa andava da un medico per un'analisi mi disse di andare anch'io da quello stesso medico. Pensava che un'analisi mi avrebbe giovato. Avevo angosce e incubi. Il medico da cui lei andava, il dottor B., aveva uno studio in via Gregoriana. Era junghiano e tedesco. Io avevo nozioni assai confuse sulla psicanalisi e avevo nozioni confuse sulla differenza fra Jung e Freud. Avevo però letto *I casi clinici* di Freud. Quello che mi aveva esasperato, nella lettura di quel libro, era il fatto che i racconti delle malattie si configuravano come storie di vicende umane ed erano invece descrizioni di malattie a scopo scientifico. Soffrivo del fatto che non vi fosse un vero principio e una vera conclusione. Mi rendevo conto che ero io che leggevo quel libro male, cioè lo leggevo come un'opera di fantasia quando era invece uno studio scientifico. Ma la cosa mi esasperava ugualmente.

Il «dottor B.» del racconto è Ernst Bernhard, l'amica che lo aveva consigliato a Natalia è Angela Zucconi. Per l'episodio narrato dalla Ginzburg si vedano: Aldo Carotenuto, *Natalia Ginzburg, Manganelli e Bernhard*, in *Jung e la cultura italiana*, Astrolabio, Roma 1973, pp. 144-49; Angela Zucconi, *Cinquant'anni nell'utopia* cit., p. 89.

Con il titolo d'autore *La mia psicanalisi* il testo apparve in «La Stampa», 16 marzo 1969, p. 3. Occhiello: «Quasi una lunga confessione laica». Poi, con la data «marzo '69», in *Mai devi domandarmi* cit., pp. 58-66, e di qui nel secondo tomo delle *Opere raccolte e ordinate dall'Autore* (pp. 43-49) e nella nuova edizione 1989 di *Mai devi domandarmi* (pp. 41-47), della quale si riproduce qui il testo.

L'articolo apparso sul quotidiano fu ripreso nel volume *Specchio di un anno. La Stampa 1969*, stampato a Torino a cura di Luca Bernardelli. Spiegava un'avvertenza in controfrontespizio: «Questo volume raccoglie una scelta di articoli scritti da collaboratori e inviati speciali de "La Stampa". Esso intende offrire un quadro, sia pure frammentario e incompleto, dei fatti accaduti e dei problemi dibattuti nell'anno 1969. Riproducendo gli articoli negli stessi caratteri in cui sono apparsi sul quotidiano, si è inteso conservare all'opera quelle caratteristiche di freschezza, semplicità e immediatezza che sono proprie dell'attività giornalistica». Il libro si apriva con una presentazione (*Come informare la società convulsa*) firmata da Alberto Ronchey, che certo lo aveva voluto per documentare il primo anno della sua direzione, nettamente innovativa. A *La mia psicanalisi* fu assegnata una posizione di risalto: costituiva, da solo, alle pp. 171-73, un «Intermezzo» collocato tra le sezioni «La cultura e l'uomo» (articoli di Luigi Firpo, Guido Piovene, Alessandro Galante Garrone, Luigi Salvatorelli) e «Il pensiero filosofico» (Francesco Barone, Nicola Abbagnano, Remo Cantoni, Piovene).

Infanzia (4 maggio 1969)

Ventun anni dopo l'articolo pubblicato sull'edizione piemontese dell'«Unità», Natalia Ginzburg tornò a intitolare *Infanzia* un suo scritto di memoria: che d'altronde, se si guarda ai fatti narrati, comincia esattamente dove l'altro termina: e non è detto che l'autrice ne serbasse memoria. *Infanzia*-1969 è uno dei testi della Ginzburg dall'elaborazione piú accidentata. Fin quasi all'ultimo istante il suo titolo fu *Né ricchi né poveri*. Il suo percorso s'intreccia con quello di *I baffi bianchi*, scritto un anno piú tardi e del quale non si sono ritrovati abbozzi in AG, ma che alle pagine concresciute durante la scrittura di *Infanzia* ha attinto in piú punti.

Il primissimo tentativo va forse identificato in *La ginnastica*: il testo cosí intitolato occupa quasi per intero un unico foglio; tuttavia, per contenuto è piú vicino a *I baffi bianchi*, che a sua volta, per la cronologia dei fatti narrati, è la prosecuzione di *Infanzia*-1969, e dove ritorna il tema della divisa da ginnastica.

L'insieme degli abbozzi è costituito da una quarantina di fogli da lettera, manoscritti a biro azzurra o nera su entrambe le facciate, che contengono otto diversi tentativi di stesura del testo, tutti con il titolo *Né ricchi né poveri*. Nessuno di essi corrisponde al testo definitivo di *Infanzia*. La maggioranza dei fogli è fitta di cancellature, pentimenti e riscritture di varia portata. Il verso di alcuni fogli dove la scrittura è pervenuta all'assetto pressoché definitivo è occupato da abbozzi o note sintetiche: prove di singole frasi, episodi, immagini, o magari dall'annotazione di parole-chiave e di grumi espressivi destinati piú oltre a sviluppo e incorporazione nel testo. Singoli fogli, ancora, possono accogliere sulle loro due facciate due diversi abbozzi di stesura, scritti ciascuno con una biro di diverso colore. Da questo insieme cosí folto non emerge però alcun particolare notevole che sia assente nella redazione definitiva.

In AG inoltre, una cartella rigida di colore rosso, con alette ed elastico, intestata (non dall'autrice) *Né ricchi né poveri* contiene il manoscritto di una stesura semidefinitiva, cinque fogli numerati, scritti dapprima con biro nera, poi azzurra, poi ancora nera. Il testo corrisponde a quello stampato in volume, salvo un minor numero di accapo, minimi tagli e varianti di punteggiatura. Due i cambiamenti notevoli: nell'evocare le ragioni per cui Natalia non aveva «diritto al consenso del prossimo», esse vengono descritte come «invisibili sulla mia persona, ma che io forse trascinavo nell'anima come un carico di catene». E tra queste ragioni (è la seconda variante) scomparirà dall'elenco, nel testo pubblicato, «il nostro essere "niente" come religione». La medesima cartella contiene un dattiloscritto di sei fogli che – ricavato dal precedente manoscritto e intitolato anch'esso *Né ricchi né poveri* – ancora non corrisponde al testo a stampa: vi permane il «"niente" come religione», mentre una correzione a biro azzurra cancella il «carico di catene» e porta la frase all'assetto definitivo.

Con il titolo *Il mio ginnasio* il testo apparve in «La Stampa», 4 maggio 1969, p. 3. Poi, con il titolo definitivo *Infanzia* e con data «maggio '69», in *Mai devi domandarmi* cit., pp. 73-78, e di qui nel secondo tomo delle *Opere raccolte e ordinate dall'Autore* (pp. 55-59) e nella nuova edizione 1989 di *Mai devi domandarmi* (pp. 53-57).

I baffi bianchi (luglio 1970)

Pubblicato per la prima volta con la data «luglio '70» in *Mai devi domandarmi* cit., pp. 190-207, e di qui ripreso nel citato secondo tomo delle *Opere raccolte e ordinate dall'Autore* (pp. 146-59) e nella nuova edizione 1989 di *Mai devi domandarmi* (pp. 145-58).

Si riproduce il testo dell'edizione 1989 lasciando inalterata la svista sul «minimo comune multiplo»; in *Opere* l'errore era stato corretto parzialmente, rettificando cioè in «Minimo Comune Multiplo», dove le iniziali maiuscole sono a loro volta errate. Colui che la Ginzburg chiama «Cian» è probabilmente Charlie Chan: la serie di film incentrati su questo personaggio cominciò nel 1926.

Luna pallidassi (agosto 1975)

In AG sono presenti otto fogli manoscritti a biro nera, cinque dei quali coperti su entrambe le facciate. Uno di essi, scritto su una sola facciata, è numerato «11», a testimonianza di stesure intermedie non conservate.

Il manoscritto completo di *Luna pallidassi* è invece nella già citata cartellina con intestazione *manoscritti (Luna pallidassi e Domenica)*. Si tratta di 25 fogli, numerati salvo l'ultimo, scritti su una sola facciata, a biro nera con correzioni a biro nera e ulteriori ritocchi a biro azzurra. In questa stesura, il taglio di frasi ridondanti o il rifacimento, in corso di copiatura, di alcuni passaggi, come quello sul «pathos ebraico», basta a portare il racconto all'assetto definitivo. Riscritto completamente (a biro azzurra) è anche il finale, senza cambiamenti che metta conto registrare. Nel manoscritto, il nome del poeta che giudica i versi di Natalia è Ignazio Canali invece che Casali; ma a nessuno dei due nomi pare corrispondere un autore realmente esistito. Bianca, come già detto, è la Bianca Debenedetti già incontrata, sopra, nella scheda di *Mio marito*. Nella stessa cartella è conservata una copia incompleta del dattiloscritto definitivo: 16 fogli, numerati da 9 a 24, identici al testo a stampa.

È il caso di ricopiare, dal manoscritto di *Luna pallidassi*, un brano che la Ginzburg aveva rifinito piú volte, con correzioni a penna nera e a penna azzurra, prima di cassarlo del tutto, e che dunque risulta perfettamente leggibile sotto le lunghe ma spaziate barre di cancellatura. Era collocato subito dopo l'arrivo dei fratelli in casa dei genitori – tutti impegnati nelle loro faccende salvo protestare per le camicie e i pigiami non stirati –, e subito prima del commento dedicato alla poesia sui fratelli.

> Scrissi anche una poesia per mio padre e mia madre. Era intitolata «La cena». Li descrivevo seduti a tavola, sotto la lampada, stanchi, vecchi, tristi, rassegnati. Riversavo su di loro tenerezza e commiserazione. Pensavo che se l'avesse letta mio padre, se ne sarebbe offeso. Usava dichiarare che era vecchio e stanco; ma si sarebbe infuriato se si fosse visto, vecchio e stanco, in una mia poesia. D'altronde l'idea che mio padre gettasse gli occhi su una mia poesia mi dava i brividi.
>
> Con meraviglia, vidi che in quella poesia non ce l'avevo con i miei genitori. Li avevo assolti. Usavo tenerli dentro di me sotto processo; ma lí a un tratto li avevo assolti.
>
> Pensavo che nelle poesie si potevano mettere soltanto sentimenti nobili e dolci. Non il vero.

Luna pallidassi fu pubblicato in due puntate: *La luna pallidassi*, in «Corriere della Sera», 10 agosto 1975, p. 8, «La lettura della domenica». In cima alla pagina un vistoso occhiello: «Lessico famigliare N° 2»; a centro pagina, l'indicazione «Un racconto di | Natalia Ginzburg | illustrato da | Giacomo Manzú». Il disegno a matita, su fondino grigio, raffigurava una donna in piedi, a braccia conserte, che dava le spalle a un albero adorno di foglie. In calce alla pagina, dopo la firma d'autore, l'indicazione in corsivo «(continua)». La seconda e ultima puntata apparve la domenica successiva: *Il cocchio d'oro* (titolo redazionale), 17 agosto 1975, p. 8, di nuovo come «La lettura della domenica» e con un occhiello analogo: «Lessico famigliare N° 2 | (di Natalia Ginzburg)».

In catenaccio l'indicazione «Seconda puntata del miniromanzo per l'estate | illustrato da Giacomo Manzú». Il disegno, realizzato con la stessa tecnica, mostrava stavolta una figura maschile con baffi, abbigliata con un mantello, che sovrastava due ragazze sedute a un tavolo dinanzi ad alcuni fogli, sotto una lampada pendente dal soffitto. Una delle due rimaneva tranquilla, braccia conserte e gomiti sul piano del tavolo, l'altra schiudeva le labbra rovesciando lo sguardo verso l'alto, sorpresa o intimorita dall'arrivo dell'uomo. La parte conclusiva del racconto era impaginata sotto un titolo interno: «Mi fermai aspettando che succedesse qualcosa».

Luna pallidassi è stato poi incluso, con il titolo definitivo e con l'erronea indicazione di data «Agosto '76», in *Opere raccolte e ordinate dall'Autore*, tomo II cit., pp. 1315-35, a chiusura di una sezione di *Scritti sparsi* comprendente nove testi; infine – con lo stesso titolo e di nuovo con data «Agosto '76» – in *Mai devi domandarmi*, nuova edizione 1989 cit., pp. 159-79, dove la Ginzburg segnalò la novità con un'*Avvertenza* (p. 220) siglata N.G. e datata «Gennaio 1989»:

> Nel ristampare oggi, dopo molti anni, il presente volume, ho voluto aggiungerci il racconto *Luna pallidassi*, uscito sul «Corriere della Sera» nell'estate 1976 [*sic*] e poi, recentemente, nell'edizione delle mie *Opere* («I Meridiani» di Mondadori). Essendo in qualche modo il seguito del racconto *I baffi bianchi*, ho creduto necessario situarlo accanto a questo, ignorando in tal caso l'ordine cronologico, seguito invece per gli altri scritti.

Il titolo corretto del romanzo di Guido da Verona è *Cléo robes et manteaux* (Bemporad, Milano 1926).

Via Pallamaglio (24 settembre 1987)

Io abitavo in via Pallamaglio, in «l'Unità», Roma, 24 settembre 1987, p. 13, inserto «AR Andata Ritorno. Vacanze viaggi avventure e piccoli piaceri». Il titolo è stato qui assegnato dal curatore.

Sono citate le parole che concludono *Du côté de chez Swann*: «les maisons, les routes, les avenues, sont fugitives, hélas, comme les années»: Marcel Proust, *À la recherche du temps perdu*, a cura di Jean-Yves Tadié, Gallimard, Paris 1987, vol. I, p. 420. La traduzione italiana riportata nell'articolo è quella, già menzionata nella scheda di *Le ragazze*, eseguita dalla stessa Ginzburg.

Fiore gentile (17 aprile 1988)

«Fiore gentile», Pavese e Calvino, in «l'Unità», Roma, 17 aprile 1988, p. 11. L'articolo di Natalia Ginzburg figurava – con un'intervista di

Fausto Ibba a Nilde Jotti – in apertura del dossier *18 aprile*, quattro pagine dedicate al quarantesimo anniversario delle elezioni politiche 1948.

Si conservano in AG un manoscritto di quattro fogli intestati «Camera dei Deputati», scritti a biro azzurra, e un dattiloscritto di tre fogli numerati. Privi di varianti rispetto alla pubblicazione nel quotidiano, recano entrambi il titolo d'autore *Fiore gentile*, con cui il testo è stato incluso in *Non possiamo saperlo. Saggi 1973-1990*, a cura di Domenico Scarpa, Einaudi, Torino 2001, pp. 130-32.

APPENDICE

Natalia Levi, *Settembre*

Per la storia del testo, inedito, si rimanda, sopra, alla scheda su *Settembre*.

La trascrizione rispetta gli usi ortografici dell'autrice, inclusi i quattro punti sospensivi. Per i dialoghi si adottano i trattini «didascalici» in luogo delle virgolette, e si rende il sottolineato con il corsivo. L'unica correzione riguarda un'evidente svista nella frase «Anita avrà fatto certamente tutti i compiti delle vacanze»: si tratta invece di Grazia, com'è chiaro dallo svolgimento della storia. Infine, una sola integrazione al testo, un «fosse» nel penultimo capoverso, qui collocato tra parentesi quadre, e peraltro presente in ambedue le versioni a stampa del racconto, per le quali si rimanda alle *Notizie sui testi*.

Rocco Scotellaro, *Dai taccuini inediti*

Pagina manoscritta proveniente da un quadernone a quadretti, inedita nella sua interezza. Il 12 luglio 1976 Rocco Mazzarone ne inviava a Natalia Ginzburg la fotocopia, conservata in AG. Si segnala che nel primo tentativo di poesia in versi le parole finali «sul viso triste | una veletta» sono soprascritte, con penna diversa, su parole non decifrabili perché la fotocopia è sbiadita. La *l* di *sul* appare inoltre fusa con la *v* di *viso*, tanto da rendere possibile la lezione alternativa «su viso triste». Con un tratto di penna in obliquo Scotellaro separa questo tentativo dagli altri testi in pagina, riprendendo la scrittura con un «Quando» che resta isolato a inizio rigo, dal momento che subito in basso segue la breve poesia *Per la Natalia*, che dunque si direbbe scaturita da un'ispirazione improvvisa e risolutiva. Il «Quando» lasciato in tronco è la stessa parola con cui comincerà il terzo e ultimo appunto del foglio, una breve prosa di carattere memoriale-riflessivo.

Dei tre testi inviati da Mazzarone era nota finora soltanto la poesia *Per la Natalia* (sul manoscritto il titolo è racchiuso in una frastagliata nuvoletta dalla sagoma ellittica): venne pubblicata per la prima volta, a cura di Franco Vitelli, nella silloge *Dodici poesie da «Margherite e rosolacci»*, inclusa nell'*Almanacco dello Specchio* 7, Mondadori, Milano (marzo) 1978, p. 82. Nella raccolta postuma *Margherite e rosolacci* – anch'essa curata da Vitelli con prefazione di Manlio Rossi-Doria e apparsa da Mondadori nell'ottobre dello stesso anno –, *Per la Natalia* è inclusa nella prima sezione, «Poesie datate» (p. 50), con l'indicazione «Inverno 1947». È poi confluita nel volume *Tutte le poesie 1940-1953*, curato anch'esso da Vitelli e pubblicato nel 2004 da Mondadori. Qui il testo è a p. 235, nella «Parte seconda (1946-1949)» della silloge *Margherite e rosolacci*, con l'indicazione «Gennaio-febbraio 1948». In questa trascrizione non compaiono i punti fermi, assenti nel manoscritto.

Dal successivo appunto in prosa (separato dai versi *Per la Natalia* mediante un tratto di penna in orizzontale: nel trascriverne il testo non si terrà conto di cancellature, soprascritture o inserzioni, chiaramente eseguite in velocità durante la stesura) Vitelli ha tratto due brevi passaggi senza indicarne la fonte e includendoli nel saggio *Natalia Ginzburg tra Scotellaro e Carlo Levi*, in «Forum Italicum», XXXVII, 2, Fall 2003, pp. 534-37.

Rocco Mazzarone, medico e meridionalista nato nel 1912 a Tricarico e ivi scomparso nel 2005, fu per Scotellaro un amico, un compagno di lotte e, piú anziano di undici anni, una guida. Dopo la morte precoce di Scotellaro, avvenuta per infarto a Portici il 15 dicembre 1953, a trent'anni da poco compiuti, Mazzarone custodí parte dei suoi scritti.

Rocco Scotellaro, *Ritratto di Natalia Ginzburg*

Proveniente anch'esso dai *Taccuini inediti* di Scotellaro, questo Ritratto è stato presentato da Franco Vitelli (insieme con *Contadini* della Ginzburg, qui alle pp. 127 sgg.) a corredo del saggio citato nella scheda precedente.

Nel dicembre del 1952 Natalia Ginzburg aveva lasciato da pochi mesi Torino per trasferirsi a Roma con il secondo marito Gabriele Baldini (sposato a Torino due anni prima con rito cattolico) e con i tre figli avuti da Leone Ginzburg. Il momento dell'incontro con Scotellaro coincise con l'apparizione, presso Einaudi, del romanzo *Tutti i nostri ieri*: «leggerò il suo libro attentamente» scrive qui Scotellaro. In quel 1952, inoltre, Natalia Ginzburg abbandonò il Pci sull'esempio dell'amico Felice Balbo, già esponente della Sinistra Cristiana.

Il meridionalista Manlio Rossi-Doria, dirigente del Partito d'Azione come Leone Ginzburg, aveva condiviso con lui il carcere di Regina Coeli. Nella notte tra il 4 e il 5 febbraio 1944 fu testimone diretto della sua morte. Il congresso di Pozzuoli cui si allude ebbe luogo il 19 dicembre 1947 presso un capannone delle officine ex Ansaldo: fu il *I*

Congresso Democratico del Mezzogiorno, importante tappa verso quel Fronte Popolare che vide uniti il Pci e il Psi alle elezioni politiche del 1948; Rossi-Doria faceva parte del comitato promotore. Proprio con Rossi-Doria lavorò Scotellaro, a partire dall'estate 1950 e fino alla sua scomparsa, presso l'Osservatorio di economia agraria a Portici. Il Sereni di cui si parla nel testo è Emilio Sereni, nel primo dopoguerra responsabile del settore culturale del Pci nonché insigne studioso di questioni agrarie.

Della prima fase dei rapporti tra Scotellaro e la casa editrice Einaudi non sembra resti traccia nell'archivio della casa editrice. Il 28 dicembre 1949 Scotellaro ebbe un contratto per la pubblicazione della raccolta di versi *È fatto giorno*. Tuttavia, la nuova collana di poesia diretta da Carlo Muscetta, che il libro avrebbe dovuto inaugurare, non nacque mai: Scotellaro fu sciolto dall'impegno (dopo numerosi suoi solleciti a Giulio Einaudi) alla fine del 1951: *È fatto giorno* sarebbe uscito postumo, da Mondadori, nel 1954. È invece documentata nell'Archivio Einaudi la collaborazione di Scotellaro con la sede romana della casa editrice per un periodo non lungo e a partire dalla tarda primavera del 1950, quando il socialista Scotellaro – dopo quarantacinque giorni passati in carcere per false accuse di malversazione costruite dai suoi avversari politici – lasciò la carica di sindaco di Tricarico e ogni impegno politico diretto, trasferendosi nella capitale.

Infine, «le lire del premio» erano quelle del premio letterario «Due Cicogne - Il Tempo di Milano» che la Ginzburg aveva vinto con il romanzo *È stato cosí*, apparso nell'estate 1947 da Einaudi. Il premio veniva assegnato nella trattoria Bagutta da una giuria detta delle «Sette signore» perché formata da sette donne (nessuna delle quali si occupava professionalmente di letteratura) con l'assistenza di due uomini, i letterati Renzo Segàla e Orio Vergani. Consisteva in 400 000 lire, che la Ginzburg divise con Carlo Alianello (*Il mago deluso*, Mondadori, Milano 1947): l'ex-aequo fu deciso malgrado la Ginzburg avesse riscosso l'unanimità tra i nove membri della giuria, contro i sei voti del suo avversario.

Alba de Céspedes, *Lettera a Natalia Ginzburg*

«Mercurio», V, 36-39, marzo-giugno 1948, pp. 110-12, in risposta al *Discorso sulle donne* della Ginzburg, apparso nel medesimo fascicolo della rivista; si veda, sopra, la scheda relativa.

Nel pomeriggio del 9 settembre

Per questo inedito si rinvia, sopra, alla scheda su *La paura*.

Fonti.

Queste *Notizie sui testi* riprendono in parte quelle pubblicate in alcune opere di Natalia Ginzburg apparse a mia cura da Einaudi: *Non possiamo saperlo. Saggi 1973-1990* (2001); *Valentino. La madre. Sagittario* (2011); *La strada che va in città e altri racconti* (2012); *Le piccole virtú* (2012); *Mai devi domandarmi* (2014). Tutti i testi hanno subíto ritocchi di stile, e aggiunte o rettifiche dovute all'approfondimento delle ricerche: sicché, per quanto concerne i soli scritti accolti nel presente volume, le *Notizie sui testi* sostituiscono quelle dei volumi sopraelencati.

Come già detto nella *Nota del curatore*, la fonte piú importante per questo apparato è l'Archivio Eredi Ginzburg di Bologna, non riordinato.

Ringrazio – nelle persone di Gloria Manghetti e di Maria Chiara Berni – la Fondazione «Primo Conti» onlus di Fiesole, che mi ha permesso di accedere al *Fondo Carocci* e di consultare la Corrispondenza tra Natalia Ginzburg e Alberto Carocci, parzialmente inedita, nonché il carteggio tra Carocci e Leone Ginzburg, di cui ho riscontrato sugli originali le lettere già apparse a stampa. Ringrazio inoltre Giovanni Carocci, erede di Alberto Carocci. Un ulteriore ringraziamento a Gloria Manghetti per le notizie sulle carte di Alessandro Bonsanti.

Ringrazio Anna Busetto Vicari, erede di Giambattista Vicari, per avermi fornito documenti sulla rivista «Lettere d'oggi» e per avermi fatto avere le riproduzioni della lettera inedita di Cesare Pavese a Vicari del 15 ottobre 1941 e di due lettere, parimenti inedite, di Natalia Ginzburg a Vicari (18 dicembre 1941 e 20 gennaio 1942).

Grazie a Mariarosa Masoero e a Silvia Savioli del Centro Studi «Guido Gozzano - Cesare Pavese» dell'università di Torino per aver messo a mia disposizione la lettera inedita di Natalia Ginzburg a Cesare Pavese del 13 settembre 1940.

Gli altri documenti epistolari di Pavese si trovano in Cesare Pavese, *Lettere 1924-1944*, a cura di Lorenzo Mondo, Einaudi, Torino 1966, mentre quelli di Leone Ginzburg sono raccolti in *Lettere dal confino 1940-1943*, a cura di Luisa Mangoni, Einaudi, Torino 2004; le discrepanze nella trascrizione della corrispondenza Ginzburg-Carocci si devono a un nuovo riscontro da me eseguito sugli originali. Per «Solaria» e per la rete epistolare di Carocci resta indispensabile il volume *Lettere a Solaria*, a cura di Giuliano Manacorda, Editori Riuniti, Roma 1979. Sulle successive riviste fondate da Carocci si vedano *Solaria ed oltre*, a cura di Riccardo Monti, Passigli, Firenze 1985, e *Argomenti. Firenze Marzo 1941 - Dicembre 1941*, riletta da Saveria Chemotti, con testimonianze di Giampiero Carocci, Alberto Bertolino e Eugenio Garin, Forni, Bologna 1979, dove la ristampa anastatica della rivista è corredata dalla riproduzione delle bozze del fascicolo 10, mai giunto alla pubblicazione.

Una riproduzione fotografica integrale della rivista «Il Gallo» è in appendice a Brigitte Farelle Maurin, *Natalia Ginzburg, témoin de son temps et témoin d'elle-même: construction d'une identité d'écrivain*, Thèse de Doctorat de Lettres discussa nel maggio 1995 presso la Université d'Aix - Marseille I - Centre d'Aix - Études Romanes.

Le lettere di e a Mario Levi, cosí come la lettera di Mario Soldati a Natalia Levi del 17 aprile 1935 sono in Archivio centrale dello Stato, ministero dell'Interno, Direzione generale di Pubblica Sicurezza, Casellario politico centrale, busta 2779, fascicolo *Levi Mario*. La lettera di Natalia a Mario dell'11 maggio 1935 e quella di Mario a Natalia del 23 maggio erano state trascritte da Patrizia Gabrielli nel capitolo «Mario, Natalia e gli altri» del volume *Con il freddo nel cuore. Uomini e donne nell'emigrazione antifascista*, Donzelli, Roma 2004. Ancora su Mario Levi (e sul ruolo di Jeanne Modigliani in «Action») si veda *«Cosa sperare?» Il carteggio tra Andrea Caffi e Nicola Chiaromonte: un dialogo sulla rivoluzione (1932-1955)*, a cura di Marco Bresciani, Edizioni Scientifiche Italiane, Napoli 2012.

Le notizie sulla copertina di *America primo amore* e sulle sue peripezie sono tratte dall'edizione del libro di Soldati a cura di Salvatore Silvano Nigro (Sellerio, Palermo 2003), che include il testo di Carlo Levi *La copertina dell'America* (1954) e *Storia di una copertina* di Soldati, scritto nel gennaio 1976 a un anno dalla scomparsa di Levi.

Il testo della Ginzburg su Mario Soldati è l'articolo *L'attore*: apparso in «La Stampa» il 2 giugno 1970, fu raccolto in *Mai devi domandarmi*, Garzanti, Milano 1970. Lo si legge ora nel secondo tomo di Natalia Ginzburg, *Opere raccolte e ordinate dall'Autore*, Mondadori, Milano 1987. Nel primo tomo, apparso l'anno precedente con prefazione di Cesare Garboli, sono raccolti *Lessico famigliare* (Einaudi, Torino 1963; ma si veda anche l'ultima ristampa della nuova edizione, pubblicata nel 2010 negli «Einaudi Tascabili» con una *Introduzione* di Cesare Segre, una *Cronistoria di «Lessico famigliare»* di Domenico Scarpa e un saggio di Cesare Garboli in appendice) e il testo qui citato a piú riprese e per ampi stralci: la *Prefazione* alla raccolta *Cinque romanzi brevi*, Einaudi, Torino 1964; anche di quest'ultima si veda l'edizione 1993, intitolata *Cinque romanzi brevi e altri racconti*, con saggio introduttivo di Garboli.

Le lettere finora note tra quelle che Leone Ginzburg scrisse a Natalia Levi dal carcere di Civitavecchia sono state ritrovate fra un insieme di carte appartenute a Franco Antonicelli, parzialmente pubblicate a cura del Centro Studi Piero Calamandrei di Jesi in una collana di «Quaderni del Calamandrei» denominata «Dal sacco senza fondo di Franco Antonicelli». Il volumetto che comprende le lettere di Leone è intitolato *Casa Natalia, Lettere, appunti, ricordi inediti di e su Leone Ginzburg (Franco Antonicelli, Norberto Bobbio, Augusto Monti)* ed è apparso a Jesi nel 2008. Le lettere sono offerte sia in trascrizione sia in una riproduzione fotografica b/n dei rispettivi fogli originali: le immagini recano infatti ben visibili i timbri e i visti per censura dell'istituto di pena, nonché la matricola «7056» assegnata a Ginzburg. Si ignora come questi documenti siano pervenuti ad Antonicelli e il motivo per cui egli li abbia trattenuti. La trascrizione dei brani qui citati è stata condotta sulle foto degli originali.

Le lettere superstiti di Natalia Ginzburg a Bianca Debenedetti furono conservate da quest'ultima che ne trasmise le copie agli Eredi Ginzburg, presso i quali le ho potute consultare, insieme con la lettera di Bianca a Natalia del 27 luglio 1987. Si veda inoltre Massimo Danzi, *Henri de Ziégler dalla «Société genevoise d'études italiennes» alle «Rencontres internationales» di Ginevra (con lettere inedite di Montale e Vittorini)*, in «Archivi del Nuovo», 4/5, aprile-ottobre 1999.

La prima rivista dell'Italia liberata è il titolo dell'articolo dedicato ad «Aretusa» da Lidia Croce in «Nord e Sud», II (settembre 1955), 10, pp. 107-19, che ha suggerito il titolo per la già citata antologia in due volumi *Aretusa prima rivista dell'Italia liberata*, a cura di Raffaele Cavalluzzi, Palomar, Bari 1995-2001. Da vedere anche Carlo Muscetta, *L'erranza. Memorie in forma di lettere* [1992], nuova edizione a cura di Salvatore Silvano Nigro, Sellerio, Palermo 2009, mentre la corrispondenza Ginzburg-Muscetta è in *Carlo Muscetta. Leone Ginzburg*, a cura di Vincenzo Frustaci, Il Girasole, Valverde (Ct) 2012.

L'intervista di Oriana Fallaci a Natalia Ginzburg è *Con molto sentimento*, già in «L'Europeo», XIX (1963), 925, 14 aprile, e ora in Fallaci, *Gli antipatici*, Rizzoli, Milano 1963. Utile anche la lettura di un'altra intervista, piú tarda: *Walter Mauro parla con Natalia Ginzburg*, in *Natalia Ginzburg. La narratrice e i suoi testi*, La Nuova Italia Scientifica, Roma 1986.

La conversazione radiofonica del 1990 è stata pubblicata a cura di Cesare Garboli e Lisa Ginzburg con il titolo *È difficile parlare di sé. Conversazione a piú voci condotta da Marino Sinibaldi*, Einaudi, Torino 1999. Altre interviste citate: Enzo Biagi, *Natalia Ginzburg*, già in «La Stampa», 24 maggio 1973, e in «Amica», 7 aprile 1974, poi in *Dicono di Lei. Le interviste che avreste voluto fare voi*, Rizzoli, Milano 1978; Francesco Mei, *Ho amato Čechov poi Proust e Maupassant*, in «Millelibri», 21, agosto 1989.

Sui primi racconti di Natalia Levi e poi di Alessandra Tornimparte risultano utili due saggi digià menzionati ed entrambi raccolti nel volume *Natalia Ginzburg: la casa, la città, la storia*, Atti del convegno internazionale, San Salvatore Monferrato 14-15 maggio 1993, a cura di Giovanna Ioli, Edizioni della Biennale «Piemonte e Letteratura», San Salvatore Monferrato 1995; Luigi Surdich, *Da Natalia Levi a Natalia Ginzburg (In appendice la novella «Ritorno»)*; Anna Nozzoli, *«Lessico famigliare» e altre storie torinesi (in appendice la novella «Settembre»)*. Con il titolo *«Lessico famigliare» e altre storie torinesi* e con una nota bibliografica integrativa il saggio di Nozzoli è ora in Ead., *Voci di un secolo. Da D'Annunzio a Cristina Campo*, Bulzoni, Roma 2000. Mi permetto infine di rinviare anche ai miei saggi *Le strade di Natalia Ginzburg*, introduzione a Natalia Ginzburg, *Le piccole virtú*

(1962), Einaudi, Torino 1998 (nuova edizione riveduta, 2012), e *Appunti su un'opera in penombra*, postfazione alla nuova edizione di *Mai devi domandarmi*, ivi 2014. Ulteriori notizie sulla prima pubblicazione di *Memoria* e *Discorso sulle donne* si leggono in Laura Di Nicola, *«Mercurio». Storia di una rivista 1944-1948*, il Saggiatore - Fondazione Arnoldo e Alberto Mondadori, Milano 2012. La lettera di Calvino dell'11 luglio 1962, riguardante anche il *Discorso*, era apparsa per la prima volta in *I libri degli altri. Lettere 1947-1981*, a cura di Giovanni Tesio, Einaudi, Torino 1991.

Sulla stampa torinese del dopoguerra rinvio a Mario Grandinetti, *I quotidiani di Torino dal 1945 al 1948*, in «Studi Piemontesi», XII (1983), 1, marzo, pp. 154-64; Giorgio Bocca, *Il provinciale. Settant'anni di vita italiana*, Mondadori, Milano 1991; Marco Albeltaro, *La parentesi antifascista. Giornali e giornalisti a Torino (1945-1948)*, SEB27, Torino 2011. Su «l'Unità» in particolare: Paolo Spriano, *Le passioni di un decennio (1946-1956)*, Garzanti, Milano 1986; Bruno Pischedda, *Due modernità. Le pagine culturali dell'«Unità»: 1945-1956*, Angeli, Milano 1995. Per queste ricerche è stata determinante l'assistenza di molti archivisti e bibliotecari torinesi: Marco Chiariglione presso la Civica Centrale, Franca Ranghino presso l'Istituto Gobetti, Matteo D'Ambrosio presso l'Istituto Gramsci, Cristina Sara e Tobia Imperato presso l'Istoreto.

Quanto resta del carteggio tra Rocco Scotellaro e la casa editrice Einaudi è conservato nell'Archivio Giulio Einaudi Editore, in deposito presso l'Archivio di Stato di Torino, sezione *Corrispondenza con autori e collaboratori italiani*, mazzo 192, fascicolo 2770, «Scotellaro Rocco».

Sulle collaborazioni di Natalia Ginzburg a «La Stampa»: Remo Gianuzzi, *«La Stampa» di Torino da De Benedetti a Ronchey*, Editrice Esperienze, Fossano (Cn) [novembre] 1970; Mario Grandinetti, *Un giornale, un'azienda. La Stampa dal 1945 ad oggi*, Gutenberg 2000, Torino 1996.

Sulle origini della casa editrice Einaudi: Luisa Mangoni, *Pensare i libri. La casa editrice Einaudi dagli anni trenta agli anni sessanta*, Bollati Boringhieri, Torino 1999; sull'*Antologia Einaudi 1948* si vedano in particolare le pagine iniziali del capitolo «Esami di coscienza». Ancora sui testi dell'*Antologia*, la lettera di Pavese ad Antonio Giolitti, 28 gennaio 1949, in *Lettere 1945-1950*, a cura di Italo Calvino, Einaudi, Torino 1966, e la relativa nota del curatore alla lettera, cosí come la lettera a Mario Motta del 16 gennaio 1950 e la relativa nota. Sulle vicende politiche di Leone Ginzburg: *L'itinerario di Leone Ginzburg*, a cura di Nicola Tranfaglia, Bollati Boringhieri, Torino 1996 (in particolare il saggio di Giovanni De Luna, *Una cospirazione alla luce del sole. Giustizia e Libertà a Torino negli anni trenta*). Molti documenti con utili ragguagli biografici si trovano in Alessandro Clementi, *I Ginzburg in Abruzzo*, «Paragone», XLII (1991), 500, ottobre, e in *Leone Ginzburg, dal confino di Pizzoli*, a cura di Laurent Béghin, «Nuova Antologia», CXXXIII (1998), 2205, gennaio-marzo. Anche in questo caso devo però rinviare alla voce *Levi, Natalia* che ho steso per il vol. LXIV del *Dizionario Biografico degli Italiani*, Istituto della Enciclopedia Italiana, Roma 2005, una cui versione ampliata è nella mia monografia *Natalia Ginzburg. Pour un portrait de la tribu*, trad. francese di Marie-José Tramuta, Istituto italiano di Cultura, Paris 2010.

Indice

APPENDICE

Stampato per conto della Casa editrice Einaudi
presso ELCOGRAF S.p.A. - Stabilimento di Cles (Tn)

C.L. 23114

Edizione — Anno

2 3 4 5 6 7 — 2016 2017 2018 2019